PRIX 2.00

LES
AUTEURS GRECS

EXPLIQUÉS D'APRÈS UNE MÉTHODE NOUVELLE

PAR DEUX TRADUCTIONS FRANÇAISES

L'UNE LITTÉRALE ET JUXTALINÉAIRE PRÉSENTANT LE MOT A MOT FRANÇAIS
EN REGARD DES MOTS GRECS CORRESPONDANTS
L'AUTRE CORRECTE ET PRÉCÉDÉE DU TEXTE GREC

avec des arguments et des notes

PAR UNE SOCIÉTÉ DE PROFESSEURS

ET D'HELLÉNISTES

EURIPIDE

—

HÉCUBE

EXPLIQUÉE LITTÉRALEMENT
TRADUITE EN FRANÇAIS ET ANNOTÉE
PAR C. LEPRÉVOST

PARIS

LIBRAIRIE HACHETTE ET Cie

79, BOULEVARD SAINT-GERMAIN, 79

1893

LES
AUTEURS GRECS

EXPLIQUÉS D'APRÈS UNE MÉTHODE NOUVELLE

PAR DEUX TRADUCTIONS FRANÇAISES

Cette tragédie a été expliquée littéralement, traduite en français et annotée par C. Leprévost, ancien professeur de l'Université.

27 393. — Imprimerie LAHURE, rue de Fleurus, 9, à Paris.

LES
AUTEURS GRECS

EXPLIQUÉS D'APRÈS UNE MÉTHODE NOUVELLE

PAR DEUX TRADUCTIONS FRANÇAISES

L'UNE LITTÉRALE ET JUXTALINÉAIRE PRÉSENTANT LE MOT A MOT FRANÇAIS

EN REGARD DES MOTS GRECS CORRESPONDANTS

L'AUTRE CORRECTE ET PRÉCÉDÉE DU TEXTE GREC

avec des arguments et des notes

PAR UNE SOCIÉTÉ DE PROFESSEURS

ET D'HELLÉNISTES

———

EURIPIDE

HÉCUBE

PARIS
LIBRAIRIE HACHETTE ET Cie
79, BOULEVARD SAINT-GERMAIN, 79

———

1893

AVIS

RELATIF À LA TRADUCTION JUXTALINÉAIRE

On a réuni par des traits les mots français qui traduisent un seul mot grec.

On a imprimé en *italique* les mots qu'il était nécessaire d'ajouter pour rendre intelligible la traduction littérale, et qui n'ont pas leur équivalent dans le grec.

Enfin, les mots placés entre parenthèses, dans le français, doivent être considérés comme une seconde explication, plus intelligible que la version littérale.

ARGUMENT ANALYTIQUE.

—

Le sacrifice de Polyxène, immolée aux mânes d'Achille, et la vengeance que tire Hécube de Polymestor, l'assassin de son fils Polydore. forment le sujet de cette pièce, dont la scène est au camp des Grecs, dans la Chersonèse de Thrace.

L'ombre de Polydore vient, sous forme de prologue, annoncer ce qui a précédé le moment de l'action, et donner un aperçu des faits qui vont se développer devant les spectateurs (1-58). — Paraît ensuite Hécube; elle sort de la tente des captives, soutenue par quelques Troyennes, et encore tout effrayée d'un songe menaçant pour ses enfants (59-95), effroi que le chœur ne tarde pas à confirmer : Achille a demandé qu'on immolât Polyxène sur sa tombe; les efforts d'Agamemnon même n'ont pu sauver ses jours, et Ulysse va venir lui-même arracher la fille des bras de la mère (96-151). — Désespoir d'Hécube (152-174); ses cris attirent Polyxène, qui apprend de la bouche même de sa mère l'arrêt qui la frappe (174-194); résignée pour elle-même, Polyxène ne plaint que sa mère (195-213). — Sur ces entrefaites arrive Ulysse; en vain, pour le fléchir, Hécube lui rappelle-t-elle qu'elle lui sauva jadis la vie (214-296). — Où trouvera-t-on, dit-il, des héros prêts à se sacrifier pour la défense de la Grèce, si les morts restent sans honneurs (297-329)? — En vain elle engage Polyxène à se joindre à elle; Polyxène, heureuse d'acheter la liberté au prix de la mort, presse Ulysse de la conduire à l'autel fatal (330-379). — Hécube n'est pas plus heureuse dans ses efforts pour se faire ou agréer au lieu de sa fille, ou entraîner du moins avec elle (380-410) ; — et après une scène d'adieux, en forme de lamentation funèbre, elles se séparent pour toujours (411-441).

Pendant que le chœur, composé de Troyennes, déplore l'incertitude de son sort (442-479), le sacrifice s'accomplit, et Talthybius ne tarde pas à en venir faire le récit à Hécube, et à la mander pour ensevelir sa fille (480-580). — En conséquence, Hécube envoie une suivante puiser à la mer l'eau nécessaire pour laver le corps de Polyxène, et rentre elle-même dans la tente pour rassembler le peu d'ornements qu'elle y pourra trouver, à l'effet d'honorer ses restes (581-624). — En son absence, le chœur déplore ses malheurs, suites de l'union de Pâris avec Hélène (625-647).

Cependant la suivante envoyée vers la mer a trouvé sur le rivage un cadavre, qu'elle rapporte, et qu'Hécube, revenue sur la scène, reconnaît bientôt pour celui de Polydore. Cette reconnaissance terrible, et les nouvelles lamentations qu'elle occasione (648-705), ayant retardé Hécube, Agamemnon surpris se présente pour la presser (705-719). — Hécube l'instruit, après quelques hésitations, de son nouveau malheur (720-770), et lui demande vengeance contre le perfide Polymestor (771-829). — Agamemnon, qui n'ose se compromettre aux yeux des Grecs, se borne à autoriser entre Hécube et Polymestor une entrevue, dont elle profitera elle-même comme elle l'entendra (830-888) ; — puis, en attendant l'arrivée du Thrace, le chœur chante la prise de Troie, et maudit Hélène (889-932).

Polymestor se présente devant Hécube avec ses enfants. Après une scène de dissimulation complète de part et d'autre, Hécube parvient à les entraîner dans la tente des captives, sous prétexte d'ajouter aux trésors dont Polymestor est déjà dépositaire (933-1002), — et, pendant que le chœur appelle sur la tête du coupable les vengeances du ciel (1003-1011), de cruelles représailles s'exercent à l'intérieur de la tente, ainsi que l'annoncent d'abord les cris de Polymestor, puis la vue même de la tente, qui s'ouvre aux yeux des spectateurs, et laisse apercevoir les deux enfants massacrés, et Polymestor lui-même, aveuglé, poursuivant les Troyennes, qu'il cherche vainement à saisir (1012-1085).

Les cris de Polymestor ramènent sur la scène Agamemnon, qui se

constitue juge entre lui et Hécube (1086-1108). Polymestor prétend
n'avoir tué Polylore que dans l'intérêt des Grecs (1109-1163) ; Hécube le réfute (1164-1216); Agamemnon condamne Polymestor
(1217-1228), qui, confondu, puis saisi tout à coup d'un transport
prophétique, prédit à Hécube que, changée en chienne, elle mourra
engloutie dans la mer (1229-1251); à Agamemnon, que lui et Cassandre tomberont sous les coups de Clytemnestre (1252-1269). —
Le signal du départ de la flotte termine la pièce (1270-1273).

ΕΥΡΙΠΙΔΟΥ

ΕΚΑΒΗ.

ΤΑ ΤΟΥ ΔΡΑΜΑΤΟΣ ΠΡΟΣΩΠΑ.

ΠΟΛΥΔΩΡΟΥ ΕΙΔΩΛΟΝ.
ΕΚΑΒΗ.
ΧΟΡΟΣ ΑΙΧΜΑΛΩΤΙΔΩΝ ΓΥΝΑΙΚΩΝ.
ΠΟΛΥΞΕΝΗ.
ΟΔΥΣΣΕΥΣ.
ΤΑΛΘΥΒΙΟΣ.
ΘΕΡΑΠΑΙΝΑ.
ΑΓΑΜΕΜΝΩΝ.
ΠΟΛΥΜΗΣΤΩΡ.

ΠΟΛΥΔΩΡΟΥ ΕΙΔΩΛΟΝ.

Ἥκω, νεκρῶν κευθμῶνα καὶ σκότου πύλας
λιπὼν, ἵν' Ἄδης χωρὶς ᾤκισται θεῶν,
Πολύδωρος, Ἑκάβης παῖς γεγὼς τῆς Κισσέως[1],
Πριάμου τε πατρός · ὅς μ'[2], ἐπεὶ Φρυγῶν πόλιν
κίνδυνος ἔσχε δορὶ πεσεῖν Ἑλληνικῷ,   5

L'OMBRE DE POLYDORE J'arrive des retraites de la mort; j'ai
laissé derrière moi les portes du ténébreux empire, où Pluton réside loin
des dieux. Je suis Polydore, enfant d'Hécube fille de Cissée. Priam, mon
père, dès qu'il vit la ville des Phrygiens en danger de tomber sous le

EURIPIDE.

HÉCUBE.

PERSONNAGES DE LA PIÈCE.

L'OMBRE DE POLYDORE.
HÉCUBE.
CHOEUR DE FEMMES CAPTIVES.
POLYXÈNE.
ULYSSE.
TALTHYBIUS.
Une SUIVANTE
AGAMEMNON
POLYMESTOR

ΕΙΔΩΛΟΝ ΠΟΛΥΔΩΡΟΥ.	L'OMBRE DE POLYDORE
Ἥκω λιπὼν	J'arrive ayant-quitté
κευθμῶνα νεκρῶν	la retraite des morts
καὶ πύλας σκότου,	et les portes de l'obscurité,
ἵνα Ἅδης ᾤκισται	où Pluton habite
χωρὶς θεῶν,	séparément des dieux,
Πολύδωρος,	moi, Polydore,
παῖς γεγὼς Ἑκάβης,	enfant né d'Hécube,
τῆς Κισσέως,	la fille de Cissée,
Πριάμου τε πατρός	et de Priam mon père;
ὅς, ἐπεὶ κίνδυνος	lequel, quand le danger
πεσεῖν	d'être tombée
δορὶ Ἑλληνικῷ	par la lance grecque
ἔσχε πόλιν Φρυγῶν,	eut la ville des Phrygiens.

δείσας, ὑπεξέπεμψε Τρωϊκῆς χθονὸς
Πολυμήστορος πρὸς δῶμα, Θρηκίου ξένου,
ὃς τὴν ἀρίστην Χερσονησίαν πλάκα
σπείρει, φίλιππον λαὸν εὐθύνων δορί.
Πολὺν δὲ σὺν ἐμοὶ χρυσὸν ἐκπέμπει λάθρα   10
πατήρ, ἵν', εἴ ποτ' Ἰλίου τείχη πέσοι,
τοῖς ζῶσιν εἴη παισὶ μὴ σπάνις βίου.
Νεώτατος δ' ἦν Πριαμιδῶν, ὃ καί με γῆς·
ὑπεξέπεμψεν· οὔτε γὰρ φέρειν ὅπλα
οὔτ' ἔγχος οἷός τ' ἦν νέῳ βραχίονι.   15
Ἕως μὲν οὖν γῆς ὀρθ' ἔκειθ' ὁρίσματα,
πύργοι τ' ἄθραυστοι Τρωϊκῆς ἦσαν χθονὸς,
Ἕκτωρ τ' ἀδελφὸς οὑμὸς εὐτύχει δορὶ,
καλῶς παρ' ἀνδρὶ Θρηκὶ, πατρῴῳ ξένῳ,
τροφαῖσιν, ὥς τις πτόρθος, ηὐξόμην τάλας·   20
ἐπεὶ δὲ Τροία θ' Ἕκτορός τ' ἀπόλλυται
ψυχὴ, πατρῷα θ' ἑστία κατεσκάφη,
αὐτὸς δὲ βωμῷ πρὸς θεοδμήτῳ πιτνεῖ,
σφαγεὶς Ἀχιλλέως παιδὸς² ἐκ μιαιφόνου,

fer des Grecs, tremblant pour mes jours, m'envoya secrètement hors du territoire de la Troade, au palais de son hôte,
Polymesto. de Thrace, qui ensemence les heureuses campagnes
de la Chersonèse, et dirige d'un bras puissant ce peuple ami des
coursiers. Avec moi, mon père lui fit remettre en secret beaucoup
d'or, afin que, si un jour les murs d'Ilion venaient à être renversés,
ceux de ses enfants qui survivraient ne fussent pas dans la détresse.
J'étais le plus jeune de tous, et c'est là ce qui me fit éloigner : car
mon bras, trop jeune encore, ne pouvait porter ni le bouclier ni la
lance. Tant que les murs de ma patrie furent debout, tant que les
remparts de Troie demeurèrent intacts et que le succès accompagna
les armes d'Hector, mon frère, j'étais l'objet des soins de l'hôte pa-
ternel; et, comme un tendre rejeton, je croissais, hélas! pour mon
malheur. Mais quand Troie eut succombé, quand Hector ne fut plus
quand les foyers de mes aïeux eurent été dévastés, et que Priam lui-
même fut tombé au pied des saints autels, immolé par le fils sangui-
naire d'Achille, moi aussi, infortuné, je péris victime de l'hôte de

δείσας, ὑπεξέπεμψε	ayant craint, envoya-en-secret
μὲ χθονὸς Τρωϊκῆς	moi de la terre troyenne
πρὸς δῶμα Πολυμήστορος,	vers la demeure de Polymestor,
ξένου Θρηχίου,	son hôte thrace,
ὃς σπείρει τὴν πλάκα	qui ensemence la plaine
Χερσονησίαν ἀρίστην,	chersonésienne très-bonne,
εὐθύνων δορὶ	dirigeant par la lance
λαὸν φίλιππον.	un peuple ami-des-coursiers.
Πατὴρ δὲ ἐκπέμπει σὺν ἐμοὶ	Mais mon père envoie avec moi
λάθρα πολὺν χρυσὸν,	secrètement beaucoup d'or,
ἵνα, εἴ ποτε	afin que, si jamais
τείχη Ἰλίου πέσοι,	les murs d'Ilion tombaient,
σπάνις βίου μὴ εἴη	disette de vivres ne fût pas
τοῖς παισὶ ζῶσιν.	aux enfants vivants.
Ἦν δὲ νεώτατος	Or j'étais le plus jeune
Πριαμιδῶν,	des enfants-de-Priam,
ὃ καὶ ὑπεξέπεμψε	ce-qui aussi envoya-en-secret
μὲ γῆς·	moi de la terre natale :
ἦν γὰρ οἷός τε φέρειν	car je n'étais capable de porter
οὔτε ὅπλα οὔτε ἔγχος	ni armes ni lance
βραχίονι νέῳ.	de mon bras trop-jeune.
Ἕως μὲν οὖν	Tant que d'une part donc
ὁρίσματα γῆς	les murs de la terre natale
ἔκειτο ὀρθὰ,	se tenaient droits,
πύργοι τε χθονὸς Τρωϊκῆς	et que les tours du sol troyen
ἦσαν ἄθραυστοι,	étaient intactes,
Ἕκτωρ τε ὁ ἐμὸς ἀδελφὸς	et que Hector, mon frère
εὐτύχει δορὶ,	était-heureux par la lance,
τάλας ηὐξόμην καλῶς	infortuné je grandissais bien
τροφαῖσιν,	par les soins-de-l'éducation,
ὥς τις πτόρθος,	comme un certain rejeton,
παρὰ ἀνδρὶ Θρηχὶ	auprès de l'homme thrace
ξένῳ πατρῴῳ.	hôte paternel.
Ἐπεὶ δὲ ἀπόλλυταί τε Τροία	Mais lorsque eut-péri et Troie
ψυχή τε Ἕκτορος,	et le souffle vital d'Hector,
ἑστία τε πατρῴα κατεσκάφη,	et que le foyer paternel fut renversé,
αὐτὸς δὲ πιτνεῖ	et que mon père lui-même tombe
πρὸς βωμῷ θεοδμήτῳ,	auprès de l'autel élevé-aux-dieux,
σφαγεὶς ἐκ παιδὸς	égorgé par le fils
μιαιφόνου Ἀχιλλέως	sanguinaire d'Achille,

κτείνὶ με χρυσοῦ τὸν ταλαίπωρον χάριν   25
ξένος πατρῷος, καὶ κτανὼν ἐς οἶδμ' ἁλὸς
μεθῆχ', ἵν' αὐτὸς χρυσὸν ἐν δόμοις ἔχη.
Κεῖμαι δ' ἐπ' ἀκτῆς, ἄλλοτ'[1] ἐν πόντου σάλῳ,
πολλοῖς διαύλοις κυμάτων[2] φορούμενος,
ἄκλαυστος, ἄταφος· νῦν δ' ὑπὲρ μητρὸς φίλης 30
Ἑκάβης ἀΐσσω, σῶμ' ἐρημώσας ἐμὸν,
τριταῖον ἤδη φέγγος αἰωρούμενος,
ὅσονπερ ἐν γῇ τῇδε Χερσονησίᾳ
μήτηρ ἐμὴ δύστηνος ἐκ Τροίας πάρα.
Πάντες δ' Ἀχαιοὶ ναῦς ἔχοντες ἥσυχοι   35
θάσσουσ' ἐπ' ἀκταῖς τῆσδε Θρηκίας χθονός·
ὁ Πηλέως γὰρ παῖς ὑπὲρ τύμβου[3] φανεὶς
κατέσχ' Ἀχιλλεὺς πᾶν στράτευμ' Ἑλληνικὸν,
πρὸς οἶκον εὐθύνοντας[4] ἐναλίαν πλάτην·
αἰτεῖ δ' ἀδελφὴν τὴν ἐμὴν Πολυξένην[5]   40
τύμβῳ φίλον πρόσφαγμα καὶ γέρας λαβεῖν.
Καὶ τεύξεται τοῦδ', οὐδ' ἀδώρητος φίλων
ἔσται πρὸς ἀνδρῶν· ἡ πεπρωμένη δ' ἄγει
θανεῖν ἀδελφὴν τῷδ' ἐμὴν ἐν ἤματι.

mon père; il m'égorgea pour mon or, et me précipita dans les flots de la mer pour jouir seul dans son palais de mes immenses richesses. Tantôt étendu sur le rivage, tantôt rendu à la mer, constamment soumis aux caprices du flux et du reflux de ses eaux, je n'obtiens ni larmes ni sépulture. En ce moment pourtant, je m'élance à la rencontre d'Hécube, ma mère chérie; j'ai abandonné mon corps, et voici déjà le troisième jour que je plane dans les airs; c'est le temps que ma mère infortunée a passé, depuis son départ de Troie, sur cette plage de la Chersonèse. Cependant tous les Grecs, en repos sur ces bords de la Thrace, y retiennent leurs vaisseaux immobiles; car le fils de Pélée, Achille, leur est apparu sur son tombeau, et a arrêté tous ces guerriers, qui, avides de revoir leur patrie, fendaient déjà de leurs rames les plaines de la mer : il demande ma sœur Polyxène, comme une offrande chère à ses mânes, comme une récompense due à ses services ; et il l'obtiendra. Les Grecs, qui l'aiment, ne lui refuseront pas le présent qu'il réclame, et les destins veulent que ma sœur périsse en ce jour. Ma mère verra les corps inanimés de ses deux en-

ξένος πατρῷος κτείνει	l'hôte paternel tue
μὲ τὸν ταλαίπωρον	moi l'infortuné
χάριν χρυσοῦ,	à cause de l'or,
καὶ κτανὼν μεθῆκεν	et m'ayant tué il me jeta
εἰς οἶδμα ἁλὸς,	dans le sein-gonflé de la mer,
ἵνα αὐτὸς ἔχῃ	afin que lui-seul eût
χρυσὸν ἐν δόμοις.	l'or dans ses demeures.
Κεῖμαι δὲ ἐπὶ ἀκτῆς,	Et je suis-gisant sur le rivage,
ἄλλοτε ἐν σάλῳ πόντου,	d'autres fois dans l'agitation de la
φορούμενος διαύλοις	porté par les flux-et-les-reflux [mer,
πολλοῖς κυμάτων,	nombreux des flots,
ἄκλαυστος, ἄταφος.	non-pleuré, sans sépulture.
Νῦν δὲ ἄσσω	Et maintenant je m'élance
ὑπὲρ Ἑκάβης	pour Hécube.
μητρὸς φίλης,	mère chérie,
ἐρημώσας ἐμὸν σῶμα,	ayant abandonné mon corps,
αἰωρούμενος	suspendu-dans-les-airs
ἤδη τριταῖον φέγγος,	depuis déjà le troisième jour,
ὅσονπερ ἐμὴ μήτηρ δύστηνος	autant-de-temps que ma mère mal-
πάρα ἐκ Τροίας	est-présente venue-deTroie heureuse
ἐν τῇδε γῇ Χερσονησίᾳ.	dans cette terre chersonésienne.
Πάντες δὲ Ἀχαιοὶ	Or tous les Achéens
ἔχοντες ναῦς	retenant leurs vaisseaux
θάσσουσιν ἥσυχοι	sont-assis tranquilles
ἐπὶ ἀκταῖς τῆσδε χθονὸς Θρηκίας.	sur les rivages de cette terre thrace
Ὁ παῖς γὰρ Πηλέως, Ἀχιλλεὺς,	Car le fils de Pélée, Achille,
φανεὶς ὑπὲρ τύμβου	ayant apparu sur son tombeau,
κατέσχε	a retenu
πᾶν στράτευμα Ἑλληνικόν,	toute l'armée des-Grecs,
εὐθύνοντας πλάτην ἐναλίαν	dirigeant la rame maritime
πρὸς οἶκον·	vers la patrie;
αἰτεῖ δὲ λαβεῖν	et il demande d'avoir reçu
Πολυξένην, τὴν ἐμὴν ἀδελφὴν,	Polyxène, ma sœur,
πρόσφαγμα καὶ γέρας	victime et récompense
φίλον τύμβῳ.	chère pour son tombeau.
Καὶ τεύξεται τοῦδε,	Et il obtiendra cela,
οὐκ ἔσται δὲ ἀδώρητος	et il ne sera pas sans-présent
πρὸς ἀνδρῶν φίλων·	de la part d'hommes amis;
ἡ δὲ πεπρωμένη ἄγει ἐμὴν ἀδελφὴν	or la destinée conduit ma sœur
θανεῖν ἐν τῷδε ἤματι.	à être morte dans ce jour.

Δυοῖν δὲ παίδοιν δύο νεκρὼ κατόψεται   45
μήτηρ, ἐμοῦ τε, τῆς τε δυστήνου κόρης.
Φανήσομαι γὰρ, ὡς τάφου τλήμων τύχω,
δούλης ποδῶν πάροιθεν ἐν κλυδωνίῳ.
Τοὺς γὰρ κάτω σθένοντας ἐξητησάμην
τύμβου κυρῆσαι, κεἰς χέρας μητρὸς πεσεῖν.   5o
Τοὐμὸν μὲν οὖν, ὅσονπερ ἤθελον, τυχεῖν
ἔσται· γεραιᾷ δ' ἐκποδὼν χωρήσομαι
Ἑκάβῃ· περᾷ γὰρ ἥδ' ὑπὸ² σκηνῆς πόδα
Ἀγαμέμνονος, φάντασμα δειμαίνουσ' ἐμόν.
Φεῦ! Ὦ μῆτερ, ἥτις ἐκ τυραννικῶν δόμων   55
δούλειον ἦμαρ εἶδες, ὡς πράσσεις κακῶς!
ὅσονπερ εὖ ποτ'· ἀντισηκώσας δέ σε
φθείρει θεῶν τις τῆς πάροιθ' εὐπραξίας.
                ΕΚΑΒΗ.
    Ἄγετ', ὦ παῖδες³, τὴν γραῦν πρὸ δόμων·
    ἄγετ' ὀρθοῦσαι τὴν ὁμόδουλον,   6o
    Τρωάδες, ὑμῖν, πρόσθε δ' ἄνασσαν.
    Λάβετε, φέρετε, πέμπετ', ἀείρετέ μου
    γεραιᾶς χειρὸς προσλαζύμεναι·
    κἀγὼ σκολιῷ σκίπωνι χερὸς
    διερειδομένα, σπεύσω βραδύπουν   65
    ἤλυσιν ἄρθρων προτιθεῖσα.

fants, celui de l'infortunée Polyxène et le mien : car, pour obtenir la sépulture, je me montrerai, je paraîtrai dans le flot qui viendra baigner les pieds d'une esclave. J'ai demandé aux puissances infernales d'avoir un tombeau et d'être rendu aux mains de ma mère. Mon vœu s'accomplira donc dans toute son étendue. Mais jusque-là je m'éloigne de la présence de la vieille Hécube ; car la voici qui s'avance hors de la tente d'Agamemnon, tout épouvantée de mon apparition. Hélas ! ma mère, vous qui, sortie de la maison des rois, avez vu le jour de la servitude, que votre sort est cruel ! Il est aussi cruel qu'il fut heureux autrefois, et il semble qu'une divinité prenne plaisir à balancer par vos maux présents vos prospérités passées.

HÉCUBE. Guidez, enfants, guidez la vieille Hécube devant ces tentes! Troyennes, soutenez votre compagne d'esclavage, votre reine jadis! Prenez, portez, accompagnez-moi ; soulevez-moi, saisissez-vous de mes mains ; que vos bras deviennent l'appui, le bâton de ma vieillesse, et moi je m'efforcerai de hâter la marche tardive de mes

Μήτηρ δὲ κατόψεται·
δύο νεκρὼ δυοῖν παίδοιν,
ἐμοῦ τε, τῆς τὲ κόρης δυστήνου
Ὡς γὰρ τλήμων
τύχω τάφου,
φανήσομαι ἐν κλυδωνίῳ
πάροιθεν ποδῶν δούλης·
Ἐξῃτησάμην γὰρ
τοὺς σθένοντας κάτω
κυρῆσαι τύμβου,
καὶ πεσεῖν εἰς χεῖρας
μητρός.
Τὸ μὲν οὖν ἐμὸν
τυχεῖν,
ὅσονπερ ἤθελον, ἔσται
χωρήσομαι δὲ ἐκποδὼν
Ἑκάβη γεραιᾷ·
ἥδε γὰρ περᾷ πόδα
ὑπὸ σκηνῆς Ἀγαμέμνονος,
δειμαίνουσα ἐμὸν φάντασμα.
Φεῦ! ὦ μῆτερ, ἥτις
ἐκ δόμων τυραννικῶν.
εἶδες ἦμαρ δούλειον,
ὡς πράσσεις κακῶς!
ὅσονπερ εὖ ποτε·
τίς δὲ θεῶν φθείρει σε
ἀντισηκώσας
τῆς εὐπραξίας πάροιθε.
ΕΚΑΒΗ. Ὦ παῖδες,
ἄγετε τὴν γραῦν
πρὸ δόμων,
ἄγετε ὀρθοῦσαι
τὴν ὁμόδουλον ὑμῖν,
Τρῳάδες, ἄνασσαν δὲ πρόσθε.
Λάβετε, φέρετε, πέμπετε, ἀείρετε
προσλαζύμεναι χειρὸς γεραιᾶς μου·
καὶ ἐγὼ διερειδομένα
σκίπωνι σκολιῷ χερὸς,
σπεύσω προτιθεῖσα
ἤλυσιν βραδύπουν ἄρθρων.

Alors ma mère verra
deux cadavres de deux enfants,
et de moi et de la vierge infortunée
Car, afin que malheureux
j'aie obtenu une sépulture,
je paraîtrai dans de petites-vagues
devant les pieds d'une esclave.
Car j'ai demandé
aux puissants d'en bas
d'avoir trouvé un tombeau,
et d'être tombé dans les mains
de *ma* mère.
Donc à la vérité mon *vœu*,
avoir obtenu,
autant que je voulais, sera *réalisé*;
mais je marcherai loin
d'Hécube vieille;
car elle passe le pied
de-dessous la tente d'Agamemnon,
redoutant mon apparition.
Hélas! ô *ma* mère, *toi* qui,
étant sortie de maisons royales,
as vu le jour de-la-servitude,
comme tu fais-tes-affaires mal!
autant que certes bien autrefois;
mais quelqu'un des dieux perd *toi*,
ayant contre-balancé
le bonheur d'auparavant.
HÉCUBE. O enfants,
conduisez la vieille
devant les demeures,
conduisez, *la* dirigeant,
la compagne-d'esclavage à vous.
Troyennes, et *votre* reine auparavant.
Prenez, portez, dirigez, soulevez,
prenant la main vieille de moi;
et moi m'appuyant
sur le bâton courbé du bras,
je me hâterai portant-en-avant
la marche lente de *mes* membres.

Ὦ στεροπὰ Διὸς, ὦ σκοτία νὺξ,
τί ποτ' αἴρομαι ἔννυχος οὕτω
δείμασι, φάσμασιν; ὦ πότνια χθὼν[1],
μελανοπτερύγων μᾶτερ ὀνείρων,   70
ἀποπέμπομαι ἔννυχον ὄψιν,
ἂν περὶ παιδὸς ἐμοῦ τοῦ σωζομένου κατὰ Θρῄκην,
ἀμφὶ Πολυξείνης τε φίλης θυγατρὸς δι' ὀνείρων
εἶδον. Φοβερὰν ὄψιν
ἔμαθον, ἐδάην.   75
Ὦ χθόνιοι θεοί, σώσατε παῖδ' ἐμὸν,
ὃς μόνος, οἴκων ἄγκυρά τ' ἐμῶν,
τὴν χιονώδη Θρῄκην κατέχει,
ξείνου πατρῴου φυλακαῖσιν.
Ἔσται τι νέον·   80
ἥξει τι μέλος γοερὸν γοεραῖς.
Οὔποτ' ἐμὰ φρὴν ὧδ' ἀλίαστος
φρίσσει, ταρβεῖ.
Ποῦ ποτε θείαν Ἑλένου[2] ψυχὰν,
ἢ Κασάνδρας ἐσίδω, Τρωάδες,   85
ὥς μοι κρίνωσιν ὀνείρους;
εἶδον γὰρ βαλιὰν ἔλαφον λύκου αἵμονι χαλᾷ
σφαζομέναν, ἀπ' ἐμῶν γονάτων σπασθεῖσαν ἀνάγκᾳ
οἰκτρῶς. Καὶ τόδε δεῖμά μοι
ἦλθ' ὑπὲρ ἄκρας τύμβου κορυφᾶς   90

ras. O foudres de Jupiter, ô ténèbres de la nuit! Pourquoi ces ter-
reurs, ces fantômes nocturnes, qui m'arrachent ainsi au sommeil?
O terre vénérable, mère des songes aux noires ailes! loin de moi ces
visions de la nuit, qui m'alarment et sur le sort de mon fils réfugié en
Thrace, et sur celui de ma fille, de ma chère Polyxène! Ces effrayan-
tes visions, je les ai senties, je les ai connues! Dieux infernaux,
sauvez mon fils, le seul qui me reste, l'ancre de ma maison, mon fils
qui habite la Thrace neigeuse, sous la garde de l'hôte de son père Il
se prépare quelque chose de nouveau : de tristes accents s'échappe-
ront encore de nos tristes cœurs. Non, jamais mon âme ne s'agita, ne
frissonna d'aussi continuels effrois. Où trouverai-je, Troyennes, où
trouverai-je l'esprit prophétique d'Hélénus ou celui de Cassandre,
pour qu'ils m'expliquent mes songes? J'ai vu une biche tachetée, dé-
chirée par la griffe sanglante d'un loup, qui, dans sa rage impitoya-
ble, l'arrachait violemment de mes genoux. J'ai vu, autre objet d'el-

Ὦ στεροπὰ Διὸς ,	O éclair de Jupiter,
ὦ νὺξ σκοτία,	ô nuit ténébreuse,
τί ποτε ἔννυχος	pourquoi donc pendant-la-nuit
αἴρομαι οὕτω	suis-je soulevée ainsi
δείμασι, φάσμασιν;	par des craintes, par des apparitions?
ὦ χθὼν πότνια,	ô terre vénérable,
μᾶτερ ὀνείρων μελανοπτερύγων,	mère des songes aux-ailes-noires,
ἀποπέμπομαι	je repousse-loin-de-moi
ὄψιν ἔννυχον,	une vision nocturne,
ἃν εἶδον διὰ ὀνείρων	que j'ai vue en songe
περὶ ἐμοῦ παιδὸς	concernant mon enfant
τοῦ σωζομένου κατὰ Θρήκην,	celui conservé en Thrace,
ἀμφί τε Πολυξείνης	et touchant Polyxène
θυγατρὸς φίλης.	fille chérie.
Ἔμαθον, ἐδάην	J'ai appris, j'ai compris
ὄψιν φοβεράν.	une vision terrible.
Ὦ θεοὶ χθόνιοι,	O dieux terrestres,
σώσατε ἐμὸν παῖδα,	ayez sauvé mon enfant,
ὃς μόνος, ἄγκυρά τε ἐμῶν οἴκων,	qui seul, et ancre de ma maison,
κατέχει τὴν Θρήκην χιονώδη,	habite la Thrace neigeuse,
φυλακαῖσι ξείνου πατρῴου.	sous la garde d'un hôte paternel.
Τί νέον ἔσται ·	Quelque chose de nouveau sera;
τί μέλος γοερὸν	quelque chant plaintif
ἥξει γοεραῖς.	viendra aux plaintives.
Οὔποτε ἐμὰ φρὴν φρίσσει,	Jamais mon esprit ne frissonne,
ταρβεῖ ὧδε ἀλίαστος.	ne tremble ainsi continuel
Ποῦ ποτε ἐσίδω,	Où jamais verrai-je,
Τρῳάδες, ψυχὰν θείαν	Troyennes, l'âme divine
Ἑλένου ἢ Κασάνδρας,	d'Hélénus ou de Cassandre,
ὡς κρίνωσι	afin qu'ils interprètent
μοι ὀνείρους;	à moi les songes?
Εἶδον γὰρ ἔλαφον βαλιὰν	Car j'ai vu une biche tachetée
σφαζομέναν	égorgée
χαλᾷ αἵμονι λύκου,	par l'ongle sanglant d'un loup,
σπασθεῖσαν	ayant été arrachée
ἀπὸ ἐμῶν γονάτων ἀνάγκα	de mes genoux par force
οἰκτρῶς.	d'une-manière-déplorable.
Καὶ τόδε δεῖμά μοι ·	Et cette crainte-ci est à moi:
φάντασμα Ἀχιλλέως ἦλθεν	le fantôme d'Achille est venu
ὑπὲρ κορυφᾶς ἄκρας τύμβου ·	sur le sommet élevé du tombeau;

φάντασμ' Ἀχιλέως·
ἤτει δὲ γέρας τῶν πολυμόχθων
τινὰ Τρωϊάδων.
Ἀπ' ἐμᾶς οὖν, ἀπ' ἐμᾶς τόδε παιδὸς
πέμψατε, δαίμονες, ἱκετεύω.   95

ΧΟΡΟΣ.

Ἑκάβη, σπουδῇ πρός σ' ἐλιάσθην,
τὰς δεσποσύνους σκηνὰς προλιποῦσ',
ἵν' ἐκληρώθην καὶ προσετάχθην
δούλη, πόλεως ἀπελαυνομένη
τῆς Ἰλιάδος, λόγχης αἰχμῇ   100
δοριθήρατος πρὸς Ἀχαιῶν,
οὐδὲν παθέων ἀποκουφίζουσ',
ἀλλ' ἀγγελίας βάρος ἀραμένη
μέγα, σοί τε, γύναι, κῆρυξ ἀχέων.
Ἐν γὰρ Ἀχαιῶν πλήρει ξυνόδῳ   105
λέγεται δόξαι σὴν παῖδ' Ἀχιλεῖ
σφάγιον θέσθαι· τύμβου δ' ἐπιβὰς
οἶσθ' ὅτι χρυσέοις ἐφάνη ξὺν ὅπλοις,
τὰς ποντοπόρους δ' ἔσχε σχεδίας,
λαίφη προτόνοις ἐπερειδομένας,   110
τάδε θωΰσσων·
« Ποῖ δή, Δαναοί, τὸν ἐμὸν τύμβον
« στέλλεσθ' ἀγέραστον ἀφέντες ; »

froi, le spectre d'Achille se dresser sur le sommet de son tombeau : il demandait, pour prix de ses services, quelqu'une des infortunées Troyennes. Loin, loin de ma fille ces affreux malheurs, je vous en conjure, dieux puissants!

LE CHOEUR. Hécube, j'accours en hâte auprès de vous : je quitte les tentes où le hasard du sort et l'ordre impérieux de mes maîtres ont fixé ma servitude, depuis que, chassée d'Ilion par l'épée des Grecs, je suis devenue leur captive; je n'allégerai aucune de vos peines : je porte avec moi le fardeau d'un triste message, et je suis pour vous, ô femme infortunée, un héraut de douleurs. L'assemblée entière des Grecs a résolu, dit-on, de sacrifier votre fille aux mânes d'Achille. Vous savez vous-même comme ce héros a paru sur le sommet de son tombeau, tout couvert d'une armure d'or, et comme arrêtant les vaisseaux rapides, dont les voiles, déjà développées le long des cordages, n'attendaient plus que l'action des vents, il s'est écrié tout à coup : « Où courez-vous, enfants de Danaüs? laisserez-vous ainsi mon tombeau sans offrande? » De toutes parts à ces mots éclata l'o-

ἤτει δὲ γέρας
τινὰ Τρωϊάδων
τῶν πολυμόχθων.
Πέμψατε οὖν τόδε,
δαίμονες,
ἀπὸ ἐμᾶς,
ἱκετεύω,
ἀπὸ ἐμᾶς παιδός.
ΧΟΡΟΣ. Ἑκάβη,
ἐλιάσθην
πρός σε σπουδῇ,
προλιποῦσα
τὰς σκηνὰς δεσποσύνους,
ἵνα ἐκληρώθην
καὶ προσετάχθην δούλη,
ἀπελαυνομένη
τῆς πόλεως Ἰλιάδος,
δοριθήρατος πρὸς Ἀχαιῶν
αἰχμῇ λόγχης,
ἀποκουφίζουσα οὐδὲν παθέων,
ἀλλὰ ἀραμένη
βάρος μέγα ἀγγελίας,
κῆρύξ τε ἀχέων
σοί, γύναι.
Λέγεται γὰρ δόξα.
ἐν ξυνόδῳ πλήρει Ἀχαιῶν
θέσθαι σὴν παῖδα
σφάγιον Ἀχιλεῖ·
οἶσθα δὲ ὅτι
ἐπιβὰς τύμβου
ἐφάνη ξὺν ὅπλοις χρυσέοις,
ἔσχε δὲ τὰς σχεδίας
ποντοπόρους,
ἐπερειδομένας λαίφη
προτόνοις,
θωΰσσων τάδε
« Ποῖ δὴ στέλλεσθε,
« Δαναοὶ,
« ἀφέντες τὸν ἐμὸν τύμβον
« ἀγέραστον; »

et il demandait *pour* récompense
quelqu'une des Troyennes
celles aux-nombreuses-douleurs.
Donc ayez envoyé cela,
divinités,
oin de ma *fille*,
je *vous* supplie,
loin de ma fille.
LE CHOEUR. Hécube,
'e me suis éloignée
vers toi avec empressement,
ayant quitté
les tentes des-maîtres,
où j'ai été assignée-par-le-sort
et *où* j'ai été rangée esclave,
chassée
de la ville d'Ilion,
prise-à-la-guerre par les Achéens
à la pointe de la lance,
n'allégeant aucun de *tes* maux,
mais ayant soulevé
un fardeau grand de message,
et *étant* un héraut de douleurs
pour toi, femme.
Car il est dit avoir paru-bon
dans l'assemblée pleine des Achéens
d'avoir placé ta fille
victime à Achille :
or tu sais que
monté sur le tombeau
il a apparu avec des armes d'or,
et *qu'*il a retenu les radeaux
destinés-à-traverser-la-mer,
appuyant les voiles
sur les cordages,
criant ces-choses :
« Où donc partez-vous,
« descendants-de-Danaüs,
« ayant laissé mon tombeau
« sans-récompense ? »

πολλῆς δ' ἔριδος ξυνέπαισε κλύδων,
δόξα δ' ἐχώρει δίχ' ἀν' Ἑλλήνων   115
στρατὸν αἰχμητὴν, τοῖς μὲν διδόναι
τύμβῳ σφάγιον, τοῖς δ' οὐχὶ δοκοῦν[1].
Ἦν δὲ τὸ μὲν σὸν σπεύδων ἀγαθὸν
τῆς μαντιπόλου Βάκχης [2] ἀνέχων
λέκτρ' Ἀγαμέμνων·   120
τὼ Θησείδα [3] δ', ὄζω Ἀθηνῶν,
δισσῶν μύθων ῥήτορες ἦσαν·
γνώμῃ δὲ μιᾷ ξυνεχωρείτην
τὸν Ἀχίλλειον τύμβον στεφανοῦν
αἵματι χλωρῷ· τὰ δὲ Κασάνδρας   125
λέκτρ' οὐκ ἐφάτην τῆς Ἀχιλείας
πρόσθεν θήσειν ποτὲ λόγχης.
Σπουδαὶ δὲ λόγων κατατεινομένων
ἦσαν ἴσαι πως, πρὶν ὁ ποικιλόφρων,
κόπις[4], ἡδυλόγος, δημοχαριστὴς   130
Λαερτιάδης πείθει στρατιάν,
μὴ τὸν ἄριστον Δαναῶν πάντων,
δούλων σφαγίων οὕνεχ', ἀπωθεῖν,
μηδέ τιν' εἰπεῖν παρὰ Περσεφόνῃ
στάντα φθιμένων, ὡς ἀχάριστοι   135
Δαναοὶ Δαναοῖς
τοῖς οἰχομένοις ὑπὲρ Ἑλλήνων,
Τροίας πεδίων ἀπέβησαν.

rage de la discorde, et l'armée valeureuse des Grecs se partagea en deux avis contraires : les uns voulaient que le sang coulât sur la tombe, les autres s'y refusaient. Pour vos intérêts se déclara tout d'abord Agamemnon, par respect pour la couche de celle qu'anime un souffle divin. Après lui, les deux fils de Thésée, rejetons d'Athènes, proposèrent deux avis différents; mais au fond réunis par une seule et même pensée, tous deux demandèrent qu'on arrosât le tombeau d'Achille du sang d'une jeune victime; tous deux soutinrent que la couche de Cassandre ne devait point être préférée à la lance d'Achille. Cependant, malgré les efforts des deux partis opposés, tout semblait égal de part et d'autre, quand un orateur fécond en artifices et en perfidies, un orateur au langage doucereux et flatteur, le fils de Laërte en un mot, persuade à l'armée de ne pas repousser le plus vaillant des Grecs, par considération pour le sang d'une esclave, afin qu'aucun des morts, debout devant Proserpine, ne puisse se plaindre que les Grecs aient signalé leur départ de Troie par leur ingratitude envers les Grecs leurs frères, morts pour la cause commune. Ulysse ne tar-

Κλύδων δὲ ἔριδος πολλῆς	Or le flot d'une querelle nombreuse
ξυνέπαισε, δόξα δὲ	se heurta, et une opinion
ἐχώρει δίχα	allait en-deux-sens
ἀνὰ στρατὸν αἰχμητὴν Ἑλλήνων,	dans l'armée guerrière des Grecs,
τοῖς μὲν διδόναι	aux uns de donner
σφάγιον τύμβῳ,	une victime au tombeau,
οὐχὶ δοκοῦν τοῖςδέ.	ne paraissant-pas-bon aux autres
Ἀγαμέμνων δὲ ἦν μὲν,	Mais Agamemnon était d'un côté,
ἀνέχων λέκτρα	soutenant la couche
Βάκχης μαντιπόλου,	de la bacchante prophétesse,
σπεύδων	recherchant-avec-zèle
τὸ σὸν ἀγαθόν·	ton propre bien;
τὼ Θησείδα δὲ,	les-deux fils-de-Thésée, d'un autre
ὄζω Ἀθηνῶν,	rejetons d'Athènes, [côté,
ἦσαν ῥήτορες μύθων δισσῶν·	étaient orateurs de discours doubles;
ξυνεχωρείτην δὲ	mais ils allaient-ensemble
μιᾷ γνώμη	dans une-seule opinion
στεφανοῦν τὸν τύμβον Ἀχίλλειον	de couronner le tombeau d'Achille
αἵματι χλωρῷ·	par un sang jeune;
ἐφάτην δὲ οὐ θήσειν ποτὲ	et ils disaient ne devoir placer jamais
λέκτρα Κασάνδρας	la couche de Cassandre
πρόσθεν τῆς λόγχης Ἀχιλείας.	avant la lance d'Achille.
Σπουδαὶ δὲ λόγων	Et les efforts des discours
κατατεινομένων	tendus-en-sens-opposés,
ἦσαν ἴσαι πως,	étaient égaux en quelque sorte,
πρὶν ὁ Λαερτιάδης	avant que le fils-de-Laërte
ποικιλόφρων,	varié-en-expédients,
κόπις, ἡδυλόγος,	trompeur, aux-douces-paroles,
δημοχαριστὴς,	recherchant-la-faveur-populaire,
πείθει στρατιὰν	persuade à l'armée
μὴ ἀπωθεῖν τὸν ἄριστον	de ne pas repousser le plus brave
πάντων Δαναῶν	de tous les-fils-de-Danaüs
οὕνεκα σφαγίων δούλων,	à cause de victimes esclaves,
τινὰ δὲ φθιμένων	et veut quelqu'un des morts
μὴ εἰπεῖν,	ne pouvoir-dire,
στάντα παρὰ Περσεφόνῃ,	se tenant auprès de Proserpine,
ὡς Δαναοὶ ἀπέβησαν	que les Grecs sont partis
πεδίων Τροίας	des plaines de Troie
ἀχάριστοί Δαναοῖς	ingrats envers les Grecs
τοῖς οἰχομένοις ὑπὲρ Ἑλλήνων.	ceux ayant disparu pour les Grecs.

Ἥξει δ' Ὀδυσεὺς ὅσον οὐκ ἤδη,
πῶλον[1] ἀφέλξων σῶν ἀπὸ μαστῶν,   140
ἔκ τε γεραιᾶς χερὸς ὁρμήσων.
Ἀλλ' ἴθι ναοὺς, ἴθι πρὸς βωμούς·
ἵζ' Ἀγαμέμνονος ἱκέτις γονάτων·
κήρυσσε θεοὺς, τούς τ' Οὐρανίδας,
τούς θ' ὑπὸ γαῖαν.   145
Ἢ γάρ σε λιταὶ διακωλύσουσ'
ὀρφανὸν εἶναι παιδὸς μελέας,
ἢ δεῖ σ' ἐπιδεῖν τύμβου προπετῆ,
φοινισσομένην αἵματι παρθένον
ἐκ χρυσοφόρου[2]   150
δειρῆς νασμῷ μελαναυγεῖ.

EKABH.

Οἲ ἐγὼ μελέα, τί ποτ' ἀπύσω;
ποίαν ἀχώ; ποῖον ὀδυρμόν;
δειλαία δειλαίου γήρως,
δουλείας τᾶς οὐ τλατᾶς,   155
τᾶς οὐ φερτᾶς! ᾤ μοί μοι!
τίς ἀμύνει μοι; ποία γέννα,
ποία δὲ πόλις;
φροῦδος πρέσβυς, φροῦδοι παῖδες.
Ποίαν, ἢ ταύταν ἢ κείναν,   160
στείχω; ποῖ δ' ἥσω; ποῦ τις θεῶν,
ἢ δαίμων ἔστ' ἐπαρωγός;
ὦ κάκ' ἐνεγκοῦσαι Τρῳάδες, ὦ

dera pas à venir lui-même arracher votre fille de votre sein, et l'en-
lever à vos débiles mains. Courez donc, courez aux temples, courez
aux autels; prosternez-vous aux pieds d'Agamemnon; embrassez ses
genoux; invoquez tous les dieux, ceux du ciel et ceux des enfers. Ou
vos prières vous préserveront du malheur de perdre votre fille, ou il
faut vous préparer à la voir rouler sans vie au pied du tombeau, tendre victime souillée du sang qui jaillira à grands flots de son cou paré
d'or.

HÉCUBE. Hélas! malheureuse, que dire? quels cris, quelles lamentations faire entendre? Infortunée, qu'accablent à la fois et une triste
vieillesse, et une odieuse, une insupportable servitude! Hélas,
hélas! Qui prendra ma défense? quelle famille? quelle cité? Il n'est
plus, le vieillard! ils ne sont plus, mes fils. Quelle route suivrai-
je? celle-ci ou celle-là? Où irai-je? où trouverai-je un Dieu ou un
génie secourable? Troyennes, messagères de malheurs, messagères

Ὅσον δὲ οὐκ ἤδη Ὀδυσεὺς	Et bientôt Ulysse
ἥξει ἀφέλξων	viendra devant arracher
πῶλον	*ta* jeune-fille
ἀπὸ σῶν μαστῶν,	de tes mamelles,
ὁρμήσων τε	et devant *la* pousser (l'éloigner)
ἐκ χερὸς γεραιᾶς.	de *ta* main vieille
Ἀλλὰ ἴθι ναοὺς,	Mais va *vers* les temples
ἴθι πρὸς βωμούς·	va vers les autels ;
ἵζε ἱκέτις	assieds-toi suppliante
γονάτων Ἀγαμέμνονος	des genoux d'Agamemnon :
κήρυσσε θεοὺς,	invoque les dieux,
τούς τε Οὐρανίδας,	et les célestes,
τούς τε ὑπὸ γαῖαν.	et les sous terre.
Ἢ γὰρ λιταὶ διακωλύσουσι	Car ou des prières empêcheront
σὲ εἶναι ὀρφανὸν	toi être privée
παιδὸς μελέας,	d'une fille malheureuse,
ἢ δεῖ σε ἐπιδεῖν	ou il faut toi avoir vu
παρθένον προπετῆ τύμβου,	la vierge tombant-devant le tombeau,
φοινισσομένην αἵματι	rougie par le sang,
νασμῷ μελαναυγεῖ	ruisseau au-noir-éclat,
ἐκ δειρῆς χρυσοφόρου.	*coulant de son* cou portant-de-l'or.
ΕΚΑΒΗ. Οἲ ἐγὼ μελέα,	HÉCUBE. Hélas! moi malheureuse,
τί ποτε ἀπύσω ;	quoi enfin ferai-je-entendre ?
ποίαν ἀχώ ; ποῖον ὀδυρμόν ;	quel son ? quelle lamentation ?
δειλαία	malheureuse
γήρως δειλαίου,	d'une vieillesse malheureuse,
δουλείας τᾶς οὐ τλατᾶς,	d'un esclavage celui non tolérable.
τᾶς οὐ φερτᾶς!	celui non supportable !
ὤ μοί μοι!	hélas! à moi, à moi!
τίς ἀμύνει μοι;	qui protége moi ?
ποία γέννα, ποία δὲ πόλις;	quelle race, et quelle ville ?
πρέσβυς φροῦδος,	Le vieillard *est* parti,
παῖδες φροῦδοι.	*mes* enfants *sont* partis.
Ποίαν στείχω,	Quelle *route* marché-je,
ἢ ταύταν ἢ κείναν ;	ou celle-ci, ou celle-là ?
ποῖ δὲ ἥσω ;	où donc enverrai-je *moi-même* ?
ποῦ τις θεῶν,	où quelqu'un des dieux
ἢ δαίμων ἔσται ἐπαρωγός,	ou un génie sera-t-il auxiliaire ?
Ὦ Τρωάδες	O Troyennes
ἐνεγκοῦσαι κακὰ,	ayant apporté des maux,

κάκ' ἐνεγκοῦσαι πήματ', ἀπωλέσατ'
ὠλέσατ'· οὐκ ἔτι μοι βίος   165
ἀγαστὸς ἐν φάει.
Ὦ τλάμων, ἄγησαί μοι, ποὺς,
ἄγησαι τᾷ γραία
πρὸς τάνδ' αὐλάν. Ὦ τέκνον, ὦ παῖ
δυστανοτάτας ματέρος, ἔξελθ',   170
ἔξελθ' οἴκων· ἄιε ματέρος
αὐδὰν, ὦ τέκνον, ὡς εἰδῇς
οἵαν, οἵαν
ἀίω φάμαν περὶ σᾶς ψυχᾶς.

ΠΟΛΥΞΕΝΗ.
Ἰώ! Μᾶτερ, μᾶτερ, τί βοᾷς; τί νέον   175
καρύξασ' οἴκων μ', ὥστ' ὄρνιν,
θάμβει τῷδ' ἐξέπταξας[1];

ΕΚΑΒΗ.
Ἰώ μοι, τέκνον!

ΠΟΛΥΞΕΝΗ.
Τί με δυσφημεῖς; φροίμιά μοι κακά

ΕΚΑΒΗ
Αἶ, αἶ, σᾶς ψυχᾶς[2]!   180

ΠΟΛΥΞΕΝΗ.
Ἐξαύδα, μὴ κρύψῃς δαρόν.
Δειμαίνω, δειμαίνω, μᾶτερ,
τί ποτ' ἀναστένεις;

ΕΚΑΒΗ.
Ὦ! τέκνον, τέκνον μελέας ματρός.

des plus affreux malheurs, vous m'avez tuée, vous m'avez tnée!
Désormais la vie, la lumière du jour, n'ont plus de charmes pour moi.
Pieds de l'infortunée Hécube, traînez-moi, traînez ma vieillesse
vers cette tente. O ma fille, ô enfant d'une déplorable mère, sors,
sors de ces demeures! Entends la voix de ta mère, ô ma fille, et apprends ce que la renommée, la cruelle renommée m'annonce sur tes
jours.

POLYXÈNE. O ma mère, ma mère! pourquoi ces cris? Pour quelles
funestes nouvelles me faites-vous ainsi voler de frayeur hors de ces
tentes, comme un timide oiseau?

HÉCUBE. Ah! ma fille!

POLYXÈNE. Pourquoi ces paroles de mauvais augure adressées
moi? Quel sinistre prélude?

HÉCUBE. Hélas! hélas! précieux jours de ma fille!...

POLYXÈNE. Parlez! ne me cachez pas plus longtemps mon sort!
Je frissonne, je frissonne, ô ma mère! Pourquoi donc ces gémissements?

HÉCUBE. Ah! ma fille! fille d'une malheureuse mère!

ὦ ἐνεγκοῦσαι	ô ayant apporté
πήματα κακά,	des malheurs funestes,
ἀπωλέσατε,	vous m'avez fait-périr,
ὠλέσατε·	vous m'avez perdue;
οὐκ ἔτι μοι βίος	il n'est plus à-moi de vie
ἀγαστὸς ἐν φάει.	admirable dans la lumière
Ὦ πούς τλάμων,	O pied malheureux,
ἄγησαί μοι,	conduis-moi,
ἄγησαι τᾷ γραίᾳ	conduis la vieille
πρὸς τάνδε αὐλάν.	vers cette tente.
Ὦ τέκνον,	O enfant,
ὦ παῖ ματέρος	ô fille d'une mère
δυστανοτάτας,	très-malheureuse,
ἔξελθε, ἔξελθε οἴκων·	sors, sors des demeures;
ἄιε αὐδὰν ματέρος,	entends la voix de ta mère,
ὦ τέκνον,	ô enfant,
ὡς εἰδῇς	afin que tu saches
οἵαν, οἵαν φάμαν	quel, quel bruit
ἄιω περὶ σᾶς ψυχᾶς.	j'entends sur ta vie
ΠΟΛΥΞΕΝΗ. Ἰώ! μᾶτερ, μᾶτερ,	POLYXÈNE. Hélas! mère, mère,
τί βοᾷς	pourquoi cries-tu?
τί νέον	quoi de nouveau
καρύξασα	ayant annoncé,
ἐξέπταξας τῷδε θάμβει	as-tu frappé par cet effroi
μὲ οἴκων,	moi hors des demeures,
ὥστε ὄρνιν;	comme un oiseau?
ΕΚΑΒΗ. Ἰώ μοι τέκνον!	HÉCUBE. Hélas à moi, enfant
ΠΟΛΥΞΕΝΗ. Τί	POLYXÈNE. Pourquoi
δυσφημεῖς	dis-tu-des-paroles-sinistres
μέ;	à moi?
φροίμια κακά μο	préludes mauvais à moi.
ΕΚΑΒΗ. Αἴ, αἴ,	HÉCUBE. Hélas! hélas!
σᾶς ψυχᾶς!	sur ta vie.
ΠΟΛΥΞΕΝΗ. Ἔξαύδα,	POLYXÈNE. Parle,
μὴ κρύψῃς δαρόν.	n'aie pas caché longtemps.
Δειμαίνω, δειμαίνω,	Je crains, je crains,
μᾶτερ,	mère,
τί ποτε ἀναστένεις;	pourquoi enfin gémis-tu?
ΕΚΑΒΗ. Ὦ τέκνον,	HÉCUBE. O enfant,
τέκνον ματρὸς μελέας.	enfant d'une mère malheureuse!

ΠΟΛΥΞΕΝΗ.

Τί τόδ' ἀγγέλλεις;　　　　　　　　　　185

ΕΚΑΒΗ.

Σφάξαι σ' Ἀργείων κοινὰ
ξυντείνει πρὸς τύμϐον γνώμα
Πηλείδα γέννα.

ΠΟΛΥΞΕΝΗ.

Οἴ μοι, μᾶτερ! πῶς φθέγγει;
ἀμέγαρτα κακῶν μάνυσόν μοι,　　　　190
μάνυσον, μᾶτερ.

ΕΚΑΒΗ.

Αὐδῶ, παῖ, δυσφήμους φήμας·
ἀγγέλλουσ' Ἀργείων δόξαι
ψήφῳ τᾶς σᾶς περί μοι ψυχᾶς.

ΠΟΛΥΞΕΝΗ.

Ὦ δεινὰ παθοῦσ', ὦ παντλάμων,　　　195
ὦ δυστάνου μᾶτερ βιοτᾶς,
οἵαν, οἵαν αὖ σοι λώϐαν
ἐχθίσταν ἀρρήταν τ'
ὦρσέν τις δαίμων!
οὐκ ἔτι σοι παῖς ἅδ', οὐκ ἔτι δὴ　　　200
γήρᾳ δειλαία δειλαίῳ
ξυνδουλεύσω.
Σκύμνον γάρ μ' ὥστ' οὐρειθρέπταν,
μόσχον δειλαία δειλαίαν
εἰσόψει χειρὸς ἀναρπαστὰν　　　205
σᾶς ἄπο, λαιμότομόν τ' Ἄιδᾳ

POLYXÈNE. Ciel! qu'allez-vous m'annoncer?

HÉCUBE. La voix unanime des Grecs demande que ton sang coule sur le tombeau d'Achille, versé par les mains de son fils.

POLYXÈNE. Hélas! que dites-vous, ma mère? Daignez, daignez m'expliquer ces affreux malheurs.

HÉCUBE. Je te répète, ô ma fille, des bruits funestes. On m'annonce que les Grecs ont prononcé sur tes jours.

POLYXÈNE. O mère infortunée, déjà éprouvée par tant de souffrances, ô vous dont la vie est si déplorable, quel odieux, quel inexprimable outrage une divinité cruelle suscite-t-elle encore contre vous? Ainsi, votre fille n'est plus pour vous! Je ne pourrai plus, compagne de votre esclavage, partager les maux de votre vieillesse! Vous me verrez avec douleur telle qu'un jeune lionceau nourri sur les montagnes, telle qu'une tendre génisse vouée à la destruction, arrachée de vos mains, pour être immolée à Pluton et précipitée dans les té-

ΠΟΛΥΞΕΝΗ. Τί ἀγγέλλεις τόδε ;	POLYXÈNE. Quoi annonces-tu cela ?
ΕΚΑΒΗ. Γνώμα κοινὰ Ἀργείων ξυντείνει σφάξαι σε πρὸς τύμβον γέννα Πηλείδα.	HÉCUBE. Une décision commune des Argiens tend-unanimement à avoir immolé toi sur le tombeau par la race du fils-de-Pélée.
ΠΟΛΥΞΕΝΗ. Οἴ μοι, μᾶτερ ! πῶς φθέγγει ; μάνυσόν μοι, μάνυσον, μᾶτερ, ἀμέγαρτα κακῶν.	POLYXÈNE. Hélas à moi, mère ! comment dis-tu ? indique à moi, indique, mère, les non-désirables des maux.
ΕΚΑΒΗ. Αὐδῶ, παῖ, φήμας δυσφήμους ἀγγέλλουσι· δόξαι ψήφῳ Ἀργείων περὶ τᾶς σᾶς ψυχᾶς μοι.	HÉCUBE. Je dis, enfant, des bruits sinistres-à-dire. On annonce avoir paru-à-propos au suffrage des Argiens touchant ta vie, *qui-est*-à moi.
ΠΟΛΥΞΕΝΗ. Ὦ παθοῦσα δεινά, ὦ παντλάμων, ὦ μᾶτερ βιοτᾶς δυστάνου, οἴαν, οἴαν λώβαν αὖ ἐχθίσταν ἀρρήταν τε τίς δαίμων ὦρσέν σοι ! ἅδε παῖς οὐκ ἔτι σοι· οὐκ ἔτι δὴ ξυνδουλεύσω δειλαία γήρᾳ δειλαίῳ Δειλαία γὰρ εἰσόψει μὲ δειλαίαν μόσχον ἀναρπασταν ἀπὸ σᾶς χειρὸς, ὥστε σκύμνον οὐρειθρέπταν, λαιμότομόν τε πεμπομέναν Ἅιδα	POLYXÈNE. O ayant souffert des choses-terribles, ô tout-à-fait-malheureuse, ô mère d'une vie infortunée, quelle, quelle calamité encore très-ennemie et indicible un génie a excitée contre toi ! Cette enfant-ci n'*est* plus à toi ; donc je ne serai-plus-esclave malheureuse avec une vieillesse malheureuse. Car malheureuse tu verras moi malheureuse génisse arrachée de ta main, comme un petit-d'animal nourri-sur-les montagnes, et la-gorge-coupée envoyée à Pluton

γᾶς ὑποπεμπομέναν σκότον, ἔνθα νεκρῶν μέτα
ἁ τάλαινα κείσομαι.

Καί σε μὲν, ὦ μᾶτερ δύστανε,
κλάω πανοδύρτοις θρήνοις·   210
τὸν ἐμὸν δὲ βίον, λώβαν λύμαν τ᾽,
οὐ μετακλάομαι. Ἀλλὰ θανεῖν μοι
ξυντυχία κρείσσων ἐκύρησεν.
            ΧΟΡΟΣ.

Καὶ μὴν Ὀδυσσεὺς ἔρχεται σπουδῇ ποδός,
Ἑκάβη, νέον τι πρὸς σὲ σημανῶν ἔπος.   215
            ΟΔΥΣΣΕΥΣ.

Γύναι, δοκῶ μέν σ᾽ εἰδέναι γνώμην στρατοῦ
ψῆφόν τε τὴν κρανθεῖσαν· ἀλλ᾽ ὅμως φράσω.
Ἔδοξ᾽ Ἀχαιοῖς παῖδα σὴν Πολυξένην
σφάξαι πρὸς ὀρθὸν χῶμ᾽ Ἀχιλλείου τάφου.
Ἡμᾶς δὲ πομποὺς καὶ κομιστῆρας κόρης   220
τάσσουσιν εἶναι· θύματος δ᾽ ἐπιστάτης
ἱερεύς τ᾽ ἐπέστη τοῦδε παῖς Ἀχιλλέως.
Οἶσθ᾽ οὖν ὃ δρᾶσον; μήτ᾽ ἀποσπασθῇς βίᾳ,
μήτ᾽ ἐς χερῶν ἅμιλλαν ἐξέλθῃς ἐμοί·
γίγνωσκε δ᾽ ἀλκὴν καὶ παρουσίαν κακῶν   225
τῶν σῶν. Σοφόν τοι κἂν κακοῖς ἃ δεῖ φρονεῖν.
            EKABH.

Αἲ, αἲ! παρέστηχ᾽, ὡς ἔοιχ᾽, ἀγὼν μέγας,

nèbres souterraines, où j'habiterai à jamais, infortunée, parmi les morts! Malheureuse mère! c'est vous que je pleure, vous seule qui m'arrachez ces lamentations plaintives; pour ma vie, qui n'est qu'opprobre et misère, je ne la pleure point. La mort est pour moi plus heureuse que la vie.

LE CHOEUR. Hécube, voici Ulysse qui s'avance à pas précipités; il a quelque importante nouvelle à vous communiquer.

ULYSSE. Femme, je pense que tu connais déjà la décision de l'armée et le décret qu'elle a rendu; cependant, je dois parler : les Grecs ont décidé que ta fille Polyxène serait immolée sur le tertre élevé qui couvre le tombeau d'Achille. C'est nous qu'ils ont chargés de conduire et d'accompagner la victime. Le fils d'Achille doit présider au sacrifice et y remplir l'office de sacrificateur. Que te reste-t-il à faire ? Le voici : Ne te laisse point arracher violemment des bras de ta fille, et ne cherche pas à lutter d'efforts avec moi; reconnais ta faiblesse et la présence des maux qui t'accablent. Il est sage, dans la disgrâce aussi, de savoir conformer ses sentiments à sa fortune.

HÉCUBE. Hélas! hélas! Il s'ouvre, je le vois, ce funeste combat.

ὑπὸ σκότον γᾶς,	sous l'obscurité de la terre,
ἔνθα ἁ τάλαινα	où *moi* la malheureuse
κείσομαι μετὰ νεκρῶν	je serai étendue avec les morts.
Καὶ κλάω μέν σε,	Et je pleure toi d'une part,
ὦ μᾶτερ δύστανε,	ô mère infortunée,
θρήνοις	par des gémissements
πανοδύρτοις	tout-lamentables;
οὐ μεταχλάομαι δὲ	je ne déplore pas d'autre part
τὸν ἐμὸν βίον, λώβαν	ma vie, *mon* opprobre,
λύμαν τε.	et *mon* malheur.
Ἀλλὰ θανεῖν ἐκύρησέν μοι	mais mourir est pour moi
ξυντυχία κρείσσων.	un bonheur plus grand.
ΧΟΡΟΣ. Καὶ μὴν Ὀδυσσεὺς	LE CHOEUR Et cependant Ulysse
ἔρχεται σπουδῇ ποδὸς,	vient avec hâte de pied,
σημανῶν πρὸς σὲ, Ἑκάβη,	devant signifier à toi, Hécube,
τὶ ἔπος νέον.	quelque parole nouvelle.
ΟΔΥΣΣΕΥΣ. Γύναι, δοκῶ μὲν	ULYSSE. Femme, je crois certes
σὲ εἰδέναι γνώμην στρατοῦ,	toi savoir là décision de l'armée,
ψῆφόν τε τὴν κρανθεῖσαν·	et le suffrage celui ayant prévalu;
ἀλλὰ ὅμως φράσω.	mais cependant je parlerai :
Ἔδοξεν Ἀχαιοῖς	Il a paru-bon aux Achéens
σφάξαι σὴν παῖδα Πολυξένην	d'avoir égorgé ta fille Polyxène
πρὸς χῶμα ὀρθὸν	près du tertre élevé
τάφου Ἀχιλλείου.	du tombeau d'Achille.
Τάσσουσι δὲ ἡμᾶς εἶναι πομπου,	Or ils prescrivent nous être guides
καὶ κομιστῆρας κόρης·	et conducteurs de la jeune-fille;
παῖς δὲ Ἀχιλλέως·	et le fils d'Achille
ἐπέστη ἐπιστάτης	a été préposé ordonnateur
ἱερεύς τε τοῦδε θύματος.	et prêtre de ce sacrifice.
Δρᾶσον οὖν, οἶσθα ὅ;	Aie fait donc, sais-tu quelle chose?
μή τε ἀποσπασθῇς	et n'aie pas été arrachée *d'elle*
βίᾳ,	par force,
μή τε ἐξέλθῃς ἐμοὶ	et n'en sois pas venue avec moi
ἐς ἄμιλλαν χερῶν.	à une lutte de mains.
Γίγνωσκε δὲ ἀλκὴν	Mais connais *ta* force(faiblesse)
καὶ παρουσίαν τῶν σῶν κακῶν	et la présence de tes maux.
Τοὶ καὶ ἐν κακοῖς	Certes même dans les maux
φρονεῖν ἃ δεῖ, σοφόν.	penser ce-qu'il faut, *est* sage.
ΕΚΑΒΗ. Αἲ, αἲ! ὡς ἔοικε,	HÉCUBE. Ah! ah! comme il paraît,
μέγας ἀγὼν παρέστηκε,	un grand combat s'est présenté,

πλήρης στεναγμῶν, οὐδὲ δακρύων κενός.
Κἀγὼ γὰρ οὐκ ἔθνησκον, οὗ μ᾽ ἐχρῆν θανεῖν,
οὐδ᾽ ὤλεσέν με Ζεὺς, τρέφει δ᾽, ὅπως δρῶ   230
κακῶν κάκ᾽ ἄλλα μεῖζον᾽ ἢ τάλαιν᾽ ἐγώ.
Εἰ δ᾽ ἔστι τοῖς δούλοισι τοὺς ἐλευθέρους
μὴ λυπρὰ μηδὲ καρδίας δηκτήρια
ἐξιστορῆσαι, σοὶ μὲν εἰρῆσθαι χρεών,
ἡμᾶς δ᾽ ἀκοῦσαι τοὺς ἐρωτῶντας τάδε.   235
ΟΔΥΣΣΕΥΣ.
Ἔξεστ᾽, ἐρώτα· τοῦ χρόνου γὰρ οὐ φθονῶ
ΕΚΑΒΗ
Οἶσθ᾽ ἡνίκ᾽ ἦλθες Ἰλίου κατάσκοπος¹,
δυσχλαινία τ᾽ ἄμορφος, ὀμμάτων τ᾽ ἄπο
φόνου σταλαγμοὶ σὴν κατέσταζον γένυν.
ΟΔΥΣΣΕΥΣ.
Οἶδ᾽· οὐ γὰρ ἄκρας καρδίας ἔψαυσέ μου.   240
ΕΚΑΒΗ.
Ἔγνω δέ σ᾽ Ἑλένη, καὶ μόνη κατεῖπ᾽ ἐμοί.
ΟΔΥΣΣΕΥΣ.
Μεμνήμεθ᾽ ἐς κίνδυνον ἐλθόντες μέγαν.
ΕΚΑΒΗ
Ἥψω δὲ γονάτων τῶν ἐμῶν ταπεινὸς ὤν.
ΟΔΥΣΣΕΥΣ.
Ὥστ᾽ ἐνθανεῖν²γε σοῖς πέπλοισι χεῖρ᾽ ἐμήν.

fécond en gémissements, source intarissable de larmes! Pourquoi ne suis-je pas morte, moi aussi, lorsque j'aurais dû mourir? Jupiter n'a pas voulu me perdre alors; il m'a conservée, infortunée que je suis, pour me rendre témoin d'autres maux plus terribles encore. Mais s'il est permis aux esclaves d'adresser aux hommes libres des questions qui n'affligent ni ne déchirent leur cœur par une cruelle morsure, il est juste que tu nous répondes et d'abord que tu écoutes nos demandes.

ULYSSE. J'y consens, interroge-moi : je ne te refuse point ce délai!

HÉCUBE. Tu te souviens du jour où tu vins dans nos murs épier les Troyens, déguisé sous d'ignobles vêtements, le visage souillé des gouttes de sang qui coulaient de tes yeux?

ULYSSE Je m'en souviens; ce jour a fait sur mon âme une profonde impression.

HÉCUBE. Hélène te reconnut, et ne confia son secret qu'à moi seule.

ULYSSE. Je me rappelle que je courus un grand danger.

HÉCUBE. Humble alors, tu embrassais mes genoux en suppliant.

ULYSSE. An point que ma main tombait mourante sur tes vêtements.

πλήρης στεναγμῶν	plein de sanglots
οὐδὲ κενὸς δακρύων.	et non vide de pleurs.
Καὶ γὰρ ἐγὼ	Et en effet moi
οὐκ ἔθνησκον	je ne mourais pas
οὗ ἐχρῆν με θανεῖν,	où il fallait moi être morte,
οὐδὲ Ζεὺς ὤλεσέ με,	et Jupiter n'a pas fait-périr moi,
τρέφει δὲ	mais il me nourrit
ὅπως ἐγὼ ἡ τάλαινα	pour que moi la malheureuse
ὁρῶ ἄλλα κακὰ	je voie d'autres maux
μείζονα κακῶν.	plus grands que mes maux!
Εἰ δὲ ἔστι τοῖς δούλοις	Or s'il est permis aux esclaves
ἐξιστορῆσαι τοὺς ἐλευθέρους	de-s'être-informés aux libres
μὴ λυπρὰ	de choses ni affligeantes
μηδὲ δηκτήρια καρδίας,	ni mordant le cœur,
χρεών σοι	nécessité est à toi
εἰρῆσθαι μὲν,	d'une part d'avoir parlé,
ἀκοῦσαι δὲ ἡμᾶς	d'autre part d'avoir écouté nous
τοὺς ἐρωτῶντας τάδε.	ceux demandant cela.
ΟΔΥΣΣΕΥΣ. Ἔξεστιν,	ULYSSE. Il est permis,
ἐρώτα,	demande,
οὐ γὰρ φθονῶ τοῦ χρόνου.	car je ne suis-pas-jaloux du temps
ΕΚΑΒΗ. Οἶσθα,	HÉCUBE. Tu sais,
ἡνίκα ἦλθες	quand tu vins
κατάσκοπος Ἰλίου,	espion d'Ilion,
ἄμορφός τε δυσχλαινίᾳ,	et difforme par tes haillons,
σταλαγμοί τε φόνου	et que des gouttes de sang
κατέσταζον	tombaient-goutte-à-goutte
ἀπὸ ὀμμάτων σὴν γένυν.	de tes yeux sur ton menton.
ΟΔΥΣΣΕΥΣ. Οἶδα·	ULYSSE. Je sais;
οὐ γὰρ ἔψαυσε	car cela n'a pas touché
καρδίας ἄκρας μου.	le cœur superficiel de moi.
ΕΚΑΒΗ. Ἑλένη δὲ ἔγνω σε,	HÉCUBE. Or Hélène reconnut toi,
καὶ κατεῖπεν ἐμοὶ μόνῃ.	et le déclara à moi seule.
ΟΔΥΣΣΕΥΣ. Μεμνήμεθα	ULYSSE. Nous nous souvenons
ἐλθόντες ἐς κίνδυνον μέγαν.	étant venus dans un danger grand.
ΕΚΑΒΗ. Ὦν δὲ ταπεινὸς	HÉCUBE. Et étant humble,
ἦψω τῶν ἐμῶν γονάτων.	tu touchas mes genoux.
ΟΔΥΣΣΕΥΣ. Ὥστε	ULYSSE. De manière à
ἐμὴν χεῖρά τε	ma main même
ἐνθανεῖν σοῖς πέπλοις.	être morte dans tes voiles.

EKABH.

Τί δῆτ' ἔλεξας, δοῦλος ὢν ἐμὸς τότε;   245
ΟΔΥΣΣΕΥΣ.
Πολλῶν λόγων εὑρήμαθ', ὥστε μὴ θανεῖν.
EKABH.
Ἔσωσα δῆτά σ', ἐξέπεμψά τε χθονός;
ΟΔΥΣΣΕΥΣ.
Ὥστ' εἰσορᾷν γε φέγγος ἡλίου τόδε.
EKABH.
Οὔκουν κακύνει τοῖσδε τοῖς βουλεύμασιν,
ὃς ἐξ ἐμοῦ μὲν ἔπαθες οἷα φῂς παθεῖν,   250
δρᾷς δ' οὐδὲν ἡμᾶς εὖ, κακῶς δ', ὅσον δύνῃ,
ἀχάριστον ὑμῶν σπέρμ', ὅσοι δημηγόρους
ζηλοῦτε τιμάς· μηδὲ γιγνώσκοισθέ μοι,
οἳ τοὺς φίλους βλάπτοντες οὐ φροντίζετε,
ἢν τοῖσι πολλοῖς πρὸς χάριν λέγητέ τι.   255
Ἀτὰρ τί δὴ σόφισμα τοῦθ' ἡγούμενοι
ἐς τήνδε παῖδα ψῆφον ὥρισαν φόνου;
Πότερα τὸ χρῆν σφ' ἐπήγαγ' ἀνθρωποσφαγεῖν
πρὸς τύμβον, ἔνθα βουθυτεῖν μᾶλλον πρέπει;
ἢ τοὺς κτανόντας ἀνταποκτεῖναι θέλων   260
ἐς τήνδ' Ἀχιλλεὺς ἐνδίκως τείνει φόνον;
Ἀλλ' οὐδὲν αὐτὸν ἥδε γ' εἴργασται κακόν.

HÉCUBE. Que me dis-tu en ce moment, où tu étais mon esclave?
ULYSSE. Tout ce que je pus imaginer pour me soustraire à la
mort.
HÉCUBE. Et ne te sauvai-je pas alors? ne favorisai-je pas ta fuite?
ULYSSE. Au point que je vois encore la lumière du jour.
HÉCUBE. Ne te couvres-tu donc pas de honte par les conseils que
tu donnes contre moi, quand, après avoir reçu de moi tout le bien
que tu dis, loin de me rendre bienfait pour bienfait, tu me fais
tout le mal qui dépend de toi? Oui, vous êtes une race ingrate; ô
vous tous qui ambitionnez le titre d'orateurs populaires. Plût au ciel
que vous me fussiez inconnus, vous qui vous mettez si peu en peine
de nuire à vos amis, pourvu que vos paroles plaisent à la multitude.
Mais sous quel frivole prétexte enfin les Grecs ont-ils prononcé contre
ma fille un arrêt de sang? Est-ce la nécessité qui les force à immoler
une victime humaine sur un tombeau, où devrait plutôt couler le sang
des hécatombes? Où bien est-ce Achille lui-même qui veut le meurtre
de ses meurtriers, et réclame, au nom de la justice, le sacrifice de
Polyxène? Mais elle, jamais elle ne lui fit aucun mal. C'est Hélène

ΕΚΑΒΗ. Τί δῆτα ἔλεξας,
ὢν τότε ἐμὸς δοῦλος;
ΟΔΥΣΣΕΥΣ. Εὑρήματα
λόγων πολλῶν,
ὥστε μὴ θανεῖν.
ΕΚΑΒΗ. Δῆτα ἔσωσά σε,
ἐξέπεμψά τε χθονός;
ΟΔΥΣΣΕΥΣ. Ὥστε γε εἰσορᾶν
τόδε φέγγος ἡλίου.
ΕΚΑΒΗ. Οὔκουν
κακύνει
τοῖσδε τοῖς βουλεύμασιν,
ὃς μὲν ἔπαθες ἐξ ἐμοῦ
οἷα φὴς παθεῖν,
δρᾷς δὲ εὖ
οὐδὲν ἡμᾶς,
κακῶς δὲ, ὅσον δύνῃ;
σπέρμα ἀχάριστον ὑμῶν,
ὅσοι ζηλοῦτε
τιμὰς δημηγόρους·
μηδὲ γιγνώσκοισθέ μοι,
οἳ οὐ φροντίζετε
βλάπτοντες τοὺς φίλους,
ἢν λέγητέ τι
τοῖσι πολλοῖς πρὸς χάριν.
Ἀτὰρ δὴ τί σόφισμα
ἡγούμενοι τοῦτο,
ὥρισαν ψῆφον φόνου
ἐς τήνδε παῖδα;
Πότερα τὸ χρῆν ἐπήγαγέ σφε
ἀνθρωποσφαγεῖν
πρὸς τύμβον
ἔνθα πρέπει μᾶλλον
βουθυτεῖν;
ἢ Ἀχιλλεὺς θέλων
ἀνταποκτεῖναι τοὺς κτανόντας,
τείνει ἐνδίκως
φόνον ἐς τήνδε;
Ἀλλὰ ἥδε γε
εἴργασται οὐδὲν κακὸν αὐτόν.

HÉCUBE. Quoi donc as-tu-dit,
étant alors mon esclave?
ULYSSE. Des inventions
de paroles nombreuses,
pour ne pas être mort.
HÉCUBE. Donc ai-je sauvé toi,
et ai-je renvoyé *toi* du territoire?
ULYSSE. De manière certes à voir
cette lumière du soleil.
HÉCUBE. Est-ce-que-donc
tu n'agis-pas-en-méchant
par ces conseils-ci,
toi qui d'un-côté as éprouvé de moi
ce-que tu dis avoir éprouvé,
d'un autre ne fais bien
en-rien à nous
mais mal, autant-que tu peux?
race ingrate de vous,
tous-qui ambitionnez
les honneurs d'orateurs-populaires;
et ne soyez pas connus à moi,
vous-qui ne vous inquiétez pas
blessant les amis,
pourvu que vous disiez quelque-chose
au grand-nombre en-vue-de la faveur.
Mais donc quel ingénieux-expédient
jugeant cela,
ont-ils fixé un suffrage de meurtre
contre cette enfant-ci?
Est-ce que le falloir a engagé eux
à égorger-des-humains
sur un tombeau
où il convient plus
d'immoler-des-bœufs?
ou bien Achille voulant
avoir tué-à-son-tour ceux ayant tué,
dirige-t-il justement
le meurtre contre celle-ci?
Mais celle-ci assurément
n'a fait aucun mal à lui.

HÉCUBE.

Ἑλένην νιν αἰτεῖν χρῆν τάφῳ προσφάγματα·
κείνη γὰρ ὤλεσέν νιν ἐς Τροίαν τ' ἄγει.
Εἰ δ' αἰχμάλωτον χρή τιν' ἔκκριτον θανεῖν   265
κάλλει θ' ὑπερφέρουσαν, οὐχ ἡμῶν τόδε·
ἢ Τυνδαρὶς¹ γὰρ εἶδος εὐπρεπεστάτη,
ἀδικοῦσά θ' ἡμῶν οὐδὲν ἧσσον εὑρέθη.
Τῷ μὲν δικαίῳ τόνδ' ἁμιλλῶμαι λόγον·
ἃ δ' ἀντιδοῦναι δεῖ σ', ἀπαιτούσης ἐμοῦ,   270
ἄκουσον. Ἧψω τῆς ἐμῆς, ὡς φῄς, χερὸς
καὶ τῆς γεραιᾶς προσπιτνῶν παρηΐδος·
ἀνθάπτομαί σου τῶνδε τῶν αὐτῶν ἐγὼ,
χάριν τ' ἀπαιτῶ τὴν τόθ', ἱκετεύω τέ σε·
μή μου τὸ τέκνον ἐκ χερῶν ἀποσπάσῃς,   275
μηδὲ κτάνητε. Τῶν τεθνηκότων ἅλις.
Ταύτῃ γέγηθα κἀπιλήθομαι κακῶν·
ἥδ' ἀντὶ πολλῶν ἐστί μοι παραψυχή,
πόλις, τιθήνη, βάκτρον, ἡγεμὼν ὁδοῦ.
Οὐ τοὺς κρατοῦντας χρὴ κρατεῖν ἃ μὴ χρεών,   280
οὐδ' εὐτυχοῦντας εὖ δοκεῖν πράσσειν ἀεί.

dont il devait exiger le sacrifice sur son tombeau ; car c'est elle qui l'a
perdu en l'entraînant à Troie. Faut-il livrer à la mort une captive de
choix , une captive qui surpasse toutes les autres en beauté ? Ce n'est
pas nous que l'arrêt condamne ; c'est encore à la fille de Tyndare qu'appartient la palme de la beauté , et certes ses torts ne sont pas moindres
que les nôtres. Jusqu'ici c'est la justice qui combat pour moi par ma
bouche ; écoute à présent , écoute ce que tu dois me rendre , quand
c'est moi qui te le redemande. Tu as, dis-tu, touché ma main ; tu as,
prosterné à mes pieds, touché ce visage, où la vieillesse est empreinte.
Eh bien , moi aujourd'hui je touche à mon tour tes mains et ton visage, je réclame de toi la grâce que je t'accordai alors , je suis ta suppliante : Ulysse, n'arrache pas ma fille de mes bras ; Grecs, ne la tuez
point ! C'est assez de morts ! Par elle, je suis encore heureuse, et j'ou-
blie mes infortunes ; elle seule remplace tout ce que j'ai perdu ; elle
est ma consolation, ma patrie, ma nourrice, le bâton sur lequel je
m'appuie, le guide de mes pas. Que ceux qui ont le pouvoir craignent
d'abuser du pouvoir et qu'ils ne se flattent pas, dans la prospérité,
d'être toujours heureux ! Moi aussi . il fut un temps où je fus quel-

Χρῆν νιν αἰτεῖν Ἑλένην	Il fallait lui demander Hélène
προσφάγματα τάφῳ·	victime-à-immoler sur le tombeau ;
κείνη γὰρ ὤλεσέ νιν,	car celle-là a perdu lui,
ἄγει τε ἐς Τροίαν.	et le conduit à Troie.
Εἰ δὲ χρή τινα αἰχμάλωτον	Mais s'il faut quelque captive
ἔκκριτον ὑπερφέρουσάν τε κάλλει	choisie et l'emportant par la beauté
θανεῖν,	être morte,
τόδε οὐχ ἡμῶν·	cela n'est pas de nous ;
ἡ γὰρ Τυνδαρὶς	car la fille-de-Tyndare
εὐπρεπεστάτη εἶδος,	est la plus distinguée en beauté ;
εὑρέθη τε ἀδικοῦσα	et elle a été trouvée nuisant
οὐδὲν ἧσσον ἡμῶν.	en rien moins que nous.
Ἁμιλλῶμαι μὲν	Je combats d'un côté
τῷ δικαίῳ	par le juste
τόνδε λόγον·	dans ce discours-ci ;
ἄκουσον δὲ ἃ δεῖ	aie entendu d'un autre ce-qu'il faut
σὲ ἀντιδοῦναι,	toi donner-en-place,
ἐμοῦ ἀπαιτούσης.	moi redemandant.
Ἥψω, ὡς φής, τῆς ἐμῆς χερὸς	Tu touchas, comme tu dis, ma main
καὶ τῆς γεραιᾶς παρηΐδος,	et ma vieille joue,
προσπιτνῶν·	te prosternant.
ἐγὼ ἀνθάπτομαι	Moi, je touche-en-retour
τῶνδε τῶν αὐτῶν σου,	ces mêmes-choses de toi,
ἀπαιτῶ τε χάριν	et je redemande une grâce,
τὴν τότε,	celle d'alors,
ἱκετεύω τέ σε·	et je supplie toi :
μὴ ἀποσπάσῃς ἐκ χερῶν	n'aie pas arraché des mains
τὸ τέκνον μου,	l'enfant de moi,
μηδὲ κτάνητε.	et ne l'ayez pas tuée !
Ἅλις τῶν τεθνηκότων.	Il est assez de ceux étant morts.
Ταύτῃ γέγηθα	Par celle-ci je me réjouis
καὶ ἐπιλήθομαι κακῶν·	et j'oublie les maux ;
ἥδε ἐστί μοι	celle-ci est à moi
παραψυχὴ ἀντὶ πολλῶν,	consolation en place de beaucoup,
πόλις, τιθήνη,	ville, nourrice,
βάκτρον, ἡγεμὼν ὁδοῦ.	bâton, guide du chemin.
Οὐ χρὴ τοὺς κρατοῦντας	Il ne faut pas ceux étant-forts
κρατεῖν ἃ μὴ χρεών,	être-forts pour-ce-que il ne faut pas,
οὐδὲ εὐτυχοῦντας δοκεῖν	ni ceux étant-heureux penser
πράσσειν εὖ ἀεί.	faire bien toujours leurs affaires.

Κἀγὼ γὰρ ἦν πότ᾽, ἀλλὰ νῦν οὐκ εἴμ᾽ ἔτι,
τὸν πάντα δ᾽ ὄλβον ἦμαρ ἕν μ᾽ ἀφείλετο.
Ἀλλ᾽, ὦ φίλον γένειον¹, αἰδέσθητί με,
οἴκτειρον. Ἐλθὼν δ᾽ εἰς Ἀχαϊκὸν στρατὸν,   285
παρηγόρησον, ὡς ἀποκτείνειν φθόνος
υναῖκας, ἃς τὸ πρῶτον οὐκ ἐκτείνατε
βωμῶν ἀποσπάσαντες, ἀλλ᾽ ᾠκτείρατε.
Νόμος δ᾽ ἐν ὑμῖν τοῖς τ᾽ ἐλευθέροις ἴσος
καὶ τοῖσι δούλοις αἵματος κεῖται πέρι.   290
Τὸ δ᾽ ἀξίωμα, κἂν κακῶς λέγῃ τὸ σὸν,
πείσει· λόγος γὰρ, ἔκ τ᾽ ἀδοξούντων ἰὼν
κἀκ τῶν δοκούντων, αὐτὸς οὐ ταὐτὸν σθένει.

ΧΟΡΟΣ.

Οὐκ ἔστιν οὕτω στερρὸς ἀνθρώπου φύσις,
ἥτις, γόων σῶν καὶ μακρῶν ὀδυρμάτων   295
κλύουσα θρήνους, οὐκ ἂν ἐκβάλοι δάκρυ.

ΟΔΥΣΣΕΥΣ.

Ἑκάβη, διδάσκου, μηδὲ τῷ θυμουμένῳ
τὸν εὖ λέγοντα δυσμενῆ ποιοῦ φρενί.
Ἐγὼ τὸ μὲν σὸν σῶμ᾽, ὑφ᾽ οὗπερ εὐτύχουν,
σώζειν ἕτοιμός εἰμι, κοὐκ ἄλλως λέγω·   300
ἃ δ᾽ εἶπον³ εἰς ἅπαντας οὐκ ἀρνήσομαι·

que chose, et voici que je ne suis plus rien, et il a suffi d'un seul jour pour me tout ravir ! Toi du moins, toi dont je suis à la fois l'amie et la suppliante, respecte mes malheurs, prends pitié de moi ; retourne vers l'armée des Grecs ; représente-leur que c'est une action odieuse d'égorger des femmes que vous n'avez point égorgées dans le premier moment, quand vous les arrachâtes des autels, mais que la pitié vous fit épargner alors. D'ailleurs, une loi égale pour l'homme libre et pour l'esclave a prononcé parmi vous sur l'effusion du sang. Enfin, ton autorité persuadera, quand tes raisons seraient sans valeur ; car un même discours, dans la bouche d'un homme obscur ou dans celle d'un homme illustre, a une force bien différente.

LE CHŒUR. Il n'est point de nature d'homme tellement dure, que des plaintes aussi touchantes et des gémissements aussi profonds que les vôtres ne lui arrachassent des larmes.

ULYSSE. Hécube, laisse-toi guider, et que la colère ne te fasse pas voir un ennemi dans l'auteur d'un utile conseil. Je te dois ma vie ; je suis prêt à sauver la tienne, je le déclare hautement. Mais ce que 'ai dit devant tous les Grecs je ne le désavouerai point : Troie de-

Καὶ γὰρ ἐγὼ ἦν ποτε,	Et en effet moi j'étais autrefois,
ἀλλὰ νῦν οὐκ εἰμὶ ἔτι,	mais maintenant je ne suis plus,
ἐν δὲ ἦμαρ ἀφείλετό με	et un-seul jour a enlevé à moi
πάντα τὸν ὄλβον.	tout le bonheur.
Ἀλλά, ὦ γένειον φίλον,	Mais, ô menton cher,
αἰδέσθητί με, οἴκτειρον.	aie respecté moi, aie-pitié;
Ἐλθὼν δὲ	et étant allé
εἰς στρατὸν Ἀχαϊκὸν,	vers l'armée Achéenne,
παρηγόρησον, ὡς φθόνος	aie averti qu'il y a de l'odieux
ἀποκτείνειν γυναῖκας,	à tuer des femmes,
ἃς τὸ πρῶτον οὐκ ἐκτείνατε	que d'abord vous n'avez pas tuées
ἀποσπάσαντες βωμῶν,	les ayant arrachées des autels,
ἀλλὰ ᾠκτείρατε.	mais dont vous avez eu-pitié.
Νόμος δὲ ἴσος	Or une loi égale
τοῖς τε ἐλευθέροις	et pour les libres
καὶ τοῖς δούλοις	et pour les esclaves
κεῖται ἐν ὑμῖν περὶ αἵματος.	est chez vous sur le sang;
τὸ δὲ ἀξίωμα πείσει,	et la dignité persuadera,
κἂν τὸ σὸν λέγῃ κακῶς	même si la tienne parlait mal;
ὁ γὰρ αὐτὸς λόγος	car le même discours,
ἰὼν ἔκ τε ἀδοξούντων	venant et de ceux sans-réputation
καὶ ἐκ τῶν δοκούντων,	et de ceux ayant-de-la-réputation,
οὐ σθένει τὸ αὐτό.	n'est-pas-fort de la même manière
ΧΟΡΟΣ. Οὐκ ἔστι	LE CHŒUR. Il n'est pas
φύσις ἀνθρώπου οὕτω στερρὸς,	nature d'homme si inflexible,
ἥτις κλύουσα	qui entendant
θρήνους σῶν γόων	les pleurs de tes cris
καὶ ὀδυρμάτων μακρῶν,	et de tes lamentations longues,
οὐκ ἂν ἐκβάλοι δάκρυ.	ne répandrait pas de larmes.
ΟΔΥΣΣΕΥΣ. Ἑκάβη,	ULYSSE. Hécube,
διδάσκου,	apprends,
μηδὲ ποιοῦ τῷ θυμουμένῳ	et ne fais pas par la colère
δυσμενῆ φρενὶ	ennemi dans ton cœur
τὸν λέγοντα εὖ.	celui parlant bien.
Ἐγὼ μέν εἰμι ἕτοιμος	Moi à la vérité je suis prêt
σώζειν τὸ σὸν σῶμα,	à sauver ton corps,
ὑπὸ οὗπερ εὐτύχουν,	par lequel je fus-heureux,
καὶ οὐ λέγω ἄλλως·	et je ne parle pas autrement;
οὐκ ἀρνήσομαι δὲ	mais je ne contredirai pas
ἃ εἶπον εἰς ἅπαντας·	des choses que j'ai dites parmi tous;

Τροίας ἁλούσης, ἀνδρὶ τῷ πρώτῳ στρατοῦ
σὴν παῖδα δοῦναι σφάγιον ἐξαιτουμένῳ.
Ἐν τῷδε γὰρ κάμνουσιν αἱ πολλαὶ πόλεις,
ὅταν τις ἐσθλὸς καὶ πρόθυμος ὢν ἀνὴρ   305
μηδὲν φέρηται τῶν κακιόνων πλέον.
Ἡμῖν δ᾽ Ἀχιλλεὺς ἄξιος τιμῆς, γύναι,
θανὼν ὑπὲρ γῆς Ἑλλάδος κάλλιστ᾽ ἀνήρ.
Οὔκουν τόδ᾽ αἰσχρὸν, εἰ βλέποντι μὲν φίλῳ
χρώμεσθ᾽, ἐπεὶ δ᾽ ἄπεστι, μὴ χρώμεσθ᾽ ἔτι;   310
Εἶεν. Τί δῆτ᾽, ἐρεῖ τις, ἢν τις αὖ φανῇ
στρατοῦ τ᾽ ἄθροισις πολεμίων τ᾽ ἀγωνία;
πότερα μαχούμεθ᾽, ἢ φιλοψυχήσομεν,
τὸν κατθανόνθ᾽ ὁρῶντες οὐ τιμώμενον;
Καὶ μὴν ἔμοιγε ζῶντι μὲν καθ᾽ ἡμέραν,   315
κεἰ σμίκρ᾽ ἔχοιμι, πάντ᾽ ἂν ἀρκούντως ἔχοι·
τύμβου δὲ βουλοίμην ἂν ἀξιούμενον
τὸν ἐμὸν ὁρᾶσθαι· διὰ μακροῦ γὰρ ἡ χάρις.
Εἰ δ᾽ οἰκτρὰ πάσχειν φῂς, τάδ᾽ ἀντάκουέ μου·
εἰσὶν παρ᾽ ἡμῖν οὐδὲν ἧσσον ἄθλιαι   320
γραῖαι γυναῖκες ἠδὲ πρεσβῦται σέθεν,

truite, c'est un devoir pour nous de donner ta fille en sacrifice au premier de nos héros, dès qu'il l'exige. Le malheur de la plupart des villes vient de ce que l'homme brave et valeureux n'y obtient rien de plus que le lâche. Femme, Achille est digne de nos honneurs; car il est mort en héros pour le salut de la Grèce. N'est-ce pas une honte de jouir de l'amitié d'un homme pendant sa vie, et de l'abandonner dès qu'il n'est plus? Un tel principe admis, que dira chacun des braves, s'il se rassemble une nouvelle armée et qu'une nouvelle lutte avec l'ennemi devienne imminente. Combattrons-nous ou tiendrons-nous avant tout à la vie, en voyant que le guerrier mort reste sans honneurs? Pour moi, tant que je vis de cette vie éphémère, quelque peu que je possédasse, ce peu suffirait à mes désirs; mais mon tombeau, je voudrais qu'il fût entouré d'honneurs; car c'est là un bien qui se perpétue dans la suite des temps. Tu souffres, dis-tu, des maux dignes de compassion; écoute ceux que je leur oppose. Il est parmi nous des femmes courbées sous le poids des ans et non moins malheureuses que toi, des vieillards infortunés, des épouses privées de leurs vaillants

Τροίας ἁλούσης,	Troie ayant été prise,
δοῦναι σὴν παῖδα σφάγιον	d'avoir donné *ta* fille victime
τῷ πρώτῳ ἀνδρὶ στρατοῦ	au premier guerrier de l'armée
ἐξαιτουμένῳ.	*la* réclamant.
Αἱ γὰρ πολλαὶ πόλεις	Car la plupart *des* villes
κάμνουσιν ἐν τούτῳ,	souffrent en ceci,
ὅταν τις ἀνὴρ	quand quelqu'homme
ὢν ἐσθλὸς καὶ πρόθυμος	étant brave et plein d'ardeur
φέρηται μηδὲν πλέον τῶν κακιόνων.	n'emporte rien plus *que* les pires.
Ἀχιλλεὺς δὲ, γύναι,	Mais Achille, ô-femme,
θανὼν κάλλιστα	étant mort très-honorablement
ὑπὲρ γῆς Ἑλλάδος,	pour la terre de Grèce,
ἡμῖν ἄξιος τιμῆς·	*est* pour nous digne d'honneur;
οὔκουν τόδε αἰσχρὸν,	donc ceci n'est-il pas honteux,
εἰ μὲν χρώμεσθα	si d'un côté nous nous servons
φίλῳ βλέποντι,	d'un ami voyant *le jour*,
ἐπεὶ δὲ ἄπεστι,	*si* de l'autre, quand il est absent,
μηκέτι χρώμεσθα;	nous ne nous *en* servons plus?
Εἶεν. Τί δῆτα, ἐρεῖ τις,	Soit. Quoi donc dira quelqu'un,
ἢν τις ἄθροισίς τε στρατοῦ	si quelque et rassemblement d'armée
ἀγωνία τε πολεμίων	et combat d'ennemis
φανῇ αὖ;	aura paru de nouveau?
πότερα μαχούμεθα,	est-ce que nous combattrons,
ἢ φιλοψυχήσομεν,	ou chérirons-nous-la-vie,
ὁρῶντες οὐ τιμώμενον	voyant non honoré
τὸν καταθανόντα;	celui étant mort?
Καὶ μὴν ἔμοιγε	Et cependant pour-moi-du-moins
ζῶντι μὲν κατὰ ἡμέραν,	d'un côté vivant au jour le jour,
καὶ εἰ ἔχοιμι σμικρὰ,	si même j'ai des choses-petites,
πάντα ἂν ἔχοι ἀρκούντως·	tout pourrait-être suffisamment;
βουλοίμην δὲ ἂν ὁρᾶσθαι	je voudrais d'un autre côté voir
τὸν ἐμὸν τύμβον ἀξιούμενον·	mon tombeau honoré;
ἢ γὰρ χάρις	car *cette* récompense
διὰ μακροῦ.	*dure* à travers un *temps* long.
Εἰ δὲ φῂς πάσχειν	Mais si tu dis souffrir
οἰκτρὰ,	des choses-déplorables,
ἀντάκουέ μου τάδε.	écoute-à-ton-tour de moi cela:
Εἰσὶν παρὰ ἡμῖν γυναῖκες γραῖαι	Il y a chez nous des femmes vieilles
οὐδὲν ἧσσον ἄθλιαι σέθεν,	en-rien moins malheureuses *que* toi
ἠδὲ ποιοῦται,	et des vieillards,

νύμφαι τ' ἀρίστων νυμφίων τητώμενα.
ὧν ἧδε κεύθει σώματ' Ἰδαία κόνις.
Τόλμα τάδ'. Ἡμεῖς δ', εἰ κακῶς νομίζομεν
τιμᾶν τὸν ἐσθλὸν, ἀμαθίαν ὀφλήσομεν·   325
οἱ βάρβαροι δὲ μήτε τοὺς φίλους φίλους
ἡγεῖσθε, μήτε τοὺς καλῶς τεθνηκότας
θαυμάζεθ', ὡς ἂν ἡ μὲν Ἑλλὰς εὐτυχῇ,
ὑμεῖς δ' ἔχηθ' ὅμοια τοῖς βουλεύμασιν.

ΧΟΡΟΣ.

Αἲ, αἲ! τὸ δοῦλον ὡς κακὸν πεφυκέναι,   330
τολμᾶν θ' ἃ μὴ χρὴ, τῇ βίᾳ νικώμενον!

ΕΚΑΒΗ.

Ὦ θύγατερ, οὑμοὶ μὲν λόγοι πρὸς αἰθέρα
φροῦδοι, μάτην ῥιφθέντες ἀμφὶ σοῦ φόνου·
σὺ δ', εἴ τι μεῖζω δύναμιν, ἢ μήτηρ, ἔχεις,
σπούδαζε, πάσας, ὥστ' ἀηδόνος στόμα,   335
φθογγὰς ἀφεῖσα, μὴ στερηθῆναι βίου.
Πρόσπιπτε δ' οἰκτρῶς τοῦδ' Ὀδυσσέως γόνυ,
καὶ πεῖθ'. Ἔχεις δὲ πρόφασιν· ἔστι γὰρ τέκνα

époux, dont les corps sont ensevelis sous la poussière de votre Ilion. Supporte donc ton sort avec courage. Nous du moins, si c'est à tort que nous croyons devoir honorer nos braves, nous n'encourrons que le reproche d'ignorance; pour vous autres, peuples barbares, continuez à ne point traiter vos amis en amis, continuez à ne point admirer une belle mort, afin que la Grèce prospère, et que vous, vous trouviez un sort conforme à vos maximes.

LE CHOEUR. Hélas! hélas! qu'il est triste d'être esclave! Vaincu par la force, l'esclave supporte ce qu'il ne devrait pas supporter.

HÉCUBE. O ma fille, mes paroles se sont perdues dans les airs, vainement prodiguées pour t'arracher à la mort; essaie toi-même si tu as plus de pouvoir que ta mère; que ta voix, comme celle de Philomèle, fasse entendre tous les accents, pour écarter l'affreuse fortune qui te menace. Tombe en pleure aux genoux d'Ulysse et fléchis-le. Tu

νύμφαι δὲ
τητώμεναι νυμφίων ἀρίστων,
ὧν ἥδε κόνις Ἰδαία
κεύθει σώματα.
Τόλμα τάδε.
Ἡμεῖς δὲ, εἰ νομίζομεν
κακῶς τιμᾶν τὸν ἐσθλὸν,
ὀφλήσομεν
ἀμαθίαν·
οἱ δὲ βάρβαροι
μήτε ἡγεῖσθε φίλους
τοὺς φίλους,
μήτε θαυμάζετε τοὺς
τεθνηκότας καλῶς,
ὡς ἡ μὲν Ἑλλὰς
ἂν εὐτυχῇ,
ὑμεῖς δὲ ἔχητε
ὅμοια τοῖς βουλεύμασιν.
ΧΟΡΟΣ. Αἴ, αἴ!
ὡς τὸ πεφυκέναι δοῦλον
κακὸν,
τολμᾶν τε
ἃ μὴ χρὴ,
νικώμενον τῇ βίᾳ!
ΕΚΑΒΗ. Ὦ θύγατερ,
οἱ ἐμοὶ μὲν λόγοι
φροῦδοι πρὸς αἰθέρα,
ῥιφθέντες μάτην
ἀμφὶ σοῦ φόνου·
σὺ δὲ, εἰ ἔχεις τι
δύναμιν
μείζω
ἢ μήτηρ,
σπούδαζε,
ἀφεῖσα πάσας φθογγὰς,
ὥστε στόμα ἀηδόνος,
μὴ στερηθῆναι βίου.
Πρόσπιπτε δὲ οἰκτρῶς
γόνυ τοῦδε Ὀδυσσέως,
καὶ πεῖθε.

et de jeunes-épouses
privées de jeunes-époux très-braves,
desquels cette poussière de-l'Ida
cache les corps.
Supporte ces-choses.
Mais nous, si nous avons-pour-usage
à tort d'honorer le brave,
nous encourrons-le-reproche
d'ignorance;
mais *vous*, les barbares,
ni ne croyez amis
vos amis,
ni n'admirez ceux
étant morts honorablement,
afin que d'une part la Grèce
puisse-prospérer,
et *que* vous d'autre part vous ayez
des *destins*-conformes à *vos* pensées.
LE CHOEUR. Hélas! hélas!
combien le être esclave
est chose-misérable,
ainsi que le endurer *les choses*
qu'il ne faut pas,
étant vaincu par la force
HÉCUBE. O fille,
mes discours à la vérité
sont ayant disparu dans l'air,
ayant été jetés vainement
au sujet de ton meurtre;
mais toi, si tu as en-quelque-chose
une puissance
plus grande
que *ta* mère,
efforce-toi,
ayant-émis toutes voix
comme une bouche de rossignol,
de ne pas avoir été privée de la vie
Tombe donc pitoyablement
aux genoux de cet Ulysse,
et persuade-*le*.

καὶ τῷδε, τὴν σὴν ὥστ᾽ ἐποικτεῖραι τύχην.

ΠΟΛΥΞΕΝΗ.

Ὁρῶ σ᾽, Ὀδυσσεῦ, δεξιὰν ὑφ᾽ εἵματος   340
κρύπτοντα χεῖρα, καὶ πρόσωπον ἔμπαλιν
στρέφοντα, μή σου προσθίγω γενειάδος[1].
Θάρσει · πέφευγας τὸν ἐμὸν Ἱκέσιον Δία[2].
ὡς ἕψομαί γε, τοῦ τ᾽ ἀναγκαίου χάριν,
θανεῖν τε χρῄζουσ᾽ · εἰ δὲ μὴ βουλήσομαι,   345
κακὴ φανοῦμαι καὶ φιλόψυχος γυνή.
Τί γάρ με δεῖ ζῆν; ἧ πατὴρ μὲν ἧν ἄναξ
Φρυγῶν ἁπάντων · τοῦτό μοι πρῶτον βίου ·
ἔπειτ᾽ ἐθρέφθην ἐλπίδων καλῶν ὕπο,
βασιλεῦσι νύμφη, ζῆλον οὐ σμικρὸν γάμων   350
ἔχουσ᾽ ὅτου δῶμ᾽ ἑστίαν τ᾽ ἀφίξομαι ·
δέσποινα δ᾽ ἡ δύστηνος Ἰδαίαισιν ἧν
γυναιξὶ, παρθένοις ἀπόβλεπτος μέτα
ἴση θεοῖσι, πλὴν τὸ κατθανεῖν μονον

as un argument tout prêt : lui aussi, il a des enfants; il doit être touché de ton sort.

POLYXÈNE. Je te vois, Ulysse, cacher ta main droite sous tes vêtements, et détourner ton visage, de peur que je ne touche ton menton. Rassure-toi, je n'appellerai point à moi Jupiter, Dieu des suppliants, tu n'as pas à redouter ses vengeances : je suis prête à te suivre ; je cède à la fois et à la nécessité et au désir de la mort ; si j'avais d'autres sentiments, je me montrerais trop lâche et trop éprise de la vie. Eh! à quoi bon la vie pour moi? pour moi, fille du roi de tous les Phrygiens (tel fut le premier avantage de ma vie)! pour moi, nourrie ensuite des plus belles espérances, destinée à des monarques, recherchée par d'illustres rivaux, qui se disputèrent la gloire de m'emmener dans leurs foyers! pour moi, malheureuse, naguère souveraine parmi les femmes de la Troade, objet d'envie pour toutes les jeunes filles de mon âge, égale aux Dieux en tout, hors l'immortalité, et

Ἔχεις δὲ πρόφασιν.	Or tu as un motif ;
τέκνα γὰρ ἔστι καὶ τῷδε,	car des enfants sont aussi à celui-ci
ὥστε ἐποικτεῖραι	de manière à avoir-pris-en-pitié
τὴν σὴν τύχην.	ton-propre sort.
ΠΟΛΥΞΕΝΗ. Ὀδυσσεῦ,	POLYXÈNE. Ulysse,
ὁρῶ σε	je vois toi
κρύπτοντα ὑπὸ εἵματος	cachant sous *ton* vêtement
χεῖρα δεξιὰν,	*la* main droite,
καὶ στρέφοντα	et tournant
ἔμπαλιν πρόσωπον,	en arrière *ton* visage,
μὴ προσθίγω	de peur que je ne touche
γενειάδος σου.	le menton de toi.
Θάρσει·	Aie-confiance ;
πέφευγας τὸν ἐμὸν Δία	tu as fui mon Jupiter,
Ἱκέσιον·	protecteur-des-suppliants ;
ὥς γε ἔψομαι,	de-sorte-que certes je *te* suivrai,
χάριν τε τοῦ ἀναγκαίου,	et à cause du nécessaire,
χρῄζουσά τε θανεῖν·	et désirant être morte ;
εἰ δὲ μὴ βουλήσομαι,	mais si je ne voudrai pas,
φανοῦμαι κακὴ	je me montrerai lâche
καὶ γυνὴ φιλόψυχος.	et femme amie-de-la-vie.
Τί γὰρ δεῖ με ζῆν ;	Car pourquoi faut-il moi vivre ?
ᾗ πατὴρ μὲν	*moi* à qui le père certes
ἦν ἄναξ ἁπάντων Φρυγῶν	fut roi de tous les Phrygiens.
τοῦτό μοι	Cela *fut* à moi
πρῶτον βίου·	la première-chose de la vie ;
ἔπειτα ἐθρέφθην	ensuite je fus nourrie
ὑπὸ ἐλπίδων καλῶν,	sous des espérances belles,
νύμφη βασιλεῦσιν,	fiancée à des rois,
ἔχουσα ζῆλον	excitant une rivalité
οὐ σμικρὸν γάμων	non petite de noces
δῶμα	*pour savoir* le palais
ἑστίαν τε ὅτου ἀφίξομαι·	et le foyer duquel j'irai-trouver ;
ἡ δὲ δύστηνος	et *moi*, la malheureuse,
ἦν δέσποινα	j'étais maîtresse
γυναιξὶν Ἰδαίαισιν,	aux femmes de l'Ida,
ἀπόβλεπτος μετὰ παρθένοις,	remarquable parmi les vierges,
ἴση θεοῖσι,	égale aux déesses,
πλὴν μόνον	excepté seulement
τὸ κατθανεῖν·	*quant* au mourir ;

νῦν δ' εἰμὶ δούλη. Πρῶτα μέν με τοὔνομα　　　355
θανεῖν ἐρᾷν τίθησιν, οὐκ εἰωθὸς ὄν·
ἔπειτ' ἴσως ἂν δεσποτῶν ὠμῶν φρένας
τύχοιμ' ἄν, ὅστις ἀργύρου μ' ὠνήσεται,
τὴν Ἕκτορός τε χἀτέρων πολλῶν κάσιν,
προσθεὶς δ' ἀνάγκην σιτοποιὸν ἐν δόμοις,　　　360
σαίρειν τε δῶμα κερκίσιν τ' ἐφεστάναι
λυπρὰν ἄγουσαν ἡμέραν μ' ἀναγκάσει·
λέχη δὲ τἀμὰ δοῦλος ὠνητὸς ποθὲν
χρανεῖ, τυράννων πρόσθεν ἠξιωμένα.
Οὐ δῆτ'. Ἀφίημ' ὀμμάτων ἐλεύθερον　　　365
φέγγος τόδ', Ἅδῃ προστιθεῖσ' ἐμὸν δέμας.
Ἄγ' οὖν μ', Ὀδυσσεῦ, καὶ διέργασαί μ' ἄγων·
οὔτ' ἐλπίδος γὰρ, οὔτε του δόξης ὁρῶ
θάρσος παρ' ἡμῖν, ὥς ποτ' εὖ πρᾶξαί με χρή.
Μῆτερ, σὺ δ' ἡμῖν μηδὲν ἐμποδὼν γένῃ　　　370
λέγουσα, μηδὲ δρῶσα· συμβούλου δέ μοι
θανεῖν, πρὶν αἰσχρῶν μὴ κατ' ἀξίαν τυχεῖν.

aujourd'hui esclave ! Ah ! ce nom seul me fait aimer la mort, ce nom
si nouveau pour moi ! Mais ce n'est pas tout : peut-être tomberais-je
entre les mains d'un maître cruel, qui m'achèterait à prix d'argent
moi, la sœur d'Hector et de tant de héros, et qui, faisant peser sur
moi une affreuse nécessité, m'obligerait à faire son pain, à balayer sa
maison, à conduire la navette sur la toile, à traîner mes jours dans la
tristesse; un vil esclave, acheté au hasard, déshonorerait ma couche
naguère ambitionnée par des rois ! Non, non; je ferme à la lumière
mes yeux encore libres, en livrant moi-même mon corps à Pluton.
Emmène donc à l'autel, emmène et frappe ta victime, Ulysse; car
je ne vois plus d'espérance pour nous, et je ne puis plus me flatter
d'un avenir meilleur. Quant à vous, ma mère, ne vous opposez à mes
desseins ni par vos discours, ni par d'inutiles efforts; conseillez-moi
plutôt de mourir, avant que je me voie exposée à de honteux outrages
indignes de ma naissance. Le mortel qui n'a jamais bu à la coupe

νῦν δὲ εἰμὶ δούλη.	mais maintenant je suis esclave.
Πρῶτα μὲν τὸ ὄνομα	D'abord en vérité le nom *d'esclave*
τίθησί με ἐρᾶν θανεῖν,	dispose moi à désirer être morte,
οὐκ ὂν εἰωθός·	*ce nom* ne m'étant pas habituel,
ἔπειτα ἴσως τύχοιμι ἂν	ensuite peut-être rencontrerai-je
δεσποτῶν ὠμῶν	*un* des maîtres cruels
φρένας,	*quant* aux sentiments,
ὅστις ὠνήσεται ἀργύρου	qui achètera pour de l'argent
μὲ, τὴν κάσιν Ἕκτορός τε	moi, la sœur et d'Hector
καὶ πολλῶν ἑτέρων,	et de beaucoup d'autres,
προσθεὶς δὲ ἀνάγκην	puis, qui ayant ajouté la nécessité,
σιτοποιὸν ἐν δόμοις,	de-faire-le-pain dans les demeures,
ἀναγκάσει με	forcera moi
ἄγουσαν ἡμέραν λυπρὰν	menant un jour triste
σαίρειν τε δῶμα	et à balayer le palais
ἐφεστάναι τε κερκίσι·	et à m'installer aux navettes;
δοῦλος δὲ	et un esclave
ὠνητὸς ποθὲν	acheté de-quelque-endroit
χρανεῖ τὰ ἐμὰ λέχη	souillera ma couche
ἠξιωμένα τυράννων πρόσθεν.	jugée-digne des rois auparavant.
Οὐ δῆτα.	Non certes.
Ἀφίημι	J'abandonne
τόδε φέγγος ἐλεύθερον ὀμμάτων,	cette lumière libre des yeux,
προστιθεῖσα	livrant
ἐμὸν δέμας Ἅδη.	mon corps à Pluton.
Ἄγε με οὖν, Ὀδυσσεῦ,	Conduis moi donc, Ulysse,
καὶ ἄγων	et *me* conduisant
διέργασαί με·	aie détruit moi;
ὁρῶ γὰρ παρὰ ἡμῖν	car je ne vois chez nous
θάρσος οὔτε ἐλπίδος	confiance ni d'espérance
οὔτε του δόξης	ni de quelque croyance
ὡς ποτε χρή με	que un-jour il faille moi
πρᾶξαι εὖ.	avoir fait bien *mes affaires*
Σὺ δὲ, μῆτερ,	Et toi, mère,
γένῃ μηδὲν	ne sois en rien
ἐμποδὼν ἡμῖν	obstacle à nous
λέγουσα, μηδὲ δρῶσα·	en parlant ni en agissant;
συμβούλου δέ μοι θανεῖν	mais conseille à moi d'être morte
πρὶν τυχεῖν	avant d'avoir rencontré *des choses*
αἰσχρῶν μὴ κατὰ ἀξίαν	honteuses non suivant la dignité.

Ὅστις γὰρ οὐκ εἴωθε γεύεσθαι κακῶν,
φέρει μὲν, ἀλγεῖ δ', αὐχέν' ἐντιθεὶς ζυγῷ
θανὼν δ' ἂν εἴη μᾶλλον εὐτυχέστερος[1],   375
ἢ ζῶν· τὸ γὰρ ζῆν μὴ καλῶς μέγας πόνος.

ΧΟΡΟΣ.

Δεινὸς χαρακτὴρ κἀπίσημος ἐν βροτοῖς,
ἐσθλῶν γενέσθαι, κἀπὶ μεῖζον ἔρχεται·
τῆς εὐγενείας ὄνομα τοῖσιν ἀξίοις.

ΕΚΑΒΗ.

Καλῶς μὲν εἶπας, θύγατερ· ἀλλὰ τῷ καλῷ   380
λύπη πρόσεστιν. Εἰ δὲ δεῖ τῷ Πηλέως
χάριν γενέσθαι παιδὶ, καὶ ψόγον φυγεῖν
ὑμᾶς, Ὀδυσσεῦ, τήνδε μὲν μὴ κτείνετε,
ἡμᾶς δ' ἄγοντες πρὸς πυρὰν Ἀχιλλέως
κεντεῖτε, μὴ φείδεσθ'· ἐγὼ 'τέκον Πάριν[2],   385
ὃς παῖδα Θέτιδος ὤλεσεν τόξοις βαλών.

ΟΔΥΣΣΕΥΣ.

Οὔ σ', ὦ γεραιὰ, κατθανεῖν Ἀχιλλέως
φάντασμ' Ἀχαιοὺς, ἀλλὰ τήνδ', ᾐτήσατο.

ΕΚΑΒΗ

Ὑμεῖς δέ μ' ἀλλὰ θυγατρὶ συμφονεύσατε,
καὶ δὶς τόσον πῶμ' αἵματος γενήσεται   390

malheur porte, il est vrai, mais porte avec peine le joug auquel il lui faut plier sa tête; la mort est pour lui plus heureuse que la vie; car vivre dans l'abaissement est la plus grande des peines.

LE CHOEUR. C'est un sceau glorieux et éclatant parmi les mortels, qu'une illustre naissance; mais la noblesse a plus d'éclat encore chez ceux qui en sont dignes.

HÉCUBE. Tu as noblement parlé, ma fille; mais à ce noble langage sont attachées bien des douleurs. Ah! s'il faut au fils de Pélée des gages de reconnaissance qui n'attirent point de reproches sur vos têtes, Ulysse, ce n'est pas cette victime qu'il convient d'immoler; c'est moi que vous devez traîner au bûcher d'Achille; frappez, ne m'épargnez point : c'est moi qui donnai le jour à Pâris, dont les traits percèrent le fils de Thétis.

ULYSSE. Ce n'est pas ton sang, Hécube, c'est celui de ta fille qu'a demandé aux Grecs l'ombre d'Achille.

HÉCUBE. Faites-moi donc du moins périr avec ma fille, et que la

Ὅστις γὰρ οὐκ εἴωθε
γεύεσθαι κακῶν,
375 φέρει μὲν,
ἀλγεῖ δὲ,
ἐντιθεὶς ζυγῷ αὐχένα·
θανὼν δὲ ἂν εἴη
μᾶλλον εὐτυχέστερος
ἢ ζῶν·
τὸ γὰρ ζῆν μὴ καλῶς
380 πόνος μέγας.
ΧΟΡΟΣ. Γενέσθαι
ἐσθλῶν
χαρακτὴρ δεινὸς
καὶ ἐπίσημος ἐν βροτοῖς,
καὶ ὄνομα τῆς εὐγενείας
385 ἔρχεται ἐπὶ μεῖζον
τοῖσιν ἀξίοις.
ΕΚΑΒΗ. Θύγατερ,
εἶπας καλῶς μὲν,
ἀλλὰ λύπη πρόσεστι
τῷ καλῷ.
Εἰ δὲ δεῖ χάριν
390 γενέσθαι τῷ παιδὶ Πηλέως,
καὶ ὑμᾶς φυγεῖν ψόγον,
Ὀδυσσεῦ,
μὴ μὲν κτείνετε τήνδε,
ἄγοντες δὲ ἡμᾶς
πρὸς πυρὰν Ἀχιλλέως
κεντεῖτε, μὴ φείδεσθε·
ἐγὼ ἔτεκον Πάριν,
ὃς ὤλεσε παῖδα Θέτιδος
βαλὼν τόξοις.
ΟΔΥΣΣΕΥΣ. Φάντασμα Ἀχιλλέως
οὐκ ᾐτήσατο Ἀχαιοὺς
σὲ κατθανεῖν, ὦ γεραιὰ,
ἀλλὰ τήνδε.
ΕΚΑΒΗ. Ἀλλὰ ὑμεῖς δὲ
συμφονεύσατέ με θυγατρὶ,
καὶ πῶμα αἵματος
δὶς τόσον

Car quiconque n'est pas habitué
à goûter aux-maux,
les supporte à la *vérité*,
mais il souffre,
plaçant-dans le joug *son* cou;
et étant mort il serait
beaucoup plus-heureux
que vivant;
car le vivre non honorablement
est une peine grande.
LE CHOEUR. Être né
de *parents* nobles
est un caractère imposant
et remarquable parmi les mortels,
et le nom de la noblesse
vient en plus grande *mesure*
pour ceux *étant* dignes.
HÉCUBE. *Ma* fille,
tu as dit bien à la vérité,
mais la douleur est jointe
au *langage* honorable.
Or s'il faut reconnaissance
être arrivée au fils de Pélée,
et vous avoir fui le blâme,
Ulysse,
en vérité ne tuez pas celle-ci,
mais conduisant nous
au bûcher d'Achille,
percez, n'épargnez pas *nous*
moi j'ai enfanté Pâris,
qui fit-périr le fils de Thétis
*l'*ayant frappé de traits.
ULYSSE. Le fantôme d'Achille
n'a pas demandé aux Grecs
toi être morte, ô vieille *femme*,
mais celle-ci.
HÉCUBE. Mais vous du moins
ayez immolé moi avec *ma* fille,
et une boisson de sang
deux-fois aussi-grande

γαία, νεκρῷ τε¹τῷ τάδ' ἐξαιτουμένῳ.

ΟΔΥΣΣΕΥΣ.

Ἅλις κόρης σῆς θάνατος· οὐ προσοιστέος
ἄλλος πρὸς ἄλλῳ· μηδὲ τόνδ' ὠφείλομεν.

EKABH.

Πολλή γ' ἀνάγκη θυγατρὶ συνθανεῖν ἐμέ.

ΟΔΥΣΣΕΥΣ.

Πῶς; οὐ γὰρ οἶδα δεσπότας κεκτημένος.   395

EKABH.

Ὁποῖα κισσὸς δρυός, ὅπως τῆσδ' ἕξομαι².

ΟΔΥΣΣΕΥΣ.

Οὔκ· ἤν γε πείθῃ τοῖσι σοῦ σοφωτέροις.

EKABH.

Ὡς τῆσδ' ἑκοῦσα παιδὸς οὐ μεθήσομαι.

ΟΔΥΣΣΕΥΣ.

Ἀλλ' οὐδ' ἐγὼ μὴν τήνδ' ἄπειμ' αὐτοῦ λιπών.

ΠΟΛΥΞΕΝΗ.

Μῆτερ, πιθοῦ μοι. Καὶ σύ, παῖ Λαερτίου,   400
χάλα τοκεῦσιν εἰκότως θυμουμένοις·
σύ τ', ὦ τάλαινα, τοῖς κρατοῦσι μὴ μάχου.
Βούλει πεσεῖν πρὸς οὖδας, ἑλκῶσαί τε σὸν
γέροντα χρῶτα, πρὸς βίαν ὠθουμένη,
ἀσχημονῆσαί τ' ἐκ νέου βραχίονος   405
σπασθεῖσ'; ἃ πείσει. Μὴ σύ γ'· οὐ γὰρ ἄξιοι.

terre, que les mânes du mort boivent une double libation de ce sang qu'ils réclament !

ULYSSE. Il suffit du sacrifice de ta fille; loin de nous d'ajouter ta mort à la sienne, et plût au ciel que la sienne ne fût point nécessaire !

HÉCUBE. Rien ne m'empêchera de mourir avec ma fille.

ULYSSE. Que dis-tu ? Je ne sache pas avoir ici des maîtres.

HÉCUBE. Comme le lierre s'attache au chêne, ainsi je m'attacherai ma fille.

ULYSSE. Non, si du moins tu en crois de plus sages que toi.

HÉCUBE. Jamais volontairement je ne me séparerai de ma fille.

ULYSSE. Et moi, je ne sors point d'ici sans l'emmener avec moi.

POLYXÈNE. Ma mère, laissez-vous convaincre par moi. Toi, fils de Laërte, respecte dans une mère un trop juste courroux, et vous, infortunée, ne luttez point contre ceux qui ont la puissance. Voulez-vous donc tomber sur ce seuil ? Voulez-vous, repoussée violemment, meurtrir ce corps chargé d'années, et vous voir outrageusement arracher d'entre mes jeunes bras ? Tel serait votre sort. Oh ! ne vous y expo-

γενήσεται γαία νεκρῷ τε | arrivera à la terre et au mort
τῷ ἐξαιτουμένῳ τάδε. | celui réclamant ces-choses.

ΟΔΥΣΣΕΥΣ. Θάνατος | ULYSSE. La mort
σῆς κόρης ἅλις· ἄλλος | de ta fille *est* assez ; une autre
οὐ προσοιστέος πρὸς ἄλλῳ· | n'*est*-pas-à-ajouter à une autre ;
μηδὲ | *plut-au-ciel* que
ὠφείλομεν τόνδε. | nous ne dussions pas celle-ci !

395 ΕΚΑΒΗ. Ἀνάγκη | HÉCUBE. Une nécessité
πολλή γε | grande certes *est*
ἐμὲ συνθανεῖν θυγατρί. | moi être morte-avec *ma* fille.

ΟΔΥΣΣΕΥΣ. Πῶς; | ULYSSE. Comment ?
οὐ γὰρ οἶδα | car je ne sais pas
κεκτημένος δεσπότας. | possédant des maîtres.

ΕΚΑΒΗ. Ὅπως | HÉCUBE. *Prends garde* que
ἕξομαι τῆσδε, | je m'attacherai à celle-ci,
ὁποῖα κισσὸς δρυός. | telle que le lierre au chêne.

400 ΟΔΥΣΣΕΥΣ. Οὐκ· | ULYSSE. Non ;
ἤν γε πείθῃ | si du moins tu obéis
τοῖσι σοφωτέροις σοῦ. | à ceux plus sages *que* toi.

ΕΚΑΒΗ. Ὡς | HÉCUBE. *Sache* que
οὐ μεθήσομαι ἑκοῦσα | je ne me séparerai pas volontaire
τῆσδε παιδός. | de cette enfant.

405 ΟΔΥΣΣΕΥΣ. Ἀλλὰ ἐγὼ μὴν | ULYSSE. Mais *ni* moi certes
οὐδὲ ἄπειμι | je ne m'en irai
λιπὼν αὐτοῦ τήνδε. | ayant laissé ici celle-ci.

ΠΟΛΥΞΕΝΗ. Μῆτερ, πιθοῦ μοι. | POLYXÈNE. Mère, obéis à moi.
Καὶ σὺ, παῖ Λαερτίου, | Et toi, fils de Laërte,
χάλα τοκεῦσιν | cède à des parents
εἰκότως θυμουμένοις· | justement irrités ;
σύ τε, ὦ τάλαινα, | et toi, ô malheureuse,
μὴ μάχου τοῖς κρατοῦσι. | ne combats pas contre les puissants.
Βούλει πεσεῖν πρὸς οὖδας, | Veux-tu être tombée sur le sol,
ἑλκῶσαί τε σὸν χρῶτα γέροντα, | et avoir blessé ton corps vieux,
ὠθουμένη πρὸς βίαν, | étant poussée par violence,
ἀσχημονῆσαί τε, | et avoir manqué-aux-bienséances
σπασθεῖσα | ayant été arrachée
ἐκ νέου βραχίονος; | de *mon* jeune bras ?
ἃ πείσει. | *choses* que tu éprouveras.
Μὴ σύ γε· | Non certes toi *ne le veuille pas* ;
οὐ γὰρ ἄξιον. | car *cela* n'*est* pas digne *de toi.*

HÉCUBE.

4

Ἀλλ', ὦ φίλη μοι μῆτερ, ἡδίστην χέρα
δὸς, καὶ παρειὰν προσβαλεῖν παρηΐδι·
ὡς οὔ ποτ' αὖθις, ἀλλὰ νῦν πανύστατον
ἀκτῖνα κύκλον θ' ἡλίου προσόψομαι.   410
Τέλος δέχει δὴ τῶν ἐμῶν προσφθεγμάτων,
Ὦ μῆτερ, ὦ τεκοῦσ', ἄπειμι δὴ κάτω.
                    ΕΚΑΒΗ.
Ὦ θύγατερ, ἡμεῖς δ' ἐν φάει δουλεύσομεν.
                    ΠΟΛΥΞΕΝΗ.
Ἄνυμφος, ἀνυμέναιος, ὧν μ' ἐχρῆν τυχεῖν.
                    ΕΚΑΒΗ.
Οἰκτρὰ σὺ, τέκνον· ἀθλία δ' ἐγὼ γυνή.   415
                    ΠΟΛΥΞΕΝΗ.
Ἐκεῖ δ' ἐν Ἅδου κείσομαι χωρὶς σέθεν.
                    ΕΚΑΒΗ.
Οἴμοι! τί δράσω; πῇ τελευτήσω βίον;
                    ΠΟΛΥΞΕΝΗ.
Δούλη θανοῦμαι, πατρὸς οὖσ' ἐλευθέρου.
                    ΕΚΑΒΗ.
Ἡμεῖς δὲ πεντήκοντά¹γ'ἄμμοροι τέκνων.
                    ΠΟΛΥΞΕΝΗ.
Τί σοι πρὸς Ἕκτορ' ἢ γέροντ' εἴπω πόσιν;   420

---

sez pas; il est trop indigne de vous! Tendez, tendez-moi plutôt
cette main chérie, ô mère adorée, et approchez cette joue de
ma joue; car hélas! mes yeux ne verront plus ces rayons, ce disque
du soleil, et je le contemple aujourd'hui pour la dernière fois. Oui, ce
sont mes derniers accents que vous recueillez aujourd'hui: ô ma
mère, ô vous qui me donnâtes le jour, je descends au séjour des
morts....

HÉCUBE. O ma fille! et moi, je serai esclave au séjour de la lumière.

POLYXÈNE. Sans époux, sans avoir goûté les douceurs de l'hymen
qui m'étaient dues...

HECUBE. Ton sort est digne de pitié, ma fille; et moi, je suis une
femme bien infortunée!

POLYXÈNE. Et là, dans le royaume de Pluton, je serai séparée de
vous!

HÉCUBE. Hélas! que faire? où terminer ma vie?

POLYXÈNE. Je mourrai esclave, moi, née d'un père libre!

HÉCUBE. Et moi, après m'être vu priver de mes cinquante enfants!

POLYXÈNE. Que dirai-je de votre part à Hector ou au vieillard
votre époux?

Ἀλλὰ, ὦ μῆτερ φίλη μοι,	Mais, ô mère chérie à moi,
δὸς χέρα ἡδίστην,	aie donné *ta* main très-douce,
καὶ προσϐαλεῖν	et d'avoir approché
παρειὰν παρηῖδι·	*ma* joue de *ta* joue;
ὡς οὐ προσόψομαι	puisque je ne verrai
ποτὲ αὖθις,	jamais à l'avenir,
ἀλλὰ νῦν	mais maintenant
πανύστατον,	pour la toute-dernière-fois,
ἀκτῖνα κύκλον τε ἡλίου.	le rayon et le disque du soleil.
Δέχει δὴ τέλος	Tu reçois donc la fin
τῶν ἐμῶν προσφθεγμάτων,	de mes allocutions.
Ὦ μῆτερ,	O mère,
ὦ τεκοῦσα,	ô *toi* m'ayant enfantée,
ἄπειμι δὴ κάτω.	je m'en vais donc en-bas.
ΕΚΑΒΗ. Ὦ θύγατερ,	HÉCUBE. O fille,
ἡμεῖς δὲ	et nous
δουλεύσομεν ἐν φάει.	nous serons-esclaves à la lumière.
ΠΟΛΥΞΕΝΗ. Ἄνυμφος,	POLYXÈNE. *Moi* non-fiancée,
ἀνυμέναιος,	non-mariée,
ὧν ἐχρῆν	*choses* qu'il fallait
με τυχεῖν.	moi avoir obtenues.
ΕΚΑΒΗ. Σὺ, τέκνον,	HÉCUBE. Toi, enfant
οἰκτρά·	*tu es* digne-de-pitié;
ἐγὼ δὲ	mais moi *je suis*
γυνὴ ἀθλία.	une femme infortunée.
ΠΟΛΥΞΕΝΗ. Κείσομαι δὲ	POLYXÈNE Et je serai étendue
ἐκεῖ ἐν Ἅδου	là-bas dans *la demeure*-de Pluton
χωρὶς σέθεν.	séparément de toi.
ΕΚΑΒΗ. Οἴ μοι!	HÉCUBE. Hélas à moi!
τί δράσω;	que ferai-je?
πῆ τελευτήσω βίον;	où terminerai-je *ma* vie?
ΠΟΛΥΞΕΝΗ. Θανοῦμαι δούλη,	POLYXÈNE. Je mourrai esclave,
οὖσα πατρὸς ἐλευθέρου.	étant *fille* d'un père libre.
ΕΚΑΒΗ. Ἡμεῖς δέ γε	HÉCUBE. Et nous certes
ἄμμοροι	privées
πεντήκοντα τέκνων.	de cinquante enfants.
ΠΟΛΥΞΕΝΗ. Τί	POLYXÈNE. Quelle-chose
εἴπω σοι	dirai-je pour toi
πρὸς Ἕκτορα	à Hector
ἢ πόσιν γέροντα;	ou à *ton* époux vieux?

ΕΚΑΒΗ.

Ἄγγελλε πασῶν ἀθλιωτάτην ἐμέ.

ΠΟΛΥΞΕΝΗ.

Ὦ στέρνα μαστοί θ', οἵ μ' ἐθρέψαθ' ἡδέως.

ΕΚΑΒΗ.

Ὦ τῆς ἀώρου θύγατερ ἀθλίας τύχης!

ΠΟΛΥΞΕΝΗ.

Χαῖρ', ὦ τεκοῦσα, χαῖρε, Κασάνδρα τε, μοί.

ΕΚΑΒΗ.

Χαίρουσιν¹ἄλλοι, μητρὶ δ' οὐκ ἔστιν τόδε.　　　　　425

ΠΟΛΥΞΕΝΗ.

Ὅ τ' ἐν φιλίπποις Θρηξὶ Πολύδωρος κάσις.

ΕΚΑΒΗ.

Εἰ ζῇ γ'· ἀπιστῶ δ'· ὧδε πάντα δυστυχῶ.

ΠΟΛΥΞΕΝΗ.

Ζῇ, καὶ θανούσης²ὄμμα συγκλείσει τὸ σόν.

ΕΚΑΒΗ.

Τέθνηκ' ἔγωγε, πρὶν θανεῖν, κακῶν ὕπο.

ΠΟΛΥΞΕΝΗ.

Κόμιζ', Ὀδυσσεῦ, μ', ἀμφιθεὶς κάρα πέπλοις·　　　　430
ὡς, πρὶν σφαγῆναί γ', ἐκτέτηκα καρδίαν
θρήνοισι μητρός, τήνδε τ' ἐκτήκω γόοις.
Ὦ φῶς· προσειπεῖν γὰρ σὸν ὄνομ' ἔξεστί μοι,

HÉCUBE. Annonce-leur que je suis la plus malheureuse de toutes les femmes.

POLYXÈNE. O sein, ô mamelles qui m'avez nourrie délicieusement !

HÉCUBE. O ma fille, victime d'un destin funeste et prématuré !

POLYXÈNE. Bonheur à vous, ma mère! bonheur à toi, Cassandre!

HÉCUBE. D'autres goûtent le bonheur ; il n'est point pour ta mère.

POLYXÈNE. Bonheur à toi aussi, Polydore, ô mon frère, hôte des Thraces, amis des coursiers!

HÉCUBE. Hélas! si toutefois il vit. Mais je n'y puis croire, tant l'infortune m'accable de toutes parts.

POLYXÈNE. Il vit, et c'est lui qui fermera vos paupières après votre mort.

HECUBE Je suis morte avant de mourir, tant est cruel l'excès de mes maux !

POLYXÈNE. Couvre ma tête d'un voile, Ulysse, et emmène-moi ; car, avant que d'être immolée, je sens, aux lamentations de ma mère, mon cœur se dissoudre , et elle aussi, mes gémissements la tuent. O lumière! je puis encore prononcer ton nom ; mais je n'ai plus rien de

ΕΚΑΒΗ. Ἄγγελλε
ἐμὲ ἀθλιωτάτην
πασῶν.
ΠΟΛΥΞΕΝΗ. Ὦ στέρνα
μαστοί τε,
οἳ ἐθρέψατε
μὲ ἡδέως.
ΕΚΑΒΗ. Ὦ θύγατερ
τύχης ἀθλίας
τῆς ἀώρου !
ΠΟΛΥΞΕΝΗ. Χαῖρε,
ὦ τεκοῦσα,
χαῖρε,
Κασάνδρα τε, μοί.
ΕΚΑΒΗ. Ἄλλοι χαίρουσι,
τόδε δὲ οὐκ ἔστι μητρί.
ΠΟΛΥΞΕΝΗ. Πολύδωρός τε,
κάσις,
ὃ ἐν Θρῃξὶ
φιλίπποις.
ΕΚΑΒΗ. Εἰ ζῇ γε.
ἀπιστῶ δέ
ὧδε δυστυχῶ πάντα.
ΠΟΛΥΞΕΝΗ. Ζῇ,
καὶ συγκλείσει
τὸ σὸν ὄμμα θανούσης.
ΕΚΑΒΗ. Ἔγωγε,
πρὶν θανεῖν,
τέθνηκα ὑπὸ κακῶν.
ΠΟΛΥΞΕΝΗ. Ὀδυσσεῦ,
κόμιζέ με,
ἀμφιθεὶς κάρα πέπλοις·
ὡς, πρὶν σφαγῆναί γε,
ἐκτέτηκα καρδίαν
θρήνοισι μητρὸς,
ἐκτήκω τε τήνδε
γόοις.
Ὦ φῶς·
ἔξεστι γάρ μοι
προσειπεῖν σὸν ὄνομα,

HÉCUBE. Annonce
moi la plus malheureuse
de toutes *les femmes*.
POLYXÈNE. O poitrine
et mamelles,
qui avez nourri
moi doucement.
HÉCUBE. O fille
d'une fortune malheureuse
celle intempestive !
POLYXÈNE. Sois-heureuse,
ô *toi* m'ayant enfantée,
sois-heureuse,
Cassandre aussi, pour moi.
HÉCUBE. D'autres sont-heureux,
mais cela n'est pas pour *ta* mère.
POLYXÈNE. Et Polydore aussi,
mon frère,
le-*étant* chez les Thraces
amis-des-coursiers.
HÉCUBE. S'il vit du moins;
mais je doute;
tant je suis-malheureuse *en*-tout.
POLYXÈNE. Il vit,
et il fermera
ton œil *de toi* morte.
HÉCUBE. Moi certes,
avant d'être morte,
je suis morte par les maux
POLYXÈNE. Ulysse,
conduis moi,
ayant enveloppé *ma* tête de voiles ;
puisque, avant d'être égorgée du moins
je suis consumée *quant* au cœur
par les lamentations d'une mère,
et je consume celle-ci
par *mes* gémissements.
O lumière !
car il est permis à moi
d'avoir prononcé ton nom,

μέτεστι δ' οὐδὲν, πλὴν ὅσον χρόνον ξίφους
βαίνω μεταξὺ καὶ πυρᾶς Ἀχιλλέως.　　　　　　　435

ΕΚΑΒΗ.

Οἲ 'γώ! προλείπω· λύεται δέ μου μέλη.
Ὦ θύγατερ, ἅψαι μητρός, ἔκτεινον χέρα,
δός· μὴ λίπῃς μ' ἄπαιδ'. Ἀπωλόμην, φίλαι.
Ὣς τὴν Λάκαιναν ξύγγονον Διοσκόροιν
Ἑλένην ἴδοιμι· διὰ καλῶν γὰρ ὀμμάτων　　　　440
αἴσχιστα Τροίαν εἷλε τὴν εὐδαίμονα.

ΧΟΡΟΣ.

(Στροφὴ α').

Αὖρα, ποντιὰς αὖρα,
ἅτε ποντοπόρους κομίζεις
θοὰς ἀκάτους ἐπ' οἶδμα λίμνας,
ποῖ με τὰν μελέαν πορεύσεις;　　　　　　　445
Τῷ δουλόσυνος πρὸς οἶκον
κτηθεῖσ' ἀφίξομαι;
ἢ Δωρίδος ὅρμον αἴας,
ἢ Φθιάδος², ἔνθα τὸν καλλίστων ὑδάτων πατέρα　　　　　　　　　　450
φασὶν Ἀπιδανὸν³ πεδία λιπαίνειν;

(Ἀντιστροφὴ ά.)

Ἢ νάσων, ἁλιήρει
κώπᾳ πεμπομέναν τάλαιναν,
οἰκτρὰν βιοτὰν ἔχουσαν οἴκοις,

commun avec toi, si ce n'est pendant le court trajet qui me sépare du glaive et du tombeau d'Achille.

HÉCUBE. Hélas! je me sens défaillir; mes membres plient sous moi. O ma fille! attache-toi à ta mère; tends-moi cette main; donne; ne me laisse pas sans enfants. Je suis perdue, chères amies. Que ne puis-je oir périr ainsi la sœur des Dioscures, la Lacédémonienne Hélène, elle dont les séduisants attraits ont causé honteusement la ruine de l'heureuse Troie!

LE CHŒUR. Vents qui soufflez sur les mers, vents qui portez les rapides vaisseaux sur le dos gonflé de la plaine liquide, où conduirez-vous mon infortune? Sous quel maître, en quelle demeure irai-je servir? Aborderai-je aux ports de la Doride, ou à ceux de la Phthiotide, où l'on dit que le père des plus belles eaux, l'Apidanus, féconde les campagnes?

Ou bien la rame, fendant les ondes, portera-t-elle une malheureuse, vouée à la plus désolante existence, dans cette île qui vit la

ιιέτεστι δὲ οὐδὲν, mais part-de-toi-n'est en rien *à moi*,
πλὴν ὅσον χρόνον excepté autant de temps que
βαίνω μεταξὺ ξίφους je marche entre le glaive
καὶ πυρᾶς Ἀχιλλέως. et le bûcher d'Achille.

ΕΚΑΒΗ. Οἴ'ἐγώ! προλείπω, HÉCUBE. Hélas! moi j'expire
μέλη δέ μου et les membres de moi
λύεται. se délient.
Ὦ θύγατερ, ἅψαι μητρὸς, O fille, aie touché *ta* mère,
ἔκτεινον χέρα, aie étendu la main,
δός· aie donné;
μὴ λίπῃς μὲ ἄπαιδα. n'aie pas laissé moi sans-enfant.
Ἀπωλόμην, φίλαι. Je suis perdue, amies.
Ἴδοιμι ὡς Puissé-je-voir ainsi
τὴν Λάκαιναν la Lacédémonienne,
ξύγγονον Διοσκόροιν, Ἑλένην· sœur des Dioscures, Hélène!
διὰ γὰρ ὀμμάτων καλῶν Car par *ses* yeux beaux
εἷλεν αἴσχιστα elle a détruit très-honteusement
Τροίαν τὴν εὐδαίμονα. Troie l'heureuse.

 ΧΟΡΟΣ (Στροφὴ α'). LE CHOEUR. (*Strophe* 1.)
Αὖρα, αὖρα ποντιὰς, Souffle, souffle marin,
ἅτε κομίζεις qui transportes
ἐπὶ οἶδμα λίμνας sur le gonflement de la mer
ἀκάτους θοὰς les vaisseaux légers
ποντοπόρους, parcourant-les-ondes,
ποῖ πορεύσεις με τὰν μελέαν; où feras-tu-passer moi l'infortunée?
πρὸς οἶκον τῷ ἀφίξομαι vers la maison à qui irai-je
κτηθεῖσα δουλόσυνος; acquise *comme* esclave?
ὅρμον αἴας vers un port de la terre
ἢ Δωρίδος, ou Dorienne,
ἢ Φθιάδος, ou de-la-Phthiotide,
ἔνθα φασὶ τὸν Ἀπιδανὸν, où l'on dit l'Apidanus,
πατέρα ὑδάτων καλλίστων, père d'eaux très-belles,
λιπαίνειν πεδία; engraisser les campagnes?

 (Ἀντιστροφὴ α'.) (*Antistrophe* I.)
Ἦ Ou-bien *feras-tu-passer*
τάλαιναν, *moi* malheureuse,
πεμπομέναν κώπᾳ conduite par la rame
ἁλιήρει, fendant-la-mer,
ἔχουσαν οἴκοις ayant dans les demeures
βιοτὰν οἰκτρὰν, une vie digne-de-pitié,

ἔνθα[1] πρωτόγονός τε φοῖνιξ   455
δάφνα θ᾽ ἱεροὺς ἀνέσχε
πτόρθους Λατοῖ φίλα
ὠδῖνος ἄγαλμα δίας;
σὺν Δηλιάσιν τε κούραισιν,
Ἀρτέμιδός τε θεᾶς[2]   460
χρυσέαν ἄμπυκα τόξα τ᾽ εὐλογήσω;
    (Στροφὴ β᾽.)
Ἦ Παλλάδος ἐν πόλει,
τᾶς καλλιδίφρου
Ἀθαναίας, ἐν κροκέῳ πέπλῳ
ζεύξομαι ἅρματι πώλους,   465
ἐν δαιδαλέαισι ποι-
κίλλουσ᾽ ἀνθοκρόκοισι πήναις,
ἢ Τιτάνων[3] γενεάν,
τὰν Ζεὺς ἀμφιπύρῳ
κοιμίζει φλογμῷ Κρονίδας;   470
    (Ἀντιστροφὴ β᾽.)
Ὤ μοι τεκέων ἐμῶν,
ὦ μοι πατέρων,
χθονός θ᾽, ἃ καπνῷ κατερείπεται
τυφομένα, δορίληπτος
ὑπ᾽ Ἀργείων· ἐγὼ δ᾽   475
ἐν ξείνᾳ χθονὶ δὴ κέκλημαι
δούλα, λιποῦσ᾽ Ἀσίαν
Εὐρώπας θεράπναν,
ἀλλάξασ᾽ Ἄδα θαλάμους.

palme et le laurier sortir pour la première fois du sein de la terre et tendre à la belle Latone leurs rameaux sacrés, ornements d'un enfantement divin? Unie aux filles de Délos, chanterai-je le diadème d'or et l'arc superbe de la céleste Diane?

Ou bien encore, dans la ville de Pallas, mon aiguille industrieuse, parcourant les riches tissus d'un voile de safran, peindra-t-elle, en fils nuancés de mille couleurs, le char brillant de la déesse, attelé de ses coursiers, ou la race des Titans que d'un sommeil de mort ont frappés les traits flamboyants du fils de Saturne, du puissant Jupiter?

O mes enfants! ô mes aïeux! ô ma patrie engloutie dans des tourbillons de fumée, et devenue la proie des Grecs victorieux! Me voici donc réduite à porter sur une terre étrangère le nom d'esclave! Et je laisse l'Asie sous le joug de l'Europe! Et je n'échappe à la demeure des enfers que pour subir la couche d'un maître!

νάσων, ἔνθα	*vers celle* des îles, où
πρωτόγονος	né-pour-la-première-fois
φοῖνίξ τε δάφνα τε	et le palmier et le laurier
ἀνέσχε Λατοῖ φίλα	présenta à Latone chérie
πτόρθους ἱερούς,	des rameaux sacrés ,
ἄγαλμα	ornement
ὠδῖνος δίας ;	d'un enfantement divin ?
εὐλογήσω	louerai-je
σὺν κούραισι Δηλιάσιν	avec les vierges de-Délos
ἄμπυκά τε χρυσέαν τόξα τε	et le bandeau d'or et les flèches
θεᾶς Ἀρτέμιδος ;	de la déesse Diane ?
(Στροφὴ β΄.)	(*Strophe* II.)
Ἢ ἐν πόλει Παλλάδος,	Ou bien dans la ville de Pallas ,
ἐν πέπλῳ κροκέῳ	sur un voile couleur-safran
Ἀθαναίας	de Minerve,
τᾶς καλλιδίφρου,	celle au-beau-char,
ζεύξομαι πώλους ἅρματι,	attèlerai-je des chevaux à *son* char,
ποικίλλουσα	brodant-d'une-manière-variée
ἐν πήναις	sur des étoffes
δαιδαλέαισιν	artistement-travaillées
ἀνθοκρόκοισιν,	à-trame-ornée-de-fleurs ,
ἢ γενεὰν Τιτάνων,	ou la race des Titans,
τὰν Ζεὺς	laquelle Jupiter
Κρονίδας	fils-de-Saturne
κοιμίζει φλογμῷ	endort par une flamme
ἀμφιπύρῳ ;	brùlant-tout-autour.
(Ἀντιστροφὴ β΄.)	(*Antistrophe* II.)
Ὤ μοι	Hélas ! à moi
ἐμῶν τεκέων,	*à cause* de mes enfants,
ᾧ μοι πατέρων,	hélas ! à moi *a cause* de *mes* pères,
χθονός τε,	et de la terre *patrie* ,
ἃ κατερείπεται	laquelle tombe
τυφομένα καπνῷ,	obscurcie de fumée,
δορίληπτος ὑπὸ Ἀργείων	prise-à-la-lance par les Argiens !
ἐγὼ δὲ κέκλημαι	et moi donc je suis appelée
δούλα ἐν χθονὶ ξείνᾳ,	esclave sur une terre étrangère,
λιποῦσα Ἀσίαν	ayant quitté l'Asie
θεράπναν Εὐρώπας,	servante de l'Europe,
ἀλλάξασα Ἅδα	ayant pris-en-échange de Pluton
θαλάμους.	la couche *du vainqueur* !

ΤΑΛΘΥΒΙΟΣ.

Ποῦ τὴν ἄνασσαν δή ποτ' οὖσαν Ἰλίου   480
Ἑκάβην ἂν ἐξεύροιμι, Τρωάδες κόραι;

ΧΟΡΟΣ.

Αὕτη πέλας σου, νῶτ' ἔχουσ' ἐπὶ χθονὶ,
Ταλθύβιε, κεῖται, ξυγκεκλεισμένη πέπλοις.

ΤΑΛΘΥΒΙΟΣ.

Ὦ Ζεῦ, τί λέξω; πότερά σ' ἀνθρώπους ὁρᾷν,
ἢ δόξαν ἄλλως τήνδε κεκτῆσθαι μάτην   485
ψευδῆ, δοκοῦντας δαιμόνων εἶναι γένος,
τύχην δὲ πάντα τὰν βροτοῖς ἐπισκοπεῖν;
Οὐχ ἥδ' ἄνασσα τῶν πολυχρύσων Φρυγῶν;
οὐχ ἥδε Πριάμου τοῦ μέγ' ὀλβίου δάμαρ;
καὶ νῦν πόλις μὲν πᾶσ' ἀνέστηκεν δορὶ,   490
αὐτὴ δὲ δούλη, γραῦς, ἄπαις, ἐπὶ χθονὶ
κεῖται, κόνει φύρουσα δύστηνον κάρα.
Φεῦ! φεῦ! γέρων μέν εἰμ'· ὅμως δέ μοι θανεῖν
εἴη, πρὶν αἰσχρᾷ περιπεσεῖν τύχῃ τινί.
Ἀνίστασ', ὦ δύστηνε, καὶ μετάρσιον   495
πλευρὰν ἔπαιρε καὶ τὸ πάλλευκον κάρα.

ΕΚΑΒΗ.

Ἔα! τίς οὗτος σῶμα τοὐμὸν οὐκ ἐᾷς

TALTHYBIUS. Jeunes Troyennes, où trouverai-je l'ancienne reine d'Ilion? où trouverai-je Hécube?

LE CHOEUR. Elle est près de toi, Talthybius, couchée, étendue à terre, et enveloppée dans ses voiles.

TALTHYBIUS. Que dire, ô Jupiter? Que tu as les yeux sur les mortels, ou bien que c'est un préjugé vain et mensonger de croire à l'existence d'une race de dieux, et que le hasard seul préside à tous les événements de la vie? Cette femme ne fut-elle pas reine de l'opulente Phrygie? Cette femme ne fut-elle pas l'épouse du riche et puissant Priam? Et aujourd'hui le fer ennemi a bouleversé toute ville jusque dans ses fondements! Et elle-même, esclave, vieille, sans enfants, elle est étendue sur la terre, et la poussière souille sa tête infortunée! Hélas! hélas! je suis vieux; mais puissé-je pourtant mourir avant que d'humiliants revers me couvrent de leur opprobre! Levez-vous, femme malheureuse, soutenez votre corps, et redressez cette tête entièrement blanchie par les ans.

HÉCUBE. Eh! qui es-tu, ô toi, qui ne souffres pas que mon corps

ΤΑΛΘΥΒΙΟΣ. Ποῦ δὴ
ἂν ἐξεύροιμι Ἑκάβην,
τὴν οὖσαν ποτε ἄνασσαν Ἰλίου,
κόραι Τρωάδες;
ΧΟΡΟΣ. Αὕτη, Ταλθύβιε,
κεῖται πέλας σου,
ἔχουσα νῶτα ἐπὶ χθονὶ,
ξυγκεκλεισμένη πέπλοις.
ΤΑΛΘΥΒΙΟΣ. Ὦ Ζεῦ,
τί λέξω;
πότερα
σε ὁρᾶν ἀνθρώπους,
ἢ δοκοῦντας
γένος δαιμόνων εἶναι,
κεκτῆσθαι μάτην
τήνδε δόξαν
ἄλλως ψευδῆ,
τύχην δὲ ἐπισκοπεῖν
πάντα τὰ ἐν βροτοῖς;
Ἥδε οὐκ
ἄνασσα τῶν Φρυγῶν πολυχρύσων;
ἥδε οὐ δάμαρ
Πριάμου τοῦ μέγα ὀλβίου;
καὶ νῦν μὲν πᾶσα πόλις
ἀνέστηκε δορὶ,
αὐτὴ δὲ δούλη,
γραῦς, ἄπαις,
κεῖται ἐπὶ χθονὶ,
φύρουσα κόνει
κάρα δύστηνον.
Φεῦ! φεῦ! γέρων εἰμὶ μέν·
ὅμως δὲ εἴη
μοὶ θανεῖν,
πρὶν περιπεσεῖν
τινὶ τύχῃ αἰσχρᾷ.
Ἀνίστασο, ὦ δύστηνε,
καὶ ἔπαιρε πλευρὰν μετάρσιον
καὶ τὸ κάρα πάλλευκον.
ΕΚΑΒΗ. Ἔα! τίς οὗτος
οὐκ ἐᾷς τὸ ἐμὸν σῶμα κεῖσθαι;

TALTHYBIUS. Où donc
pourrais-je-trouver Hécube,
celle étant jadis reine d'Ilion,
jeunes-filles troyennes?
LE CHOEUR. Elle-même, Talthybius,
est étendue près de toi,
ayant le dos sur la terre,
enveloppée-avec *ses* voiles.
TALTHYBIUS. O Jupiter,
quelle-chose dirai-je?
est-ce que *je dirai*
toi regarder les hommes,
ou *dirai-je ceux* croyant
une race de divinités être,
posséder inutilement
cette croyance
frivolement mensongère,
et le hasard surveiller
toutes-choses celles chez les mortels?
Celle-ci n'*était-elle* pas
reine des Phrygiens riches-en-or?
Celle-ci n'*était-elle* pas épouse
de Priam, celui grandement heureux?
et maintenant d'un côté toute ville
a été renversée par la lance,
d'un autre côté elle-même esclave,
vieille, sans-enfant,
est étendue sur *la* terre,
salissant de poussière
sa tête malheureuse.
Hélas! hélas! je suis vieux à la vérité;
mais cependant puisse-t-il être ac-
à moi d'être mort,   [cordé
avant d'être tombé
dans quelque fortune humiliante
Relève-toi, ô malheureuse,
et soulève ton flanc haut
et *ta* tête toute-blanche.
HÉCUBE. Eh! qui es-*tu* celui-ci *qui*
ne laisses pas mon corps être étendu?

κεῖσθαι; τί κινεῖς μ', ὅστις εἶ, λυπουμένην·

ΤΑΛΘΥΒΙΟΣ.

Ταλθύβιος ἥκω, Δαναϊδῶν ὑπηρέτης,
Ἀγαμέμνονος πέμψαντος, ὦ γύναι, μέτα.　　　　500

ΕΚΑΒΗ.

Ὦ φίλτατ', ἆρα, κἄμ' ἐπισφάξαι τάφῳ
δοκοῦν Ἀχαιοῖς, ἦλθες; ὡς φίλ' ἂν λέγοις!
Σπεύδωμεν, ἐγκονῶμεν· ἡγοῦ μοι, γέρον.

ΤΑΛΘΥΒΙΟΣ

Σὴν παῖδα κατθανοῦσαν ὡς θάψῃς, γύναι,
ἥκω μεταστείχων σε. Πέμπουσιν δέ με　　　　505
δισσοί τ' Ἀτρεῖδαι καὶ λεὼς Ἀχαϊκός.

ΕΚΑΒΗ.

Οἴμοι! τί λέξεις; οὐκ ἄρ' ὡς θανουμένους[2]
μετῆλθες ἡμᾶς, ἀλλὰ σημανῶν κακά.
Ὄλωλας, ὦ παῖ, μητρὸς ἁρπασθεῖσ' ἄπο·
ἡμεῖς δ' ἄτεκνοι τοὐπί σ'. Ὦ τάλαιν' ἐγώ!　　　　510
πῶς καί νιν ἐξεπράξατ'; ἆρ' αἰδούμενοι;
ἢ πρὸς τὸ δεινὸν ἤλθεθ', ὡς ἐχθρὰν, γέρον,
κτείνοντες; Εἰπὲ, καίπερ οὐ λέξων φίλα.

ΤΑΛΘΥΒΙΟΣ.

Διπλᾶ με χρῄζεις δάκρυα κερδᾶναι, γύναι,

reste étendu sur la terre? Qui que tu sois, pourquoi troubles-tu ma douleur?

TALTHYBIUS. Je suis Talthybius, héraut des Grecs; c'est Agamemnon, Madame, qui m'envoie vous chercher.

HÉCUBE. O mon ami, viendrais-tu m'annoncer que les Grecs ont résolu de m'immoler aussi sur le tombeau d'Achille? Que cette nouvelle me serait douce! Hâtons-nous, courons! Vieillard, conduis mes pas.

TALTHYBIUS. Votre fille n'est plus; c'est pour que vous l'ensevelissiez, Madame, que je viens vous chercher, par l'ordre des deux Atrides et de l'armée des Grecs.

HÉCUBE. Hélas! que vas-tu dire? Quoi! ce n'est pas pour m'annoncer ma mort que tu viens vers moi, mais pour m'apporter encore de sinistres nouvelles! Tu es morte, ô ma fille, arrachée des bras de ta mère, et moi, me voici quant à toi privée d'enfants! O malheureuse que je suis! Et comment l'avez-vous immolée? Est-ce du moins avec respect, ou bien odieusement? l'avez-vous massacrée en ennemie? Parle, vieillard, bien que tu n'aies rien que de terrible à m'apprendre.

TALTHYBIUS. Madame, vous voulez que deux fois la pitié fasse cou-

ὅστις εἶ,	qui que tu es,
τί κινεῖς	pourquoi remues-tu
μὲ λυπουμένην;	moi étant-dans-le-chagrin ?
ΤΑΛΘΥΒΙΟΣ. Ἥκω	TALTHYBIUS. Je suis venu,
Ταλθύβιος, ὑπηρέτης Δαναϊδῶν.	moi Talthybius, ministre des Grecs,
Ἀγαμέμνονος, ὦ γύναι,	Agamemnon, ô femme,
πέμψαντος μέτα.	m'ayant envoyé après toi.
ΕΚΑΒΗ. Ὦ φίλτατε,	HÉCUBE. O très-cher,
ἆρα ἦλθες	est-ce que tu es venu
ἐπισφάξαι καὶ ἐμὲ τάφῳ	avoir égorgé aussi moi sur le tombeau
δοκοῦν Ἀχαιοῖς;	chose paraissant-bonne aux Grecs?
ὡς ἂν λέγοις φίλα !	Comme tu dirais des choses-amies !
Σπεύδωμεν, ἐγκονῶμεν·	hâtons-nous, empressons-nous ;
ἡγοῦ μοι, γέρον.	conduis-moi, vieillard.
ΤΑΛΘΥΒΙΟΣ. Γύναι, ἥκω	TALTHYBIUS. Femme, je viens,
μεταστείχων σε,	marchant-après toi,
ὡς θάψῃς	afin que tu aies enseveli
σὴν παῖδα κατθανοῦσαν.	ta fille morte.
Δισσοὶ δέ τε Ἀτρεῖδαι	Or et les deux Atrides
καὶ λεὼς Ἀχαϊκὸς πέμπουσί με.	et le peuple achéen envoient moi.
ΕΚΑΒΗ. Οἴμοι!	HÉCUBE. Hélas à moi !
τί λέξεις ;	que vas-tu-dire?
οὐκ ἄρα μετῆλθες ἡμᾶς	donc tu n'es pas venu-vers nous,
ὡς θανουμένους,	comme destinés-à-mourir,
ἀλλὰ σημανῶν κακά.	mais devant annoncer des malheurs
Ὄλωλας, ὦ παῖ,	Tu as péri, ô mon enfant,
ἁρπασθεῖσα ἀπὸ μητρός·	ayant été arrachée de ta mère ;
ἡμεῖς δὲ ἄτεκνοι,	et nous, nous sommes sans-enfant,
τὸ ἐπί σε.	quant à ce qui est de toi.
Ὦ ἐγὼ τάλαινα !	O moi malheureuse!
Καὶ πῶς ἐξεπράξατέ νιν ;	Et comment avez-vous détruit elle ?
ἆρα αἰδούμενοι ;	est-ce la respectant?
ἢ ἤλθετε	ou bien en êtes-vous venus
πρὸς τὸ δεινὸν,	à l'indignité,
κτείνοντες ὡς ἐχθρὰν,	la tuant comme ennemie,
γέρον; Εἰπὲ,	vieillard? Parle,
καίπερ οὐ λέξων	quoique ne devant pas dire
φίλα.	des choses-amies.
ΤΑΛΘΥΒΙΟΣ. Χρήζεις, γύναι,	TALTHYBIUS. Tu veux, femme,
μὲ κερδᾶναι δάκρυα διπλᾶ	moi avoir gagné des larmes doubles

σῆς παιδὸς οἴκτῳ· νῦν τε γὰρ λέγων κακα 515
τέγξω τόδ' ὄμμα, πρὸς τάφῳ θ', ὅτ' ὤλλυτο.
Παρῆν μὲν ὄχλος πᾶς Ἀχαϊκοῦ στρατοῦ
πλήρης πρὸ τύμβου σῆς κόρης ἐπὶ σφαγάς·
λαβὼν δ' Ἀχιλλέως παῖς Πολυξένην χερὸς
ἔστησ' ἐπ' ἄκρου χώματος. Πέλας δ' ἐγώ. 520
Λεκτοί τ' Ἀχαιῶν ἔκκριτοι νεανίαι,
σκίρτημα μόσχου σῆς καθέξοντες χεροῖν,
ἕσποντο. Πλῆρες δ' ἐν χεροῖν λαβὼν δέπας
πάγχρυσον, ἔρρει¹χειρὶ παῖς Ἀχιλλέως
χοὰς θανόντι πατρί· σημαίνει δέ μοι 525
σιγὴν Ἀχαιῶν παντὶ κηρῦξαι στρατῷ.
Κἀγὼ παραστὰς εἶπον ἐν μέσοις τάδε·
« Σιγᾶτ', Ἀχαιοί. Σῖγα πᾶς ἔστω λεώς.
« Σῖγα, σιώπα. » Νήνεμον δ' ἔστησ' ὄχλον
Ὁ δ' εἶπεν· « ὦ παῖ Πηλέως, πατὴρ δ' ἐμός, 530
« δέξαι χοάς μου τάσδε κηλητηρίους,
« νεκρῶν ἀγωγούς· ἐλθὲ δ', ὡς πίῃς μέλαν
« κόρης ἀκραιφνὲς αἷμ', ὅ σοι δωρούμεθα
« στρατός τε κἀγώ. Πρευμενὴς δ' ἡμῖν γενοῦ,

ter mes larmes sur le sort de votre fille ; car, au récit de son trépas,
mes yeux se mouilleront, comme ils se mouillèrent déjà près du tombeau, au moment où elle tomba sous le glaive. Toute l'armée des
Grecs était rassemblée devant le monument, pour assister au sacrifice
de votre fille : le fils d'Achille, prenant Polyxène par la main, la place
sur le sommet du tertre. J'étais tout auprès. Des jeunes gens choisis,
l'élite des Grecs, le suivaient, prêts à contenir de leurs mains les
mouvements de la jeune victime. Cependant prenant entre ses mains
une coupe d'or, remplie jusqu'aux bords, le fils d'Achille verse des
libations aux mânes de son père, et me fait signe d'imposer silence à
l'armée entière des Grecs. Je me lève aussitôt au milieu de l'assemblée,
et je m'écrie : « Silence, Grecs ! silence, toute l'armée ! Silence,
« silence ! » A cet ordre, la multitude reste immobile. « Fils de Pélée, »
s'écrie-t-il alors, « ô mon père, reçois ces libations expiatoires,
« évocatrices des ombres Viens t'abreuver du sang noir et pur de
« cette vierge, que nous t'offrons, l'armée et moi. Deviens-nous pro-

οἴκτῳ σῆς παιδός·
τέγξω τε γὰρ τόδε ὄμμα
λέγων νῦν κακὰ,
πρὸς τάφῳ τε,
ὅτε ὤλλυτο.
Πᾶς μὲν ὄχλος πλήρης
στρατοῦ Ἀχαϊκοῦ
παρῆν πρὸ τύμβου
ἐπὶ σφαγὰς σῆς κόρης·
παῖς δὲ Ἀχιλλέως
λαβὼν Πολυξένην χερὸς
ἔστησεν ἐπὶ χώματος ἄκρου
Ἐγὼ δὲ πέλας.
Νεανίαι τε Ἀχαιῶν
λεκτοὶ, ἔκκριτοι, ἕσποντο,
καθέξοντες χεροῖν
σκίρτημα σῆς μόσχου.
Παῖς δὲ Ἀχιλλέως,
λαβὼν ἐν χεροῖν
δέπας πάγχρυσον πλῆρες,
ἔῤῥει χειρὶ
χοὰς πατρὶ θανόντι·
σημαίνει δέ μοι
κηρῦξαι σιγὴν
παντὶ στρατῷ Ἀχαιῶν
Καὶ ἐγὼ παραστὰς
εἶπον τάδε ἐν μέσοις·
« Σιγᾶτε, Ἀχαιοὶ,
« πᾶς λεὼς ἔστω σῖγα.
« Σῖγα, σιώπα. »
Ἔστησα δὲ ὄχλον νήνεμον.
Ὁ δὲ εἶπεν·
« Ὦ παῖ Πηλέως, ἐμὸς δὲ πατὴρ,
« δέξαι μου
« τάσδε χοὰς κηλητηρίους,
« ἀγωγοὺς νεκρῶν·
« ἐλθὲ δὲ, ὡς πίῃς
« μέλαν αἷμα ἀκραιφνὲς κόρης,
« ὃ στρατός τε καὶ ἐγὼ
« δωρούμεθά σοι.
« Γενοῦ δὲ
« πρευμενὴς ἡμῖν,

par compassion de ton enfant ;
car et je mouillerai cet œil
disant maintenant des malheurs,
et *je l'ai mouillé* près du tombeau .
lorsqu'elle périssait.
D'un côté toute la foule complète
de l'armée achéenne
était-présente devant le tombeau
pour l'immolation de ta fille ;
d'un autre, le fils d'Achille
ayant pris Polyxène par la main
la plaça sur le tertre élevé.
Et moi j'*étais* auprès.
Et des jeunes-gens des Achéens ,
d'élite, choisis, suivaient,
devant contenir de *leurs* deux-mains
le bondissement de ta génisse.
Or le fils d'Achille,
ayant pris dans les deux mains
une coupe toute-d'or pleine,
répandait de sa main
des libations à *son* père mort ;
et il fait signe à moi
d'avoir proclamé le silence
à toute l'armée des Achéens.
Et moi m'étant présenté
je dis ces choses au milieu d'*eux* :
« Faites-silence, Achéens,
« que tout le peuple soit *en*-silence.
« Sois silencieux, tais-toi. »
Et j'établis la foule tranquille.
Et lui, il dit :
« O fils de Pélée et mon père,
« aie reçu de moi
« ces libations expiatoires,
« évocatrices des morts ;
« et sois venu, afin que tu aies bu
« le noir sang pur de la jeune-fille,
« lequel et l'armée et moi
« nous donnons à toi.
« Or sois devenu
« bienveillant pour nous,

« λῦσαί τε πρύμνας, καὶ χαλινωτήρια   535
« νεῶν δὸς ἡμῖν, πρευμενοῦς τ' ἀπ' Ἰλίου
« νόστου τυχόντας πάντας ἐς πάτραν μολεῖν. »
Τοσαῦτ' ἔλεξε, πᾶς δ' ἐπεύξατο στρατός.
Εἶτ' ἀμφίχρυσον φάσγανον κώπης λαβών,
ἐξεῖλκε κολεοῦ, λογάσι δ' Ἀργείων στρατοῦ   540
νεανίαις ἔνευσε παρθένον λαβεῖν.
Ἡ δ', ὡς ἐφράσθη, τόνδ' ἐσήμηνεν λόγον ·
« Ὦ τὴν ἐμὴν πέρσαντες Ἀργεῖοι πόλιν,
« ἑκοῦσα θνήσκω. Μή τις ἅψηται χροὸς
« τοῦ 'μοῦ · παρέξω γὰρ δέρην εὐκαρδίως.   545
« Ἐλευθέραν δέ μ', ὡς ἐλευθέρα θάνω,
« πρὸς θεῶν, μεθέντες κτείνατ' · ἐν νεκροῖσι γὰρ
« δούλη κεκλῆσθαι, βασιλὶς οὖσ', αἰσχύνομαι. »
Λαοὶ δ' ἐπερρόθησαν, Ἀγαμέμνων τ' ἄναξ
εἶπεν μεθεῖναι παρθένον νεανίαις.   550
Οἱ δ', ὡς τάχιστ' ἤκουσαν ὑστάτην ὄπα,
μεθῆκαν, οὗπερ καὶ μέγιστον ἦν κράτος,

« pice ; accorde-nous de détacher nos poupes amarrées à ce rivage,
« d'obtenir un heureux retour d'llion, et d'aborder tous aux lieux qui
« nous ont vus naître. » Il dit, et toute l'armée se joint à cette prière.
Ensuite, saisissant la garde de son glaive enrichi d'or, il le tire du
fourreau, et fait signe à la troupe choisie des jeunes guerriers de saisir la victime. Mais déjà elle a compris leur dessein, et elle leur adresse
ces paroles : « Grecs, destructeurs de ma patrie ! je meurs volontai-
« rement. Que personne ne porte les mains sur moi ; je tendrai ma
« gorge sans effroi. Au nom des dieux, rendez libres mes mouve-
« ments, afin que je meure libre : fille de roi, je rougirais d'être ap-
« pelée esclave chez les morts. » Les peuples applaudissent par un
murmure semblable à celui des flots, et le roi Agamemnon ordonne
aux jeunes Grecs de lâcher la victime. Ceux-ci n'ont pas plutôt ouï les
derniers sons sortis de la bouche du chef dont l'empire est souverain
qu'ils la lâchent aussitôt ; pour elle, ranimée par l'ordre qu'elle vient

« δὸς ἡμῖν λῦσαι	« et aie donné à nous d'avoir délié
« πρύμνας τε	« et les poupes
« καὶ χαλινωτήρια νεῶν,	« et les amarres des vaisseaux,
« πάντας τε τυχόντας	« et tous ayant obtenu
« νόστου πρευμενοῦς ἀπὸ Ἰλίου	« un retour favorable d'Ilion
« μολεῖν ἐς πάτραν »	« arriver dans la patrie. »
Ἔλεξε τοσαῦτα,	Il dit tout-autant-de-choses,
πᾶς δὲ στρατὸς	et toute l'armée
ἐπεύξατο.	ajouta-ses-vœux.
Εἶτα λαβὼν κώπης	Ensuite ayant pris par la garde
φάσγανον ἀμφίχρυσον,	un glaive entouré-d'or,
ἐξεῖλκε κολεοῦ,	il le tirait du fourreau,
ἔνευσε δὲ	et il fit-signe
νεανίαις λογάσι	aux jeunes-gens choisis
στρατοῦ Ἀργείων	de l'armée des Argiens
λαβεῖν παρθένον.	d'avoir pris la vierge.
Ἡ δὲ, ὡς ἐφράσθη,	Mais elle, quand elle s'en fut aperçue,
ἐσήμηνεν τόνδε λόγον·	fit-connaître ce discours :
« Ὦ Ἀργεῖοι	« O Argiens
« πέρσαντες τὴν ἐμὴν πόλιν,	« ayant renversé ma ville,
« θνήσκω ἑκοῦσα.	« je meurs volontaire.
« Μή τις ἅψηται τοῦ ἐμοῦ χροός·	« Que personne ne touche mon corps,
« παρέξω γὰρ	« car je présenterai
« εὐκαρδίως δέρην.	« courageusement le cou.
« Πρός θεῶν δὲ,	« Mais, par les dieux,
« μεθέντες	« m'ayant lâchée,
« κτείνατέ με ἐλευθέραν,	« tuez moi libre,
« ὡς θάνω ἐλευθέρα·	« afin que je sois morte libre ;
« οὖσα γὰρ βασιλὶς	« car, étant de sang-royal,
« αἰσχύνομαι κεκλῆσθαι	« je rougis d'être appelée
« δούλη ἐν νεκροῖσι. »	« esclave parmi les morts. »
Λαοὶ δὲ ἐπερρόθησαν,	Or les peuples applaudirent,
ἄναξ τε Ἀγαμέμνων	et le roi Agamemnon
εἶπε νεανίαις	dit aux jeunes-gens
μεθεῖναι παρθένον.	d'avoir lâché la vierge.
Οἱ δὲ, ὡς τάχιστα	Ceux ci, tout-aussitôt que
ἤκουσαν ὅπα ὑστάτην	ils entendirent la parole dernière
οὗπερ κράτος	de celui dont la puissance
ἦν καὶ μέγιστον,	était aussi la plus grande,
μεθῆκαν,	la lâchèrent ;

κἀπεὶ τόδ' εἰσήκουσε δεσποτῶν ἔπος,
λαβοῦσα πέπλους ἐξ ἄκρας ἐπωμίδος
ἔρρηξε λαγόνος ἐς μέσον παρ' ὀμφαλὸν,   555
μαστούς τ' ἔδειξε, στέρνα θ', ὡς ἀγάλματος,
κάλλιστα· καὶ καθεῖσα πρὸς γαῖαν γόνυ,
ἔλεξε πάντων τλημονέστατον λόγον·
« Ἰδού, τόδ' εἰ μὲν στέρνον, ὦ νεανία,
« παίειν προθυμεῖ, παῖσον· εἰ δ' ὑπ' αὐχένα   560
« χρῄζεις, πάρεστι λαιμὸς εὐτρεπὴς ὅδε. »
Ὁ δ' οὐ θέλων τε καὶ θέλων, οἴκτῳ κόρης,
τέμνει σιδήρῳ πνεύματος διαρρόας,
κρουνοὶ δ' ἐχώρουν. Ἡ δὲ καὶ θνήσκουσ', ὅμως
πολλὴν πρόνοιαν εἶχεν εὐσχήμως πεσεῖν,   565
κρύπτουσ' ἃ κρύπτειν ὄμματ' ἀρσένων χρεών.
Ἐπεὶ δ' ἀφῆκε πνεῦμα θανασίμῳ σφαγῇ,
οὐδεὶς τὸν αὐτὸν εἶχεν Ἀργείων πόνον·
ἀλλ' οἱ μὲν αὐτῶν τὴν θανοῦσαν ἐκ χερῶν
φύλλοις ἔβαλλον[1], οἱ δὲ ἐπλήρωσαν πυρὰν,   570
κορμοὺς φέροντες πευκίνους. Ὁ δ' οὐ φέρων

d'entendre, elle saisit sa robe à l'épaule, la déchire jusqu'à la ceinture,
découvre à nos yeux un sein et des mamelles comparables à ceux d'une
belle statue, et, fléchissant le genou, fait entendre ces paroles lamen-
tables : « Jeune guerrier, veux-tu frapper mon sein ? le voici, frappe;
« préfères-tu ma gorge, tu la vois prête à recevoir ton glaive. » Ému
de pitié, le guerrier veut et ne veut pas; enfin pourtant il frappe, et
le fer pénètre aux passages du souffle : des sources de sang jaillissent
au même instant. Cependant, même en mourant, elle prend soin
encore de tomber avec décence, et de voiler ce qu'une femme doit
cacher aux regards des hommes. Dès qu'elle a rendu le dernier soupir
sous le coup mortel, des soins divers partagent les Grecs : les uns
couvrent à l'envi de feuillages son corps inanimé ; les autres apportent
des troncs de sapins et élèvent un bûcher. Celui qui ne porte rien

καὶ ἐπεὶ εἰσήκουσε	et après que elle eut entendu
τόδε ἔπος δεσποτῶν,	cette parole des maîtres,
λαβοῦσα πέπλους	ayant pris *ses* voiles
ἔρρηξεν	elle *les* déchira
ἐξ ἐπωμίδος ἄκρας	depuis l'épaule élevée
ἐς μέσον λαγόνος	jusqu'au milieu du flanc
παρὰ ὀμφαλὸν,	vers le nombril,
ἔδειξέ τε μαστούς,	et montra *ses* mamelles
στέρνα τε κάλλιστα,	et *sa* poitrine fort belle,
ὡς ἀγάλματος·	comme *celles* d'une statue;
καὶ καθεῖσα γόνυ πρὸς γαῖαν,	et ayant baissé le genou à terre,
ἔλεξε λόγον	elle dit un discours
τλημονέστατον πάντων·	le plus lamentable de tous:
« Ἰδοὺ, ὦ νεανία,	« Voilà! ô jeune-homme,
« εἰ μὲν προθυμεῖ	« si en vérité tu désires
« παίειν τόδε στέρνον,	« frapper cette poitrine,
« παῖσον·	« aie frappé;
« εἰ δὲ χρήζεις ὑπὸ αὐχένα,	« mais si tu veux sous le cou,
« ὅδε λαιμὸς πάρεστιν εὐτρεπής. »	« ce gosier se présente disposé. »
Ὁ δὲ οὐ θέλων τε καὶ θέλων,	Mais lui, ne voulant pas et voulant,
οἴκτῳ κόρης,	par compassion de la jeune-fille,
τέμνει σιδήρῳ	coupe avec le fer
διαρροὰς πνεύματος,	les conduits de la respiration,
κρουνοὶ δὲ ἐχώρουν.	et des sources *de sang* allaient.
Ἡ δὲ καὶ θνήσκουσα,	Et elle, même en mourant,
εἶχεν ὅμως	eut cependant
πρόνοιαν πολλὴν	une prévoyance grande
πεσεῖν εὐσχήμως,	pour être tombée décemment,
κρύπτουσα ἃ χρεὼν	cachant ce qu'il faut
κρύπτειν ὄμματα ἀρσένων.	cacher aux yeux des mâles.
Ἐπεὶ δὲ ἀφῆκε πνεῦμα	Mais après qu'elle eut rendu le souffle
σφαγῇ θανασίμῳ,	par l'immolation mortelle,
οὐδεὶς Ἀργείων	aucun des Argiens
εἶχε τὸν αὐτὸν πόνον·	n'avait le même travail;
ἀλλὰ οἱ μὲν αὐτῶν	mais les uns d'eux
ἔβαλλον ἐκ χερῶν	jetaient de *leurs* mains
τὴν θανοῦσαν φύλλοις,	*sur* la morte des feuilles,
οἱ δὲ ἐπλήρωσαν πυρὰν,	les autres remplirent un bûcher,
φέροντες κορμοὺς πευκίνους·	apportant des troncs de-pin.
Ὁ δὲ οὐ φέρων	Et celui ne portant pas

πρὸς τοῦ φέροντος τοιάδ' ἤκουεν κακά
« Ἕστηκας, ὦ κάκιστε, τῇ νεάνιδι
« οὐ πέπλον, οὐδὲ κόσμον ἐν χεροῖν ἔχων;
« οὐκ εἶ τι δώσων τῇ περίσσ' εὐκαρδίῳ   575
« ψυχήν τ' ἀρίστῃ; » Τοιάδ' ἀμφὶ σῆς λέγω
παιδὸς θανούσης, εὐτεκνωτάτην δέ σε
πασῶν γυναικῶν δυστυχεστάτην τ' ὁρῶ.

ΧΟΡΟΣ.

Δεινόν τι πῆμα Πριαμίδαις ἐπέζεσεν
πόλει τε τῇ 'μῇ· θεῶν ἀναγκαῖον τόδε.   580

ΕΚΑΒΗ.

Ὦ θύγατερ, οὐκ οἶδ' εἰς ὅ τι βλέψω κακῶν,
πολλῶν παρόντων· ἢν γὰρ ἅψωμαί τινος,
τόδ' οὐκ ἐᾷ με, παρακαλεῖ δ' ἐκεῖθεν αὖ
λύπη τις ἄλλη διάδοχος κακῶν κακοῖς.
Καὶ νῦν τὸ μὲν σὸν, ὥστε μὴ στένειν, πάθος   585
οὐκ ἂν δυναίμην ἐξαλείψασθαι φρενός·
τὸ δ' αὖ λίαν παρεῖλες, ἀγγελθεῖσά μοι
γενναῖος. Οὔκουν δεινὸν, εἰ γῆ μὲν κακὴ,
τυχοῦσα καιροῦ θεόθεν, εὖ στάχυν φέρει,

entend ces reproches de la bouche de celui qui porte: « Lâche, tu « restes tranquille! tu n'apportes ni voile, ni ornement pour la jeune « victime! ne feras-tu donc aucune offrande à cette âme généreuse « et magnanime? » Voilà ce que j'avais à vous dire au sujet de votre fille qui n'est plus; et je vois en vous à la fois et la mieux partagée en enfants et la plus malheureuse de toutes les mères.

LE CHOEUR. Oui, une affreuse calamité est déchaînée contre la maison de Priam et contre ma patrie; ainsi l'exige l'ordre inflexible des dieux.

HÉCUBE. O ma fille! hélas! je ne sais, parmi tant de douleurs qui m'accablent, sur laquelle porter mes regards; si je m'attache à l'une, aussitôt une autre m'en arrache; puis, à l'instant même, une autre encore me réclame; et pour moi, sans relâche, les maux s'enchaînent aux maux. Et en ce moment, comment ne pleurerais-je point sur ton infortune? n'est-elle pas gravée dans mon âme en traits ineffaçables? Toutefois tu as adouci l'excès de mon désespoir par ton généreux courage. Chose remarquable! un sol ingrat peut par l'influence d'un ciel

ἤκουεν τοιάδε κακὰ | entendait de telles-choses mauvaises
πρὸς τοῦ φέροντος · | de la part de celui portant :
« Ὦ κάκιστε, ἕστηκας | « O très-lâche, tu te tiens-debout
« ἔχων ἐν χεροῖν τῇ νεάνιδι | « n'ayant en main pour la jeune-fille
« οὐ πέπλον, οὐδὲ κόσμον ; | « ni voile, ni ornement !
« οὐκ εἶ δώσων | « n'es-tu pas devant donner
« τι τῇ | « quelque chose à celle-ci
« περισσὰ εὐκαρδίῳ | « excessivement courageuse,
« ἀρίστη τε ψυχήν ; » | « et très-vaillante *quant* à l'âme ? »
Λέγω τοιάδε | Je dis de telles-choses
ἀμφὶ σῆς παιδὸς θανούσης, | sur ton enfant morte,
ὁρῶ δέ σε | et je vois toi
εὐτεκνωτάτην | la plus heureuse-en enfants
δυστυχεστάτην τε | et la plus infortunée
πασῶν γυναικῶν. | de toutes les femmes.
ΧΟΡΟΣ. Πῆμά τι δεινὸν · | LE CHŒUR. Quelque malheur terrible
ἐπέζεσε Πριαμίδαις | a débordé pour les Priamides
τῇ τε ἐμῇ πόλει · | et pour ma ville;
τόδε ἀναγκαῖον θεῶν. | cette nécessité *est* des dieux.
ΕΚΑΒΗ. Ὦ θύγατερ, οὐκ οἶδα | HÉCUBE. O *ma* fille, je ne sais
εἰς ὅ τι κακῶν | vers lequel des maux
βλέψω, | je regarderai,
πολλῶν παρόντων · | beaucoup étant présents.
ἢν γὰρ ἅψωμαί τινος, | Car si j'aurai touché à quelqu'un,
τόδε οὐκ ἐᾷ με, | celui-là ne laisse pas moi,
ἄλλη δέ τις λύπη | et quelque autre chagrin
διάδοχος κακῶν κακοῖς | successeur de maux par des maux,
παρακαλεῖ ἐκεῖθεν αὖ | *me* rappelle de là ensuite.
Καὶ νῦν μὲν | Et maintenant d'un côté
οὐκ ἂν δυναίμην ἐξαλείψασθαι | je ne pourrais avoir effacé
τὸ σὸν πάθος φρενὸς | la souffrance de *mon* esprit
ὥστε μὴ στένειν · | de manière à ne pas gémir ;
αὖ δὲ | en revanche d'un autre côté
παρεῖλες τὸ λίαν, | tu as ôté le trop,
ἀγγελθεῖσα γενναῖός μοι. | ayant été annoncée courageuse à moi
Οὔκουν δεινὸν | N'est-il donc pas remarquable
εἰ μὲν γῆ κακή, | si d'un côté une terre mauvaise,
τυχοῦσα θεόθεν | ayant obtenu de-dieu
καιροῦ, | un temps-favorable,
φέρει εὖ στάχυν, | produit bien l'épi,

χρηστὴ δ', ἁμαρτοῦσ' ὧν χρεὼν αὐτὴν τυχεῖν,   590
κακὸν δίδωσι καρπὸν, ἀνθρώποις δ' ἀεὶ
ὁ μὲν πονηρὸς οὐδὲν ἄλλο πλὴν κακὸς,
ὁ δ' ἐσθλὸς ἐσθλὸς, οὐδὲ συμφορᾶς ὕπο
φύσιν διέφθειρ', ἀλλὰ χρηστός ἐστ' ἀεί;
Ἆρ' οἱ τεκόντες διαφέρουσιν, ἢ τροφαί;   595
Ἔχει γε μέντοι καὶ τὸ θρεφθῆναι καλῶς
δίδαξιν ἐσθλοῦ· τοῦτο δ' ἤν τις εὖ μάθῃ,
οἶδεν τό γ' αἰσχρὸν, κανόνι τοῦ καλοῦ μαθών·
καὶ ταῦτα μὲν δὴ νοῦς ἐτόξευσεν μάτην·
σὺ δ' ἔλθε, καὶ σήμηνον Ἀργείοις τάδε·   600
μὴ θιγγάνειν μοι μηδέν', ἀλλ' εἴργειν ὄχλον,
τῆς παιδός. Ἔν τοι μυρίῳ στρατεύματι
ἀκόλαστος ὄχλος, ναυτική τ' ἀναρχία
κρείσσων πυρὸς, κακὸς δ' ὁ μή τι δρῶν κακόν.
Σὺ δ' αὖ λαβοῦσα τεῦχος, ἀρχαία λάτρι,   605
βάψασ' ἔνεγκε δεῦρο ποντίας ἁλός[1],
ὡς παῖδα λουτροῖς τοῖς πανυστάτοις ἐμὴν,

favorable , porter de riches moissons; un sol fertile , privé des avan-
tages de cette influence dont il a besoin, ne produit que de mauvais
fruits ; et parmi les hommes, au contraire, le méchant n'est jamais
que méchant, et le bon, constamment vertueux, ne donne jamais
prise sur sa nature aux influences de l'adversité, et ne cesse jamais
d'être bon ! Où réside le principe de cette différence ? dans la naissance , ou dans l'éducation ? Oui sans doute, une sage éducation aussi
peut former au bien , et quiconque connaît à fond le bien, connaît
par cela même le mal, instruit qu'il est par la règle du beau. Mais
qu'ils sont vains, ces raisonnements où mon âme s'égare ! Va, héraut,
et annonce ceci de ma part aux Grecs : Que personne ne touche le
corps de ma fille, et qu'on en écarte la foule. Mais, hélas ! dans une
innombrable armée, la foule est indisciplinée, et l'indiscipline d'une
armée de mer est plus difficile à contenir que la flamme. Le méchant,
à leurs yeux , c'est celui qui ne fait pas le mal. — Toi , ancienne et
fidèle esclave, prends un vase, va puiser de l'eau de la mer, et ap-
porte-la en ces lieux , afin que pour la dernière fois je lave le corps de

ο	χρηστὴ δε,	si d'un autre côté une bonne *terre*,
	ἁμαρτοῦσα	ayant manqué *des choses*
	ὧν χρεὼν αὐτὴν τυχεῖν,	qu'il fallait elle avoir obtenues,
	δίδωσι καρπὸν κακὸν,	donne un fruit mauvais,
	ἀεὶ δὲ	si au contraire toujours
	ἀνθρώποις	*parmi* les hommes
5	ὁ πονηρὸς μὲν	le méchant à la vérité
	οὐδὲν ἄλλο	n'*est* rien autre chose
	πλὴν κακὸς,	excepté méchant,
	ὁ ἐσθλὸς δὲ	et le bon *rien autre chose*
	ἐσθλὸς,	*excepté* bon,
ιο	οὐδὲ διέφθειρε φύσιν	et n'à pas corrompu sa nature
	ὑπὸ συμφορᾶς,	par l'in.fortune,
	ἀλλὰ ἐστιν ἀεὶ χρηστός;	mais est toujours vertueux.
	Ἄρα οἱ τεκόντες	Est-ce que les parents
	ἢ τροφαὶ διαφέρουσι;	ou les éducations font-la différence?
	μέντοι γε τὸ θρεφθῆναι καλῶς	toutefois certes le avoir été élevé bien
	ἔχει δίδαξιν ἐσθλοῦ·	contient l'enseignement du bon;
05	ἢν δέ τις μάθῃ εὖ τοῦτο,	et si quelqu'un a appris bien cela,
	οἶδέ γε τὸ αἰσχρὸν,	il connaît du moins le honteux,
	μαθὼν κανόνι τοῦ καλοῦ·	*l'*ayant appris par la règle du beau;
	καὶ μὲν δὴ νοῦς	et en vérité certes *mon* esprit
	ἐτόξευσε ταῦτα μάτην·	a lancé ces-choses en vain;
an-	σὺ δὲ ἐλθὲ, καὶ σήμηνον	mais toi, va, et annonce
ais	τάδε Ἀργείοις·	ces-choses aux Argiens:
ais	μηδένα μὴ θιγγάνειν	personne ne toucher
ais	μοὶ τῆς παιδὸς,	à moi l'enfant,
ais	ἀλλὰ εἴργειν ὄχλον.	mais *eux en* écarter la foule.
ais	Ὄχλος τοὶ ἀκόλαστος	Certes la foule *est* déréglée
ssi	ἐν στρατεύματι μυρίῳ,	dans une armée très-nombreuse,
ait	ἀναρχία τε ναυτικὴ	et la licence navale
ais	κρείσσων πυρὸς,	*est* plus puissante *que* le feu,
ut,	ὁ δὲ μὴ δρῶν τι κακὸν	et celui ne faisant pas quelque mal
e le	κακός.	*est* méchant.
une	Σὺ δὲ, ἀρχαία λάτρι,	Et toi, ancienne servante,
une	λαβοῦσα αὖ τεῦχος,	ayant pris à-ton-tour un vase,
nt,	βάψασα ἁλὸς ποντίας,	*l'*ayant plongé dans l'eau marine,
e et	ἔνεγκε δεῦρο,	apporte-*le* ici,
ap-	ὡς τοῖς λουτροῖς πανυστάτοις	afin que par ces ablutions dernières
s de	λούσω ἐμὴν παῖδα	je lave ma fille

νύμφην τ' ἄνυμφον παρθένον τ' ἀπάρθενον¹,
λούσω προθῶμαί θ'²·ὡς μὲν ἀξία, πόθεν ;
(οὐκ ἂν δυναίμην,) ὡς δ' ἔχω, (τί γὰρ πάθω ;)   610
κόσμον τ' ἀγείρασ' αἰχμαλωτίδων πάρα,
αἵ μοι πάρεδροι τῶνδ' ἔσω σκηνωμάτων
ναίουσιν, εἴ τις, τοὺς νεωστὶ δεσπότας
λαθοῦσ', ἔχει τι κλέμμα τῶν αὑτῆς δόμων.
Ὦ σχήματ'³οἴκων, ὦ ποτ' εὐτυχεῖς δόμοι,   615
ὦ πλεῖστ' ἔχων κάλλιστά τ', εὐτεκνώτατε
Πρίαμε, γεραιά θ' ἥδ' ἐγὼ μήτηρ τέκνων,
ὡς ἐς τὸ μηδὲν ἥκομεν, φρονήματος
τοῦ πρὶν στερέντες! Εἶτα δῆτ' ὀγκούμεθα,
ὁ μέν τις ἡμῶν πλουσίοις ἐν δώμασιν,   620
ὁ δ' ἐν πολίταις τίμιος κεκλημένος.
Τὰ δ' οὐδὲν, ἄλλως φροντίδων βουλεύματα,
γλώσσης τε κόμποι. Κεῖνος ὀλβιώτατος,
ὅτῳ κατ' ἦμαρ τυγχάνει μηδὲν κακόν.
                    ΧΟΡΟΣ.
                   (Στροφή.)
Ἐμοὶ χρῆν συμφοράν,   625

ma fille, de ma fille, épouse sans avoir d'époux, vierge sans être vierge, et que je l'expose avec tous les honneurs dont elle est digne... Que dis-je? ces honneurs, où les prendre?... Je ne puis donc... N'importe : dans la situation même où je suis (que faire de plus?) je rassemblerai quelques ornements, en demandant aux captives qui habitent avec moi dans l'intérieur de ces tentes ce qu'elles ont pu dérober de leur ancienne fortune à l'avidité de leurs nouveaux maîtres. O superbes palais ! ô demeures jadis florissantes ! O Priam, souverain d'un riche et magnifique empire, père d'une postérité brillante ! et moi, si vieille aujourd'hui, moi leur mère ! Comme nous sommes tombés dans le néant, privés de ce qui faisait naguère notre orgueil ! Et après cela, nous serions fiers, l'un de ses palais somptueux, l'autre des titres dont l'honorent ses concitoyens ! Pur néant ! vains projets de notre imagination ! frivoles jactances ! L'homme le plus heureux est celui à qui chaque jour les destins accordent de n'éprouver aucun revers.

LE CHOEUR. Mon malheur fut décidé, ma ruine fut inévitable, dᵘ

νύμφην τε ἄνυμφον	et fiancée sans-fiancé
παρθένον τε ἀπάρθενον,	et vierge non-vierge,
προθῶμαί τε·	et afin que je l'aie exposée.
ὡς μὲν ἀξία,	Comme en vérité *elle est* digne,
πόθεν;	comment *le ferai-je* ?
(οὐκ ἂν δυναίμην,)	(je ne *le* pourrais,)
ὡς δὲ ἔχω,	mais *je ferai* comme j'ai *le moyen*,
(τί γὰρ πάθω ;),	(car que puis-je-faire ?)
ἀγείρασά τε κόσμον	et ayant rassemblé un ornement
παρὰ αἰχμαλωτίδων,	auprès des captives,
αἵ, πάρεδροί μοι, ναίουσιν	qui, assises près de moi, habitent
ἔσω τῶνδε σκηνωμάτων,	à l'intérieur de ces tentes,
εἴ τις, λαθοῦσα	si quelqu'une, ayant célé
τοὺς δεσπότας νεωστί,	à ceux *étant* maîtres récemment,
ἔχει τι κλέμμα	a quelque objet-caché
τῶν δόμων αὑτῆς.	des demeures d'elle-même.
Ὦ σχήματα οἴκων,	O ornements des palais,
ὦ δόμοι ποτὲ εὐτυχεῖς,	ô demeures autrefois fortunées,
ὦ Πρίαμε εὐτεκνώτατε,	ô Priam très-heureux-en-enfants,
ἔχων πλεῖστα	ayant les plus nombreuses
κάλλιστά τε,	et les plus belles-choses,
ἐγώ τε ἥδε γεραιὰ μήτηρ τέκνων,	et moi cette vieille mère d'enfants,
ὡς ἥκομεν ἐς τὸ μηδὲν,	comme nous sommes venus dans le [rien,
στερέντες φρονήματος	privés de n tre fierté
τοῦ πρίν!	celle d'auparavant !
Εἶτα δῆτα ὀγκούμεθα,	Ensuite donc nous nous enflons,
ὁ μέν τις ἡμῶν	l'un de nous *étant*
ἐν δώμασι πλουσίοις,	dans des palais riches,
ὁ δὲ κεκλημένος	l'autre *étant* appelé
τίμιος ἐν πολίταις	honorable parmi les citoyens.
Τὰ δὲ οὐδὲν,	Ces-choses-là ne *sont* rien,
ἄλλως	autrement-*que*
βουλεύματα φροντίδων,	des projets de pensée,
κόμποι τε γλώσσης.	et des jactances de langue.
Κεῖνος ὀλβιώτατος,	Celui-là *est* très-heureux,
ὅτῳ μηδὲν κακὸν	auquel rien *de* mauvais
τυγχάνει κατὰ ἦμαρ.	n'arrive chaque jour.
ΧΟΡΟΣ. (Στροφή.)	LE CHŒUR. (*Strophe.*)
Χρῆν συμφορὰν	Il fallait malheur
γενέσθαι ἐμοί.	être arrivé à moi.

ἐμοὶ χρῆν πημονὰν γενέσθαι,
Ἰδαίαν ὅτε πρῶτον ὕλαν
Ἀλέξανδρος εἰλατίναν
ἐτάμεθ', ἅλιον ἐπ' οἶδμα ναυστολήσων
Ἑλένας ἐπὶ λέκτρα, τὰν   630
καλλίσταν ὃ χρυσοφαὴς
ἅλιος αὐγάζει.
                    (Ἀντιστροφή.)
Πόνοι γὰρ καὶ πόνων
ἀνάγκαι κρείσσονες κυκλοῦνται.
Κοινὸν δ' ἐξ ἰδίας ἀνοίας   635
κακὸν τᾷ Σιμουντίδι γᾷ
ὀλέθριον ἔμολε, συμφορά τ' ἀπ' ἄλλων
Ἐκρίθη¹δ' ἔρις, ἃν ἐν Ἰ-
δᾳ κρίνει τρισσὰς μακάρων
Παῖδας ἀνὴρ βούτας,   640
                    (Ἐπῳδός.)
Ἐπὶ δορὶ καὶ φόνῳ καὶ ἐμῶν μελάθρων λώβᾳ·
στένει δὲ καί τις ἀμφὶ τὸν εὔροον Εὐρώταν
Λάκαινα πολυδάκρυτος ἐν δόμοις κόρα,
πολιόν τ' ἐπὶ κρᾶτα μάτηρ,
τέκνων θανόντων, τίθεται χέρα,   645
δρύπτεταί τε παρειάν,
δίαιμον ὄνυχα τιθεμένα σπαραγμοῖς.
                    ΘΕΡΑΠΑΙΝΑ.
Γυναῖκες, Ἑκάβη ποῦ ποθ' ἡ παναθλία,

jour où, dans les forêts de l'Ida, Pâris fit tomber le pin pour voguer
sur les ondes enflées, avide de posséder Hélène, la plus belle des
femmes qu'éclairent les rayons dorés du soleil

Les peines, et la fatalité plus puissante que les peines, forment au
tour de moi un cercle fatal. La folie d'un seul est devenue la source
de maux affreux, communs à tous, et a porté la destruction sur la
terre du Simoïs; pour moi les malheurs engendrent les malheurs
Cette querelle qui s'éleva jadis sur le mont Ida entre trois des filles des
Immortels, et dans laquelle un berger prononça,

Elle s'est terminée par la guerre, par le carnage, par la ruine de
mon palais; mais, aux lieux où l'Eurotas roule ses belles eaux, gémit
aussi dans sa demeure la jeune Lacédémonienne tout éplorée: là aussi
une mère, privée de ses enfants, porte à sa tête blanchie par les ans
une main furieuse, et, déchirant son visage, teint ses ongles de son
propre sang.

LA SUIVANTE. Femmes, où est Hécube? où est cette infortunée

χρῆν πημονὰν ἐμοὶ,	il fallait perte *être arrivée* à moi,
ὅτε πρῶτον Ἀλέξανδρος ἐτάμετο	quand d'abord Pàris coupa
ὕλαν εἰλατίναν Ἰδαίαν	un bois de -sapin de-l'Ida
ναυστολήσων	devant naviguer
ἐπὶ οἶδμα ἅλιον	sur le gonflement marin,
ἐπὶ λέκτρα Ἑλένας,	vers la couche d'Hélène,
τὰν ὁ ἅλιος χρυσοφαὴς	laquelle le soleil à-l'éclat-d'or
αὐγάζει καλλίσταν.	éclaire la plus belle.
(Ἀντιστροφή.)	(*Antistrophe.*)
Πόνοι γὰρ	Car les peines
καὶ ἀνάγκαι	et les nécessités
κρείσσονες πόνων	plus puissantes *que* les peines
κυκλοῦνται.	se-succèdent-en-cercle.
Κακὸν δὲ ὀλέθριον κοινὸν	Et un mal funeste commun
ἐξ ἀνοίας ἰδίας	*né* d'une folie particulière
ἔμολε τᾷ γᾷ Σιμουντίδι,	est venu à la terre du-Simoïs,
συμφορά τε ἀπὸ ἄλλων.	et malheur à la suite d'autres (mal-
Ἔρις δὲ ἃν	Or la querelle *selon* laquelle [heurs.)
ἀνὴρ βούτας	un homme berger
κρίνει ἐν Ἴδᾳ	juge sur l'Ida
τρισσὰς παῖδας	trois filles
μακάρων,	des bienheureux,
(Ἐπῳδός.)	' (*Épode.*)
Ἐκρίθη ἐπὶ δορὶ	Fut décidée pour la lance
καὶ φόνῳ καὶ λώβᾳ	et le carnage et la ruine
ἐμῶν μελάθρων.	de mes demeures ;
κόρα δέ τις Λάκαινα	mais quelque jeune-fille laconienne
πολυδάκρυτος	versant-beaucoup-de-larmes,
στένει καὶ ἐν δόμοις	gémit aussi dans *ses* demeures,
ἀμφὶ τὸν Εὐρώταν εὔροον,	autour de l'Eurotas au-beau-cours ;
μήτηρ τε,	et une mère,
τέκνων θανόντων,	*ses* enfants étant morts,
τίθεται χέρα	place la main
ἐπὶ κρᾶτα πολιὸν,	sur *sa* tête blanchie,
δρύπτεταί τε παρειὰν,	et se déchire la joue,
τιθεμένα σπαραγμοῖς	se rendant par des déchirures
ὄνυχα δίαιμον.	l'ongle ensanglanté.
ΘΕΡΑΠΑΙΝΑ. Γυναῖκες,	LA SUIVANTE. Femmes,
ποῦ ποτε Ἑκάβη	où *est* par hasard Hécube,
ἡ παναθλία.	celle tout à fait malheureuse,

ἣ πάντα νικῶσ' ἄνδρα καὶ θῆλυν σπορὰν   **650**
κακοῖσιν; οὐδεὶς στέφανον ἀνθαιρήσεται.

ΧΟΡΟΣ.

Τί δ', ὦ τάλαινα σῆς κακογλώσσου βοῆς;
ὡς οὔ ποθ' εὕδει λυπρά σου κηρύγματα!

ΘΕΡΑΠΑΙΝΑ.

Ἑκάβη φέρω τόδ' ἄλγος· ἐν κακοῖσι δὲ
οὐ ῥᾴδιον βροτοῖσιν εὐφημεῖν στόμα.

ΧΟΡΟΣ.

Καὶ μὴν περῶσα τυγχάνει δόμων ἄπο   655
ἥδ', ἐς δὲ καιρὸν σοῖσι φαίνεται λόγοις.

ΘΕΡΑΠΑΙΝΑ.

Ὦ παντάλαινα, κἄτι μᾶλλον ἢ λέγω,
δέσποιν', ὄλωλας, οὐκ ἔτ' εἶ, βλέπουσα φῶς·
ἄπαις, ἄνανδρος, ἄπολις, ἐξεφθαρμένη.

ΕΚΑΒΗ.

Οὐ καινὸν εἶπας, εἰδόσιν δ' ὠνείδισας.   660
Ἀτὰρ τί νεκρὸν τόνδε μοι Πολυξένης
ἥκεις κομίζουσ', ἧς ἀπηγγέλθη τάφος
πάντων Ἀχαιῶν διὰ χερὸς σπουδὴν ἔχειν;

ΘΕΡΑΠΑΙΝΑ.

Ἥδ' οὐδὲν οἶδεν, ἀλλά μοι Πολυξένην
θρηνεῖ, νέων δὲ πημάτων οὐχ ἅπτεται.   665

---

qui, dans la lice du malheur, a vaincu tous les hommes et toutes les femmes, et à qui nul ne disputera jamais cette triste couronne ?

LE CHOEUR. Que veux-tu, malheureuse aux sinistres accents ? ne laisseras-tu donc point dormir tes funestes messages ?

LA SUIVANTE. C'est à Hécube que j'apporte ce nouveau sujet de larmes ; au milieu des maux, hélas ! il n'est pas facile aux mortels d'avoir à la bouche des paroles de bon augure.

LE CHOEUR. La voici précisément qui s'avance hors de sa tente ; elle paraît à propos pour entendre tes nouvelles.

LA SUIVANTE. O infortunée maîtresse, infortunée plus encore que je ne puis dire, c'en est fait de vous : vous n'êtes plus, bien que vous voyiez encore la lumière : sans enfants, sans époux, sans patrie, votre ruine est complète.

HÉCUBE. Tu ne dis rien là de nouveau pour moi ; je ne connais que trop tous les malheurs que tu me reproches... Mais pourquoi m'apporter ici le cadavre de Polyxène ? On m'avait annoncé que tous les Grecs s'empressaient de lui rendre de leurs propres mains les honneurs de la sépulture.

LA SUIVANTE. Elle ne sait rien !... C'est Polyxène qu'elle croit voir entre mes mains et qu'elle pleure... Ses nouveaux malheurs, elle ne s'en doute point.

ἡ νικῶσα πάντα ἄνδρα	celle surpassant tout homme
καὶ σποράν θῆλυν κακοῖσιν ;	et la race féminine par *ses* maux ?
οὐδεὶς ἀνθαιρήσεται	personne ne *lui* disputera
στέφανον.	*cette* couronne.
ΧΟΡΟΣ. Τί δὲ,	LE CHŒUR. Mais qu'y a-t-il,
ὦ τάλαινα σῆς βοῆς	ô malheureuse par ton cri
κακογλώσσου ;	de langue-sinistre ?
ὡς τὰ κηρύγματα λυπρά σου	comme les annonces fâcheuses de toi
οὐχ εὔδει ποτέ !	ne dorment jamais !
ΘΕΡΑΠΑΙΝΑ. Φέρω	LA SUIVANTE. Je porte
τόδε ἄλγος Ἑκάβῃ·	cette douleur à Hécube ;
ἐν κακοῖσι δὲ	mais dans les maux
οὐ ῥᾴδιον βροτοῖσι	il n'est pas facile aux mortels
στόμα	la bouche
εὐφημεῖν.	dire-des-paroles-de-bon-augure
ΧΟΡΟΣ. Καὶ μὴν ἥδε	LE CHŒUR. Et certes celle-ci
τυγχάνει περῶσα	se trouve passant
ἀπὸ δόμων,	hors des demeures,
φαίνεται δὲ ἐς καιρὸν	et elle paraît à temps
σοῖσι λόγοις.	à tes discours
ΘΕΡΑΠΑΙΝΑ. Ὦ δέσποινα	LA SUIVANTE. O maîtresse
παντάλαινα,	tout-à-fait-malheureuse,
καὶ ἔτι μᾶλλον ἢ λέγω,	et encore plus que je *ne dis*,
ὄλωλας, οὐκ εἶ ἔτι,	tu es perdue, tu n'es plus,
βλέπουσα φῶς·	*quoique* voyant la lumière ;
ἄπαις, ἄνανδρος,	sans-enfants, sans-époux,
ἄπολις, ἐξεφθαρμένη.	sans-ville, perdue-entièrement.
ΕΚΑΒΗ. Οὐκ εἶπας	HÉCUBE. Tu n'as pas dit
καινὸν,	*chose*-nouvelle,
ὠνείδισας δὲ εἰδόσιν.	et tu as reproché à *ceux* sachant.
Ἀτὰρ τί ἥκεις	Mais pourquoi viens-tu
κομίζουσά μοι	apportant à moi
τόνδε νεχρὸν Πολυξένης,	ce cadavre de Polyxène,
ἧς τάφος ἀπηγγέλθη	dont la sépulture a été annoncée
ἔχειν σπουδὴν διὰ χερὸς	avoir hâte par la main
πάντων Ἀχαιῶν ;	de tous les Achéens ?
ΘΕΡΑΠΑΙΝΑ. Ἥδε οἶδεν οὐδὲν,	LA SUIVANTE. Celle-ci ne sait rien,
ἀλλὰ θρηνεῖ μοι Πολυξένην,	mais elle pleure à moi Polyxène,
οὐχ ἅπτεται δὲ	et ne touche pas
πημάτων νέων.	à des malheurs nouveaux.

ΕΚΑΒΗ.

Οἳ 'γὼ τάλαινα! μῶν τὸ βακχεῖον κάρα
τῆς θεσπιῳδοῦ δεῦρο Κασάνδρας φέρεις;

ΘΕΡΑΠΑΙΝΑ.

Ζῶσαν λέλακας, τὸν θανόντα δ' οὐ στένεις
τόνδ'. Ἀλλ' ἄθρησον σῶμα γυμνωθὲν νεκροῦ,
εἴ σοι φανεῖται θαῦμα καὶ παρ' ἐλπίδας.   670

ΕΚΑΒΗ.

Οἴμοι! βλέπω δὴ παῖδ' ἐμὸν τεθνηκότα
Πολύδωρον, ὅν μοι Θρῇξ ἔσῳζ' οἴκοις ἀνήρ.
Ἀπωλόμην δύστηνος, οὐκ ἔτ' εἰμὶ δή.

     Ὦ τέκνον, τέκνον!

       Αῖ, αῖ! κατάρχομαι νόμον   675

       βαχχεῖον¹, ἐξ ἀλάστορος

       ἀρτιμαθὴς κακῶν.

ΘΕΡΑΠΑΙΝΑ.

Ἔγνως γὰρ ἄτην παιδὸς, ὦ δύστηνε σύ;

ΕΚΑΒΗ.

Ἄπιστ', ἄπιστα, καινὰ, καινὰ δέρκομαι·

Ἕτερα δ' ἀφ' ἑτέρων κακὰ κακῶν χυρεῖ.   680

Οὐδέποτ' ἀδάκρυτον, ἀστένακτον ἆ-

μαρ ἔμ' ἐπισχήσει.

ΧΟΡΟΣ.

Δείν', ὦ τάλαινα, δεινὰ πάσχομεν κακά.

HÉCUBE. Oh! malheureuse que je suis! serait-ce la tête inspirée de la prophétesse Cassandre que tu apportes en ces lieux?

LA SUIVANTE. Elle vit, celle que vous avez nommée; l'objet de vos pleurs, non, ce n'est pas celui qui est mort, ce n'est pas ce cadavre. Contemplez donc son corps dépouillé, et voyez si vous devez être étonnée, si vos espérances sont cruellement déçues!

HÉCUBE. O dieux! c'est mon fils Polydore que je vois étendu sans vie!... lui auquel un Thrace avait offert un asile dans son palais... Malheureuse, je succombe, je suis morte!...

O mon fils, mon fils! Hélas! hélas! Livrons-nous aux transports les plus frénétiques! enfin je connais toute l'étendue des maux dont m'accable une implacable Divinité!

LA SUIVANTE. Le sort affreux de votre fils vous est donc enfin connu, infortunée Hécube?

HÉCUBE. Comment y croire? comment y croire? de nouveaux, toujours de nouveaux forfaits! Aux maux succèdent sans interruption d'autres maux. Jamais un jour sans larmes et sans soupirs ne viendra reposer ma douleur!

LE CHOEUR. Qu'elles sont cruelles, infortunée, qu'elles sont cruelles, les peines que nous souffrons!

ΕΚΑΒΗ. Οἲ'ἐγὼ τάλαινα!	HÉCUBE. Hélas! moi malheureuse!
μῶν φέρεις δεῦρο	est-ce que tu apportes ici
τὸ χάρα βαχχεῖον	la tête furieuse
τῆς Κασάνδρας θεσπιφδοῦ;	de Cassandre prophétique?
ΘΕΡΑΠΑΙΝΑ. Λέλακας	LA SUIVANTE. Tu as nommé
ζῶσαν,	une vivante,
οὐ στένεις δὲ	et tu ne pleures pas
τόνδε τὸν θανόντα.	celui-ci mort.
Ἀλλὰ ἄθρησον σῶμα	Mais vois le corps
γυμνωθὲν νεχροῦ,	mis-à-nu du mort,
εἰ φανεῖταί σοι θαῦμα	s'il paraîtra à toi objet surprenant
χαὶ παρὰ ἐλπίδας.	et contre *tes* espérances.
ΕΚΑΒΗ. Οἴ μοι!	HÉCUBE. Malheur à moi!
βλέπω δὴ Πολύδωρον	certes je vois Polydore
ἐμὸν παῖδα τεθνηκότα,	mon fils mort,
ὃν ἀνὴρ Θρὴξ	lequel un homme thrace
ἔσωζέ μοι	conservait à moi
οἴχοις.	dans *ses* demeures.
Ἀπωλόμην δύστηνος,	Je suis perdue infortunée,
οὐ δὴ εἰμὶ ἔτι.	certainement je ne suis plus.
Ὦ τέχνον, τέχνον!	Oh! *mon* enfant, *mon* enfant!
Αἲ! αἲ! χατάρχομαι	Hélas! hélas! je commence
νόμον βαχχεῖον,	un chant de bacchante,
ἀρτιμαθὴς χαχῶν	venant-d'apprendre des maux
ἐξ ἀλάστορος.	*provenant* d'un mauvais-Génie.
ΘΕΡΑΠΑΙΝΑ. Ἔγνως γὰρ	LA SUIVANTE. As-tu connu en effet
ἄτην παιδός,	le malheur de *ton* fils,
ὦ σὺ δύστηνε;	ô toi malheureuse?
ΕΚΑΒΗ. Δέρχομαι	HÉCUBE. Je vois
ἄπιστα,	des choses-incroyables,
ἄπιστα,	incroyables,
χαινὰ, χαινά·	nouvelles, nouvelles;
ἕτερα δὲ χαχὰ χυρεῖ	et d'autres maux se trouvent
ἀπὸ ἑτέρων χαχῶν.	à la suite d'autres maux.
Οὐδέποτε ἆμαρ ἀδάχρυτον,	Jamais un jour sans-larmes,
ἀστέναχτον,	sans-gémissements,
ἐπισχήσει με.	ne s'arrêtera-sur moi.
ΧΟΡΟΣ. Ὦ τάλαινα,	LE CHOEUR. O malheureuse,
πάσχομεν χαχὰ	nous souffrons des maux
δεινὰ, δεινά!	terribles, terribles!

Left margin numbers: 670, 675, 680

Far left margin fragments: ée de / jet de / cada- / levez / sans / lais.. / ts les / m'ac / enfin / eaux; / iption / endra / ruel-

EKABH.

Ὦ τέκνον, τέκνον ταλαίνας ματρὸς,
τίνι μόρῳ θνήσκεις; τίνι πότμῳ κεῖσαι;   685
πρὸς τίνος ἀνθρώπων;

ΘΕΡΑΠΑΙΝΑ.

Οὐκ οἶδ'. Ἐπ' ἀκταῖς νιν κυρῶ θαλασσίαις.

EKABH.

Ἔκβλητον, ἢ πέσημα φοινίου δορὸς,
ἐν ψαμάθῳ λευρᾷ
πόντου νιν ἐξήνεγκε πελάγιος κλύδων;   690
Ὦ μοι! αἶ αἶ!
Ἔμαθον ἐνύπνιον, ὀμμάτων
ἐμῶν ὄψιν — Οὔ με παρέβα φάντασμα μελανόπτερον, —
Ἃν ἐσεῖδον ἀμφὶ σ',   695
ὦ τέκνον, οὐκ ἔτ' ὄντα Διὸς ἐν φάει.

ΧΟΡΟΣ.

Τίς γάρ νιν ἔκταν'; οἶσθ', ὀνειρόφρων, φράσαι.

EKABH.

Ἐμὸς, ἐμὸς ξένος, Θρήκιος ἱππότας,
ἵν' ὁ γέρων πατὴρ ἔθετό νιν κρύψας.

ΧΟΡΟΣ.

Ὤμοι! τί λέξεις; χρυσὸν ὡς ἔχοι κτανών;   700

EKABH.

Ἄρρητ', ἀνωνόμαστα, θαυμάτων πέρα,
οὐχ ὅσι' οὐδ' ἀνεκτά. Ποῦ δίκα ξένων;

HÉCUBE. O mon fils! fils d'une malheureuse mère! Par quelle mort m'es-tu ravi? par quel destin? par quel homme?

LA SUIVANTE. Je l'ignore. Je l'ai trouvé sur le rivage de la mer.

HÉCUBE. Renversé par la lance homicide, ou rejeté du sein des flots, et rapporté sur le sable uni par les vagues de la mer? Hélas! hélas! mon songe s'explique, mes visions sont éclaircies.— Il est encore présent à ma pensée, le spectre aux ailes noires. — C'est toi, mon fils, que cette vision m'offrait, toi, privé désormais de la lumière du jour.

LE CHOEUR Qui donc l'a fait périr? Sauriez-vous nous l'apprendre, vous qui avez l'intelligence des songes?

HÉCUBE. C'est l'hôte, l'hôte même de ma famille, le Thrace aux agiles coursiers, à qui Priam déjà vieux confia secrètement son fils.

LE CHOEUR. Ciel! qu'allez-vous dire? L'aurait-il tué pour s'emparer de son or?

HÉCUBE. Ce sont d'indicibles forfaits, qu'aucun nom ne saurait exprimer, qui surpassent tous les prodiges, des forfaits impies, dont la seule pensée ne se peut supporter. Droits de l'hospitalité, où

ΕΚΑΒΗ. Ὦ τέχνον, τέχνον | HÉCUBE. O enfant, enfant
μητρὸς ταλαίνας, | d'une mère malheureuse,
τίνι μόρῳ θνήσκεις; | par quel trépas meurs-tu ?
τίνι πότμῳ κεῖσαι; | par quelle destinée es-tu gisant ?
πρὸς τίνος ἀνθρώπων; | de la part duquel des hommes ?
ΘΕΡΑΠΑΙΝΑ. Οὐκ οἶδα. | LA SUIVANTE. Je ne sais.
Κυρῶ νιν | Je trouve lui
ἐπὶ ἀκταῖς θαλασσίαις. | sur les bords maritimes.
ΕΚΑΒΗ. Κλύδων πελάγιος | HÉCUBE. La vague marine
ἐν ψαμάθῳ λευρᾷ πόντου | sur le sable uni de la mer
ἐξήνεγκέ νιν ἔκβλητον, | a-t-elle apporté lui rejeté,
ἢ πέσημα | ou *est-il* chose-tombée
δορὸς φοινίου; | par une lance rougie-de-sang ?
Ὤμοι! αἴ, αἴ! | Hélas à moi ! ah! ah!
ἔμαθον ἐνύπνιον, | j'ai compris le songe
ὄψιν ἐμῶν ὀμμάτων | vision de mes yeux
—φάντασμα μελανόπτερον | — le fantôme aux-noires-ailes
οὐ παρέβα με— | n'a pas quitté moi —
ἂν ἐσεῖδον, | laquelle *vision* j'ai vue,
ὦ τέχνον, | ô *mon* enfant,
ἀμφὶ σὲ, | au sujet de toi,
οὐκ ὄντα ἔτι | n'étant plus
ἐν φάει Διός. | dans la lumière de Jupiter.
ΧΟΡΟΣ. Τίς γὰρ ἔκτανέ νιν | LE CHOEUR. Qui donc a tué lui ?
οἶσθα φράσαι, | sais-tu *le* dire,
ὀνειρόφρων; | devinant-par-les-songes ?
ΕΚΑΒΗ. Ἐμὸς, ἐμὸς ξένος, | HÉCUBE. Un mien, un mien hôte,
ἱππότας Θρήκιος, | cavalier thrace,
ἵνα ὁ πατὴρ γέρων | où *son* père vieux
ἔθετό νιν κρύψας. | avait placé lui *l'*ayant caché.
ΧΟΡΟΣ. Ὤμοι! | LE CHOEUR. Hélas à moi !
τί λέξεις; | que diras-tu ?
κτανῶν | *l'*ayant tué
ὡς ἔχοι χρυσόν; | afin qu'il eût l'or ?
ΕΚΑΒΗ. Ἄῤῥητα, | HÉCUBE. Choses-indicibles,
ἀνωνόμαστα, | sans-nom,
πέρα θαυμάτων, | au-delà des prodiges,
οὐχ ὅσια, | non pieuses,
οὐδὲ ἀνεκτά. | ni supportables.
Ποῦ δίκα ξένων; | Où *est* la justice des hôtes ?

HÉCUBE.

6

Ὦ κατάρατ' ἀνδρῶν, ὡς διεμοιράσω
χρόα, σιδαρέῳ τεμὼν φασγάνῳ
μέλεα τοῦδε παιδὸς, οὐδ' ᾠκτίσω.   705

ΧΟΡΟΣ.

Ὦ τλῆμον, ὥς σε πολυπονωτάτην βροτῶν
δαίμων ἔθηκεν, ὅστις ἐστί σοι βαρύς!
ἀλλ' εἰσορῶ γὰρ τοῦδε δεσπότου δέμας
Ἀγαμέμνονος· τοὐνθένδε σιγῶμεν, φίλαι.

ΑΓΑΜΕΜΝΩΝ.

Ἑκάβη, τί μέλλεις παῖδα σὴν κρύπτειν τάφῳ   710
ἐλθοῦσ', ἐφ' οἷσπερ Ταλθύβιος ἤγγειλέ μοι,
μὴ θιγγάνειν σῆς μηδέν' Ἀργείων κόρης;
Ἡμεῖς μὲν οὖν ἐῶμεν, οὐδὲ ψαύομεν·
σὺ δὲ σχολάζεις, ὥστε θαυμάζειν ἐμέ.
Ἥκω δ' ἀποστελῶν σε· τἀκεῖθεν γὰρ εὖ   715
πεπραγμέν' ἐστὶν, εἴ τι τῶνδ' ἐστὶν καλῶς.
Ἔα! τίν' ἄνδρα τόνδ' ἐπὶ σκηναῖς ὁρῶ
θανόντα Τρώων; οὐ γὰρ Ἀργείων πέπλοι
δέμας περιπτύσσοντες ἀγγέλλουσί μοι.

ΕΚΑΒΗ.

Δύστην' — ἐμαυτὴν γὰρ λέγω, λέγουσά σε —   720

êtes-vous? Monstre exécrable entre tous les mortels! comment, quand
tu déchiras ce corps, quand d'un fer cruel tu tranchas les membres
de cet enfant, ton cœur ne s'est-il pas ouvert à la compassion?

LE CHŒUR. O infortunée! comme le dieu qui appesantit sur toi sa
colère s'est complu à faire de toi la plus malheureuse des mortelles!
—Mais je vois s'approcher Agamemnon, notre maître; mes amies,
pas un mot de plus.

AGAMEMNON. Hécube, que tardes-tu à venir enfermer ta fille dans
un tombeau, après m'avoir demandé par Talthybius qu'aucun des
Grecs ne touchât à son corps? Nous nous sommes rendus à tes désirs. Nous le respectons, nous nous gardons d'y porter les mains;
mais toi, tu mets une lenteur qui m'étonne. Je viens donc te presser;
car, du côté des Grecs, tout est bien disposé, si dans de telles conjonc-
tures quelque chose peut être bien. Mais quel est cet homme dont j'a-
perçois le cadavre devant ces tentes? quel est ce Troyen? car les vêtements qui entourent son corps m'annoncent assez que ce n'est point
un Grec.

HÉCUBE. Malheureux!... ou plutôt (car ton malheur, c'est le mien

Ὦ κατάρατε ἀνδρῶν,
ὡς διεμοιράσω χρόα,
τεμὼν μέλεα
τοῦδε παιδὸς
φασγάνῳ σιδαρέῳ,
οὐδὲ ᾤκτίσω
ΧΟΡΟΣ. Ὡς δαίμων
ὅστις ἐστὶ βαρύς σοι,
ἔθηκέ σε, ὦ τλῆμον,
πολυπονωτάτην
βροτῶν!
Ἀλλὰ γὰρ εἰσορῶ δέμας
Ἀγαμέμνονος τοῦδε δεσπότου,
φίλαι, σιγῶμεν τὸ ἐνθένδε.
ΑΓΑΜΕΜΝΩΝ. Ἑκάβη,
τί ἐλθοῦσα
μέλλεις κρύπτειν
σὴν παῖδα τάφῳ
ἐπὶ οἷσπερ Ταλθύβιος
ἤγγειλέ μοι,
μηδένα Ἀργείων
μὴ θιγγάνειν σῆς κόρης
Ἡμεῖς μὲν οὖν ἐῶμεν
οὐδὲ ψαύομεν·
σὺ δὲ σχολάζεις
ὥστε ἐμὲ θαυμάζειν.
Ἥκω δὲ ἀποστελῶν σε·
τὰ γὰρ ἐκεῖθεν
ἐστὶ πεπραγμένα εὖ,
εἴ τι τῶνδε ἐστὶ καλῶς.
Ἔα! τίνα ἄνδρα
τόνδε θανόντα
Τρώων
ὁρῶ ἐπὶ σκηναῖς;
πέπλοι γὰρ
περιπτύσσοντες δέμας
ἀγγέλλουσί μοι οὐκ Ἀργείων
ΕΚΑΒΗ. Δύστηνε,
—λέγουσα γάρ σε,
λέγω ἐμαυτὴν—

O scélérat des hommes,
comme tu as partagé *sa* peau,
ayant coupé les membres
de cet enfant
avec un glaive de fer,
et tu n'as pas eu-pitié.
LE CHOEUR. Comme une divinité
qui est lourde pour toi,
a rendu toi, ô malheureuse,
de beaucoup-la-plus-affligée
des mortels !
Mais en effet je vois le corps
d'Agamemnon, ce maître-ci;
amies, taisons-nous dès-à-présent.
AGAMEMNON. Hécube,
pourquoi étant venue
tardes-tu à cacher
ta fille dans un tombeau
après *les choses* que Talthybius
a annoncées à moi,
aucun des Argiens
ne toucher à ta fille?
Nous donc en vérité nous *la* laissons
et ne *la* touchons pas;
mais toi tu prends-loisir,
de manière à moi m'étonner.
Or j'arrive devant-faire-venir toi :
car les-choses de-là-bas
sont ayant été faites bien,
si quelqu'une de ces-choses est bien.
Eh ! quel homme (
celui-là mort
d'entre les Troyens
vois-je dans les tentes ?
Car les voiles
enveloppant le corps
annoncent à moi non *un* des Grecs.
HÉCUBE. Malheureux,
— car en disant toi,
je dis moi-même —

Ἑκάϐη, τί δράσω; πότερα προσπέσω γόνυ
Ἀγαμέμνονο; τοῦδ', ἢ φέρω σιγῇ κακά;

ΑΓΑΜΕΜΝΩΝ.

Τί μοι προσώπῳ νῶτον ἐγκλίνασα σὸν
δύρει, τὸ πραχθὲν δ' οὐ λέγεις; Τίς ἔσθ' ὅδε[1];

ΕΚΑΒΗ.

Ἀλλ' εἴ με δούλην πολεμίαν θ' ἡγούμενος   725
γονάτων ἀπώσαιτ', ἄλγος ἂν προσθείμεθ' ἄν.

ΑΓΑΜΕΜΝΩΝ.

Οὔ τοι πέφυκα μάντις, ὥστε μὴ κλύων
ἐξιστορῆσαι σῶν ὁδὸν βουλευμάτων.

ΕΚΑΒΗ.

Ἆρ' ἐκλογίζομαί γε πρὸς τὸ δυσμενὲς
μᾶλλον φρένας τοῦδ', ὄντος οὐχὶ δυσμενοῦς;   730

ΑΓΑΜΕΜΝΩΝ.

Εἴ τοί με βούλει τῶνδε μηδὲν εἰδέναι,
ἐς ταὐτὸν ἥκεις· καὶ γὰρ οὐδ' ἐγὼ κλύειν.

ΕΚΑΒΗ

Οὐκ ἂν δυναίμην τοῦδε τιμωρεῖν ἄτερ
τέκνοισι τοῖς ἐμοῖσι. Ποῖ στρέφω τάδε;
τολμᾶν ἀνάγκη, κἂν τύχω, κἂν μὴ τύχω.   735
Ἀγάμεμνον, ἱκετεύω σε τῶνδε γουνάτων
καὶ σοῦ γενείου, δεξιᾶς τ' εὐδαίμονος.

propre), malheureuse Hécube! que ferai-je? tomberai-je aux genoux
d'Agamemnon, ou supporterai-je mes maux en silence?

AGAMEMNON. Pourquoi te détourner ainsi de ma vue pour pleu-
rer? pourquoi ne pas me dire ce qui s'est passé? Quel est ce cadavre?

HÉCUBE. Mais si, ne voyant en moi qu'une esclave et une ennemie,
il allait me repousser de ses genoux, je n'aurais fait qu'ajouter un
nouvel opprobre à tous ceux qui m'accablent.

AGAMEMNON. Je ne suis pas devin : si tu ne parles, je ne puis pé-
nétrer les voies de tes pensées.

HÉCUBE. Mais qui sait aussi si je n'interprète pas trop en mal les
dispositions de cet homme, qui peut-être ne me veut aucun mal?

AGAMEMNON. Si ton intention est que je ne sache rien de tout
ceci, nous sommes d'accord; car moi non plus, je n'en veux plus rien
apprendre.

HÉCUBE. D'ailleurs, sans lui, je ne puis venger mes enfants. Pourquoi donc ces hésitations? Il faut nécessairement oser, que je réussisse ou que je ne réussisse point. Agamemnon, je te supplie par tes
genoux que j'embrasse, par ta barbe, par ta droite fortunée. .

Ἑκάβη, τί δράσω; — moi, Hécube, que ferai-je?
Πότερα προσπέσω Est-ce que je tomberai-devant
γόνυ τοῦδε Ἀγαμέμνονος, le genou de cet Agamemnon,
ἢ φέρω κακὰ σιγῇ; ou supporté-je les maux en silence ?
ΑΓΑΜΕΜΝΩΝ. Τί, AGAMEMNON. Pourquoi,
ἐγκλίνασα σὸν νῶτον ayant tourné ton dos
προσώπῳ μοι, au visage à moi,
δύρει, te lamentes tu,
οὐ λέγεις δὲ et ne dis-tu pas
τὸ πραχθέν; la chose faite?
Τίς ἔστιν ὅδε ; Quel est celui-ci ?
ΕΚΑΒΗ. Ἀλλὰ εἰ ἡγούμενος HÉCUBE. Mais si, pensant
μὲ δούλην πολεμίαν τε, moi esclave et ennemie,
ἀπώσαιτο γονάτων, il me repousserait de ses genoux,
προσθείμεθα ἂν ἄλγος ἄν. nous nous serions ajouté une douleur.
ΑΓΑΜΕΜΝΩΝ. Τοὶ AGAMEMNON. Certes
οὐ πέφυκα μάντις, je ne suis pas né devin,
ὥστε μὴ κλύων de manière, n'entendant pas,
ἐξιστορῆσαι ὁδὸν à avoir découvert le chemin
σῶν βουλευμάτων. de tes résolutions.
ΕΚΑΒΗ. Ἀρά γε ἐκλογίζομαι HÉCUBE. Est-ce que j'explique
μᾶλλον πρὸς τὸ δυσμενὲς plutôt du côté de l'inimitié
φρένας, τοῦδε, les esprits de lui
οὐχὶ ὄντος δυσμενοῦς; n'étant pas ennemi ?
ΑΓΑΜΕΜΝΩΝ. Εἴ τοι βούλει AGAMEMNON. Si certes tu veux
μὲ εἰδέναι μηδὲν τῶνδε, moi ne savoir rien de ces-choses,
ἥκεις εἰς τὸ αὐτό· tu es venue au même point:
καὶ γὰρ ἐγὼ οὐδὲ κλύειν. en effet moi je ne veux pas entendre.
ΕΚΑΒΗ. Οὐκ ἂν δυναίμην HÉCUBE. Je ne pourrais
ἄτερ τοῦδε sans celui-ci
τιμωρεῖν τοῖς ἐμοῖσι τέκνοισι. venger mes enfants!
Ποῖ στρέφω τάδε ; De quel côté tourné-je ces-choses?
Ἀνάγκη τολμᾶν, Il est nécessité d'oser,
καὶ ἐὰν τύχω, soit que j'obtienne,
καὶ ἐὰν μὴ τύχω. soit que je n'obtienne pas.
Ἀγάμεμνον, Agamemnon,
ἱκετεύω σε je conjure toi
τῶνδε γονάτων par ces genoux
καὶ σοῦ γενείου, et par ton menton,
δεξιᾶς τε εὐδαίμονος. et par ta main droite heureuse.

ΑΓΑΜΕΜΝΩΝ.

Τί χρῆμα μαστεύουσα; μῶν ἐλεύθερον
αἰῶνα θέσθαι; ῥᾴδιον γάρ ἐστί σοι.

ΕΚΑΒΗ.

Οὐ δῆτα· τοὺς κακοὺς δὲ τιμωρουμένη,   740
αἰῶνα¹ τὸν ξύμπαντα δουλεῦσαι θέλω.

ΑΓΑΜΕΜΝΩΝ.

Καὶ δὴ τίν' ἡμᾶς εἰς ἐπάρκεσιν καλεῖς;

ΕΚΑΒΗ.

Οὐδέν τι τούτων, ὧν σὺ δοξάζεις, ἄναξ.
Ὁρᾷς νεκρὸν τόνδ', οὗ καταστάζω δάκρυ;

ΑΓΑΜΕΜΝΩΝ.

Ὁρῶ· τὸ μέντοι μέλλον οὐκ ἔχω μαθεῖν.   745

ΕΚΑΒΗ.

Τοῦτόν ποτ' ἔτεκον κἄφερον ζώνης ὕπο.

ΑΓΑΜΕΜΝΩΝ.

Ἔστιν δὲ τίς σῶν οὗτος, ὦ τλῆμον, τέκνων;

ΕΚΑΒΗ.

Οὐ τῶν θανόντων Πριαμιδῶν ὑπ' Ἰλίῳ.

ΑΓΑΜΕΜΝΩΝ.

Ἦ γάρ τιν' ἄλλον ἔτεκες, ἢ κείνους, γύναι;

ΕΚΑΒΗ.

Ἀνόνητά γ', ὡς ἔοικε, τόνδ' ὃν εἰσορᾷς.   750

ΑΓΑΜΕΜΝΩΝ.

Ποῦ δ' ὢν ἐτύγχαν', ἡνίκ' ὤλλυτο πτόλις

ΕΚΑΒΗ.

Πατήρ νιν ἐξέπεμψεν, ὀῤῥωδῶν θανεῖν.

AGAMEMNON. Quelle faveur désires-tu de moi ? que je rende ta vie libre ? c'est là un vœu tout naturel de ta part.

HÉCUBE. Non, non ; que je sois vengée d'un perfide, et que d'ailleurs ma vie entière reste dévouée à l'esclavage, j'y consens.

AGAMEMNON. Quel est donc le service pour lequel tu fais appel à moi ?

HÉCUBE. Ce n'est aucun de ceux qui peuvent s'offrir à ta pensée, ô roi. Tu vois ce cadavre, sur lequel je répands des larmes ?

AGAMEMNON. Je le vois ; mais je ne devine point où tu en veux venir.

HÉCUBE. C'est moi qui l'enfantai, moi qui le portai dans mon sein.

AGAMEMNON. Quoi ! infortunée, ce serait un de tes enfants ?

HÉCUBE. Ce n'est point un de ceux des fils de Priam qui succombèrent sous les murs d'Ilion.

AGAMEMNON. As-tu donc donné le jour à quelque autre enfant qu'à ceux-là, femme ?

HÉCUBE. Trop inutilement, hélas ! à celui que tu vois.

AGAMEMNON. Où donc se trouvait-il, quand Troie fut ruinée ?

HÉCUBE. Son père l'avait éloigné, par crainte pour sa vie.

ΑΓΑΜΕΜΝΩΝ. Τί χρῆμα
μαστεύουσα;
μῶν θέσθαι
αἰῶνα ἐλεύθερον;
ἐστὶ γὰρ ῥάδιόν σοι.

AGAMEMNON. Quelle chose
désirant?
Est-ce d'avoir établi
ta vie libre?
Car *cela* est facile à toi.

ΕΚΑΒΗ. Οὐ δῆτα·
τιμωρουμένη δὲ τοὺς κακοὺς,
θέλω δουλεῦσαι
τὸν ξύμπαντα αἰῶνα.

HÉCUBE. Non certainement;
mais me vengeant des méchants,
je veux être-esclave
toute la vie.

ΑΓΑΜΕΜΝΩΝ. Καὶ δὴ
εἰς τίνα ἐπάρχεσιν
καλεῖς ἡμᾶς;

AGAMEMNON. Et enfin
pour quel secours
appelles-tu nous?

ΕΚΑΒΗ. Οὐδέν τι
τούτων, ὧν σὺ
δοξάζεις, ἄναξ.
Ὁρᾷς τόνδε νεκρὸν, οὗ
καταστάζω δάκρυ;

HÉCUBE. Pour aucune quelconque
de ces-choses que toi
tu penses, roi.
Vois-tu ce mort, *à cause* duquel
je verse-goutte-à-goutte des larmes?

ΑΓΑΜΕΜΝΩΝ. Ὁρῶ·
οὐκ ἔχω μέντοι
μαθεῖν τὸ μέλλον.

AGAMEMNON. Je vois :
je n'ai pas cependant
à comprendre la-chose devant-être

ΕΚΑΒΗ. Ἔτεκον
ποτὲ τοῦτον,
καὶ ἔφερον ὑπὸ ζώνης.

HÉCUBE. J'enfantai
autrefois celui-là,
et je *le* portai sous *ma* ceinture.

ΑΓΑΜΕΜΝΩΝ. Ὦ τλῆμον,
οὗτος δὲ ἔστι
τίς σῶν τέκνων;

AGAMEMNON. O iufortunée,
celui-ci aussi est-il
quelqu'un de tes enfants?

ΕΚΑΒΗ. Οὐ τῶν Πριαμιδῶν
θανόντων ὑπὸ Ἰλίῳ.

HÉCUBE. Non des Priamides
étant morts sous Ilion.

ΑΓΑΜΕΜΝΩΝ. Ἦ γὰρ
ἔτεχές τινα ἄλλον
ἢ κείνους, γύναι;

AGAMEMNON. Est-ce qu'en effet
tu as enfanté quelqu'autre
que ceux-là, femme?

ΕΚΑΒΗ. Ἀνόνητά γε,
ὡς ἔοικε,
τόνδε, ὃν εἰσορᾷς.

HÉCUBE. Inutilement du moins,
comme il paraît,
celui que tu vois.

ΑΓΑΜΕΜΝΩΝ. Ποῦ δὲ
ἐτύγχανεν ὤν,
ἡνίκα πτόλις ὤλλυτο;

AGAMEMNON. Mais où
se trouvait-il étant,
quand la ville périssait?

ΕΚΑΒΗ. Πατὴρ
ὀῤῥωδῶν νιν θανεῖν.
ἐξέπεμψεν.

HÉCUBE. *Son* père
redoutant lui être mort,
l'envoya-hors *du pays*.

ΑΓΑΜΕΜΝΩΝ.

Ποῖ τῶν τότ' ὄντων χωρίσας τέκνων μόνον;

ΕΚΑΒΗ.

Ἐς τήνδε χώραν, οὗπερ εὑρέθη θανών.

ΑΓΑΜΕΜΝΩΝ.

Πρὸς ἄνδρ', ὃς ἄρχει τῆσδε Πολυμήστωρ χθονός;   755

ΕΚΑΒΗ.

Ἐνταῦθ' ἐπέμφθη πικροτάτου χρυσοῦ φύλαξ.

ΑΓΑΜΕΜΝΩΝ.

Θνήσκει δὲ πρὸς τοῦ, καὶ τίνος πότμου τυχών;

ΕΚΑΒΗ.

Τίνος δ' ὑπ' ἄλλου; Θρήξ νιν ὤλεσε ξένος.

ΑΓΑΜΕΜΝΩΝ.

Ὦ τλῆμον, ἦ που χρυσὸν ἠράσθη λαβεῖν;

ΕΚΑΒΗ.

Τοιαῦτ', ἐπειδὴ ξυμφορὰν ἔγνω Φρυγῶν.   760

ΑΓΑΜΕΜΝΩΝ.

Εὗρες δὲ ποῦ νιν, ἢ τίς ἤνεγκεν νεκρόν;

ΕΚΑΒΗ.

Ἥδ', ἐντυχοῦσα ποντίας ἀκτῆς ἔπι.

ΑΓΑΜΕΜΝΩΝ.

Τοῦτον ματεύουσ', ἢ πονοῦσ' ἄλλον πόνον;

ΕΚΑΒΗ.

Λοῦτρ' ᾤχετ' οἴσουσ' ἐξ ἁλὸς Πολυξένη.

AGAMEMNON. Et quels lieux servirent de refuge à ce fils, le seul qu'il éloigna de tous ceux qu'il avait alors autour de lui?

HÉCUBE. Cette contrée même, où il vient d'être trouvé sans vie.

AGAMEMNON. Fut-il donc confié au souverain de cette terre, Polymestor?

HÉCUBE. A lui-même. Il partit de Troie, chargé d'un trop funeste trésor.

AGAMEMNON. Et qui porta sur lui une main homicide? comment périt-il?

HÉCUBE. Quel autre, hélas! que Polymestor lui-même? c'est le Thrace, c'est l'hôte de son père qui l'a tué.

AGAMEMNON. O mère infortunée! sans doute il voulut s'emparer de son or?

HÉCUBE. Tel fut son but, dès qu'il connut la chute de l'empire Phrygien.

AGAMEMNON. Où as-tu retrouvé son corps? ou bien, qui te l'a rapporté?

HÉCUBE. Cette esclave: elle l'a découvert sur le rivage de la mer.

AGAMEMNON. L'y cherchait-elle, ou était-elle occupée de quelque autre soin?

HÉCUBE. Elle était allée puiser de l'eau à la mer, pour laver le corps de Polyxène.

ΑΓΑΜΕΜΝΩΝ. Ποῦ
χωρίσας μόνον
τῶν τέκνων
ὄντων τότε;

AGAMEMNON. Où *l'envoya-t-il*
l'ayant séparé seul
des enfants
étant alors ?

ΕΚΑΒΗ. Ἐς τήνδε χώραν,
οὗπερ εὑρέθη
θανών.

HÉCUBE. Dans ce pays,
où il a été trouvé.
étant mort.

ΑΓΑΜΕΜΝΩΝ. Πρὸς ἄνδρα,
ὃς Πολυμήστωρ
ἄρχει τῆσδε χθονός;

AGAMEMNON. Vers l'homme,
lequel *étant* Polymestor,
commande à cette terre ?

ΕΚΑΒΗ. Ἐνταῦθα
ἐπέμφθη, φύλαξ
χρυσοῦ πικροτάτου.

HÉCUBE. *C'est* là *que*
il fut envoyé gardien
d'un trésor très-amer.

ΑΓΑΜΕΜΝΩΝ. Πρὸς τοῦ δὲ
θνήσκει,
καὶ τίνος πότμου
τυχών;

AGAMEMNON. Mais par qui
meurt-il,
et quel destin
ayant trouvé ?

ΕΚΑΒΗ. Ὑπὸ τίνος γε ἄλλου;
ξένος Θρῂξ
ὤλεσέ νιν.

HÉCUBE. Certes par quel autre ?
l'hôte Thrace
a tué lui.

ΑΓΑΜΕΜΝΩΝ. ὦ τλῆμον,
ἦ που ἠράσθη
λαβεῖν χρυσόν;

AGAMEMNON. O malheureuse,
est-ce que par hasard il a désiré
avoir pris l'or ?

ΕΚΑΒΗ. Τοιαῦτα,
ἐπειδὴ ἔγνω
ξυμφορὰν Φρυγῶν.

HÉCUBE De telles-choses *furent,*
après qu'il eut connu
le malheur des Phrygiens.

ΑΓΑΜΕΜΝΩΝ. Ποῦ δὲ
εὗρές νιν,
ἢ τίς
ἤνεγκε νεκρόν;

AGAMEMNON. Mais où
as-tu trouvé lui,
ou bien qui
a apporté le cadavre ?

ΕΚΑΒΗ. Ἥδε,
ἐντυχοῦσα
ἐπὶ ἀκτῆς ποντίας.

HÉCUBE. Celle-ci,
l'ayant rencontré
sur le rivage de-la-mer.

ΑΓΑΜΕΜΝΩΝ. Ματεύουσα
τοῦτον,
ἢ πονοῦσα
ἄλλον πόνον;

AGAMEMNON. Recherchant
celui-là,
ou travaillant
un autre travail ?

ΕΚΑΒΗ. Ὤχετο
οἴσουσα ἐξ ἁλὸς
λουτρα Πολυξένῃ.

HÉCUBE. Elle allait
devant apporter de la mer
des bains pour Polyxène.

ΑΓΑΜΕΜΝΩΝ.

Κτανών νιν, ὡς ἔοιχεν, ἐκβάλλει ξένος.   765

ΕΚΑΒΗ.

Θαλασσόπλαγκτόν γ’, ὧδε διατεμὼν χρόα.

ΑΓΑΜΕΜΝΩΝ.

Ὦ σχετλία σὺ τῶν ἀμετρήτων πόνων!

ΕΚΑΒΗ.

Ὄλωλα, κοὐδὲν λοιπόν, Ἀγάμεμνον, κακῶν.

ΑΓΑΜΕΜΝΩΝ.

Φεῦ, φεῦ! τίς οὕτω δυστυχὴς ἔφυ γυνή;

ΕΚΑΒΗ.

Οὐκ ἔστιν, εἰ μὴ τὴν Τύχην αὐτὴν λέγοις¹.   770
Ἀλλ’ ὧνπερ οὕνεκ’ ἀμφὶ σὸν πίπτω γόνυ,
ἄκουσον. Εἰ μὲν ὅσιά σοι παθεῖν δοκῶ,
στέργοιμ’ ἄν· εἰ δὲ τοὔμπαλιν, σύ μοι γενοῦ
τιμωρὸς ἀνδρὸς ἀνοσιωτάτου ξένου,
ὅς, οὔτε τοὺς γῆς νέρθεν, οὔτε τοὺς ἄνω   775
δείσας, δέδρακεν ἔργον ἀνοσιώτατον,
κοινῆς τραπέζης πολλάκις τυχὼν ἐμοί,
ξενίας τ’ ἀριθμῷ πρῶτα τῶν ἐμῶν φίλων.
Τυχὼν δ’ ὅσων δεῖ, καὶ λαβὼν προμηθίαν,

AGAMEMNON. Après l'avoir tué, sans doute, cet hôte perfide l'aura précipité hors du toit hospitalier.

HÉCUBE. Il l'a abandonné à la merci des flots, après avoir ainsi déchiré son corps délicat.

AGAMEMNON. O malheureuse! qui pourrait mesurer l'étendue de tes peines?

HÉCUBE. C'en est fait de moi, Agamemnon; et rien ne manque à ma ruine.

AGAMEMNON. Hélas! hélas! quelle femme fut jamais plus complètement en proie à l'infortune?

HECUBE. Non, il n'en est point, à moins de nommer l'Infortune elle-même. Mais apprends enfin pourquoi je me jette à tes genoux. Si mon sort te semble mérité, je saurai me résigner; sinon, sois toi-même mon vengeur contre un homme, contre un hôte impie, qui, au mépris et des Dieux de l'enfer et de ceux du ciel, a commis le plus odieux des forfaits, après s'être assis tant de fois à ma table, après avoir plus souvent qu'aucun de mes amis trouvé l'hospitalité sous mon toit. Tout ce qu'a droit d'exiger un hôte, il l'a reçu de moi; et mon fils, mon fils dont il avait accepté la tutèle, il l'a tué... et le

ΑΓΑΜΕΜΝΩΝ. Ξένος,	AGAMEMNON. L'hôte,
65 ὡς ἔοικε,	comme il paraît,
κτανών νιν	ayant tué lui,
ἐκβάλλει.	le jette dehors.
ΕΚΑΒΗ. Θαλασσόπλαγκτόν γε,	HÉCUBE. Errant-sur-la-mer certes,
διατεμὼν ὧδε χρόα.	ayant découpé ainsi sa peau.
ΑΓΑΜΕΜΝΩΝ. Ὦ σὺ σχετλία,	AGAMEMNON. O toi infortunée,
τῶν πόνων ἀμετρήτων!	à cause de tes maux sans-mesure!
ΕΚΑΒΗ. Ὄλωλα,	HÉCUBE. Je suis perdue,
Ἀγάμεμνον,	Agamemnon,
καὶ οὐδὲν κακῶν	et aucun des maux
770 λοιπόν.	n'est de reste.
ΑΓΑΜΕΜΝΩΝ. Φεῦ, φεῦ!	AGAMEMNON. Hélas! hélas!
τίς γυνὴ ἔφυ	quelle femme est née
οὕτω δυστυχής;	aussi malheureuse?
ΕΚΑΒΗ. Οὐκ ἔστιν,	HÉCUBE. Il n'en est pas,
775 εἰ μὴ λέγοις	à moins que tu ne dises
τὴν Τύχην αὐτήν.	l'Infortune elle-même.
Ἀλλὰ ἄκουσον,	Mais aie écouté les choses
οὕνεκα ὧνπερ	à cause desquelles
πίπτω ἀμφὶ σὸν γόνυ.	je tombe autour de ton genou.
Εἰ μὲν δοκῶ σοι	Si en vérité je parais à toi
παθεῖν ὅσια,	avoir souffert des choses-justes,
στέργοιμι ἄν·	je me résignerais;
εἰ δὲ τὸ ἔμπαλιν,	mais si le contraire est,
σὺ γενοῦ μοι τιμωρὸς	deviens à moi vengeur
ἀνδρὸς	d'un homme
ξένου ἀνοσιωτάτου,	hôte le plus impie,
ὃς δείσας	qui n'ayant craint
οὔτε τοὺς νέρθεν γῆς,	ni ceux sous terre,
οὔτε τοὺς ἄνω,	ni ceux au-dessus
δέδρακεν ἔργον ἀνοσιώτατον,	a fait l'acte le plus impie,
τυχὼν πολλάκις ἐμοὶ	ayant obtenu souvent avec moi
τραπέζης κοινῆς	une table commune
ξενίας τε	et l'hospitalité
πρῶτα	au premier-rang
ἀριθμῷ τῶν ἐμῶν φίλων.	dans le nombre de mes amis.
Τυχὼν δὲ	Or ayant obtenu
ὅσων δεῖ,	autant de choses qu'il faut,
καὶ λαβὼν προμηθίαν,	et ayant accepté la surveillance,

ἔκτεινε, τύμβου δ᾽, εἰ κτανεῖν ἐβούλετο,   780
οὐκ ἠξίωσεν, ἀλλ᾽ ἀφῆκε πόντιον.
Ἡμεῖς μὲν οὖν δοῦλοί τε κἀσθενεῖς ἴσως·
ἀλλ᾽ οἱ θεοὶ σθένουσι, χὠ κείνων κρατῶν
νόμος[1]· νόμῳ γὰρ τοὺς θεοὺς ἡγούμεθα,
καὶ ζῶμεν ἄδικα καὶ δίκαι᾽ ὡρισμένοι·   785
ὃς ἐς σ᾽ ἀνελθὼν εἰ διαφθαρήσεται,
καὶ μὴ δίκην δώσουσιν, οἵτινες ξένους
κτείνουσιν ἢ θεῶν ἱερὰ τολμῶσιν φέρειν,
οὐκ ἔστιν οὐδὲν τῶν ἐν ἀνθρώποις ἴσον.
Ταῦτ᾽ οὖν ἐν αἰσχρῷ θέμενος, αἰδέσθητί με.   790
Οἴκτειρον ἡμᾶς, ὡς γραφεύς τ᾽ ἀποσταθεὶς[2]
ἰδοῦ με, κἀνάθρησον οἷ᾽ ἔχω κακά.
Τύραννος ἦν ποτ᾽, ἀλλὰ νῦν δούλη σέθεν,
εὔπαις ποτ᾽ οὖσα, νῦν δὲ γραῦς ἄπαις θ᾽ ἅμα,
ἄπολις, ἔρημος, ἀθλιωτάτη βροτῶν.   795
Οἴμοι τάλαινα! ποῖ μ᾽ ὑπεξάγεις πόδα;
Ἔοικα πράξειν οὐδέν. Ὢ τάλαιν᾽ ἐγώ!

tombeau qu'il lui devait du moins s'il voulait le tuer, il le lui a re-
fusé, et il l'a livré aux vagues de la mer. Ah! si nous, nous sommes
esclaves et faibles, les Dieux sont forts, et la loi qui les régit eux-mêmes est à jamais puissante, cette loi suprême par laquelle seule les
Dieux sont Dieux, et qui, dans le cours de cette vie, pose pour les
mortels les limites de l'injuste et du juste. Cette loi, dont tu es le dépositaire, si tu souffres qu'on l'enfreigne, si tu laisses impunis les
meurtriers de leurs hôtes, les impies qui ne craignent pas de mettre
au néant les préceptes sacrés des Dieux, non, il n'est plus de justice
parmi les hommes. Crains donc une telle honte, respecte ma douleur
et prends pitié de moi. Semblable au peintre qui se retire à une cer-
taine distance pour observer son ouvrage, vois-moi et contemple les
maux qui m'assiégent. Je fus reine naguère; aujourd'hui je suis ton
esclave : je fus naguère une mère fortunée; aujourd'hui je suis vieille,
sans enfants, sans patrie, abandonnée, la plus misérable des créatu-
res. Hélas! malheureuse que je suis! Où vas-tu? pourquoi te retirer de moi? Ah! je le vois, je ne gagnerai rien sur toi. Ah! malheu-

ἔκτεινε,	il *l*'a tué,
εἰ δὲ ἐβούλετο κτανεῖν,	et s'il voulait l'avoir tué,
οὐκ ἠξίωσε τύμβου,	il ne l'a pas jugé-digne d'un tombeau,
ἀλλὰ ἀφῆκε πόντιον.	mais il l'a jeté dans-la-mer.
Ἡμεῖς μὲν οὖν	Nous en vérité donc *nous sommes*
δοῦλοί τε καὶ ἀσθενεῖς ἴσως·	et esclaves et faibles également;
ἀλλὰ οἱ θεοὶ σθένουσι,	mais les dieux sont-forts,
καὶ ὁ νόμος κρατῶν κείνων·	*et* la loi *est* dominant sur eux;
νόμῳ γὰρ ἡγούμεθα	car par la loi nous pensons
τοὺς θεοὺς,	les Dieux *être*,
καὶ ζῶμεν ὡρισμένοι	et nous vivons ayant déterminé
ἄδικα καὶ δίκαια.	les choses-injustes et les choses-justes.
Εἰ ὃς ἀνελθὼν ἐς σὲ	Si cette *loi* étant remontée vers toi
διαφθαρήσεται,	sera violée,
καὶ οἵτινες κτείνουσι ξένους	et *si* ceux-qui tuent des hôtes
ἢ τολμῶσι φέρειν	ou osent emporter
ἱερὰ θεῶν	les choses-sacrées des dieux,
μὴ δώσουσι δίκην,	ne donneront (subiront) pas peine
οὐδὲν τῶν	aucune des choses
ἐν ἀνθρώποις	parmi les hommes
οὐκ ἔστιν ἴσον.	n'est équitable.
Θέμενος οὖν ἐν αἰσχρῷ	Donc ayant placé en honte
ταῦτα,	ces-choses,
αἰδέσθητί με.	aie respecté moi.
Οἴκτειρον **ἡμᾶς**,	Aie-pitié de nous,
ἀποσταθείς τε ὡς γραφεὺς	et t'étant éloigné comme un peintre,
ἰδού με,	vois moi,
καὶ ἀνάθρησον οἷα κακὰ ἔχω.	et considère quels maux j'ai.
Ἦν ποτε τύραννος,	J'étais autrefois souveraine,
ἀλλὰ νῦν δούλη σέθεν,	mais maintenant esclave de toi,
οὖσά ποτε	étant autrefois
εὔπαις,	avec-beaucoup-d'enfants,
νῦν δὲ γραῦς,	mais maintenant vieille-femme,
ἅμα τε ἄπαις,	et en même temps sans-enfants,
ἄπολις, ἔρημος,	sans-ville, abandonnée,
ἀθλιωτάτη βροτῶν.	la plus malheureuse des mortels.
Οἴ μοι, τάλαινα!	Malheur à moi, infortunée!
ποῖ ὑπεξάγεις με πόδα;	où retires-tu de moi le pied?
ἔοικα οὐδὲν πράξειν.	Je semble ne devoir rien obtenir.
Ὦ ἐγὼ τάλαινα!	O moi malheureuse!

Τί δῆτα θνητοὶ τἄλλα μὲν μαθήματα
μοχθοῦμεν, ὡς χρὴ, πάντα, καὶ μαστεύομεν,
πειθὼ δὲ¹, τὴν τύραννον ἀνθρώποις μόνην,   806
οὐδέν τι μᾶλλον ἐς τέλος σπουδάζομεν
μισθοὺς διδόντες μανθάνειν, ἵν' ᾖ ποτὲ
πείθειν ἅ τις βούλοιτο, τυγχάνειν θ' ἅμα;
Πῶς οὖν ἔτ' ἄν τις ἐλπίσαι πράξειν καλῶς;
Οἱ μὲν γὰρ ὄντες παῖδες οὐκ ἔτ' εἰσί μοι,   805
αὐτὴ δ' ἐπ' αἰσχροῖς αἰχμάλωτος οἴχομαι·
καπνὸν δὲ πόλεως τόνδ' ὑπερθρώσκονθ' ὁρῶ.
Καὶ μὴν, —ἴσως μὲν τοῦ λόγου κενὸν τόδε,
Κύπριν προβάλλειν· ἀλλ' ὅμως εἰρήσεται· —
πρὸς σοῖσι πλευροῖς παῖς ἐμὴ κοιμίζεται   810
ἡ φοιβὰς, ἣν καλοῦσι Κασάνδραν Φρύγες.
Ποῦ τὰς φίλας δῆτ' εὐφρόνας δείξεις, ἄναξ!
Ἡ τῶν ἐν εὐνῇ φιλτάτων ἀσπασμάτων
χάριν τίν' ἕξει παῖς ἐμὴ, κείνης δ' ἐγώ;

reuse que je suis! Pourquoi, mortels, travailler sans relâche à acquérir toutes les autres sciences, et ne point nous empresser avant tout d'acquérir à grands frais, d'approfondir la science de la persuasion, cette reine unique des hommes, afin d'avoir au besoin les moyens de fléchir les cœurs et d'obtenir l'objet de nos désirs? Eh! comment se bercer désormais de rêves de bonheur? Des fils que j'avais, pas un seul ne me reste; captive moi-même, je suis dévouée à l'opprobre, et j'aperçois la fumée qui s'élève des ruines de ma patrie. Agamemnon, — peut-être est-ce perdre de vaines paroles que de mettre ici Vénus en avant; quoi qu'il en soit, je dirai ma pensée tout entière, — sur ta couche, à tes côtés, repose ma fille, l'inspirée de Phébus, celle que les Troyens appellent Cassandre. Comment prouveras-tu que ces nuits ont pour toi des charmes? quel sera pour ma fille le prix de ces doux embrassements qu'elle te prodigue? quel sera-t-il pour moi? Car c'est de

Τί δῆτα θνητοὶ	Pourquoi donc *nous* mortels
μοχθοῦμεν μὲν	travaillons-nous à la vérité
πάντα τὰ ἄλλα μαθήματα	toutes les autres connaissances
ὡς χρὴ,	comme il faut ,
καὶ μαστεύομεν.	et *les* recherchons-nous ;
σπουδάζομεν δὲ	et ne nous empressons-nous
οὐδέν τι μᾶλλον	en rien plus
μανθάνειν	d'apprendre
ἐς τέλος,	en perfection ,
διδόντες μισθὸν,	donnant des salaires ,
πειθὼ,	la persuasion ,
τὴν μόνην τύραννον ἀνθρώποις,	la seule souveraine aux hommes,
ἵνα ᾖ ποτε	afin qu'il soit *possible* un jour
πείθειν ἃ	de persuader ce-que
τίς βούλοιτο,	quelqu'un voudrait ,
τυγχάνειν τε ἅμα ;	et *l'*obtenir en même temps?
Πῶς οὖν τις ἔτι	Comment donc quelqu'un encore
ἐλπίσαι ἂν πράξειν	espérerait - il devoir faire
καλῶς;	heureusement *ses affaires?*
Οἱ μὲν γὰρ παῖδες ὄντες	Car d'un côté les enfants existants
οὐκ ἔτι εἰσί μοι	ne sont plus à moi;
αὐτὴ δὲ οἴχομαι	d'un autre, moi-même je m'en vais
αἰχμάλωτος ἐπὶ αἰσχροῖς·	captive pour des choses-honteuses ;
ὁρῶ δὲ τόνδε καπνὸν	et je vois cette fumée
ὑπερθρώσκοντα πόλεως.	courant-au-dessus de la ville.
Καὶ μὴν—ἴσως μὲν	Et cependant — peut-être en vérité
τόδε τοῦ λόγου κενὸν,	ceci du discours *est-i* inutile,
προβάλλειν Κύπριν·	mettre-en-avant Cypris;
ἀλλὰ ὅμως εἰρήσεται· —	mais toutefois ce sera dit : —
πρὸς σοῖσι πλευροῖς κοιμίζεται	près de tes flancs se couche
ἐμὴ παῖς ἡ Φοιβὰς,	ma fille, celle inspirée-de-Phébus,
ἣν Φρύγες	que les Phrygiens ﹗
καλοῦσι Κάσανδραν.	nomment Cassandre.
Ποῦ δῆτα, ἄναξ, δείξεις	Où donc , roi, montreras-tu
τὰς εὐφρόνας φίλας;	les nuits agréables *à toi?*
ἢ τίνα χάριν	ou bien quelle reconnaissance
ἀσπασμάτων φιλτάτων	de baisers très-doux
τῶν ἐν εὐνῇ	ceux dans la couche,
ἐμὴ παῖς ἕξει,	ma fille aura-t-elle,
ἐγὼ δὲ ἐκείνης;	et moi *à cause* d'elle?

Ἐκ τοῦ σκότου γὰρ τῶν τε νυκτέρων πάνυ   81⁵

φίλτρων μεγίστη γίγνεται βροτοῖς χάρις.

Ἄκουε δή νυν· τὸν θανόντα τόνδ' ὁρᾷς·

τοῦτον καλῶς δρῶν ὄντα κηδεστὴν σέθεν

δράσεις. Ἑνός μοι μῦθος ἐνδεὴς ἔτι.

Εἴ¹ μοι γένοιτο φθόγγος ἐν βραχίοσι,   82c

καὶ χερσὶ, καὶ κόμαισι, καὶ ποδῶν βάσει,

ἢ Δαιδάλου² τέχναισιν, θεῶν τινὸς,

ὡς πάνθ' ὁμαρτῇ σῶν ἔχοιτο γουνάτων

κλαίοντ', ἐπισκήπτοντα παντοίους λόγους.

Ὦ δέσποτ' ὦ μέγιστον Ἕλλησιν φάος,   825,

πιθοῦ, πάρασχε³ χεῖρα τῇ πρεσβύτιδι

τιμωρὸν, εἰ καὶ μηδέν ἐστιν, ἀλλ' ὅμως.

Ἐσθλοῦ γὰρ ἀνδρὸς τῇ δίκῃ θ' ὑπηρετεῖν,

καὶ τοὺς κακοὺς δρᾶν πανταχοῦ κακῶς ἀεί.

ΧΟΡΟΣ.

Δεινόν γε, θνητοῖς ὡς ἅπαντα συμπιτνεῖ,   830

καὶ τὰς ἀνάγκας οἱ νόμοι⁴ διώρισαν,

φίλους τιθέντες τούς γε πολεμιωτάτους,

ἐχθρούς τε τοὺς πρὶν εὐμενεῖς ποιούμενοι.

l'amour et de ses mystères cachés sous l'obscurité des nuits que naît surtout chez les mortels la reconnaissance la plus vive. Écoute : tu vois ce corps inanimé; en prenant sa défense, tu défendras le frère de ton amante. Je n'ai plus qu'un mot à ajouter. Plût au ciel que, par l'art de Dédale ou par la faveur de quelque Dieu, une voix pût sortir tout à coup de chacun de mes bras, de mes mains, de mes cheveux, de la plante de mes pieds! Comme tous ensemble s'attacheraient à tes genoux en pleurant! comme tous ensemble t'assiégeraient de prières! O mon maître! ô toi, la lumière et l'éclat de la Grèce! laisse-toi fléchir, prête un bras vengeur à la vieille Hécube. Elle n'est rien; qu'importe? Il est du devoir d'une âme généreuse de servir la justice, et de châtier les méchants en tous lieux et en tout temps.

LE CHOEUR. Chose étrange que la manière dont tout arrive pour les mortels, et que ces vicissitudes nécessaires arrêtées par les lois du destin! Elles changent en amis les ennemis les plus acharnés, en ennemis les amis les plus ardents.

Χάρις γὰρ μεγίστη	Car la reconnaissance la plus grande
γίγνεται πᾶνυ βροτοῖς	naît entièrement aux mortels
ἐκ τοῦ σκότου	de l'obscurité
τῶν τε φίλτρων νυκτέρων.	et des amours nocturnes.
Νῦν δὴ ἄκουε·	Maintenant donc écoute ;
ὁρᾷς τόνδε τὸν θανόντα·	tu vois celui-ci, celui étant mort ;
δρῶν καλῶς τοῦτον,	faisant bien à celui-ci,
δράσεις ὄντα κηδεστὴν σέθεν.	tu feras *bien* à *celui* étant allié de toi.
Μῦθός μοι ἔτι	Le discours à moi *est* encore
ἐνδεὴς ἑνός.	manquant d'une chose.
Εἰ φθόγγος γένοιτό μοι	Si une voix aurait pu-être à moi
ἐν βραχίοσι, καὶ χερσὶ,	Dans les bras et les mains
καὶ κόμαισι,	et les cheveux
καὶ βάσει ποδῶν,	et la base des pieds,
τέχναισιν ἢ Δαιδάλου,	par les arts soit de Dédale,
ἢ τινος θεῶν,	soit de quelqu'un des dieux,
ὡς πάντα	afin que toutes *ces* choses
ἔχοιτο ὁμαρτῇ	s'attachassent en même temps
σῶν γουνάτων κλάιοντα,	à tes genoux, en pleurant,
ἐπισκήπτοντα	lançant
λόγους παντοίους.	des discours de toute-espèce.
Ὦ δέσποτα, ὦ φάος	O maître, ô lumière
μέγιστον Ἕλλησι,	la plus grande aux Grecs,
πιθοῦ,	sois persuadé,
πάρασχε τῇ πρεσβύτιδι	aie présenté à la vieille-femme
χεῖρα τιμωρὸν,	une main vengeresse,
εἰ καὶ ἐστὶ μηδὲν,	quoiqu'elle ne soit rien,
ἀλλὰ ὅμως.	mais cependant *fais-le.*
Ἀνδρὸς γὰρ ἐσθλοῦ	Car *il est* d'un homme bon
ὑπηρετεῖν τε τῇ δίκῃ,	et de servir la justice,
καὶ ἀεὶ πανταχοῦ	et toujours en-tous-lieux
δρᾶν κακῶς τοὺς κακούς.	de traiter mal les méchants.
ΧΟΡΟΣ. Δεινόν γε	LE CHOEUR. *Il est* étrange certes,
ὡς ἅπαντα συμπίπτει θνητοῖς,	comme tout survient aux mortels,
καὶ οἱ νόμοι διώρισαν	et *comme* les lois ont déterminé
τὰς ἀνάγκας,	les nécessités,
τιθέντες φίλους	en rendant amis
τούς γε πολεμιωτάτους,	ceux très-ennemis,
ποιούμενοί τε ἐχθροὺς	et faisant ennemis
τοὺς πρὶν εὐμενεῖς.	ceux auparavant bienveillants

ΑΓΑΜΕΜΝΩΝ.

Ἐγὼ σὲ, καὶ σὸν παῖδα, καὶ τύχας σέθεν,
Ἑκάβη, δι' οἴκτου χεῖρά θ' ἱκεσίαν ἔχω,   835
καὶ βούλομαι θεῶν θ' οὕνεκ'ἀνόσιον ξένον
καὶ τοῦ δικαίου τήνδε σοι δοῦναι δίκην,
εἴ πως φανείη γ' ὥστε σοί τ' ἔχειν καλῶς,
στρατῷ τε μὴ δόξαιμι Κασάνδρας χάριν
Θρήκης ἄνακτι τόνδε βουλεῦσαι φόνον.   840
Ἔστιν γὰρ ᾗ ταραγμὸς ἐμπέπτωκέ μοι·
τὸν ἄνδρα τοῦτον φίλιον ἡγεῖται στρατὸς,
τὸν κατθανόντα δ' ἐχθρόν· εἰ δ' ἐμοὶ φίλος
ὅδ' ἐστὶ, χωρὶς τοῦτο, κοὐ κοινὸν στρατῷ.
Πρὸς ταῦτα, φρόντιζ', ὡς θέλοντα μέν μ' ἔχεις   845
σοὶ ξυμπονῆσαι καὶ ταχὺν προσαρκέσαι,
βραδὺν δ', Ἀχαιοῖς εἰ διαβληθήσομαι.

ΕΚΑΒΗ.

Φεῦ! Οὐκ ἔστι θνητῶν, ὅστις ἔστ' ἐλεύθερος·
ἢ χρημάτων γὰρ δοῦλός ἐστιν, ἢ τύχης,
ἢ πλῆθος αὐτὸν πόλεος, ἢ νόμων γραφαὶ   850
εἴργουσι χρῆσθαι μὴ κατὰ γνώμην τρόποις.

AGAMEMNON. Pour ce qui est de moi, Hécube, je me sens ému de
pitié pour ton fils et pour tes infortunes; tes supplications m'ont flé-
chi, et je suis disposé, ne fût-ce que par respect pour les dieux et la
justice, à te venger d'un hôte impie; mais pourvu qu'en servant tes
intérêts je ne passe pas aux yeux des Grecs pour immoler le roi de
la Thrace à mon amour pour Cassandre. Car il est un point qui me
touche et m'inquiète : ce roi, l'armée voit en lui un ami; ce mort
elle le considère comme ennemi; et s'il m'intéresse, ce sentiment
tout personnel à moi, l'armée ne le partage point. D'après cela,
vois donc en moi un ami tout prêt à te secourir et plein de zèle
pour ta vengeance; mais ce zèle se ralentira s'il doit attirer sur ma
tête les reproches des Grecs.

HÉCUBE. Hélas! il n'est point de mortel qui soit libre: celui-ci est
esclave des richesses, celui-là de la fortune; ici le caprice de la multitude, là l'inflexible lettre de la loi. forcent un homme à une conduite

ΑΓΑΜΕΜΝΩΝ. Ἐγὼ, Ἑκάβη, **AGAMEMNON.** Moi, Hécube,
ἔχω διὰ οἴκτου σὲ, καὶ σὸν παῖδα j'ai en compassion toi, et ton enfant
καὶ τύχας σέθεν, et les infortunes de toi,
χεῖρά τε ἱκεσίαν. et *ta* main suppliante ;
καὶ οὕνεκα θεῶν τε et à cause et des Dieux
καὶ τοῦ δικαίου et du juste
βούλομαι ξένον ἀνόσιον je veux un hôte impie
δοῦναί σοι τήνδε δίκην, subir pour toi ce châtiment,
εἴ γε φανείη πως si certes il était vu en quelque sorte
ὥστε de manière à
ἔχειν τε καλῶς σοι, et *cela* être bien pour toi,
μήτε δόξαιμι στρατῷ et *que* je n'aie point paru à l'armée
βουλεῦσαι τόνδε φόνον avoir médité ce meurtre
ἄνακτι Θρῄκης *contre* le roi de Thrace
χάριν Κασάνδρας. pour l'amour de Cassandre.
Ἔστι γὰρ ἢ Car il est *une voie* par où
ταραγμὸς ἐμπέπτωκέ μοι· le trouble est tombé sur moi ;
στρατὸς ἡγεῖται l'armée pense
τοῦτον τὸν ἄνδρα φίλιον, cet homme-ci être ami,
τὸν δὲ κατθανόντα ἐχθρόν· et celui mort, ennemi ;
εἰ δὲ ὅδε ἐστὶ φίλος μοι, or si celui-ci est ami à moi,
τοῦτο χωρὶς cela *est* à-part
καὶ οὐ κοινὸν στρατῷ. et non commun à l'armée.
Πρὸς ταῦτα D'après ces choses
φρόντιζε réfléchis,
ὡς ἔχεις με μὲν que tu as moi à la vérité
θέλοντα ξυμπονῆσαί σοι voulant avoir pris-peine-avec toi
καὶ ταχὺν προσαρκέσαι, et prompt à porter-secours,
βραδὺν δὲ, mais lent,
εἰ διαβληθήσομαι Ἀχαιοῖς. si je serai accusé par les Achéens.
ΕΚΑΒΗ. Φεῦ! **HÉCUBE.** Hélas !
οὐκ ἔστι θνητῶν, il n'est pas parmi les mortels
ὅστις ἐστὶν ἐλεύθερος· quelqu'un-qui soit libre ;
δοῦλος γάρ ἐστιν car il est esclave
ἢ χρημάτων, ou des richesses,
ἢ τύχης, ou de la fortune,
ἢ πλῆθος πόλεος, ou bien la multitude de la ville,
ἢ γραφαὶ νόμων ou les textes des lois
εἴργουσιν αὐτὸν μὴ χρῆσθαι l'empêchent de ne pas se servir
τρόποις κατὰ γνώμην. de façons-d'agir suivant *sa* pensée.

Ἐπεὶ δὲ ταρβεῖς, τῷ τ᾽ ὄχλῳ πλέον νέμεις,
ἐγώ σε θήσω τοῦδ᾽ ἐλεύθερον φόβου.
Ξύνισθι μὲν γὰρ, ἤν τι βουλεύσω κακὸν
τῷ τόνδ᾽ ἀποκτείναντι, συνδράσῃς δὲ μὴ.   855
Ἢν δ᾽ ἐξ Ἀχαιῶν θόρυβος, ἢ ᾽πικουρία,
πάσχοντος ἀνδρὸς Θρῃκὸς οἷα πείσεται,
φανῇ τις, εἶργε, μὴ δοκῶν ἐμὴν χάριν.
Τὰ δ᾽ ἄλλα θάρσει· πάντ᾽ ἐγὼ θήσω καλῶς.

ΑΓΑΜΕΜΝΩΝ.

Πῶς οὖν; τί δράσεις; πότερα φάσγανον χερὶ   860
λαβοῦσα γραία φῶτα βάρβαρον κτενεῖς,
ἢ φαρμάκοισιν, ἢ ᾽πικουρίᾳ τίνι;
Τίς σοι ξυνέσται χείρ; πόθεν κτήσει φίλους;

ΕΚΑΒΗ.

Στέγαι κεκεύθασ᾽ αἵδε Τρῳάδων ὄχλον.

ΑΓΑΜΕΜΝΩΝ.

Τὰς αἰχμαλώτους εἶπας, Ἑλλήνων ἄγραν;   865

ΕΚΑΒΗ.

Ξὺν ταῖσδε τὸν ἐμὸν φονέα τιμωρήσομαι.

ΑΓΑΜΕΜΝΩΝ.

Καὶ πῶς γυναιξὶν ἀρσένων ἔσται κράτος;

que son cœur désavoue. Eh bien! puisque tu trembles, puisque tu accordes à la multitude un empire auquel elle n'a point droit, je vais,
moi, t'affranchir de tes craintes. Sache que je médite de funestes projets contre le meurtrier de mon fils; que d'ailleurs tes mains restent
pures de son sang. Seulement s'il s'élevait quelque tumulte parmi les
Grecs, si quelques-uns s'apprêtaient à porter secours au Thrace lorsqu'il subira le sort qu'il va subir, réprime cet élan, sans qu'il paraisse
que c'est par égard pour moi. Du reste, sois tranquille, je saurai me-
ner le tout à bonne fin.

AGAMEMNON. Eh quoi? que médites-tu? Armeras-tu d'un glaive ta
débile main pour frapper un barbare? est-ce le poison que tu veux em-
ployer? En un mot quel sera l'instrument de tes vengeances? Quelle
main te prêtera son ministère? où prendras-tu des amis?

HÉCUBE. Ces tentes recèlent une foule de Troyennes.

AGAMEMNON. Quoi! ces captives, devenues la proie des Grecs?

HÉCUBE. Avec elles, je me vengerai de mon meurtrier!

AGAMEMNON. Et comment des femmes auront-elles la victoire sur
des hommes?

Ἐπεὶ δὲ ταρβεῖς,
νέμεις τε τῷ ὄχλῳ
πλέον,
ἐγὼ θήσω σε
ἐλεύθερον τοῦδε φόβου.
Ξύνισθι μὲν γαρ,
ἢν βουλεύσω τι κακὸν
τῷ ἀποκτείναντι τόνδε,
μὴ δὲ συνδράσῃς.
Ἢν δὲ θόρυβός τις
ἢ ἐπικουρία
φανῇ ἐξ Ἀχαιῶν,
ἀνδρὸς Θρηκὸς πάσχοντος
οἷα πείσεται,
εἶργε,
μὴ δοκῶν ἐμὴν χάριν.
Τὰ δὲ ἄλλα
θάρσει,
ἐγὼ θήσω πάντα καλῶς.
ΑΓΑΜΕΜΝΩΝ. Πῶς οὖν;
τί δράσεις;
πότερα κτενεῖς
φῶτα βάρβαρον,
λαβοῦσα φάσγανον
χερὶ γραίᾳ,
ἢ φαρμάκοισιν,
ἢ τίνι ἐπικουρίᾳ;
τίς χεὶρ
ξυνέσται σοι;
πόθεν κτήσει φίλους;
ΕΚΑΒΗ. Αἵδε στέγαι κεκεύθασιν
ὄχλον Τρωάδων.
ΑΓΑΜΕΜΝΩΝ. Εἶπας
τὰς αἰχμαλώτους,
ἄγραν Ἑλλήνων;
ΕΚΑΒΗ. Ξὺν ταῖσδε
τιμωρήσομαι τὸν ἐμὸν φονέα.
ΑΓΑΜΕΜΝΩΝ. Καὶ πῶς
κράτος ἀρσένων
ἔσται γυναιξίν·

Mais puisque tu as-peur,
et *que* tu accordes à la foule
plus *qu'il ne faut*,
moi je rendrai toi
libre de cette crainte.
Car d'un côté sache-avec *moi*,
si je méditerai quelque mal
contre celui ayant tué celui-ci,
mais n'agis-pas-avec *moi*.
Si d'un autre côté quelque tumulte
ou secours
aura paru de la part des Grecs,
l'homme Thrace souffrant
les choses-qu'il souffrira,
empêche *cela*,
ne paraissant pas *pour* ma faveur.
Mais pour les autres-choses
aie confiance,
je disposerai tout bien.
AGAMEMNON Comment donc?
quelle-chose feras-tu?
Est ce que tu tueras
le mortel barbare,
ayant pris un glaive
de *ta* main vieille,
ou par des poisons,
ou par quel secours?
quelle main
sera-avec toi?
d'où acquerras-tu des amis?
HÉCUBE. Ces toits tiennent-cachées
une foule de Troyennes.
AGAMEMNON. As-tu dit
les captives,
butin des Grecs?
HÉCUBE. Avec celles-ci
je punirai mon meurtrier.
AGAMEMNON. Et comment
victoire *sur* des mâles
sera-t-elle à des femmes?

EKABH.

Δεινὸν τὸ πλῆθος, ξὺν δόλῳ τε δύσμαχον.

ΑΓΑΜΕΜΝΩΝ.

Δεινόν· τὸ μεντοι θῆλυ μέμφομαι γένος.

EKABH.

Τί δ'; οὐ γυναῖκες εἷλον Αἰγύπτου τέκνα [1],　　　　　870
καὶ Λῆμνον [2] ἄρδην ἀρσένων ἐξῴκισαν;
Ἀλλ' ὡς γενέσθω· τόνδε μὲν μέθες λόγον·
πέμψον δέ μοι τήνδ' ἀσφαλῶς διὰ στρατοῦ
γυναῖκα. Καὶ σὺ [3], Θρῃκὶ πλαθεῖσα ξένῳ,
λέξον· « Καλεῖ σ' ἄνασσα δή ποτ' Ἰλίου　　　　　875
« Ἑκάβη, σὸν οὐκ ἔλασσον ἢ κείνης χρέος,
« καὶ παῖδας· ὡς δεῖ καὶ τέκν' εἰδέναι λόγους
« τοὺς ἐξ ἐκείνης. » Τὸν δὲ τῆς νεοσφαγοῦς
Πολυξένης ἐπίσχες, Ἀγάμεμνον, τάφον,
ὡς τώδ' ἀδελφὼ πλησίου μιᾷ φλογὶ,　　　　　880
δισσὴ μέριμνα μητρὶ, κρυφθῆτον χθονί.

ΑΓΑΜΕΜΝΩΝ.

Ἔσται τάδ' οὕτω· καὶ γὰρ εἰ μὲν ἦν στρατῷ
πλοῦς, οὐκ ἂν εἶχον τήνδε σοι δοῦναι χάριν·

HÉCUBE. Le nombre est redoutable par lui-même; aidé de la ruse, il devient invincible.

AGAMEMNON. Redoutable, oui; cependant, des femmes, je ne puis que les désapprouver.

HÉCUBE. Quoi ! ne sont-ce pas des femmes qui égorgèrent les fils d'Égyptus? des femmes qui dépeuplèrent entièrement d'hommes l'île de Lemnos ? Crois-moi : cesse de tenir de tels propos, et fais seulement que cette femme-ci traverse l'armée en sûreté. Et toi, quand tu sera près du Thrace, hôte de Priam, dis-lui : « L'ancienne reine « d'Ilion, Hécube, t'appelle, autant dans ton intérêt que dans le sien « propre, toi et tes enfants, qui doivent entendre avec toi ce qu'elle a « à t'annoncer. » — Cependant, Agamemnon, diffère la sépulture de l'infortunée Polyxène, afin que ces deux victimes, unies par les liens de la fraternité, soient consumées ensemble par une même flamme, et reposent, double objet des soins de leur mère, sous un même tertre.

AGAMEMNON. Il sera fait selon tes désirs. Si nos vaisseaux pouvaient quitter le rivage, je ne pourrais t'accorder cette grâce; mais un

ΕΚΑΒΗ. Τὸ πλῆθος δεινὸν,	HÉCUBE. La multitude *est* terrible,
ξὺν δόλῳ τε	et avec la ruse
δύσμαχον.	*elle est* invincible.
ΑΓΑΜΕΜΝΩΝ. Δεινόν·	AGAMEMNON. *Elle est* terrible ;
μέμφομαι μέντοι	je blâme cependant
τὸ γένος θῆλυ.	la race féminine.
ΕΚΑΒΗ. Τί δέ;	HÉCUBE. Mais quoi ?
γυναῖκες οὐχ εἷλον	des femmes n'ont-elles pas détruit
τέκνα Αἰγύπτου,	les enfants d'Egyptus,
καὶ ἐξῴκισαν Λῆμνον	et *n'*ont elles *pas* dépeuplé Lemno
ἄρδην ἀρσένων;	entièrement de mâles?
Ἀλλὰ γενέσθω ὥς·	Mais que ce soit fait ainsi :
μέθες μὲν τόνδε λόγον·	d'un côté abandonne ce calcul,
πέμψον δὲ	de-l'autre-côté aie envoyé
μοὶ ἀσφαλῶς	pour moi sûrement
τήνδε γυναῖκα διὰ στρατοῦ.	cette femme-ci à travers l'armée.
Καὶ σὺ, πλαθεῖσα	Et toi, t'étant approchée
ξένῳ Θρῃκὶ	de l'hôte Thrace,
λέξον· « Ἑκάβη,	aie dit : « Hécube,
ἄνασσα δή ποτε Ἰλίου,	jadis certes reine d'Ilion,
σὸν χρέος;	*pour* ton utilité,
οὐχ ἔλασσον ἢ κείνης,	non moins que *celle* d'elle-*même*,
καλεῖ σε καὶ παῖδας·	appelle toi et *tes* enfants ;
ὡς δεῖ καὶ τέκνα	vu qu'il faut aussi les enfants
εἰδέναι λόγους	savoir les discours
τοὺς ἐξ ἐκείνης. »	ceux *venant* d'elle. »
Ἀγάμεμνον,	Agamemnon,
ἐπίσχες δὲ	aie arrêté cependant
τὸν τάφον Πολυξένης	la sépulture de Polyxène
τῆς νεοσφαγοῦς,	*celle* nouvellement-égorgée,
ὡς τώδε ἀδελφώ,	afin que ces-deux frère-et-sœur,
δισσὴ μέριμνα μητρὶ,	double souci à *leur* mère,
κρυφθῆτον πλησίον	soient cachés près *l'un de l'autre*
χθονὶ μιᾷ φλογί.	dans la terre par une seule flamme.
ΑΓΑΜΕΜΝΩΝ. Τάδε	AGAMEMNON. Ces choses
ἔσται οὕτω·	seront ainsi ;
καὶ γὰρ εἰ μὲν	et en effet si à la vérité
πλοῦς ἦν στρατῷ,	navigation était à l'armée,
οὐκ ἂν εἶχον δοῦναι	je n'aurais pu avoir accordé
τήνδε χάριν σοι	cette faveur à toi

νῦν δ᾽, (οὐ γὰρ ἵησ᾽ οὐρίας πνοὰς θεός),
μένειν ἀνάγκη, πλοῦν ὁρῶντας, ἥσυχον   885
Γένοιτο δ᾽ εὖ πως· πᾶσι γὰρ κοινὸν τόδε,
ἰδίᾳ θ᾽ ἑκάστῳ, καὶ πόλει, τὸν μὲν κακὸν
κακόν τι πάσχειν, τὸν δὲ χρηστὸν εὐτυχεῖν.

ΧΟΡΟΣ.
(Στροφὴ α΄.)

Σὺ μὲν, ὦ πατρὶς Ἰλιὰς,
τῶν ἀπορθήτων πόλις οὐκ ἔτι λέξει·   890
τοῖον Ἑλλάνων νέφος ἀμφί σε κρύπτει
δορὶ δὴ, δορὶ πέρσαν·
ἀπὸ δὲ στεφάναν κέκαρσαι
πύργων, κατὰ δ᾽ αἰθάλου
χηλῖδ᾽ οἰκτροτάταν κέχρωσαι.   895
Τάλαιν᾽, οὐκ ἔτι σ᾽ ἐμβατεύσω.

(Ἀντιστροφὴ α΄.)

Μεσονύκτιος ὠλλύμαν,
ἦμος ἐκ δείπνων ὕπνος¹ἡδὺς ἐπ᾽ ὄσσοις
κίδναται, μολπᾶν δ᾽ ἄπο καὶ χοροποιῶν²
θυσιᾶν καταπαύσας   900
πόσις ἐν θαλάμοις ἔκειτο,
ξυστὸν δ᾽ ἐπὶ πασσάλῳ,
ναύταν οὐκ ἔθ᾽³ὁρῶν ὅμιλον
Τροίαν Ἰλιάδ᾽ ἐμβεβῶτα.

dieu enchaîne les vents favorables et nous force d'attendre, immobiles sur ces côtes, que la navigation nous soit rendue. Puisses-tu réussir! car il est de l'intérêt de tous, des particuliers et des états, que le méchant soit misérable, et que l'homme de bien soit heureux.

LE CHŒUR. Tu ne seras donc plus, ô Ilion, ô ma patrie, comptée au nombre des villes imprenables; tant est nombreuse cette armée de Grecs qui t'a couverte de toutes parts, et dans ton sein a porté le fer, un fer destructeur : tu as vu raser ta couronne de tours, et souiller tes édifices de la funeste tache d'une honteuse fumée. Malheureuse, je ne rentrerai plus dans ton sein.

C'est au milieu des ténèbres de la nuit que je fus frappée; à l'heure où, après le repas du soir, un doux sommeil se répand sur les paupières; tandis que mon époux, fatigué des chants, des danses et des sacrifices du jour, goûtait, étendu sur sa couche, un tranquille repos, et que, sa javeline suspendue près de lui, il ne voyait plus la troupe ennemie s'élancer de ses vaisseaux et fondre sur la ville d'Ilus.

Νῦν δὲ

Mais maintenant

(θεὸς γὰρ οὐχ ἵησι

(car un Dieu n'envoie pas

πνοὰς οὐρίας)

des souffles favorables)

ἀνάγκη μένειν ἥσυχον,

nécessité *est* de rester tranquillement

ὁρῶντας

cherchant-de-nos-regards

πλοῦν.

la navigation.

Γένοιτο δὲ εὖ

Mais qu'il soit devenu bien

πως·

en quelque manière;

τόδε γὰρ χοινὸν πᾶσιν,

car ceci *est* commun à tous,

ἑχάστῳ τε ἰδίᾳ,

et à chacun en particulier,

χαὶ πόλει,

et à la ville,

τὸν μὲν χαχὸν

le méchant d'un côté

πάσχειν τι χαχὸν,

souffrir quelque mal,

τὸν δὲ χρηστὸν εὐτυχεῖν.

le bon d'un autre côté être heureux.

ΧΟΡΟΣ. (Στροφὴ α'.)

LE CHŒUR. (*Strophe* I.)

Σὺ μὲν, ὦ πατρὶς Ἰλιὰς

Toi d'une part, ô patrie Ilienne,

οὐχ ἔτι λέξει πόλις

tu ne seras plus dite ville

τῶν ἀπορθήτων·

de celles impossibles-à-ravager·

τοῖον νέφος Ἑλλάνων

une telle nuée de Grecs

χρύπτει σε ἀμφὶ

cache toi tout-autour,

πέρσαν

t'ayant ravagée

δορὶ δὴ, δορί·

par la lance certes, par la lance;

ἀποχέχαρσαι δὲ

d'autre part tu as été rasée

στεφάναν πύργων,

quant à *ta* couronne de tours,

χέχρωσαι δὲ χατὰ χηλῖδα

et tu as été teinte selon une tache

οἰχτροτάταν αἰθάλου.

très-misérable de cendres.

Τάλαινα,

Malheureuse,

οὐχ ἔτι ἐμβατεύσω σε.

je n'irai plus dans toi.

(Ἀντιστροφὴ α'.)

(*Antistrophe* I.)

Ὠλλύμαν μεσονύχτιος,

J'ai péri au-milieu-des-nuits,

ἦμος ἐχ δείπνων

quand au-sortir-des repas

ὕπνος ἡδὺς

un sommeil doux

χίδναται ἐπὶ ὄσσοις,

est répandu sur les yeux,

πόσις δὲ χαταπαύσας

et *mon* époux ayant cessé

ἀπὸ μολπῶν

à la suite des chants

χαὶ θυσιᾶν χοροποιῶν,

et des sacrifices réjouissants,

ἔχειτο ἐν θαλάμοις,

était étendu dans *sa* couche,

ξυστὸν δὲ ἐπὶ πασσάλῳ,

et la pique *était* au pieu,

οὐχ ἔτι ὁρῶν ὅμιλον ναύταν

ne voyant plus la foule marine [Ilus.

ἐμβεβῶτα Τροίαν Ἰλιάδα.

marchant contre Troie fondée-par-

(Στροφὴ β'.)

Ἐγὼ δὲ πλόκαμον ἀναδέτοις   905
μίτραισιν ἐῤῥυθμιζόμαν
χρυσέων ἐνόπτρων[1]
λεύσσους' ἀτέρμονας εἰς αὐγὰς,
ἐπιδέμνιος ὡς πέσοιμ' ἐς εὐνάν.
Ἀνὰ δὲ κέλαδος ἔμολε πόλιν·   910
κέλευσμα δ' ἦν κατ' ἄστυ Τροίας τόδ'·«Ὦ παῖδες Ἑλλάνων, πότε δὴ,
« πότε, τὰν Ἰλιάδα σκοπιὰν
« πέρσαντες, ἥξετ' οἴκους; »

(Ἀντιστρυφὴ β'.)

Λέχη δὲ φίλια μονόπεπλος   915
λιποῦσα, Δωρὶς ὡς κόρα[2],
σεμνὰν προσίζους'
οὐχ ἤνυσ' Ἄρτεμιν ἁ τλάμων.
Ἄγομαι δὲ θανόντ' ἰδοῦσ' ἀκοίταν
τὸν ἐμὸν, ἅλιον ἐπὶ πέλαγος,   920
πόλιν τ' ἀποσκοποῦσ', ἐπεὶ
νόστιμον ναῦς ἐκίνησεν πόδα[3], καί μ'
ἀπὸ γᾶς ὥρισεν Ἰλιάδος
Τάλαιν', ἀπεῖπον ἄλγει,

(Ἐπῳδός.)

Τὰν τοῖν Διοσκόροιν Ἑλέναν κάσιν, Ἰ-   925
δαῖόν τε βούταν Αἰνόπαριν[5] κατάρᾳ
διδοῦσ', ἐπεί με γᾶς

Moi, j'arrangeais avec art, j'enfermais sur mon front dans de fraîches bandelettes les boucles flottantes de ma chevelure, les yeux attachés sur l'orbe éclatant d'un miroir d'or, et prête à me laisser tomber sur la couche moelleuse. Soudain un bruit se répand dans la ville; toutes les rues de Troie retentissent de ces cris guerriers : « Enfants « des Grecs, quand donc, quand aurez-vous renversé la citadelle d'Ilion? « quand reverrez-vous enfin vos foyers? »

En vain, couverte d'un simple voile, comme les filles de la Doride, je quittai ma couche chérie pour aller me prosterner au pied des augustes autels de Diane; infortunée! mes vœux ne furent point entendus. Je vis mon époux expirer sous mes yeux, et voici qu'entraînée à travers les murs je ne découvre plus ma patrie que de loin : au signal du retour, le vaisseau a repris sa marche et m'a à jamais arrachée à la terre d'Ilion. Malheureuse, je succombai à la douleur,

Vouant à la malédiction et la sœur des Dioscures, la fatale Hélène, et le berger de l'Ida, le funeste Pâris; Hélène, Pâris, dont l'hymen m'a

(Στροφὴ β'.)

Ἐγὼ δὲ ἐρρυθμιζόμαν
πλόκαμον
μίτραισιν ἀναδέτοις,
λεύσσουσα εἰς αὐγὰς ἀτέρμονας
ἐνόπτρων χρυσέων,
ὡς ἐπιδέμνιος
πέσοιμι ἐς εὐνάν.
Κέλαδος δὲ ἔμολεν ἀνὰ πόλιν·
τόδε δὲ κέλευσμα
ἦν κατὰ ἄστυ Τροίας·
« Ὦ παῖδες Ἑλλάνων,
« πότε δὴ, πότε
« ἥξετε οἴκους,
« πέρσαντες
« τὰν σκοπιὰν Ἰλιάδα; »

(Ἀντιστροφὴ β'.)

Λιποῦσα δὲ λέχη φίλια
μονόπεπλος,
ὡς κόρα Δωρὶς,
ἁ τλάμων
οὐχ ἤνυσα προσίζουσα
Ἄρτεμιν σεμνάν.
Ἄγομαι δὲ
ἰδοῦσα τὸν ἐμὸν ἀκοίταν θανόντα,
ἀποσκοποῦσα
ἐπὶ πέλαγος ἅλιον πόλιν τε,
ἐπεὶ ναῦς
ἐκίνησε
πόδα νόστιμον,
καὶ ὥρισέ με
ἀπὸ γᾶς Ἰλιάδος.
Τάλαινα,
ἀπεῖπον ἄλγει,

(Ἐπῳδός.)

Διδοῦσα κατάρᾳ
Ἑλέναν
τὰν κάσιν τοῖν Διοσκόροιν,
Αἰνόπαρίν τε
βούταν Ἰδαῖον,

(Strophe II.)

Mais moi j'arrangeais
ma boucle-de-cheveux
avec des bandeaux rattachés-en-haut,
regardant dans les reflets infinis
de miroirs d'or,
pour que étant-sur-le-lit
je fusse tombée sur ma couche.
Mais un bruit vint par la ville;
et cette exhortation-ci
était au sein de la ville de Troie :
« O fils des Grecs,
« quand enfin, quand
« serez-vous revenus dans vos mai-
« ayant renversé [sons,
« le lieu-d'observation d'Ilion? »

(Antistrophe II.)

Et ayant quitté les lits chéris
vêtue-d'un-seul-voile,
comme une jeune-fille Dorienne,
moi la malheureuse
je ne réussis pas m'asseyant-devant
Diane vénérable.
Mais je suis emmenée
ayant vu mon époux mort,
regardant-de-loin
vers la mer salée et ma ville,
après que le vaisseau
eut mis-en-mouvement
la manœuvre du-retour,
et eut séparé moi
de la terre Ilienne.
Malheureuse,
je perdis courage de douleur,

(Épode.)

Donnant à la malédiction
Hélène
la sœur des Dioscures,
et l'affreux-Pâris,
le bouvier de l'Ida,

ἐκ πατρώας ἀπώλεσεν
ἐξώκισέν τ᾽ οἴκων γάμος, οὐ γάμος, ἀλλ᾽
ἀλάστορός τις οἰζύς·   930
ἂν μήτε πέλαγος ἅλιον ἀπαγάγοι πάλιν,
μήτε πατρῷον ἵκοιτ᾽ ἐς οἶκον.

ΠΟΛΥΜΗΣΤΩΡ.

Ὦ φίλτατ᾽ ἀνδρῶν, Πρίαμε, φιλτάτη δὲ σὺ,
Ἑκάβη, δακρύω σ᾽ εἰσορῶν πόλιν τε σὴν,
τήν τ᾽ ἀρτίως θανοῦσαν ἔκγονον σέθεν.   935
Φεῦ! Οὐκ ἔστιν οὐδὲν πιστὸν, οὔτ᾽ εὐδοξία,
οὔτ᾽ αὖ καλῶς πράσσοντα μὴ πράξειν κακῶς.
Φύρουσι δ᾽ αὖθ᾽ οἱ θεοὶ πάλιν τε καὶ πρόσω,
ταραγμὸν ἐντιθέντες, ὡς ἀγνωσίᾳ
σέβωμεν αὐτούς. Ἀλλὰ ταῦτα μὲν τί δεῖ   940
θρηνεῖν, προκόπτοντ᾽ οὐδὲν ἐς πρόσθεν κακῶν;
σὺ δ᾽, εἴ τι μέμφει τῆς ἐμῆς ἀπουσίας,
σχές· τυγχάνω γὰρ ἐν μέσοις Θρῄκης ὅροις
ἀπὼν, ὅτ᾽ ἦλθες δεῦρ᾽. Ἐπεὶ δ᾽ ἀφικόμην,

perd, me ravit à ma patrie, m'enlève à mes foyers! Que dis-je, l'hymen? ah! disons le fléau d'une furie vengeresse. Puissent les flots de la mer ne jamais la ramener à Sparte! Puisse-t-elle ne jamais revoir le seuil de ses pères!

POLYMESTOR. O Priam, le plus cher des hommes! et toi, de toutes les femmes la plus chère à mon cœur, Hécube, je fonds en larmes en te voyant, en voyant ta ville en cendres, ta fille récemment immolée. Hélas! il n'est rien d'assuré parmi les mortels; ni la gloire, ni la prospérité ne sont des garanties contre l'infortune. Confondant sans cesse nos destins, les Dieux se plaisent à y jeter le trouble, pour que dans l'ignorance de l'avenir, nous adorions leur puissance. Mais à quoi bon ces lamentations, impuissantes à soulager tes maux? — Si tu te plains que je n'aie pas encore paru devant toi, cesse de m'accuser. Je me trouvais absent, j'étais sur les frontières de la Thrace, quand tu es arrivée en ces lieux. A peine de retour, j'avais

ἐπεὶ γάμος, οὐ γάμος,	parce que l'hymen, non hymen,
ἀλλὰ οἰζύς τις ἀλάστορος	mais quelque malheur de-furie
ἀπώλεσέ με	a fait-périr moi
ἐκ γᾶς πατρῴας,	hors de la terre de-la-patrie,
ἐξῴκισέ τε οἴκων·	et m'a dépossédée de *mes* maisons ;
ἂν πέλαγος ἅλιον	laquelle *Hélène que* la mer salée
μήτε ἀπαγάγοι πάλιν,	ne reconduise pas de nouveau,
μήτε ἵκοιτο	et qu'elle n'arrive pas
ἐς οἶκον πατρῷον.	dans la maison paternelle !
ΠΟΛΥΜΗΣΤΩΡ. Πρίαμε,	POLYMESTOR. Priam,
ὦ φίλτατε ἀνδρῶν,	ô le plus cher des hommes,
σὺ δὲ,	et toi,
Ἑκάβη φιλτάτη,	Hécube très-chère,
δακρύω εἰσορῶν	je pleure en voyant
σὲ σήν τε πόλιν,	toi et ta ville
τήν τε ἔκγονον σέθεν	et la progéniture de toi
θανοῦσαν ἀρτίως.	morte récemment.
Φεῦ ! Οὐκ ἔστιν	Hélas ! Il n'est
οὐδὲν πιστὸν,	rien de sûr,
οὔτε εὐδοξία,	ni la célébrité,
οὔτε αὖ	ni encore *il n'est pas sûr*
πράσσοντα καλῶς	*celui* faisant bien *ses affaires*
μὴ πράξειν κακῶς.	ne devoir pas *les* faire mal.
Οἱ δὲ θεοὶ	Mais les dieux
φύρουσιν αὐτά	mêlent ces-choses
πάλιν τε καὶ πρόσω,	et en arrière et en avant,
ἐντιθέντες ταραγμὸν,	*y* mettant du trouble,
ὡς ἀγνωσίᾳ	afin que par ignorance
σέβωμεν αὐτούς.	nous adorions eux.
Ἀλλὰ μὲν τί δεῖ	Mais d'une part pourquoi faut-il
θρηνεῖν ταῦτα,	déplorer ces-choses,
προκόπτοντα ἐς οὐδὲν	n'avançant pour aucun
κακῶν πρόσθεν ;	des maux d'auparavant ?
Σὺ δὲ, σχὲς,	Toi d'autre part, retiens-toi,
εἰ μέμφει τι	si tu reproches en quelque-chose
τῆς ἐμῆς ἀπουσίας·	mon absence ;
τυγχάνω γὰρ ἀπὼν	car je me trouve étant absent
ἐν μέσοις ὅροις Θρήκης,	sur le milieu des limites de la Thrace,
ὅτε ἦλθες δεῦρο.	lorsque tu vins ici.
Ἐπεὶ δὲ ἀφικόμην,	Mais après que je fus revenu,

ἤδη πόδ᾽ ἔξω δωμάτων αἴροντί μοι   945
ἐς ταὐτὸν ἥδε συμπιτνεῖ δμωῒς σέθεν,
λέγουσα μύθους, ὧν κλύων ἀφικόμην.

ΕΚΑΒΗ.

Αἰσχύνομαί σε προσβλέπειν ἐναντίον,
Πολυμῆστορ, ἐν τοιοῖσδε κειμένη κακοῖς.
Ὅτῳ γὰρ ὤφθην εὐτυχοῦσ᾽, αἰδώς μ᾽ ἔχει,   950
ἐν τῷδε πότμῳ τυγχάνουσ᾽ ἵν᾽ εἰμὶ νῦν,
κοὐκ ἂν δυναίμην προσβλέπειν σ᾽ ὀρθαῖς κόραις.
Ἀλλ᾽ αὐτὸ μὴ δύσνοιαν ἡγήσῃ σέθεν,
Πολυμῆστορ· ἄλλως δ᾽ αἴτιόν τι καὶ νόμος,
γυναῖκας ἀνδρῶν μὴ βλέπειν ἐναντίον.   955

ΠΟΛΥΜΗΣΤΩΡ.

Καὶ θαῦμά γ᾽ οὐδέν. Ἀλλὰ τίς χρεία σ᾽ ἐμοῦ,
τί χρῆμ᾽ ἔπεμψω τὸν ἐμὸν ἐκ δόμων πόδα;

ΕΚΑΒΗ.

Ἴδιον ἐμαυτῆς δή τι πρός σε βούλομαι
καὶ παῖδας εἰπεῖν σούς· ὀπάονας δέ μοι
χωρὶς κέλευσον τῶνδ᾽ ἀποστῆναι δόμων.   960

ΠΟΛΥΜΗΣΤΩΡ.

Χωρεῖτ᾽· ἐν ἀσφαλεῖ γὰρ ἥδ᾽ ἐρημία.
Φίλη μὲν εἶ σύ, προσφιλὲς δέ μοι
στράτευμ᾽ Ἀχαιῶν. Ἀλλὰ σημαίνειν σε χρὴ,

déjà le pied hors de ma tente pour me rendre auprès de toi, quand je rencontrai l'esclave qui m'apportait tes ordres ; en l'entendant, je me hâtai, et me voici.

HÉCUBE. Je n'ose t'envisager en face, Polymestor, dans la misère où je suis réduite. Après avoir paru devant toi dans toute ma gloire, je rougis de me trouver dans un tel état d'humiliation, et je ne saurais lever mes regards sur toi. Mais ne pense pas, Polymestor, que ce soit mauvaise disposition à ton égard ; ne suffirait-il pas d'ailleurs, pour m'excuser, de cette loi qui défend aux femmes de regarder un homme en face ?

POLYMESTOR. Ce sentiment n'a rien qui m'étonne. Mais qu'attends-tu de moi ? pour quel service m'as-tu appelé hors de ma demeure ?

HÉCUBE. Je veux te communiquer, en présence de tes fils, un secret qui me concerne personnellement ; fais retirer les gardes qui t'accompagnent.

POLYMESTOR. Retirez-vous ; ici je puis demeurer seul sans danger. Ton affection m'est connue, et l'armée des Grecs est bien disposée à mon égard. Fais-moi donc connaître en quoi un ami heureux peut

ἥδε, δμωὶς σέθεν | cette esclave de toi
συμπιτνεῖ μοι | rencontre moi
αἴροντι ἤδη πόδα | levant déjà le pied
ἔξω δωμάτων | hors des demeures
ἐς τὸ αὐτὸ, | pour la même-chose,
λέγουσα μύθους, | en disant des paroles,
ὧν κλύων | lesquelles entendant
ἀφικόμην. | je suis venu.

ΕΚΑΒΗ. Αἰσχύνομαι, | HÉCUBE. Je rougis,
Πολυμῆστορ, | Polymestor,
προσβλέπειν σε ἐναντίον, | de regarder-vers toi en face,
κειμένη ἐν τοιοῖσδε κακοῖς. | étant plongée dans de tels maux.
Ὅτῳ γὰρ ὤφθην εὐτυχοῦσα, | Car toi par qui j'ai été vue heureuse,
αἰδὼς ἔχει με, | la honte tient moi,
τυγχάνουσα ἐν τῷδε πότμῳ, | me trouvant dans cette destinée,
ἵνα εἰμὶ νῦν, | où je suis à présent.
καὶ οὐκ ἂν δυναίμην | et je ne pourrais
προσβλέπειν σε | regarder-vers toi
κόραις ὀρθαῖς. | avec des prunelles droites.
Ἀλλὰ μὴ ἡγήσῃ αὐτὸ | Mais n'aie pas pensé cela   [tor :
δύσνοιαν σέθεν, Πολυμῆστορ· | être malveillance pour toi, Polymes-
ἄλλως δὲ αἴτιόν τι καὶ νόμος, | et d'ailleurs une cause et un usage est
γυναῖκας μὴ βλέπειν | les femmes ne pas regarder
ἀνδρῶν ἐναντίον. | des hommes en face.

ΠΟΛΥΜΗΣΤΩΡ. Καί γε | POLYMESTOR. Et certes
οὐδὲν θαῦμα. | aucun étonnement n'est.
Ἀλλὰ τίς χρεία ἐμοῦ σοι; | Mais quel besoin de moi est à toi ?
τί χρῆμα ἐπέμψω | pour quelle chose as-tu fait-sortir
τὸν ἐμὸν πόδα ἐκ δόμων; | mon pied des demeures ?

ΕΚΑΒΗ. Βούλομαι δὴ εἰπεῖν | HÉCUBE. Certes je veux dire
πρός σε καὶ σοὺς παῖδας | à toi et à tes enfants
τι ἴδιον ἐμαυτῆς· | quelque-chose particulier à moi-
κέλευσον δέ μοι | or aie ordonné pour moi   [même ;
ὀπάονας ἀποστῆναι | tes compagnons s'être retirés
τῶνδε δόμων χωρίς. | de ces demeures à l'écart.

ΠΟΛΥΜΗΣΤΩΡ. Χωρεῖτε· | POLYMESTOR. Allez-vous-en ;
ἥδε γὰρ ἐρημία ἐν ἀσφαλεῖ. | car cet isolement est en sûreté.
Σὺ μὲν εἶ φίλη, | Toi en vérité tu es amie à nous,
στράτευμα δὲ Ἀχαιῶν | et l'armée des Achéens
προσφιλές μοι. | est amie-en-outre à moi.

τί χρὴ τὸν εὖ πράσσοντα μὴ πράσσουσιν εὖ
φίλοις ἐπαρκεῖν · ὡς ἕτοιμός εἰμ' ἐγώ.   965
                    ΕΚΑΒΗ.
Πρῶτον μὲν εἰπὲ παῖδ' ὃν ἐξ ἐμῆς χερὸς,
Πολύδωρον ἔκ τε πατρὸς ἐν δόμοις ἔχεις,
εἰ ζῇ · τὰ δ' ἄλλα δεύτερόν σ' ἐρήσομαι.
                    ΠΟΛΥΜΗΣΤΩΡ.
Μάλιστα · τοὐκείνου μὲν εὐτυχεῖς μέρος.
                    ΕΚΑΒΗ.
Ὦ φίλταθ', ὡς εὖ κἀξίως σέθεν λέγεις!   970
                    ΠΟΛΥΜΗΣΤΩΡ.
Τί δῆτα βούλει δεύτερον μαθεῖν ἐμοῦ;
                    ΕΚΑΒΗ.
Εἰ τῆς τεκούσης τῆσδε μέμνηταί τί μου.[1]
                    ΠΟΛΥΜΗΣΤΩΡ.
Καὶ δεῦρό γ' ὥς σε κρύφιος ἐζήτει μολεῖν.
                    ΕΚΑΒΗ.
Χρυσὸς δὲ σῶς, ὃν ἦλθεν ἐκ Τροίας ἔχων;
                    ΠΟΛΥΜΗΣΤΩΡ.
Σῶς, ἐν δόμοις γε τοῖς ἐμοῖς φρουρούμενος.   975
                    ΕΚΑΒΗ.
Σῶσόν νυν αὐτὸν, μηδ' ἔρα τῶν πλησίον.

obliger aujourd'hui des amis dans le malheur ; tu me vois tout prêt à
t'obéir.

HÉCUBE. D'abord, dis-moi : cet enfant que tu reçus de mes mains
et de celles de son père pour l'élever dans ton palais, Polydore vit-il
toujours? Ensuite je poursuivrai le cours de mes questions.

POLYMESTOR. Sans doute, il vit ; et de ce côté du moins, tu es
heureuse.

HÉCUBE. O mon cher Polymestor, que c'est bien parler et d'une
manière digne de toi !

POLYMESTOR. Que désires-tu encore apprendre de moi?

HÉCUBE. S'il a conservé quelque souvenir de moi, sa mère ?

POLYMESTOR. Si bien, qu'il cherchait furtivement à se rendre
ici auprès de toi.

HÉCUBE. Et les trésors qu'il apporta de Troie avec lui, ils sont
intacts?

POLYMESTOR. Intacts? sans nul doute; ne sont-ils pas gardés dans
mon propre palais ?

HÉCUBE. Garde-les donc avec soin, et que jamais les biens de tes
amis n'excitent tes désirs

Ἀλλὰ χρή σε σημαίνειν, Mais il faut toi indiquer,
τί χρὴ en quoi il faut
τὸν πράσσοντα εὖ celui faisant bien *ses affaires*
ἐπαρκεῖν φίλοις secourir des amis
μὴ πράσσουσιν εὖ· ne *les* faisant pas bien ;
ὡς ἐγὼ εἰμὶ ἕτοιμος. car moi je suis disposé *à cela*.
ΕΚΑΒΗ. Πρῶτον μὲν HÉCUBE. D'abord d'une part
εἰπὲ dis-*moi*
παῖδα Πολύδωρον, mon fils Polydore,
ὃν ἔχεις ἐν δόμοις que tu as dans *tes* demeures
ἐξ ἐμῆς χερὸς de ma main
ἔκ τε πατρὸς, et *de celle* de *son* père,
εἰ ζῇ· si il vit ;
ἐρήσομαι δέ σε je demanderai d'autre part à toi
τὰ ἄλλα δεύτερον. les autres-choses en second-lieu.
ΠΟΛΥΜΗΣΤΩΡ. Μάλιστα· POLYMESTOR. Très-certainement ;
εὐτυχεῖς μὲν en vérité tu es-heureuse
τὸ μέρος ἐκείνου. pour la part de celui-là.
ΕΚΑΒΗ. Ὦ φίλτατε, HÉCUBE. O très-cher,
ὡς λέγεις comme tu parles
εὖ καὶ ἀξίως σέθεν! bien et d'une-façon-digne de toi !
ΠΟΛΥΜΗΣΤΩΡ. Τί δῆτα POLYMESTOR. Quelle-chose donc
βούλει δεύτερον veux-tu secondement
μαθεῖν ἐμοῦ; avoir appris de moi ?
ΕΚΑΒΗ. Εἰ μέμνηται HÉCUBE. S'il se souvient
τί μου en quelque-chose de moi
τῆσδε τῆς τεκούσης. celle *l'*ayant enfanté?
ΠΟΛΥΜΗΣΤΩΡ. Καί γε POLYMESTOR. Et certes
ἐζήτει μολεῖν δεῦρο il cherchait à venir ici
κρύφιος ὡς σε. en-secret vers toi.
ΕΚΑΒΗ. Χρυσὸς δὲ σῶς, HÉCUBE. Et l'or *est-il* sain-et-sauf,
ὃν ἔχων *l'or* que ayant
ἦλθεν ἐκ Τροίας; il est venu de Troie.
ΠΟΛΥΜΗΣΤΩΡ. Σῶς, POLYMESTOR. Sain-et-sauf,
φρουρούμενός γε étant gardé certes
ἐν τοῖς ἐμοῖς δόμοις. dans mes demeures.
ΕΚΑΒΗ. Σῶσον HÉCUBE. Aie conservé
νὺν αὐτὸν, donc lui,
μηδὲ ἔρα et n'ambitionne pas
τῶν πλησίον. les-choses *étant* près *de toi*.

ΠΟΛΥΜΗΣΤΩΡ.

Ἥκιστ'· ὀναίμην τοῦ παρόντος, ὦ γύναι.

ΕΚΑΒΗ.

Οἶσθ' οὖν ἃ λέξαι σοί τε καὶ παισὶν θέλω;

ΠΟΛΥΜΗΣΤΩΡ.

Οὐκ οἶδα· τῷ σῷ τοῦτο σημανεῖς λόγῳ.

ΕΚΑΒΗ.

Ἔστ', ὦ φιληθείς, ὡς σὺ νῦν ἐμοὶ φιλεῖ [1].   980

ΠΟΛΥΜΗΣΤΩΡ.

Τί χρῆμ', ὃ κἀμὲ καὶ τέχν' εἰδέναι χρεών;

ΕΚΑΒΗ.

Χρυσοῦ παλαιαὶ Πριαμιδῶν κατώρυχες.

ΠΟΛΥΜΗΣΤΩΡ.

Ταῦτ' ἔσθ' ἃ βούλει παιδὶ σημῆναι σέθεν,

ΕΚΑΒΗ.

Μάλιστα, διὰ σοῦ γ'· εἶ γὰρ εὐσεβὴς ἀνήρ.

ΠΟΛΥΜΗΣΤΩΡ.

Τί δῆτα τέκνων τῶνδε δεῖ παρουσίας;   985

ΕΚΑΒΗ.

Ἄμεινον, ἢν σὺ κατθάνῃς, τούσδ' εἰδέναι.

ΠΟΛΥΜΗΣΤΩΡ.

Καλῶς ἔλεξας τῇδε καὶ σοφώτερον.

ΕΚΑΒΗ.

Οἶσθ' οὖν Ἀθάνας Ἰλίας ἵνα στέγαι;

POLYMESTOR. Loin de moi ! puissé-je seulement, femme, continuer à jouir des miens propres !

HÉCUBE. Sais-tu maintenant ce que je veux vous dire, à toi et à tes enfants ?

POLYMESTOR. Je l'ignore ; tes paroles vont m'éclaircir ce mystère.

HÉCUBE. Elles l'éclairciront, ô toi que j'ai aimé, comme je t'aime en ce moment !

POLYMESTOR. Quel est donc ce secret qui doit nous être révélé à mes enfants et à moi ?

HÉCUBE. D'antiques dépôts renferment les trésors de la maison de Priam...

POLYMESTOR. Et c'est là ce que tu veux faire savoir à ton fils ?

HÉCUBE. Oui, et par toi ; car tu es un homme d'une religieuse fidélité.

POLYMESTOR. Pourquoi donc la présence de ces enfants ?

HÉCUBE. Il est bon, si tu venais à mourir, qu'ils soient instruits.

POLYMESTOR. C'est bien dit ; c'est plus sage.

HÉCUBE. Sais-tu donc où est le temple de Minerve Troyenne ?

ΠΟΛΥΜΗΣΤΩΡ. Ἥκιστα
ὀναίμην τοῦ παρόντος.
ὦ γύναι.

POLYMESTOR. Point du tout ;
puissé-je-jouir du présent,
ô femme !

ΕΚΑΒΗ. Οἶσθα οὖν
ἃ θέλω
λέξαι
σοί τε καὶ παισιν;

HÉCUBE Sais-tu donc
ce-que je veux
avoir dit
et à toi et à tes enfants ?

ΠΟΛΥΜΗΣΤΩΡ. Οὐκ οἶδα
σημανεῖς τοῦτο
τῷ σῷ λόγῳ.

POLYMESTOR. Je ne sais pas :
tu vas-indiquer cela
par ton discours.

ΕΚΑΒΗ. Ἔσται
ὦ φιληθείς.
ὡς σὺ νῦν
φιλεῖ ἐμοί.

HÉCUBE. *Ce* sera *indiqué*,
ô *toi*, *le* ayant été aimé,
comme toi maintenant
tu es aimé de moi.

ΠΟΛΥΜΗΣΤΩΡ. Τί χρῆμα,
ὃ χρεὼν
καὶ ἐμὲ καὶ τέκνα
εἰδέναι;

POLYMESTOR. Quelle chose *est*,
qu'il faut
et moi et *mes* enfants
savoir ?

ΕΚΑΒΗ. Κατώρυχες παλαιαὶ
χρυσοῦ Πριαμιδῶν.

HÉCUBE. Des enfouissements anciens
d'or des Priamides.

ΠΟΛΥΜΗΣΤΩΡ. Ταῦτα ἔστιν
ἃ βούλει
σημῆναι
παιδὶ σέθεν;

POLYMESTOR. Ces choses sont-elles
celles que tu veux
avoir indiquées
au fils de toi ?

ΕΚΑΒΗ. Μάλιστα,
διὰ σοῦ γε·
εἰ γὰρ ἀνὴρ εὐσεβής.

HÉCUBE. Très-certainement,
par toi du moins ;
car tu es un homme pieux

ΠΟΛΥΜΗΣΤΩΡ. Τί δῆτα
δεῖ
παρουσίας
τῶνδε τέκνων;

POLYMESTOR. En quoi donc
est-il-besoin
de la présence
de ces enfants ?

ΕΚΑΒΗ. Ἄμεινον
τούσδε εἰδέναι,
ἢν σὺ κατθάνῃς.

HÉCUBE. Il est meilleur
ceux-là savoir,
si toi tu venais-à-être-mort

ΠΟΛΥΜΗΣΤΩΡ. Ἔλεξας
τῇδε
καλῶς καὶ σοφώτερον.

POLYMESTOR. Tu as dit
de cette *manière*
bien et plus sagement.

ΕΚΑΒΗ. Οἶσθα οὖν
ἵνα στέγαι
Ἀθάνας Ἰλίας;

HÉCUBE. Sais-tu donc
où *sont* les toits
de Minerve Ilienne ?

ΠΟΛΥΜΗΣΤΩΡ.

Ἐνταῦθ᾽ ὁ χρυσός ἐστι; σημεῖον δὲ τί;

ΕΚΑΒΗ

Μέλαινα πέτρα γῆς ὑπερτέλλουσ᾽ ἄνω.   990

ΠΟΛΥΜΗΣΤΩΡ.

Ἔτ᾽ οὖν τι βούλει τῶν ἐκεῖ φράζειν ἐμοί;

ΕΚΑΒΗ.

Σῶσαί σε χρήμαθ᾽ οἷς ξυνεξῆλθον θέλω.

ΠΟΛΥΜΗΣΤΩΡ.

Ποῦ δῆτα; πέπλων ἐντὸς ἢ κρύψασ᾽ ἔχεις;

ΕΚΑΒΗ.

Σκύλων ἐν ὄχλῳ ταῖσδε σώζεται στέγαις.

ΠΟΛΥΜΗΣΤΩΡ.

Ποῦ δ᾽; αἵδ᾽ Ἀχαιῶν ναύλοχοι περιπτυχαί.   995

ΕΚΑΒΗ.

Ἰδίᾳ γυναικῶν αἰχμαλωτίδων στέγαι.

ΠΟΛΥΜΗΣΤΩΡ.

Τἄνδον δὲ πιστά, κἀρσένων ἐρημία;

ΕΚΑΒΗ.

Οὐδεὶς Ἀχαιῶν ἔνδον, ἀλλ᾽ ἡμεῖς μόναι.

Ἀλλ᾽ ἕρπ᾽ ἐς οἴκους· καὶ γὰρ Ἀργεῖοι νεῶν

λῦσαι ποθοῦσιν οἴκαδ᾽ ἐκ Τροίας πόδα·   1000

POLYMESTOR. C'est là qu'est déposé l'or? Et à quel signe re-
connaître la place?

HÉCUBE. A une pierre noire qui s'élève au-dessus de la terre.

POLYMESTOR. As-tu quelqu'autre chose encore à me dire sur tout
cela?

HÉCUBE. Je veux te prier de prendre sous ta garde les objets précieux avec lesquels je suis sortie de Troie.

POLYMESTOR. Où sont-ils? les aurais-tu cachés dans tes vêtements?

HÉCUBE. Ils sont conservés dans ces tentes, parmi des monceaux
de dépouilles.

POLYMESTOR. Où donc? Je ne vois de toutes parts que le camp
naval des Grecs.

HÉCUBE. Je parle de tentes spécialement réservées aux captives.

POLYMESTOR. L'intérieur en est-il sûr? N'y rencontrerai-je aucun
homme?

HÉCUBE. Aucun Grec n'en franchit le seuil; nous seules les occu-
pons. Hâte-toi d'y entrer (car déjà les Grecs brûlent de détacher leurs
vaisseaux du rivage pour s'éloigner de Troie et revoir leurs foyers);
hâte-toi, afin qu'après avoir accompli tout ce que tu dois accomplir

ΠΟΛΥΜΗΣΤΩΡ 'Ο χρυσὸς
ἔστιν ἐνταῦθα;
τί δὲ σημεῖον;

POLYMESTOR. L'ur
est-il là?
mais quel signe?

ΕΚΑΒΗ. Πέτρα μέλαινα
ὑπερτέλλουσα
γῆς ἄνω.

HÉCUBE. Une pierre noire
s'élevant-au-dessus
de terre en haut.

ΠΟΛΥΜΗΣΤΩΡ. Τί
οὖν ἔτι
βούλει
φράζειν ἐμοὶ
τῶν ἐκεῖ;

POLYMESTOR. Quelle-chose
donc encore
veux-tu
dire à moi
des-choses *étant* là-bas?

ΕΚΑΒΗ. Θέλω
σὲ σῶσαι
χρήματα,
οἷς ξυνεξῆλθον.

HÉCUBE. Je veux
toi avoir sauvé
les richesses
avec lesquelles je sortis (d'Ilion).

ΠΟΛΥΜΗΣΤΩΡ. Ποῦ δῆτα;
ἢ ἔχεις
κρύψασα
ἐντὸς πέπλων;

POLYMESTOR. Où donc *sont-elles?*
est-ce que tu *les* as
les ayant cachées
en dedans de *les* voiles?

ΕΚΑΒΗ. Σώζεται
ταῖσδε στέγαις
ἐν ὄχλῳ σκύλων.

HÉCUBE. Elles sont conservées
sous ces toits
dans une multitude de dépouilles.

ΠΟΛΥΜΗΣΤΩΡ. Ποῦ δέ;
αἵδε περιπτυχαὶ
ναύλοχοι Ἀχαιῶν.

POLYMESTOR. Mais où *ces toits?*
celles-ci *sont* les enceintes
station-des-vaisseaux des Achéens.

ΕΚΑΒΗ. Στέγαι ἰδίᾳ
γυναικῶν αἰχμαλωτίδων.

HÉCUBE. Des toits *en*-particulier
des femmes captives.

ΠΟΛΥΜΗΣΤΩΡ. Τὰ δὲ
ἔνδον
πιστά,
καὶ ἐρημία ἀρσένων;

POLYMESTOR. Mais les-choses
en dedans
sont-elles sûres,
et *est-il* isolement de mâles?

ΕΚΑΒΗ. Οὐδεὶς Ἀχαιῶν
ἔνδον,
ἀλλὰ ἡμεῖς μόναι.
Ἀλλὰ ἔρπε ἐς οἴκους·
καὶ γὰρ Ἀργεῖοι
ποθοῦσι
λῦσαι
πόδα νεῶν
ἐκ Τροίας οἴκαδε,

HÉCUBE. Aucun des Grecs
n'est dedans,
mais nous seules.
Mais glisse-toi dans les demeures:
car les Argiens
désirent
avoir délié
le pied des vaisseaux
allant de Troie chez-eux.

ὡς πάντα πράξας ὧν σε δεῖ, στείχῃς πάλιν
ξὺν παισὶν, οὗπερ τὸν ἐμὸν ᾤκισας γόνον.

ΧΟΡΟΣ.

Οὔπω δέδωκας, ἀλλ' ἴσως δώσεις δίκην.
 Ἀλίμενόν τις ὡς ἐις ἄντλον ἐμπεσὼν
 λέχριος¹, ἐκπεσεῖ φίλας καρδίας,   1005
 ἀμέρσας βίον. Τὸ γὰρ ὑπέγγυον
 Δίκα καὶ θεοῖσιν οὐ ξυμπιτνεῖ,
 ὀλέθριον, ὀλέθριον κακόν.
Ψεύσει σ' ὁδοῦ τῆσδ' ἐλπὶς, ἥ σ' ἐπήγαγεν
 θανάσιμον πρὸς Ἀΐδαν, ὦ τάλας·   1010
 ἀπολέμῳ δὲ χειρὶ λείψεις βίον.

ΠΟΛΥΜΗΣΤΩΡ.

Ὤ μοι! τυφλοῦμαι φέγγος ὀμμάτων τάλας.

ΗΜΙΧΟΡΙΟΝ.

Ἠκούσατ' ἀνδρὸς Θρηκὸς οἰμωγὴν, φίλαι;

ΠΟΛΥΜΗΣΤΩΡ.

Ὤ μοι μάλ' αὖθις, τέκνα, δυστήνου σφαγῆς!

ΗΜΙΧΟΡΙΟΝ.

Φίλαι, πέπρακται καίν' ἔσω δόμων κακά.   1015

ΠΟΛΥΜΗΣΤΩΡ.

Ἀλλ' οὔτι μὴ φύγητε λαιψηρῷ ποδί·

tu retournes avec tes fils rejoindre le mien aux lieux que tu lui as assignés pour retraite.

LE CHOEUR. Si tu n'as point encore reçu la peine de ton crime, tremble, tu vas la recevoir. Semblable au malheureux qui, pris en flanc par les flots courroucés, s'abîme dans un océan sans rivages, tu vas, rendant vie pour vie, t'abîmer dans les odieuses profondeurs de la mort. Là où, garantie par la Justice et les Dieux, tombe la peine due au coupable, il y a expiation, expiation terrible. Déçu par un espoir mensonger, cette funeste route, malheureux, n'aboutira pour toi qu'au sombre empire de Pluton, et c'est une main étrangère aux combats qui tranchera le fil de tes jours.

POLYMESTOR. O ciel! on m'aveugle, on m'enlève la lumière des yeux, infortuné!

DEMI-CHOEUR. Mes amies, entendez-vous les cris du Thrace?

POLYMESTOR. O coups plus cruels encore! ô mes enfants.... déplorables victimes!

DEMI-CHOEUR. Chères amies, de nouveaux malheurs s'accomplissent dans l'intérieur de cette tente.

POLYMESTOR. Non, non, la fuite la plus rapide ne vous dérobera

ὡς πράξας πάντα,	afin que ayant fait toutes-les-choses,
ὧν δεῖ σε,	lesquelles il faut toi *faire*,
στείχῃς πάλιν ξὺν παισὶν,	tu ailles de nouveau avec *tes* enfants
οὗπερ ᾤκισας τὸν ἐμὸν γόνον.	où tu as logé mon fils.
ΧΟΡΟΣ. Οὔπω δέδωκας,	LE CHOEUR. Tu n'as pas encore subi, ,
ἀλλὰ ἴσως	mais peut-être
δώσεις δίκην.	tu subiras un châtiment.
Ὥς τις λέχριος	Comme quelqu'un incliné
ἐμπεσὼν	étant tombé
εἰς ἄντλον ἀλίμενον,	dans un amas-d'eau sans port,
ἐκπεσεῖ φίλης καρδίας,	tu tomberas de *ton* cœur (ta vie),
ἀμέρσας βίον.	*l'*avant privé de la vie.
Οὐ γὰρ τὸ ὑπέγγυον	Car là-où le gage-dû
Δίκᾳ καὶ θεοῖσιν	à la Justice et aux Dieux
ξυμπιτνεῖ,	tombe,
κακὸν ὀλέθριον,	il y a mal pernicieux,
ὀλέθριον.	pernicieux.
Ἐλπὶς τῆσδε ὁδοῦ	L'espoir de cette route
ψεύσει σε,	trompera toi,
ἣ ἐπήγαγέ σε	laquelle *route* a amené toi
πρὸς Ἀΐδαν θανάσιμον,	vers Pluton mortel,
ὦ τάλας·	ô malheureux !
λείψεις δὲ βίον	et tu quitteras la vie
χειρὶ ἀπολέμῳ	par une main non-guerrière.
ΠΟΛΥΜΗΣΤΩΡ. Ὤ μοι !	POLYMESTOR. Malheur à moi !
τάλας, τυφλοῦμαι	malheureux, je suis aveuglé
φέγγος ὀμμάτων	*quant à* la lumière des yeux.
ΗΜΙΧΟΡΙΟΝ. Φίλαι,	LE DEMI-CHOEUR. Amies,
ἠκούσατε	avez-vous entendu
οἰμωγὴν	une lamentation
ἀνδρὸς Θρηκός ;	de l'homme Thrace ?
ΠΟΛΥΜΗΣΤΩΡ. Ὤ μοι,	POLYMESTOR. Malheur à moi !
μάλα αὖθις, τέκνα,	certes de nouveau, *mes* enfants,
σφαγῆς δυστήνου !	*à cause* du meurtre déplorable !
ΗΜΙΧΟΡΙΟΝ. Φίλαι,	LE DEMI-CHOEUR. Amies,
κακὰ καινὰ πέπρακται	des maux nouveaux ont été faits
ἔσω δόμων.	dans-l'intérieur des demeures.
ΠΟΛΥΜΗΣΤΩΡ. Ἀλλὰ οὔ τι	POLYMESTOR. Mais en rien
μὴ φύγητε	vous ne sauriez-fuir
ποδὶ λαιψηρῷ·	par un pied rapide ;

βάλλων γὰρ οἴκων τῶνδ᾽ ἀναρρήξω μυχούς

ΗΜΙΧΟΡΙΟΝ

Ἰδού, βαρείας χειρὸς ὁρμᾶται βέλος.
Βούλεσθ᾽ ἐπεσπέσωμεν; ὡς ἀκμὴ καλεῖ
Ἑκάβη παρεῖναι Τρωάσιν τε συμμάχους.   1020

ΕΚΑΒΗ.

Ἄρασσε, φείδου μηδὲν, ἐκβάλλων πύλας·
οὐ γάρ ποτ᾽ ὄμμα λαμπρὸν ἐνθήσεις κόραις,
οὐ παῖδας ὄψει ζῶντας, οὓς ἔκτειν᾽ ἐγώ.

ΧΟΡΟΣ.

Ἦ γὰρ καθεῖλες Θρῇκα, καὶ κρατεῖς ξένου,
δέσποινα, καὶ δέδρακας οἷάπερ λέγεις;   1025

ΕΚΑΒΗ.

Ὄψει νιν αὐτίκ᾽ ὄντα δωμάτων πάρος
τυφλὸν, τυφλῷ στείχοντα παραφόρῳ ποδί,
παίδων τε δισσῶν σώμαθ᾽, οὓς ἔκτειν᾽ ἐγὼ
ξὺν ταῖς ἀρίσταις Τρωάσιν. Δίκην δέ μοι
δέδωκε. Χωρεῖ δ᾽, ὡς ὁρᾷς, ὅδ᾽ ἐκ δόμων.   1030
Ἀλλ᾽ ἐκποδὼν ἄπειμι, κἀποστήσομαι
θυμῷ ζέοντι Θρῃκὶ δυσμαχωτάτῳ.

point à ma vengeance; sous mes coups redoublés, je briserai ces tentes, dont les profondeurs servent de retraite à vos têtes coupables.

DEMI-CHOEUR. Voyez, voyez le trait que lance sa redoutable main. Voulez-vous que nous nous précipitions dans la tente? Il en est temps: Hécube et les Troyennes ont besoin de notre secours.

HÉCUBE. Frappe, n'épargne rien, renverse les portes. Jamais la lumière ne fera briller tes yeux dans leurs orbites dépouillées; jamais tu ne verras vivants ces fils qu'a immolés ma propre main.

LE CHOEUR. Avez-vous donc en effet terrassé le Thrace, ô reine d'Ilion? êtes-vous victorieuse de votre hôte perfide? et vos actions répondent-elles bien à vos paroles?

HÉCUBE. Tu vas le voir lui-même sur le devant de ces tentes, aveugle, portant au hasard ses pas aveugles; tu vas voir les corps de ses deux fils, que j'ai tués de mes mains, avec l'aide de ces braves Troyennes. Ma vengeance est complète. Regarde: le voici qui s'avance hors de la tente. Je me retire, je me dérobe à la présence du Thrace, à sa colère bouillante et terrible.

βάλλων γὰρ ἀναῤῥήξω
μυχοὺς τῶνδε οἴκων.
ΗΜΙΧΟΡΙΟΝ. Ἰδοὺ,
βέλος ὁρμᾶται
χειρὸς βαρείας.
Βούλεσθε
ἐπεσπέσωμεν;
ὡς ἀκμὴ καλεῖ
παρεῖναι συμμάχους
Ἑκάβῃ Τρῳάσιν τε.
ΕΚΑΒΗ. Ἄρασσε,
φείδου μηδὲν,
ἐκβάλλων πύλας·
οὐ γάρ ποτε ἐνθήσεις
ὄμμα λαμπρὸν
κόραις,
οὐκ ὄψει ζῶντας
παῖδας οὓς ἐγὼ ἔκτεινα.
ΧΟΡΟΣ. Ἦ γὰρ
καθεῖλες Θρῇκα,
καὶ κρατεῖς ξένου,
δέσποινα,
καὶ δέδρακας
οἷάπερ λέγεις;
ΕΚΑΒΗ. Ὄψει αὐτίκα
πάρος δωμάτων
νιν ὄντα τυφλὸν,
στείχοντα ποδὶ
τυφλῷ, παραφόρῳ,
σώματά τε δισσῶν παίδων,
οὓς ἐγὼ ἔκτεινα
ξὺν ταῖς Τρῳάσιν ἀρίσταις.
Δέδωκε δέ μοι δίκην.
Ὅδε δὲ χωρεῖ
ἐκ δόμων,
ὡς ὁρᾷς.
Ἀλλὰ ἄπειμι· ἐκποδὼν,
καὶ ἀποστήσομαι Θρῃκὶ
ζέοντι θυμῷ
δυσμαχωτάτῳ.

car en frappant je briserai
les fonds de ces demeures.
LE DEMI-CHOEUR. Voilà,
un trait s'élance
de sa main pesante.
Voulez-vous
que nous tombions-sur *lui?*
puisque l'occasion appelle
à être-présentes auxiliaires
à Hécube et aux Troyennes.
HÉCUBE. Brise,
n'épargne rien,
renversant les portes;
car jamais tu ne placeras
un œil brillant
dans *tes* prunelles,
tu ne verras pas vivants
les enfants que moi j'ai tués.
LE CHOEUR. Est-ce qu'en effet
tu as renversé le Thrace,
et tu domines l'hôte
maîtresse,
et tu as fait
les choses-que tu dis?
HÉCUBE. Tu verras aussitôt
en avant des demeures.
lui étant aveugle,
marchant d'un pied
aveugle, vacillant,
et les corps de *ses* doubles enfants,
que moi j'ai tués
avec les Troyennes très-braves.
Or il a payé à moi justice.
Et celui-ci marche
hors des demeures,
comme tu vois.
Mais je m'en-irai à l'écart,
et je me soustrairai au Thrace
bouillonnant d'une colère
très-difficile-à-combattre.

ΠΟΛΥΜΗΣΤΩΡ.

Ὤ μοι ἐγώ !
πᾷ βῶ ; πᾷ στῶ ; πᾷ κέλσω,
τετράποδος βάσιν θηρὸς ὀρεστέρου   1035
τιθέμενος ἐπὶ χεῖρα καὶ ἴχνος ;
ποίαν, ἢ ταύταν, ἢ τάνδ᾽,
ἐξαλλάξω,
τὰς ἀνδροφόνους μάρψαι χρήζων
Ἰλιάδας, αἵ με διώλεσαν ;   1040
Τάλαιναι, κόραι τάλαιναι Φρυγῶν,
ὦ κατάρατοι, ποῖ καί με φυγᾷ
πτώσσουσι μυχῶν ;
Εἴθε μοι ὀμμάτων αἱματόεν βλέφαρον
ἀκέσσαι᾽, ἀκέσσαι᾽, Ἅλιε, τυφλόν,   1045
φέγγος ἀπαλλάξας !
Ἃ ἆ ! σίγα, σίγα ! κρυπτὰν
βάσιν αἰσθάνομαι τᾶνδε γυναικῶν.
Πᾷ πόδ᾽ ἐπάξας σαρκῶν ὀ-
στέων τ᾽ ἐμπλησθῶ,   1050
θοίναν ἀγρίων θηρῶν τιθέμενος,
ἀρνύμενος λώβαν,
λύμας ἀντίποιν᾽ ἐμᾶς ; Ὤ τάλας !
Ποῖ, πᾷ φέρομαι, τέκν᾽ ἔρημα λιπὼν
βάκχαις [1] Ἅδου διαμοιρᾶσαι,   1055

POLYMESTOR. Hélas! hélas! où marcher? où m'arrêter? où aborder? Semblable à l'animal, quadrupède habitant des montagnes, ce
n'est qu'à l'aide et des mains et des pieds que je puis guider ma marche incertaine. Quelle route choisir, celle-ci ou celle-là, pour saisir ces
Troyennes homicides, qui m'ont perdu pour jamais? Malheureuses,
malheureuses filles de la Phrygie! O monstres maudits! dans quel
coin se cachent-elles pour échapper à ma colère? Soleil, que ne peux-tu
guérir, guerir cette plaie sanglante, et faire rentrer sous mes paupières
l'éclat du jour? Ah! silence! silence! j'entends le bruit sourd des pas
de ces femmes. Où m'élancerai-je pour me repaître d'os et de chairs,
pour partager les festins des bêtes farouches, pour les déchirer et venger mes tourments par des tourments pareils? Hélas! infortuné, où
vais-je? où me laissé-je entraîner? Abandonnerai-je mes enfants à ces
Bacchantes vomies par l'enfer, pour qu'elles les mettent en lambeaux,

ΠΟΛΥΜΗΣΤΩΡ. Ὦ μοι
ἐγώ! πᾷ βῶ ;
πᾷ στῶ ;
πᾷ κέλσω ,
τιθέμενος βάσιν τετράποδος
θηρὸς ὀρεσκέρου
ἐπὶ χεῖρα
καὶ ἴχνος ;
ποίαν ἐξαλλάξω,
ἢ ταύταν, ἢ τάνδε ,
χρῄζων μάρψαι
τὰς Ἰλιάδας ἀνδροφόνους,
αἳ διώλεσάν με ;
Τάλαιναι, τάλαιναι
κόραι Φρυγῶν,
ὦ κατάρατοι,
καὶ ποῖ μυχῶν
πτώσσουσί με
φυγᾷ ;
Ἅλιε,
εἴθε ἀκέσσαιο,
ἀκέσσαιο μοι
βλέφαρον ὀμμάτων
αἱματόεν, τυφλὸν,
ἀπαλλάξας φέγγος !
Ἆ ἆ! σίγα, σίγα!
αἰσθάνομαι βάσιν κρυπτὸν
τᾶνδε γυναικῶν.
Πᾷ ἐπάξας πόδα
ἐμπλησθῶ σαρκῶν ὀστέων τε ,
τιθέμενος θοίναν
θηρῶν ἀγρίων,
ἀρνύμενος λώβαν
ἀντίποινα ἐμᾶς λύμας ;
Ὦ τάλας !
Ποῖ, πᾷ φέρομαι,
λιπὼν
Βάκχαις Ἅδου
διαμοιρᾶσαι
τέκνα ἔρημα ,

POLYMESTOR. Malheur à moi!
moi, où irai-je?
où m'arrêterai-je?
où aborderai-je ,
plaçant *ma* marche de quadrupède
bête-sauvage des-montagnes
sur *ma* main
et *sur* la trace *de mes pieds ?*
Quelle *route* changerai-je ,
ou celle-ci, ou celle-là ,
désirant avoir saisi
les Troyennes homicides,
qui ont perdu moi ?
Misérables , misérables
filles des Phrygiens,
ô maudites ,
et où des enfoncements
se blottissent-elles-*de-peur de* moi
dans la fuite ?
Soleil,
ô si tu guérissais ,
tu guérissais à moi
la paupière des yeux
sanglante, aveugle ,
ayant rétabli la clarté !
Ah! ah! silence, silence!
je sens la marche cachée
de ces femmes.
Où ayant lancé le pied
serai-je rempli de chairs et d'os ,
me plaçant un festin
de bêtes sauvages ,
prenant *leur* perte
pour compensation de ma ruine ?
ah! malheureux !
Où, par où me porté-je,
ayant laissé
aux Bacchantes de Pluton
à avoir mis-en-pièces
mes enfants solitaires.

σφακτὰν κυσί τε φοινίαν δαῖτ', ἀνή-
μερόν τ' οὐρείαν ἐκβολάν;
πᾶ στῶ; πᾶ βῶ; πᾶ κάμψω,
ναῦς ὅπως ποντίοις πείσμασι λινόκροκον
φάρος στέλλων,   1060
ἐπὶ τάνδε συθεὶς τέκνων ἐμῶν φύλαξ
ὀλέθριον κοίταν;

                        ΧΟΡΟΣ.
Ὦ τλῆμον, ὥς σοι δύσφορ' εἴργασται κακά!
δράσαντι δ' αἰσχρὰ   δεινὰ τἀπιτίμια
δαίμων ἔδωκεν, ὅστις ἐστί σοι βαρύς.   1065
                    ΠΟΛΥΜΗΣΤΩΡ.
Αἶ, αἶ! ἰὼ Θρήκης
λογχοφόρον, ἔνοπλον, εὔϊππον, Ἄρε-
ϊ κάτοχον γένος!
Ἰὼ Ἀχαιοὶ, ἰὼ Ἀτρεῖδαι!
Βοὰν, βοὰν, ἀϋτῶ βοάν.   1070
Ὦ ἴτε, μόλετε, πρὸς θεῶν.
Κλύει τις, ἢ οὐδεὶς ἀρκέσει; τί μέλλετε;
Γυναῖκες ὤλεσάν με,
γυναῖκες αἰχμαλωτίδες.
Δεινὰ, δεινὰ πεπόνθαμεν·   1075
Ὦ μοι ἐμᾶς λώβας!

pour que de leurs chairs mutilées elles apprètent aux chiens un repas
sanglant, pour que, dans leur cruauté, elles les dispersent sur les
montagnes? Où m'arrêter? où marcher? où, comme le vaisseau qui,
à l'aide des cordages, replie ses voiles, aborderai-je, pour m'élancer,
gardien de mes enfants, sur leur couche ensanglantée?

LE CHŒUR. O infortuné! qu'ils sont durs à porter, les maux qu'on
t'a préparés! Cruels furent tes forfaits; cruelle est la vengeance du
Dieu dont la main s'est appesantie sur toi.

POLYMESTOR. Ciel! ciel!.... O Thraces, peuple ami de Mars, toujours prêt à manier la lance, toujours prêt à combattre, toujours prêt
à dompter les fougueux coursiers!.... ô Grecs!.... ô Atrides! à moi! à
moi! mes cris perçants vous appellent. Oh! venez, accourez, au nom
des Dieux! M'entend-on? ou nul ne daigne-t-il me secourir? Que tar-
dez-vous? Des femmes m'ont assassiné, des femmes, de viles captives.
Je souffre, je souffre des maux cruels. O sort affreux! De quel côté

δαῖτα χυσὶ	repas pour les chiens
σφακτὰν φοινίαν τε,	égorge et ensanglanté,
ἐκβολάν τε ἀνήμερον	et exposition barbare
οὐρείαν;	de-montagne?
πᾶ στῶ;	où m'arrêterai-je?
πᾶ βῶ;	où marcherai-je?
πᾶ κάμψω,	où tournerai-je,
ὅπως ναῦς	comme un vaisseau
στέλλων φᾶρος λινόκροκον	pliant *sa* voile à-tissu-de-lin
πείσμασι ποντίοις,	avec des cordages marins,
συθεὶς	m'étant précipité,
φύλαξ ἐμῶν τέκνων	gardien de mes enfants,
ἐπὶ τάνδε κοίταν ὀλέθριον;	vers cette couche funeste?
ΧΟΡΟΣ. Ὦ τλῆμον,	LE CHŒUR. O malheureux,
ὡς κακὰ δύσφορα	comme des maux insupportables
εἴργασταί σοι!	ont été faits à toi!
δαίμων δὲ,	et un dieu,
ὅστις ἐστὶ βαρύς σοι,	lequel est pesant pour toi,
ἔδωκε τὰ ἐπιτίμια δεινὰ	a donné les châtiments terribles
δράσαντι αἰσχρά.	*à toi* ayant fait des choses-honteuses.
ΠΟΛΥΜΗΣΤΩΡ. Αἶ, αἶ! ἰὼ	POLYMESTOR. Ah! ah! ah!
γένος Θρήκης	race de Thrace
λογχοφόρον,	portant-lance,
ἔνοπλον,	tout-armée,
εὔιππον,	ayant-de-beaux-chevaux,
κάτοχον Ἄρει!	vouée par Mars!
Ἰὼ Ἀχαιοὶ,	Hélas! Grecs,
ἰὼ Ἀτρεῖδαι!	hélas! Atrides,
ἀῦτῶ βοάν,	je fais retentir un cri,
βοάν, βοάν.	un cri, un cri.
Ὦ, πρὸς θεῶν,	Oh! par les dieux,
ἴτε, μόλετε.	allez, venez.
Κλύει τις,	Quelqu'un entend-il,
ἢ οὐδεὶς ἀρκέσει;	ou personne ne secourra-t-il?
τί μέλλετε;	pourquoi tardez-vous?
Γυναῖκες ὤλεσάν με,	Des femmes ont fait périr moi
γυναῖκες αἰχμαλωτίδες.	des femmes captives.
Πεπόνθαμεν	Nous avons souffert
δεινὰ, δεινά·	des choses-affreuses, affreuses.
Ὦ μοι ἐμᾶς λώβας!	Malheur à moi *pour* ma ruine!

Ποῖ τραπωμαι; ποῖ πορευθῶ
αἰθέρ' ἀμπτάμενος οὐράνιον, ὑ-
ψιπετὲς ἐς μέλαθρον,
Ὠρίων ἢ Σείριος ἔνθα πυρὸς φλογέας ἀφίη-   1080
σιν ὄσσων αὐγάς;
ἢ τὸν ἐς Ἅιδα μελανόχρωτα πορ-
θμὸν ᾄξω τάλας;

ΧΟΡΟΣ.

Ξύγγνωσθ', ὅταν τις κρείσσον' ἢ φέρειν κακὰ
πάθῃ, ταλαίνης ἐξαπαλλάξαι ζοῆς.   1085

ΑΓΑΜΕΜΝΩΝ.

Κραυγῆς ἀκούσας ἦλθον· οὐ γὰρ ἥσυχος
πέτρας ὀρείας παῖς² λέλακ' ἀνὰ στρατὸν
ἠχὼ, διδοῦσα θόρυβον. Εἰ δὲ μὴ Φρυγῶν
πύργους πεσόντας ᾖσμεν Ἑλλήνων δορὶ,
φόβον παρέσχ' ἂν οὐ μέσως ὅδε κτύπος.   1090

ΠΟΛΥΜΗΣΤΩΡ.

Ὦ φίλτατ', ᾐσθόμην γὰρ, Ἀγάμεμνον, σέθεν
φωνῆς ἀκούσας, εἰσορᾷς ἃ πάσχομεν;

ΑΓΑΜΕΜΝΩΝ.

Ἔα! Πολυμῆστορ ὦ δύστηνε, τίς σ' ἀπώλεσεν;
Τίς ὄμμ' ἔθηκε τυφλὸν, αἱμάξας κόρας,

me tourner? où fuir? Qui me donnera des ailes pour m'élancer au plus haut des airs, aux célestes lambris, resplendissants des feux que lance sans cesse l'œil enflammé d'Orion ou de Sirius? ou bien, infortuné, me précipiterai-je au plus profond de l'empire des ténèbres?

LE CHŒUR. Il est pardonnable, quand on souffre des maux qui ne se peuvent supporter, de se délivrer d'une odieuse vie.

AGAMEMNON. J'ai entendu tes cris, et je suis accouru; répétés avec empressement par la fille du rocher des montagnes, par la bruyante Écho, ils ont retenti dans toute l'armée. Si nous ne savions que les tours des Phrygiens sont tombées sous le fer des Grecs, ce bruit étrange nous eût remplis d'un indicible effroi.

POLYMESTOR. O mon ami, ô Agamemnon (car je te reconnais aux accents de ta voix), vois-tu l'affreux état où je suis réduit?

AGAMEMNON. O Dieux!... Polymestor!... infortuné! qui t'a perdu? qui t'a privé de la lumière? qui a ensanglanté tes yeux? qui a mas-

Ποῖ τράπωμαι,	Où me tournerai-je
ποῖ πορευθῶ;	où marcherai-je?
ἀμπτάμενος	volant-à-travers
αἰθέρα οὐράνιον,	l'air céleste,
ἐς μέλαθρον ὑψιπετὲς,	vers la demeure élevée
ἔνθα Ὠρίων ἢ Σείριος	là-où Orion ou-bien Sirius
ἀφίησιν	lance
αὐγὰς ὄσσων	les rayons de *ses* yeux
φλογέας πυρός;	ardents de feu?
Ἢ τάλας	ou bien, malheureux,
ᾄξω ἐς τὸν πορθμὸν	m'élancerai-je dans le passage
μελανόχρωτα Ἅιδα;	à la-noire-couleur de Pluton?
ΧΟΡΟΣ. Ὅταν τις	LE CHOEUR. Quand quelqu'un
πάθῃ κακὰ κρείσσονα	a souffert des maux plus grands
ἢ φέρειν,	que à supporter,
ξύγγνωστα	*c'est* chose-pardonnable,
ἐξαπαλλάξαι.	de s'être éloigné
ζωῆς ταλαίνης.	d'une vie malheureuse.
ΑΓΑΜΕΜΝΩΝ. Ἦλθον	AGAMEMNON. Je suis venu,
ἀκούσας κραυγῆς·	ayant entendu un cri;
ἠχὼ γὰρ,	car l'écho,
παῖς οὐχ ἥσυχος	enfant non paisible
πέτρας οὐρείας,	du rocher montagneux.
λέλακεν ἀνὰ στράτὸν	a retenti à travers l'armée,
διδοῦσα θόρυβον.	donnant un bruit.
Εἰ δὲ μὴ ᾖσμεν	Et si nous ne savions pas
πύργους Φρυγῶν	les tours des Phrygiens
πεσόντας δορὶ Ἑλλήνων,	*être* tombées par la lance des Grecs
ὅδε κτύπος παρέσχεν ἂν	ce bruit eût fourni
φόβον οὐ μέσως.	de la frayeur non modérément.
ΠΟΛΥΜΗΣΤΩΡ Ὦ	POLYMESTOR. O
φίλτατε Ἀγάμεμνον,	très-cher Agamemnon,
ᾐσθόμην γὰρ,	car j'ai compris
ἀκούσας φωνῆς σέθεν,	ayant entendu la voix de toi,
εἰσορᾷς ἃ πάσχομεν;	vois-tu ce-que nous souffrons?
ΑΓΑΜΕΜΝΩΝ. Ἔα!	AGAMEMNON. Eh!
ὦ Πολυμῆστορ δύστηνε,	ô Polymestor malheureux,
τίς ἀπώλεσέ σε;	qui a perdu toi?
τίς ἔθηκε τυφλὸν ὄμμα,	qui a rendu aveugle *ton* œil,
αἱμάξας κόρας,	ayant ensanglanté *tes* prunelles.

παῖδάς τε τούσδ' ἔκτεινεν; Ἦ μέγαν χόλον　　　　1095
σοὶ καὶ τέκνοισιν εἶχεν ὅστις ἦν ἄρα.

ΠΟΛΥΜΗΣΤΩΡ.

Ἑκάβη με σὺν γυναιξὶν αἰχμαλωτίσιν
ἀπώλεσ'· οὐκ ἀπώλεσ', ἀλλὰ μειζόνως.

ΑΓΑΜΕΜΝΩΝ.

Τί φῄς; σὺ τοὔργον εἴργασαι τόδ', ὡς λέγει;
σὺ τόλμαν, Ἑκάβη, τήνδ' ἔτλης ἀμήχανον;　　　1100

ΠΟΛΥΜΗΣΤΩΡ.

Ὤ μοι! τί λέξεις; ἦ γὰρ ἐγγύς ἐστί που;
σήμηνον, εἰπὲ ποῦ 'σθ', ἵν' ἁρπάσας χεροῖν
διασπάσωμαι καὶ καθαιμάξω χρόα.

ΑΓΑΜΕΜΝΩΝ.

Οὗτος, τί πάσχεις;

ΠΟΛΥΜΗΣΤΩΡ.

　　　　Πρὸς θεῶν, σὲ λίσσομαι,
μέθες μ' ἐφεῖναι τῇδε μαργῶσαν χέρα.　　　　1105

ΑΓΑΜΕΜΝΩΝ.

Ἴσχ'. Ἐκβαλὼν δὲ καρδίας τὸ βάρβαρον,
λέγ', ὡς, ἀκούσας σοῦ τε τῆσδέ τ' ἐν μέρει,
κρίνω δικαίως ἀνθ' ὅτου πάσχεις τάδε.

sacré tes enfants? Une étrange colère sans doute arma contre toi et
contr'eux l'auteur, quel qu'il soit, de tant d'atrocités.

POLYMESTOR. C'est Hécube, aidée des autres captives, qui m'a
perdu; que dis-je, perdu? c'est peu!...

AGAMEMNON. Que dis-tu? — Quoi! c'est toi, Hécube, qui es l'auteur des cruautés dont il t'accuse? c'est toi qui as osé cet attentat
inouï?

POLYMESTOR. Grands Dieux! que vas-tu répondre? Est-elle donc
près de nous? Parle, où est-elle? que je la saisisse, que je la déchire
de mes mains, que je fasse ruisseler le sang de tous ses membres

AGAMEMNON. Eh quoi, que veux-tu faire?

POLYMESTOR. Au nom des Dieux, je t'en conjure, laisse-moi faire
retomber sur elle la fureur de mon bras.

AGAMEMNON. Arrête; bannis de ton cœur ces pensées trop barbares, et explique-toi, afin qu'après vous avoir tous les deux entendus
tour-à-tour, je prononce avec justice sur l'action qui t'a attiré un
pareil châtiment.

ἔκτεινέ τε τούσδε παῖδας;	et a tué ces enfants ?
Ἦ, ὅστις ἦν ἄρα,	Assurément, quel qu'il fût donc,
εἶχε χόλον μέγαν	il avait une colère grande
σοὶ καὶ τέκνοισιν.	*contre* toi et *tes* enfants.
ΠΟΛΥΜΗΣΤΩΡ Ἑκάβη	POLYMESTOR. Hécube
σὺν γυναιξὶν	avec des femmes
αἰχμαλωτίσιν	captives
ἀπώλεσέ με·	a perdu moi;
οὐκ ἀπώλεσεν,	elle ne *m'*a pas perdu,
ἀλλὰ μειζόνως	mais davantage.
ΑΓΑΜΕΜΝΩΝ. Τί φής;	AGAMEMNON. Que dis-tu ?
σὺ εἴργασαι	toi, as-tu fait
τόδε τὸ ἔργον	cette œuvre
ὡς λέγει;	comme il dit ?
σύ, Ἑκάβη, ἔτλης	toi, Hécube, as-tu osé
τήνδε τόλμαν ἀμήχανον;	cette audace inouie ?
ΠΟΛΥΜΗΣΤΩΡ. Ὤ μοι,	POLYMESTOR. Hélas à moi
τί λέξεις;	quelle-chose diras-tu ?
ἦ γάρ ἐστιν	est-ce que en effet elle est
ἐγγύς που;	proche quelque part ?
σήμηνον, εἰπὲ ποῦ ἐστιν,	indique, dis où elle est,
ἵνα ἁρπάσας	afin que *l'*ayant saisie-de-force
διασπάσωμαι χεροῖν	je *la* puisse-déchirer de *mes* mains
καὶ καθαιμάξω χρόα.	et *que* je puisse-ensanglanter *sa* peau
ΑΓΑΜΕΜΝΩΝ. Οὗτος,	AGAMEMNON. *O toi,* celui-ci,
τί πάσχεις;	quelle-chose souffres-tu ?
ΠΟΛΥΜΗΣΤΩΡ. Πρὸς θεῶν,	POLYMESTOR. Par les dieux,
λίσσομαί σε,	je supplie toi,
μέθες με	aie laissé moi
ἐφεῖναι τῆδε	avoir jeté-sur celle-ci
χέρα μαργῶσαν.	une main furieuse.
ΑΓΑΜΕΜΝΩΝ Ἴσχε.	AGAMEMNON. Arrête
Ἐκβαλὼν δὲ	Et ayant rejeté
τὸ βάρβαρον καρδίας,	le *dessein* barbare de ton cœur,
λέγε, ὡς,	dis, afin que,
ἀκούσας	ayant écouté
σοῦ τε	et toi
τῆσδέ τε ἐν μέρει,	et celle-ci tour-à-tour,
κρίνω δικαίως ἀντὶ ὅτου	je juge justement pourquoi
πάσχεις τάδε.	tu souffres ces-choses.

ΠΟΛΥΜΗΣΤΩΡ.

Λέγοιμ᾽ ἄν. Ἦν τις Πριαμιδῶν νεώτατος
Πολύδωρος, Ἑκάβης παῖς, ὃν ἐκ Τροίας ἐμοὶ   1110
πατὴρ δίδωσι Πρίαμος ἐν δόμοις τρέφειν,
ὕποπτος ὢν δὴ Τρωϊκῆς ἁλώσεως·
τοῦτον κατέκτειν᾽. Ἀνθ᾽ ὅτου δ᾽ ἔκτεινά νιν
ἄκουσον, ὡς εὖ καὶ σοφῇ προμηθίᾳ.
Ἔδεισα μή σοι πολέμιος λειφθεὶς ὁ παῖς   1115
Τροίαν ἀθροίσῃ καὶ ξυνοικίσῃ πάλιν,
γνόντες δ᾽ Ἀχαιοὶ ζῶντα Πριαμιδῶν τινὰ
Φρυγῶν ἐς αἶαν αὖθις αἴροιεν στόλον,
κἄπειτα Θρῄκης πεδία τρίβοιεν τάδε
ληλατοῦντες, γείτοσιν δ᾽ εἴη κακὸν   1120
Τρώων, ἐν ᾧπερ νῦν, ἄναξ, ἐκάμνομεν.
Ἑκάβη δὲ, παιδὸς γνοῦσα θανάσιμον μόρον,
λόγῳ με τοιῷδ᾽ ἤγαγ᾽, ὡς κεκρυμμένας
θήκας φράσουσα Πριαμιδῶν ἐν Ἰλίῳ
χρυσοῦ· μόνον δὲ σὺν τέκνοισί μ᾽ εἰσάγει   1125
δόμους, ἵν᾽ ἄλλος μή τις εἰδείη τάδε.
Ἵζω δὲ κλίνης ἐν μέσῳ κάμψας γόνυ·

POLYMESTOR. Sois donc instruit. Il existait un dernier rejeton de la race de Priam, Polydore, fils d'Hécube. Prévoyant la prise de Troie, Priam, son père, me l'avait confié pour l'élever dans mon palais. Je l'ai tué. Apprends maintenant les raisons de ce meurtre, et juge si j'ai sagement et prudemment agi : j'ai craint qu'échappé au carnage, cet enfant, ton ennemi, ne rassemblât un jour les débris de sa fortune et ne relevât les murs d'Ilion; j'ai craint qu'instruits de l'existence d'un des descendants de Priam, les Grecs ne débarquassent une nouvelle flotte sur les rivages de la Phrygie, qu'ils ne portassent de là le ravage et la destruction sur le sol même de la Thrace, et que, comme aujourd'hui, le malheur des Troyens ne rejaillît encore sur leurs infortunés voisins. Cependant Hécube, instruite du funeste sort de son fils, sait par d'artificieuses paroles m'attirer dans ces tentes, sous prétexte de me révéler les dépôts où sont enfouis à Troie les trésors de la maison de Priam; elle m'y attire seul avec mes enfants, sous prétexte que ce secret ne doit être connu d'aucun autre. A peine ai-je plié les genoux pour m'asseoir sur le milieu d'un des lits qui garnissaient la tente,

ΠΟΛΥΜΗΣΤΩΡ. Λέγοιμι ἄν.	POLYMESTOR. Je vais dire.
Ἦν τις Πολύδωρος,	Il était un certain Polydore,
νεώτατος Πριαμιδῶν,	le plus jeune des Priamides,
παῖς Ἑκάϐης,	enfant d'Hécube,
ὃν Πρίαμος πατηρ	lequel Priam *son* père
δίδωσιν ἐμοὶ ἐκ Τροίας	donne à moi de Troie
τρέφειν ἐν δόμοις,	à nourrir dans *mes* demeures,
ὢν ὕποπτος δὴ	étant soupçonneux certes
ἁλώσεως Τρωϊκῆς·	de la destruction Troyenne;
κατέκτεινα τοῦτον.	j'ai tué celui-là.
Ἀντὶ ὅτου δὲ ἔκτεινά νιν,	Mais pourquoi j'ai tué lui,
ἄκουσον, ὡς εὖ	aie écouté, combien utilement
καὶ προμηθίᾳ σοφῇ.	et *avec quelle* prévoyance sage.
Ἔδεισα μὴ ὁ παῖς,	J'ai craint de peur que l'enfant,
λειφθεὶς πολέμιός σοι,	ayant été laissé ennemi à toi,
ἀθροίσῃ Τροίαν	n'eût rassemblé Troie
καὶ ξυνοικίσῃ πάλιν,	et ne *l'*eût peuplée de nouveau,
Ἀχαιοὶ δὲ γνόντες	et *que* les Achéens ayant connu
τινὰ Πριαμιδῶν ζῶντα	quelqu'un des Priamides vivant
αἴροιεν αὖθις στόλον	*ne* levassent de nouveau une flotte
ἐς αἶαν Φρυγῶν,	vers la terre des Phrygiens,
καὶ ἔπειτα τριϐοιεν	et ensuite n'écrasassent
τάδε πεδία Θρήκης,	ces plaines de Thrace,
λεηλατοῦντες,	enlevant-du-butin,
κακὸν δὲ	et *que* le mal
ἐν ᾧπερ, ἄναξ,	dans lequel, roi,
ἐκάμνομεν νῦν,	nous souffrions récemment,
εἴη γείτοσι Τρώων.	ne fût pour les voisins des Troyens.
Ἑκάϐη δὲ, γνοῦσα	Or Hécube, ayant connu
μόρον θανάσιμον παιδὸς,	le destin mortel de *son* fils,
ἤγαγέ με λόγῳ τοιῷδε,	a amené moi par un discours tel,
ὡς φράσουσα	comme *elle* devant désigner
θήκας χρυσοῦ Πριαμιδῶν	des coffres d'or des Priamides
κεκρυμμένας ἐν Ἰλίῳ·	cachés dans Ilion;
εἰσάγει δὲ δόμους	et elle introduit dans les demeures
μὲ μόνον σὺν τέκνοισιν,	moi seul avec *mes* enfants,
ἵνα ἄλλος τις	afin que quelqu'autre
μὴ εἰδείη τάδε.	ne sût pas ces-choses.
Ἵζω δὲ	Or je m'assieds
ἐν μέσῳ κλίνης	au milieu d'un lit
κάμψας γόνυ·	ayant courbé le genou:

πολλαὶ δὲ, χειρὸς αἱ μὲν ἐξ ἀριστερᾶς,
αἱ δ' ἔνθεν, ὡς δὴ παρὰ φίλῳ, Τρώων κόραι
θάκουν, ἔχουσαι κερκίδ' Ἠδωνῆς χερὸς,   1130
ᾔνουν θ' ὑπ' αὐγὰς τούσδε λεύσσουσαι πέπλους·
ἄλλαι δὲ, κάμακα Θρηκίαν θεώμεναι,
γυμνόν μ' ἔθηκαν διπτύχου στολίσματος[2].
Ὅσαι δὲ τοκάδες ἦσαν, ἐκπαγλούμεναι,
τέκν' ἐν χεροῖν ἔπαλλον, ὡς πρόσω πατρὸς   1135
γένοιντο, διαδοχαῖς ἀμείβουσαι χεροῖν.
Κᾆτ' ἐκ γαληνῶν (πῶς δοκεῖς;) προσφθεγμάτων
εὐθὺς λαβοῦσα: φάσγαν' ἐκ πέπλων ποθὲν
κεντοῦσι παῖδας· αἱ δὲ, πολεμίων δίκην
ξυναρπάσασαι τὰς ἐμὰς εἶχον χέρας   1140
καὶ κῶλα. Παισὶ δ' ἀρκέσαι χρῄζων ἐμοῖς,
εἰ μὲν πρόσωπον ἐξανισταίην ἐμὸν,
κόμης κατεῖχον, εἰ δὲ κινοίην χέρας,
πλήθει γυναικῶν οὐδὲν ἤνυον τάλας.
Τὸ λοίσθιον δὲ, πῆμα πήματος πλέον,   1145

une multitude de Troyennes s'empressent autour de moi comme autour d'un ami, les unes à ma gauche, les autres à ma droite; celles-ci tiennent mon manteau, louent à l'envi la finesse des tissus de l'Édonie, le considèrent exposé aux rayons du soleil; celles-là sont avides de contempler ma lance, faite à la manière des Thraces; je suis bientôt dépouillé de ce double rempart Celles d'entre elles qui sont mères, admirant mes enfants, les bercent dans leurs bras, et, pour les écarter de leur père, se les passent de mains en mains. Puis, cessant tout à coup leurs douces caresses (le croiras-tu?), elles saisissent des poignards cachés sous leurs robes, et en percent mes malheureux fils; quelques-unes en même temps s'emparent en ennemies de mes mains, de mes pieds. Si, dans le désir de secourir mes enfants, je cherche à soulever ma tête, elles m'arrêtent par ma chevelure; si je veux m'aider de mes bras, infortuné, le nombre de mes ennemies rend tout effort inutile. Enfin, à tant de cruautés joignant une cruauté plus

πολλαὶ δὲ κόραι Τρώων
θάκουν,
αἱ μὲν ἐκ χειρὸ· ἀριστερᾶς,
αἱ δὲ ἔνθεν,
ὡς δὴ παρὰ φίλῳ,
ἔχουσαι κερκίδα
χερὸς Ἠδωνῆς,
ἤνουν τε τούσδε πέπλους,
λεύσσουσαι
ὑπὸ αὐγάς·
ἄλλαι δὲ, θεώμεναι
κάμακα Θρηκίαν,
ἔθηκάν με γυμνὸν
διπτύχου στολίσματος.
Ὅσαι δὲ ἦσαν τοκάδες,
ἐκπαγλούμεναι,
ἔπαλλον τέκνα
ἐν χεροῖν,
ἀμείβουσαι
διαδοχαῖς χεροῖν,
ὡς γένοιντο πρόσω πατρός.
Καὶ εἶτα (πῶς δοκεῖς;)
ἐκ προσφθεγμάτων γαληνῶν,
λαβοῦσαι εὐθὺς φάσγανα
ποθὲν ἐκ πέπλων
κεντοῦσι παῖδας·
αἱ δὲ, δίκην πολεμίων,
ξυναρπάσασαι
εἶχον τὰς ἐμὰς χέρας
καὶ κῶλα.
Χρῄζων δὲ
ἀρκέσαι ἐμοῖς παισὶν,
εἰ μὲν ἐξανισταίην
ἐμὸν πρόσωπον,
κατεῖχον κόμης,
εἰ δὲ κινοίην χέρας,
τάλας ἤνυον οὐδὲν
πλήθει γυναικῶν.
Τὸ λοίσθιον δὲ,
πῆμα πλέον πήματος,

et de nombreuses filles de Troyens
étaient assises,
les unes à main gauche,
les autres d'un-autre-côté,
comme certes auprès d'un ami,
ayant le tissu
d'une main Édonienne,
et louaient ces vêtements,
les regardant
sous les rayons *du soleil;*
et d'autres, contemplant
ma lance Thrace,
placèrent moi nu (dépouillé)
du double équipement.
Et toutes celles-qui étaient mères,
remplies-d'admiration,
balançaient *mes* enfants
dans *leurs* deux-mains,
alternant
par les successions des mains,
afin qu'ils fussent loin de *leur* père :
et ensuite (comment penses-tu?)
à la suite d'allocutions paisibles,
ayant pris soudain des épées
de quelque endroit de *leurs* voiles,
elles percent *mes* enfants ;
d'autres, à la façon d'ennemies,
*m'*ayant saisi-ensemble,
tenaient mes mains
et *mes* membres.
Et désirant
avoir secouru mes enfants,
si d'un côté je relevais
mon visage,
elles *me* retenaient par la chevelure,
si d'un autre je remuais les mains,
malheureux, je n'achevais rien
à cause de la multitude des femmes.
Mais la dernière-chose,
mal plus *que* un mal,

ἐξειργάσαντο δεῖν'· ἐμῶν γὰρ ὀμμάτων,
πόρπας¹ λαβοῦσαι, τὰς ταλαιπώρους κόρας
κεντοῦσιν, αἱμάσσουσιν. Εἶτ' ἀνὰ στέγας
φυγάδες ἔβησαν· ἐκ δὲ πηδήσας ἐγώ,
θὴρ ὥς, διώκω τὰς μιαιφόνους κύνας,   1150
ἅπαντ' ἐρευνῶν τοῖχον, ὡς κυνηγέτης,
βάλλων, ἀράσσων. Τοιάδε σπεύδων χάριν
πέπονθα τὴν σὴν πολέμιόν τε σὸν κτανών,
Ἀγάμεμνον. Ὡς δὲ μὴ μακροὺς τείνω λόγους,
εἴ τις γυναῖκας τῶν πρὶν εἴρηκεν κακῶς,   1155
ἢ νῦν λέγων τις ἔστιν, ἢ μέλλει λέγειν,
ἅπαντα ταῦτα συντεμὼν ἐγὼ φράσω·
γένος γὰρ οὔτε πόντος οὔτε γῆ τρέφει
τοιόνδ'· ὁ δ' ἀεὶ ξυντυχὼν ἐπίσταται.

ΧΟΡΟΣ.

Μηδὲν θρασύνου, μηδὲ τοῖς σαυτοῦ κακοῖς   1160
τὸ θῆλυ συνθεὶς ὧδε πᾶν μέμψῃ γένος·
πολλαὶ γὰρ ἡμῶν, αἱ μὲν εἰσ' ἐπίφθονοι,
αἱ δ' εἰς ἀριθμὸν τῶν κακῶν πεφύκαμεν².

recherchée encore, elles frappent le dernier coup : armées de leurs agrafes, elles les enfoncent avec rage dans ces yeux désormais en proie à la douleur; elles les percent, elles les déchirent. Puis, elles s'échappent aussitôt et se répandent de tous côtés dans la tente. Pour moi, lion furieux, je m'élance à la poursuite de ces chiennes souillées de mon sang; chasseur agile, je sonde chaque cloison, je frappe, je renverse tout devant moi. Voilà où m'ont réduit mon zèle pour tes intérêts et le meurtre de ton ennemi, Agamemnon. Mais, sans me répandre en longs discours, tout le mal qu'on a jamais pu dire contre les femmes, tout le mal qu'on en peut dire encore, soit aujourd'hui, soit dans l'avenir, je le résumerai, moi, dans un seul mot : ni la mer, ni la terre ne nourrissent dans leur sein une race aussi odieuse; et j'en appelle à quiconque, dans toute la suite des siècles, s'est trouvé en rapport avec elles.

LE CHOEUR. Réprime tes audacieux transports, et que l'excès de tes maux ne te fasse point accuser ainsi la race entière des femmes : s'il en est parmi nous de méchantes, il en est beaucoup aussi qui n'ont d'autre tort que d'exciter l'envie par leurs vertus mêmes.

ἐξειργάσαντο	elles accomplirent
δεινά·	des choses-terribles.
λαβοῦσαι γὰρ πόρπας,	Car ayant pris des agrafes,
κεντοῦσιν, αἱμάσσουσι	elles percent, ensanglantent
τὰς κόρας ταλαιπώρους	les prunelles malheureuses
ἐμῶν ὀμμάτων.	de mes yeux.
Εἶτα ἔβησαν	Ensuite elles allèrent
φυγάδες ἀνὰ στέγας·	fugitives à travers les tentes;
ἐγὼ δὲ ἐκπηδήσας	et moi m'étant élancé
ὡς θὴρ,	comme une bête-furieuse,
διώκω τὰς κύνας μιαιφόνους,	je poursuis les chiennes homicides,
ἐρευνῶν ἅπαντα τοῖχον,	scrutant toute muraille,
ὡς κυνηγέτης,	comme un chasseur,
βάλλων, ἀράσσων.	frappant, ébranlant.
Πέπονθα τοιάδε,	J'ai souffert de telles-choses,
σπεύδων τὴν σὴν χάριν,	recherchant ta faveur,
κτανών τε σὸν πολέμιον,	et ayant tué ton ennemi,
Ἀγάμεμνον.	Agamemnon.
Ὡς δὲ μὴ τείνω	Mais pour que je n'étende pas
λόγους μακροὺς,	des discours longs,
εἴ τις τῶν πρὶν	si quelqu'un de ceux d'avant
εἴρηκε κακῶς γυναῖκας,	a parlé mal des femmes,
ἢ νῦν	ou si maintenant
τίς ἐστι λέγων	quelqu'un est parlant
ἢ μέλλει λέγειν,	ou doit *en* parler,
ἐγὼ συντεμὼν	moi en abrégeant
φράσω ἅπαντα ταῦτα·	je dirai toutes ces choses;
οὔτε γὰρ πόντος οὔτε γῆ	en effet ni la mer ni la terre
τρέφει γένος τοιόνδε·	ne nourrit une race telle;
ὁ δὲ ἀεὶ ξυντυχὼν	or celui toujours s'étant trouvé-avec
ἐπίσταται	le sait *bien*. *elles*
ΧΟΡΟΣ. Θρασύνου μηδὲν,	LE CHOEUR. Ne t'emporte en rien,
μηδὲ μέμψῃ ὧδε	et n'aie point blâmé ainsi,
τοῖς κακοῖς σαυτοῦ	*à cause* des maux de toi-même,
πᾶν τὸ γένος θῆλυ	toute la race féminine
συνθείς·	*l'*ayant mise-ensemble;
πολλαὶ γὰρ ἡμῶν,	car beaucoup de nous,
αἱ μέν εἰσιν ἐπίφθονοι,	les unes sont dignes d'envie,
αἱ δὲ πεφύκαμεν	les autres nous sommes nées
εἰς ἀριθμὸν τῶν κακῶν.	pour le nombre des méchantes

ΕΚΑΒΗ.

Ἀγάμεμνον, ἀνθρώποισιν οὐκ ἐχρῆν ποτὲ[1]
τῶν πραγμάτων τὴν γλῶσσαν ἰσχύειν πλέον·   1165
ἀλλ' εἴτε χρήστ' ἔδρασε, χρήστ' ἔδει λέγειν,
εἴτ' αὖ πονηρά, τοὺς λόγους εἶναι σαθροὺς[2],
καὶ μὴ δύνασθαι τἄδικ' εὖ λέγειν ποτέ.
Σοφοὶ μὲν οὖν εἰσ' οἱ τάδ' ἠκριβωκότες,
ἀλλ' οὐ δύναιντ' ἂν διὰ τέλους εἶναι σοφοὶ,   1170
κακῶς δ' ἀπώλοντ'· οὔ τις ἐξήλυξέ πω.
Καί μοι τὸ μὲν σὸν ὧδε φροιμίοις ἔχει·
πρὸς τόνδε δ' εἶμι, καὶ λόγοις ἀμείψομαι,
ὃς φῇς, Ἀχαιῶν πόνον ἀπαλλάσσων διπλοῦν
Ἀγαμέμνονός θ' ἕκατι, παῖδ' ἐμὸν κτανεῖν.   1175
Ἀλλ', ὦ κάκιστε, πρῶτον οὔ ποτ' ἂν φίλον·
τὸ βάρβαρον γένοιτ' ἂν Ἕλλησιν γένος,
οὔτ' ἂν δύναιτο. Τίνα δὲ καὶ σπεύδων χάριν
πρόθυμος ἦσθα; πότερα κηδεύσων τινὰ,
ἢ ξυγγενὴς ὤν; ἢ τίν' αἰτίαν ἔχων;   1180
ἢ σῆς ἔμελλον γῆς τεμεῖν βλαστήματα,

HÉCUBE. Agamemnon, plût au ciel que, parmi les hommes jamais
la langue ne prévalût sur les faits; que la force de la vertu se communi-
quât toujours nécessairement des actions aux paroles; que le crime
se trahît par la faiblesse de son langage, et que jamais l'injustice n'eût
le pouvoir de bien dire! On appelle sages ceux qui ont approfondi cet
art perfide : vaine sagesse qui ne saurait leur rester fidèle jusqu'à la
fin : ils périssent misérables, et nul n'a encore échappé au châtiment. A toi ce préambule, Agamemnon; à celui-ci maintenant
ma réponse. C'est, dis-tu, pour épargner aux Grecs un double travail,
et pour servir Agamemnon, que tu as fait périr mon fils. D'abord, ô
le plus infâme des hommes, jamais il n'existera d'amitié entre des
Barbares et les Grecs, et il ne saurait en exister. Dans quel intérêt
donc tant de zèle, tant d'empressement? Etait-ce en vue de quelque
hymen? en raison de quelque parenté? Quel motif si puissant enfin?
Craignais-tu que, traversant une seconde fois les mers, ils ne portassent le ravage parmi les productions de ton sol? A qui crois-tu le per-

ΕΚΑΒΗ. Ἀγάμεμνον,	HÉCUBE. Agamemnon,
οὐκ ἐχρῆν ποτὲ	il ne fallait (faudrait) jamais
τὴν γλῶσσαν ἰσχύειν	la langue être-forte
πλέον τῶν πραγμάτων	plus *que* les actions
ἀνθρώποισιν·	chez les hommes;
ἀλλὰ εἴτε ἔδρασε	mais si *quelqu'un* a fait
χρηστα,	des choses-bonnes,
ἔδει λέγειν χρηστὰ,	il fallait *lui* dire de bonnes-choses,
εἴτε αὖ	si ensuite au contraire
πονηρα,	*il en a fait* de mauvaises,
τοὺς λόγους εἶναι σαθροὺς,	*il fallait* les discours être fêlés,
καὶ τὰ ἄδικα μὴ δύνασθαι	et les choses-injustes ne pouvoir
ποτὲ λέγειν εὖ.	jamais parler bien.
Εἰσὶ μὲν οὖν σοφοὶ	A la vérité donc ils sont habiles
οἱ ἠκριβωκότες τάδε,	ceux sachant-parfaitement ces-choses,
ἀλλὰ οὐκ ἂν δύναιντο εἶναι	mais ils ne pourraient être
σοφοὶ διὰ τέλους,	habiles jusqu'à la fin,
ἀπώλοντο δὲ κακῶς·	et ils ont péri mal ;
οὔ πω τις ἐξήλυξε.	pas encore quelqu'un ne l'a évité.
Καὶ μὲν τὸ σὸν	Et en vérité ton *affaire*
ὧδε ἔχει μοι	est ainsi pour moi
φροιμίοις·	dans les préambules;
εἶμι δὲ πρὸς τόνδε,	mais j'irai vers celui-ci,
καὶ ἀμείψομαι λόγοις,	et je répondrai par des discours,
ὃς φῆς,	*à toi* qui dis,
ἀπαλλάσσων πόνον διπλοῦν	écartant un travail double
ἕκατι Ἀχαιῶν Ἀγαμέμνονός τε,	en faveur des Grecs et d'Agamemnon,
κτανεῖν ἐμὸν παῖδα.	avoir tué mon enfant.
Ἀλλὰ, ὦ κάκιστε,	Mais, ô le plus méchant,
πρῶτον τὸ γένος βάρβαρον	d'abord la race barbare
οὔ ποτε ἂν γένοιτο	ne deviendrait jamais
φίλον Ἕλλησιν,	amie aux Grecs,
οὔτε ἂν δύναιτο.	ni ne *le* pourrait
Τίνα δὲ καὶ χάριν σπεύδων	Or et quelle faveur recherchant
ἦσθα πρόθυμος ;	fus-tu empressé ?
πότερα κηδεύσων τινα,	est-ce devant t'allier à quelqu'un,
ἢ ὢν ξυγγενής;	ou étant parent *de quelqu'un* ?
ἢ τίνα αἰτίαν ἔχων ;	ou quel motif ayant ?
ἢ ἔμελλον τεμεῖν	est-ce que ils devaient avoir coupé
βλαστήματα σῆς γῆς,	les productions de ta terre.

πλεύσαντες αὖθις; Τίνα δοκεῖς πείσειν τάδε;
Ὁ χρυσὸς, εἰ βούλοιο τἀληθῆ λέγειν,
ἔκτεινε τὸν ἐμὸν παῖδα καὶ κέρδη τὰ σά.
Ἐπεὶ δίδαξον τοῦτο· πῶς, ὅτ᾽ εὐτύχει   1185
Τροία, πέριξ δὲ πύργος εἶχ᾽ ἔτι πτόλιν,
ἔζη τε Πρίαμος, Ἕκτορός τ᾽ ἤνθει δόρυ,
τί δ᾽ οὐ τότ᾽, εἴπερ τῷδ᾽ ἐβουλήθης χάριν
θέσθαι, τρέφων τὸν παῖδα κἀν δόμοις ἔχων,
ἔκτεινας, ἢ ζῶντ᾽ ἦλθες Ἀργείοις ἄγων;   1190
Ἀλλ᾽ ἡνίχ᾽ ἡμεῖς οὐκ ἔτ᾽ ἦμεν ἐν φάει,
καπνῷ δ᾽ ἐσήμην᾽ ἄστυ πολεμίων ὕπο,
ξένον κατέκτας σὴν μολόντ᾽ ἐφ᾽ ἑστίαν.
Πρὸς τοῖσδε νῦν ἄκουσον ὡς φανῇς κακός!
Χρῆν σ᾽, εἴπερ ἦσθα τοῖς Ἀχαιοῖσιν φίλος,   1195
τὸν χρυσὸν, ὃν φῂς οὐ σὸν, ἀλλὰ τοῦδ᾽, ἔχειν,
δοῦναι φέροντα πενομένοις τε καὶ χρόνον
πολὺν πατρῴας γῆς ἀπεξενωμένοις·

suader? Ce qui a tué mon fils, si tu veux être franc, c'est son or, c'est
ta cupidité. Sinon, dis-nous : Comment n'est-ce point lorsque Troie
florissait, lorsque ses tours protégeaient encore son enceinte, lorsque
Priam vivait et que la lance d'Hector était toute puissante; comment,
dis-je, si tu voulais rendre un important service à Agamemnon, n'est-
ce point alors que cet enfant, nourri dans ton palais, tomba sous ton
fer homicide? ou comment ne le conduisis-tu pas alors vivant au
camp des Grecs? Mais non; c'est quand la lumière eut cessé de briller
pour nous, c'est quand la fumée de nos remparts incendiés par l'ennemi t'eut révélé notre ruine, que tu fis périr l'hôte qui s'était réfugié
auprès de tes foyers. Mais ce n'est pas tout; achève d'entendre les
preuves de ta scélératesse. Si tu étais l'ami des Grecs, cet or que tu as
entre les mains, et qui, de ton propre aveu, appartient non à toi,
mais à mon fils, ne devais-tu pas être le premier à l'offrir à des alliés
épuisés et depuis long-temps éloignés de leur patrie? Cependant, au-

πλεύσαντες αὖθις;	ayant navigué de nouveau?
Τίνα δοκεῖς	A qui penses-tu
πείσειν τάδε;	devoir persuader ces-choses?
Εἰ βούλοιο λέγειν τὰ ἀληθῆ,	Si tu voulais dire les choses-vraies,
χρυσὸς ἔκτεινε τὸν ἐμὸν παῖδα	l'or a tué mon fils
καὶ τὰ σὰ κέρδη.	ainsi-que tes gains.
Ἐπεὶ δίδαξον τοῦτο·	Car-enfin apprends-moi ceci:
πῶς, ὅτε Τροία εὐτύχει,	comment, quand Troie était-heureuse,
πύργος δὲ	et qu'une fortification
εἶχεν ἔτι πτόλιν πέριξ,	avait encore la ville tout-autour,
Πρίαμός τε ἔζη,	et que Priam vivait,
δόρυ τε Ἕκτορος	et que la lance d'Hector
ἤνθει, τί δὲ τότε,	était-florissante, pourquoi donc alors,
ἐπείπερ ἐβουλήθης	puisque tu as voulu
θέσθαι χάριν τῷδε,	avoir rendu service à celui-ci (Aga-
τρέφων τὸν παῖδα,	nourrissant mon enfant, [memnon),
καὶ ἔχων ἐν δόμοις,	et l'ayant dans tes demeures,
οὐκ ἔκτεινας,	ne l'as-tu pas tué,
ἢ ἦλθες	ou n'es-tu pas venu
ἄγων ζῶντα Ἀργείοις;	l'amenant vivant aux Argiens?
Ἀλλὰ ἡνίκα ἡμεῖς	Mais, quand nous
οὐκ ἔτι ἦμεν ἐν φάει,	nous n'étions plus en lumière,
καπνῷ δὲ ἄστυ ἐσήμηνεν	et que par la fumée la ville indiqua
ὑπὸ πολεμίων,	cela être par-le-fait des ennemis,
κατέκτας ξένον	tu as tué l'hôte
μολόντα ἐπὶ σὴν ἑστίαν.	venu vers ton foyer.
Πρὸς τοῖσδε	Outre cela
ἄκουσον νῦν	aie écouté maintenant
ὡς φανῇς κακός·	comment tu parais méchant;
χρῆν σε,	il fallait toi,
εἴπερ ἦσθα	si toutefois tu étais
φίλος τοῖς Ἀχαιοῖσι,	ami aux Grecs,
φέροντα τὸν χρυσὸν	apportant l'or
ὃν φὴς ἔχειν	que tu dis posséder
οὐ σόν, ἀλλὰ τοῦδε,	non tien, mais de celui-ci,
δοῦναι	l'avoir donné à ceux
πενομένοις τε	et étant-indigents
καὶ ἀπεξενωμένοις	et vivant-étrangers-loin
γῆς πατρῴας	de la terre de-la-patrie
χρόνον πολύν·	depuis un temps considérable;

σὺ δ᾽ οὐδὲ νῦν πω σῆς ἀπαλλάξαι χερὸς
τολμᾷς, ἔχων δὲ καρτερεῖς ἔτ᾽ ἐν δόμοις.   1200
Καὶ μὴν τρέφων μὲν ὥς σε παῖδ᾽ ἐχρῆν τρέφειν,
σώσας τε τὸν ἐμὸν, εἶχες ἂν καλὸν κλέος·
ἐν τοῖς κακοῖς γὰρ ἀγαθοὶ σαφέστατοι
φίλοι· τὰ χρηστὰ δ᾽ αὔθ᾽ ἕκαστ᾽ ἔχει φίλους.
Εἰ δ᾽ ἐσπάνιζες χρημάτων, ὁ δ᾽ εὐτύχει,   1205
θησαυρὸς ἄν σοι παῖς ὑπῆρχ᾽ οὑμὸς μέγας.
Νῦν δ᾽ οὔτ᾽ ἐκεῖνον ἄνδρ᾽ ἔχεις σαυτῷ φίλον,
χρυσοῦ τ᾽ ὄνησις οἴχεται, παῖδές τε σοὶ,
αὐτός τε πράσσεις ὧδε. Σοὶ δ᾽ ἐγὼ λέγω,
Ἀγάμεμνον, εἰ τῷδ᾽ ἀρκέσεις, κακὸς φανεῖ·   1210
οὔτ᾽ εὐσεβῆ γὰρ, οὔτε πιστὸν οἷς ἐχρῆν,
οὐχ ὅσιον, οὐ δίκαιον εὖ δράσεις ξένον·
αὐτὸν δὲ χαίρειν τοῖς κακοῖς σὲ φήσομεν
τοιοῦτον ὄντα· δεσπότας δ᾽ οὐ λοιδορῶ.

ΧΟΡΟΣ.

Φεῦ, φεῦ! βροτοῖσιν ὡς τὰ χρηστὰ πράγματα   1215
χρηστῶν ἀφορμὰς ἐνδίδωσ᾽ ἀεὶ λόγων.

jourd'hui même, tu crains d'en dessaisir ta main avare; tu t'obstines
à le conserver dans ton palais! Ah! si tu avais donné à mon fils les
soins que tu lui devais, si tu avais sauvé ses jours, tu te serais couvert de gloire; car c'est dans l'infortune que les vrais amis se font
connaître : la prospérité n'en manque jamais. C'est peu : si tu t'étais
trouvé dans le besoin, mon fils, rendu à la prospérité, eût été pour
toi un riche et précieux trésor. Aujourd'hui tu es à jamais privé de
son amitié, la jouissance de cet or n'est plus pour toi, tes enfants te
sont ravis; et toi-même, à quel état te voilà réduit! Quant à toi, je
te le déclare, Agamemnon, si tu soutiens ce misérable, tu te montre-
ras aussi infâme que lui; car tu protégeras un hôte qui n'a été ni
pieux, ni fidèle à ceux à qui il devait sa foi, ni juste, ni religieux ; et
nous proclamerons dès lors que toi aussi tu te complais dans le crime.
Mais loin de moi d'outrager mes maîtres!

LE CHOEUR. Oh! comme chez les mortels la force de la vertu se
communique toujours des actions aux paroles!

σὺ δὲ οὐδέ πω νῦν	mais toi pas encore maintenant
τολμᾷς ἀπαλλάξαι σῆς χερὸς,	tu n'oses *l'*avoir éloigné de *ta* main,
καρτερεῖς δὲ ἔτι	et tu persistes encore
ἔχων ἐν δόμοις.	*l'*ayant dans *tes* demeures.
Καὶ μὴν μὲν	Et cependant à la vérité,
τρέφων γε τὸν ἐμὸν παῖδα	nourrissant du moins mon enfant
ὡς ἐχρῆν σὲ τρέφειν,	comme il fallait toi *le* nourrir,
σώσας τε,	et *l'*ayant sauvé,
εἶχες ἂν κλέος καλόν·	tu aurais eu une gloire belle;
οἱ γὰρ ἀγαθοὶ φίλοι	car les bons amis
σαφέστατοι	sont les plus manifestes
ἐν τοῖς κακοῖς·	dans les malheurs;
τὰ δὲ χρηστὰ	mais les choses-heureuses
ἔχει αὐτὰ ἕκαστα φίλους.	ont d'elles-mêmes chacunes des amis
Εἰ δὲ ἐσπάνιζες	Mais si tu manquais
χρημάτων,	de richesses,
ὁ δὲ εὐτύχει,	et *si* lui était-heureux,
ὁ ἐμὸς παῖς ὑπῆρχεν ἂν	mon fils aurait été
μέγας θησαυρὸς σοί.	un grand trésor à toi.
Νῦν δὲ οὔτε ἔχεις	Mais maintenant et tu n'as pas
ἐκεῖνον ἄνδρα φίλον σαυτῷ,	cet homme ami à toi-même,
ὄνησίς τε χρυσοῦ	et la jouissance de l'or
οἴχεταί σοι	a disparu pour toi
παῖδές τε,	ainsi-que tes enfants,
αὐτός τε πράσσεις ὧδε.	et toi tu réussis de même.
Ἐγὼ δὲ λέγω σοι	Mais moi je dis à toi :
Ἀγάμεμνον,	Agamemnon,
εἰ ἀρκέσεις τῷδε,	si tu porteras-secours à celui-ci,
φανεῖ κακός·	tu paraîtras méchant;
δράσεις γὰρ εὖ	car tu traiteras bien
ξένον οὔτε εὐσεβῆ,	un hôte ni pieux,
οὔτε πιστὸν οἷς ἐχρῆν,	ni fidèle *à ceux* auxquels il fallait,
οὐχ ὅσιον, οὐ δίκαιον	ni religieux, ni juste;
φήσομεν δὲ σὲ αὐτὸν ὄντα τοιοῦτον	et nous dirons toi-même étant tel
χαίρειν τοῖς κακοῖς.	te réjouir des méchants.
Οὐ λοιδορῶ δὲ δεσπότας	Mais je n'outrage point *mes* maîtres
ΧΟΡΟΣ. Φεῦ, φεῦ !	LE CHOEUR. Hélas ! hélas!
ὡς τὰ πράγματα χρηστὰ	comme les affaires bonnes
ἐνδίδωσιν ἀεὶ βροτοῖσιν	inspirent toujours aux mortels
ἀφορμὰς λόγων χρηστῶν !	des occasions de discours bons !

ΑΓΑΜΕΜΝΩΝ.

Ἀχθεινά μεν μοι τἀλλότρια κρίνειν κακά·
ὅμως δ' ἀνάγκη· καὶ γὰρ αἰσχύνην φέρει,
πρᾶγμ' ἐς χέρας λαβόντ' ἀπώσασθαι τόδε.
Ἐμοὶ δ', ἵν' εἰδῇς, οὔτ' ἐμὴν δοκεῖς χάριν,   1220
οὔτ' οὖν Ἀχαιῶν, ἄνδρ' ἀποκτεῖναι ξένον,
ἀλλ' ὡς ἔχῃς τὸν χρυσὸν ἐν δόμοισι σοῖς.
Λέγεις δὲ σαυτῷ πρόσφορ', ἐν κακοῖσιν ὤν.
Τάχ' οὖν παρ' ὑμῖν ῥᾴδιον ξενοκτονεῖν·
ἡμῖν δέ γ' αἰσχρὸν τοῖσιν Ἕλλησιν τόδε.   1225
Πῶς οὖν, σὲ κρίνας μὴ ἀδικεῖν, φύγω ψόγον;
Οὐκ ἂν δυαίμην. Ἀλλ' ἐπεὶ τὰ μὴ καλὰ
πράσσειν ἐτόλμας, τλῆθι καὶ τὰ μὴ φίλα.

ΠΟΛΥΜΗΣΤΩΡ.

Οἴμοι! γυναικός, ὡς ἔοιχ', ἡσσώμενος
δούλης, ὑφέξω τοῖς κακίοσιν δίκην.   1230

ΑΓΑΜΕΜΝΩΝ.

Οὔκουν δικαίως, εἴπερ εἴργασαι τάδε,

ΠΟΛΥΜΗΣΤΩΡ.

Οἴμοι τέκνων τῶνδ' ὀμμάτων τ' ἐμῶν, τάλας!

AGAMEMNON. Il m'est pénible d'avoir à prononcer la condamnation d'autrui; il le faut pourtant : car, après avoir pris une affaire en main, comment y renoncer sans honte? A mes yeux, sache-le donc, ce n'est ni dans mon intérêt, ni dans celui des Grecs, que tu as fait périr ton hôte, mais uniquement pour retenir ses trésors dans ton palais; et toutes ces belles raisons ne sont que des fables qui te sont dictées par ta cruelle situation. Peut-être parmi vous regarde-t-on peu au meurtre d'un hôte; mais aux yeux des Grecs, c'est le plus honteux des crimes. Comment donc, si je déclarais que tu n'es point coupable, n'encourrais-je pas moi-même le plus juste blâme? Non, rien ne saurait alors m'y soustraire. Puis donc que tu as osé un affreux attentat sache aujourd'hui supporter une odieuse peine.

POLYMESTOR. Hélas! hélas! vaincu par une femme, par une esclave, il me faudra donc subir la vengeance d'êtres plus faibles que moi!

AGAMEMNON. N'est-ce pas de toute justice, puisque tu es l'auteur de ce crime?

POLYMESTOR. Hélas! ô mes enfants! ô mes yeux! infortuné!

ΑΓΑΜΕΜΝΩΝ. Κρίνειν μὲν
τὰ κακὰ ἀλλότρια
ἀχθεινά μοι·
ὅμως δὲ ἀνάγκη.
καὶ γὰρ λαβόντα
τόδε πρᾶγμα ἐς χέρας
ἀπώσασθαι φέρει αἰσχύνην.
Ἵνα δὲ εἰδῇς,
δοκεῖς ἐμοὶ ἀποκτεῖναι
ἄνδρα ξένον
οὔτε ἐμὴν χάριν,
οὔτε οὖν Ἀχαιῶν,
ἀλλὰ ὡς ἔχῃς τὸν χρυσὸν
ἐν σοῖς δόμοισιν.
Ὢν δὲ ἐν κακοῖσι,
λέγεις πρόσφορα
σαυτῷ.
Τάχα οὖν παρὰ ὑμῖν
ῥᾴδιον ξενοκτονεῖν·
τόδε δέ γε αἰσχρὸν
ἡμῖν τοῖς Ἕλλησι.
Πῶς οὖν, κρίνας σε
μὴ ἀδικεῖν,
φύγω ψόγον;
Οὐκ ἂν δυναίμην.
Ἀλλὰ ἐπεὶ ἐτόλμας
πράσσειν τὰ μὴ καλὰ,
τλῆθι καὶ
τὰ μὴ φίλα.
ΠΟΛΥΜΗΣΤΩΡ. Οἴ μοι!
ἡσσώμενος, ὡς ἔοικε,
γυναικὸς δούλης,
ὑφέξω δίκην
τοῖς κακίοσιν.
ΑΓΑΜΕΜΝΩΝ. Οὔκουν
δικαίως,
εἴπερ εἴργασαι τάδε;
ΠΟΛΥΜΗΣΤΩΡ. Οἴμοι
τῶνδε τέκνων
ἐμῶν τε ὀμμάτων, τάλας!

AGAMEMNON. En vérité juger
les maux étrangers
est chose-pénible à moi;
mais cependant *il y a* nécessité;
et en effet *moi* ayant pris
cette affaire en mains,
*l'*avoir repoussée apporte de la honte.
Or, afin que tu *le* saches,
tu parais à moi avoir tué
un homme *ton* hôte
ni *en* ma faveur,
ni donc *en faveur* des Grecs,
mais afin que tu eusses-l'or
dans tes demeures.
Mais, étant dans des maux,
tu dis des choses-favorables
à toi-même.
Peut-être donc chez vous
il est facile de tuer-un-hôte;
mais cela du moins *est* honteux
à nous les Grecs.
Comment donc, ayant jugé toi
ne pas commettre-injustice,
fuirais-je le blâme?
Je ne *le* pourrais.
Mais puisque tu osais
faire les choses non belles,
supporte aussi
les-choses non agréables.
POLYMESTOR. Malheur à moi!
vaincu, comme il paraît,
par une femme esclave,
je fournirai satisfaction
aux plus faibles *que moi.*
AGAMEMNON. N'est-ce donc pas
justement,
puisque tu as exécuté ces-choses?
POLYMESTOR. Malheur à moi
à cause de ces enfants
et de mes yeux, infortuné!

ΕΚΑΒΗ.

Ἀλγεῖς· τί δ'; ἦ' με παιδὸς οὐκ ἀλγεῖν δοκεῖς;
ΠΟΛΥΜΗΣΤΩΡ.

Χαίρεις ὑβρίζουσ' εἰς ἔμ', ὦ πανοῦργε σύ.
ΕΚΑΒΗ.

Οὐ γάρ με χαίρειν χρὴ, σὲ τιμωρουμένην;　　　　　　1235
ΠΟΛΥΜΗΣΤΩΡ.

Ἀλλ' οὐ τάχ', ἡνίκ' ἄν σε ποντία νοτὶς...
ΕΚΑΒΗ.

Μῶν ναυστολήσῃ γῆς ὅρους Ἑλληνίδος;
ΠΟΛΥΜΗΣΤΩΡ.

Κρύψῃ μὲν οὖν πεσοῦσαν ἐκ καρχησίων
ΕΚΑΒΗ.

Πρὸς τοῦ βιαίων τυγχάνουσαν ἁλμάτων;
ΠΟΛΥΜΗΣΤΩΡ

Αὐτὴ πρὸς ἱστὸν ναὸς ἀμβήσει ποδί.　　　　　　1240
ΕΚΑΒΗ.

Ὑποπτέροις νώτοισιν, ἢ ποίῳ τρόπῳ;
ΠΟΛΥΜΗΣΤΩΡ.

Κύων γενήσει, πύρσ' ἔχουσα δέργματα.[1]
ΕΚΑΒΗ.

Πῶς δ' οἶσθα μορφῆς τῆς ἐμῆς μετάστασιν;
ΠΟΛΥΜΗΣΤΩΡ.

Ὁ Θρῃξὶ μάντις[2] εἶπε Διόνυσος τάδε.
ΕΚΑΒΗ.

Σοὶ δ' οὐκ ἔχρησεν οὐδὲν, ὧν ἔχεις, κακῶν;　　　　　　1245

HÉCUBE. Tu pleures tes enfants! — Et moi, crois-tu donc que je ne pleure pas le mien?

POLYMESTOR. Tu te réjouis de m'outrager, ô la plus perfide des femmes!....

HÉCUBE. N'ai-je pas lieu de me réjouir de m'être vengée de toi?

POLYMESTOR. Mais bientôt cette joie cessera, quand les eaux de la mer te.....

HÉCUBE. .... me porteront aux rivages de la Grèce, sans doute?

POLYMESTOR. .... te recevront du haut de la hune, et t'engloutiront dans leurs abimes.

HÉCUBE. Et qui m'imposera un saut si funeste?

POLYMESTOR. De toi-même tu monteras au mât du vaisseau....

HÉCUBE. Sera-ce au moyen d'ailes, ou par quelque autre force?

POLYMESTOR. Tu seras transformée en une chienne furieuse, aux yeux enflammés de rage.

HÉCUBE. Et cette transformation qui doit s'opérer en moi, comment la connais-tu?

POLYMESTOR. L'oracle des Thraces, Bacchus, me l'a révélée.

HÉCUBE. Et à toi, il ne t'a rien prédit des maux auxquels tu es en proie?

ΕΚΑΒΗ. Ἀλγεῖς·   HÉCUBE. Tu souffres !
τί δαί;   quoi donc ?
δοκεῖς μὲ   penses-tu moi
οὐκ ἀλγεῖν   ne pas souffrir
παιδός;   de *mon* enfant ?

ΠΟΛΥΜΗΣΤΩΡ. Χαίρεις   POLYMESTOR. Tu te réjouis
ὑβρίζουσα εἰς ἐμὲ,   insultant à moi ,
ὦ σὺ πανοῦργε.   ô toi capable-de-tout.

ΕΚΑΒΗ. Οὐ γὰρ χρὴ   HÉCUBE. Ne faut-il pas en effet
μὲ χαίρειν   moi me réjouir
τιμωρουμένην σε;   punissant toi ?

ΠΟΛΥΜΗΣΤΩΡ. Ἀλλὰ τάχα οὔ,   POLYMESTOR. Mais peut-être non ,
ἡνίκα νοτὶς ποντία   quand l'humidité marine
ἄν σε...   t'aura...

ΕΚΑΒΗ. Μῶν   HÉCUBE. Est-ce *quand*
ναυστολήσῃ   elle *m*'aura emportée-sur-un-vaisseau
ὅρους   *vers* les bords
γῆς Ἑλληνίδος;   de la terre Hellénique ?

ΠΟΛΥΜΗΣΤΩΡ. Κρύψῃ μὲν οὖν   POLYMESTOR. *Quand* elle aura en-
πεσοῦσαν ἐκ καρχησίων.   *toi* tombée des cordages.   [glouti

ΕΚΑΒΗ. Πρὸς τοῦ   HÉCUBE. De la part de qui
τυγχάνουσαν   ayant obtenu
ἁλμάτων βιαίων;   des sauts contraints ?

ΠΟΛΥΜΗΣΤΩΡ Αὐτὴ   POLYMESTOR. Toi-même
ἀμβήσει ποδὶ   tu monteras *avec* le pied
πρὸς ἱστὸν ναός.   au mât du vaisseau.

ΕΚΑΒΗ. Νώτοισιν ὑποπτέροις,   HÉCUBE. Avec des dos ailés,
ἢ ποίῳ τρόπῳ;   ou de quelle manière?

ΠΟΛΥΜΗΣΤΩΡ. Γενήσει   POLYMESTOR. Tu deviendras
κύων, ἔχουσα   chienne ayant
δέργματα πυρσά.   des regards enflammés.

ΕΚΑΒΗ. Πῶς δὲ οἶσθα   HÉCUBE. Mais comment sais-tu
μετάστασιν τῆς ἐμῆς μορφῆς;   un changement de ma forme?

ΠΟΛΥΜΗΣΤΩΡ. Διόνυσος,   POLYMESTOR. Bacchus,
ὁ μάντις Θρῃξὶν,   le devin aux Thraces,
εἶπε τάδε.   a dit ces-choses-là.

ΕΚΑΒΗ. Σοὶ δὲ   HÉCUBE. Et à toi
οὐκ ἔχρησεν   n'a-t-il prédit
οὐδὲν κακῶν,   aucun des maux
ὧν ἔχεις;   que tu as?

HÉCUBE.   10

ΠΟΛΥΜΗΣΤΩΡ.

Οὐ γάρ ποτ' ἂν σύ μ' εἷλες ὧδε σὺν δόλῳ.

ΕΚΑΒΗ.

Θανοῦσα δ', ἢ ζῶσ' ἐνθάδ' ἐκπλήσω βίον ;

ΠΟΛΥΜΗΣΤΩΡ.

Θανοῦσα· τύμβῳ δ' ὄνομα σῷ κεκλήσεται...

ΕΚΑΒΗ.

Μορφῆς ἐπῳδὸν, ἢ τί, τῆς ἐμῆς ἐρεῖς ;

ΠΟΛΥΜΗΣΤΩΡ

Κυνὸς ταλαίνης σῆμα¹, ναυτίλοις τέκμαρ.   1250

ΕΚΑΒΗ.

Οὐδὲν μέλει μοι, σοῦ γέ μοι δόντος δίκην.

ΠΟΛΥΜΗΣΤΩΡ.

Καὶ σήν γ' ἀνάγκη παῖδα Κασάνδραν θανεῖν.

ΕΚΑΒΗ.

Ἀπέπτυσ'²· αὐτῷ ταῦτά σοι δίδωμ' ἔχειν.

ΠΟΛΥΜΗΣΤΩΡ.

Κτενεῖ νιν ἡ τοῦδ' ἄλοχος³, οἰκουρὸς πικρά.

ΕΚΑΒΗ

Μήπω μανείη Τυνδαρὶς τοσόνδε παῖς.   1255

ΠΟΛΥΜΗΣΤΩΡ.

Καὐτὸν σὲ τοῦτον, πέλεκυν⁴ἐξάρασ' ἄνω.

ΑΓΑΜΕΜΝΩΝ.

Οὗτος σὺ, μαίνει, καὶ κακῶν ἐρᾷς τυχεῖν ;

ΠΟΛΥΜΗΣΤΩΡ.

Κτεῖν', ὡς ἐν Ἄργει φόνια λουτρά σ' ἀναμένει.

POLYMESTOR. S'il l'eût fait, jamais je ne me fusse ainsi laissé prendre à tes piéges.

HÉCUBE. Dois-je mourir alors, ou continuerai-je à vivre sous cette forme?

POLYMESTOR. Tu mourras, et l'on appellera ton tombeau....

HÉCUBE. D'un nom qui rappelle ma nouvelle forme, sans doute?

POLYMESTOR. Du nom de Monument d'une chienne infortunée; et il servira de signal aux nautonniers.

HÉCUBE. Que m'importe? Je me suis vengée de toi

POLYMESTOR. Ce n'est pas tout : ta fille Cassandre mourra.

HÉCUBE. Loin de moi! Ces maux, je te les renvoie à toi-même.

POLYMESTOR. Elle mourra sous le fer de l'épouse de ce prince, de celle à qui, pour son malheur, il a confié la garde de son palais.

HÉCUBE. Loin de la fille de Tyndare un tel délire!

POLYMESTOR. Et toi, Agamemnon, toi aussi tu verras s'élever la hache au-dessus de ta tête

AGAMEMNON. Malheureux, quel délire t'égare? Veux-tu que mon juste courroux.....?

POLYMESTOR. Frappe; mais sache qu'à Argos t'attend un bain sanglant.

ΠΟΛΥΜΗΣΤΩΡ. Οὔ ποτε γὰρ εἷλες ἄν με ὧδε σὺν δόλῳ.

POLYMESTOR. Jamais en effet tu n'aurais pris moi ainsi avec ruse.

ΕΚΑΒΗ. Ἐκπλήσω δὲ βίον ἐνθάδε, θανοῦσα ἢ ζῶσα;

HÉCUBE. Mais accomplirai-je la vie là, étant morte ou vivante?

ΠΟΛΥΜΗΣΤΩΡ. Θανοῦσα· ὄνομα δὲ κεκλήσεται σῷ τύμβῳ...

POLYMESTOR. Étant morte; et *ton* nom sera donné à ton tombeau.

ΕΚΑΒΗ. Ἐρεῖς ἐπῳδὸν τῆς ἐμῆς μορφῆς, ἢ τί;

HÉCUBE. Diras-tu *un nom* synonyme de ma forme, ou lequel?

ΠΟΛΥΜΗΣΤΩΡ. Σῆμα κυνὸς ταλαίνης, τέκμαρ ναυτίλοις.

POLYMESTOR. Tombeau d'une chienne infortunée, signe pour les navigateurs.

ΕΚΑΒΗ. Οὐδὲν μέλει μοι, σοῦ γε δόντος δίκην μοι.

HÉCUBE. Rien n'est-souci à moi, toi certes ayant fourni vengeance à moi.

ΠΟΛΥΜΗΣΤΩΡ. Καὶ γε ἀνάγκη σὴν παῖδα Κασάνδραν θανεῖν.

POLYMESTOR. Et assurément nécessité *est* ta fille Cassandre être morte.

ΕΚΑΒΗ. Ἀπέπτυσα· δίδωμί σοι αὐτῷ ἔχειν ταῦτα.

HÉCUBE. J'ai craché; ie donne à toi-même d'avoir ces-choses.

ΠΟΛΥΜΗΣΤΩΡ. Ἡ ἄλοχος τοῦδε πικρὰ οἰκουρὸς κτενεῖ νιν.

POLYMESTOR. L'épouse de celui-ci, cruelle gardienne-de-la-maison, tuera elle.

ΕΚΑΒΗ. Παῖς Τυνδαρὶς μὴ μανείη πω τοσόνδε.

HÉCUBE. Que la fille Tyndaride ne délire jamais autant.

ΠΟΛΥΜΗΣΤΩΡ. Καὶ αὐτόν σε τοῦτον, ἐξάρασα πέλεκυν ἄνω. •

POLYMESTOR. Et *elle tuera* toi-mê- qui *es* celui-ci, [me ayant élevé une hache au-dessus *de*

ΑΓΑΜΕΜΝΩΝ. Σὺ οὗτος, μαίνει, καὶ ἐρᾷς τυχεῖν κακῶν;

AGAMEMNON. Toi celui-ci, [*toi* es-tu fou, et aimes-tu avoir rencontré des maux?

ΠΟΛΥΜΗΣΤΩΡ. Κτεῖνε, ὡς λουτρὰ φόνια ἀναμένει σε ἐν Ἄργε..

POLYMESTOR. Tue-*moi*, puisque des bains meurtriers attendent toi dans Argos.

ΑΓΑΜΕΜΝΩΝ.

Οὐχ ἕλξετ' αὐτὸν, ἐμῶες, ἐκποδὼν βία;

ΠΟΛΥΜΗΣΤΩΡ.

Ἀλγεῖς ἀκούων;

ΑΓΑΜΕΜΝΩΝ.

Οὐκ ἐφέξετε στόμα;　　　　　　　　1260

ΠΟΛΥΜΗΣΤΩΡ

Ἐγκλείετ'· εἴρηται γάρ.

ΑΓΑΜΕΜΝΩΝ.

Οὐχ ὅσον τάχος
νήσων ἐρήμων αὐτὸν ἐκβαλεῖτέ που,
ἐπείπερ οὕτω καὶ λίαν θρασυστομεῖ;
Ἑκάβη, σὺ δ', ὦ τάλαινα, διπτύχους νεκροὺς
στείχουσα θάπτε. Δεσποτῶν δ' ὑμᾶς χρεὼν　　1265
σκηναῖς πελάζειν, Τρωάδες· καὶ γὰρ πνοὰς
πρὸς οἶκον ἤδη τάσδε πομπίμους ὁρῶ.
Εὖ δ' ἐς πάτραν πλεύσαιμεν, εὖ δὲ τὰν δόμοις
ἔχοντ' ἴδοιμεν, τῶνδ' ἀφειμένοι πόνων.

ΧΟΡΟΣ.

Ἴτε πρὸς λιμένας σκηνάς τε, φίλαι,　　　　1270
τῶν δεσποσύνων πειρασόμεναι
μόχθων· στερρὰ γὰρ ἀνάγκα.

AGAMEMNON. Gardes, qu'on l'entraîne loin de ma présence.

POLYMESTOR. Mes paroles te mettent au supplice.

AGAMEMNON. Qu'on lui ferme la bouche.

POLYMESTOR. Fermez; j'ai tout dit.

AGAMEMNON. Que, sans plus tarder, on jette sur le rivage de quelque île déserte le misérable qui ose s'abandonner à cet excès d'audace. Toi, infortunée Hécube, va ensevelir les corps de tes deux enfants. Et vous, Troyennes, rejoignez les tentes de vos maîtres; car je sens s'élever les vents heureux qui doivent nous rendre à nos foyers. Puissions-nous aborder heureusement au sol de la patrie! puissions-nous, délivrés enfin de tant de travaux, retrouver nos maisons florissantes!

LE CHŒUR. Allez au port, chères amies; allez aux tentes de vos maîtres, faire l'apprentissage des travaux de l'esclavage, puisqu'ainsi le veut une cruelle nécessité.

ΑΓΑΜΕΜΝΩΝ Δμῶες	AGAMEMNON. Esclaves,
οὐχ ἕλξετε αὐτὸν	n'entraînerez-vous pas lui
βίᾳ ἐκποδών ;	de force au loin ?
ΠΟΛΥΜΗΣΤΩΡ. Ἀλγεῖς	POLYMESTOR Tu souffres
ἀκούων ;	m'entendant ?
ΑΓΑΜΕΜΝΩΝ. Οὐκ	AGAMEMNON. Est-ce que
ἐφέξετε στόμα ;	vous ne contiendrez pas *sa* bouche ?
ΠΟΛΥΜΗΣΤΩΡ. Ἐγκλείετε	POLYMESTOR. Fermez-*la* ;
εἴρηται γάρ.	car *tout par moi* a été dit.
ΑΓΑΜΕΜΝΩΝ. Οὐκ	AGAMEMNON. Est-ce que
ἐκβαλεῖτε αὐτὸν,	vous ne rejetterez pas lui,
ὅσον τάχος,	autant qu'*il est de* promptitude,
ποῦ νήσων ἐρήμων,	quelque-part d'îles désertes,
ἐπείπερ θρασυστομεῖ	puisqu'il est-audacieux-de-bouche
οὕτω καὶ λίαν ;	ainsi et trop ?
Σὺ δὲ, Ἑκάβη,	Mais toi, Hécube,
ὦ τάλαινα,	ô malheureuse,
στείχουσα,	allant,
θάπτε	mets en terre
διπτύχους νεκρούς.	deux cadavres.
Τρῳάδες, χρεὼν δὲ	Troyennes, il est besoin
ὑμᾶς πελάζειν	vous approcher
σκηναῖς δεσποτῶν·	des tentes des maîtres ;
καὶ γὰρ ἤδη ὁρῶ	et en effet déjà je vois
τάσδε πνοὰς πομπίμους	ces souffles favorisant-notre-marche
πρὸς οἶκον.	vers la maison
Πλεύσαιμεν δὲ	Or puissions-nous-naviguer
εὖ ἐς πάτραν,	heureusement vers la patrie,
ἀφειμένοι δὲ τῶνδε πόνων	et délivrés de ces travaux
ἴδοιμεν	puissions-nous-voir
τὰ ἐν δόμοις	les-choses dans *nos* maisons
ἔχοντα εὖ.	se passant bien !
ΧΟΡΟΣ. Φίλαι,	LE CHOEUR. Amies,
ἴτε πρὸς λιμένας σκηνάς τε,	allez vers les ports et les tentes,
πειρασόμεναι τῶν μόχθων	devant essayer des travaux
δεσποσύνων·	des-maîtres ;
ἀνάγκα γὰρ στερρά.	car une nécessité dure *est à vous*.

NOTES

SUR HÉCUBE.

——

Page 2. — 1. Κισσέως, Cissée, roi de Thrace. On donnait encore pour père à Hécube, soit Dymas, roi de Phrygie (Hom. Il. π, 718), soit le fleuve Sangarius (Apollod. III, 12, 5).

— 2. Ὅς μ', ἐπεὶ... Voy. Virg. *Én.* III, 49 sqq. Homère, d'après une autre tradition, fait périr Polydore de la main d'Achille (Il. υ', 407 sqq.).

Page 4. — 1. Ὁ καί με γῆς.... Voltaire a dit de même : « Voilà ce *qui* assemble en 786 le second concile de Nicée. » (Ess. sur les Mœurs, ch. 20.)

2. — Ἀχιλλέως παιδός, Néoptolème. Voy. la mort de Priam dans Virgile (*Énéide* II, 506 sqq.).

Page 6. — 1. Ἄλλοτε devrait grammaticalement se trouver une première fois avant ἐπ' ἀκτῆς ; mais il existe en grec, comme en latin, mille exemples de suppressions de ce genre.

2. — Διαύλοις κυμάτων. Métaphore empruntée au stade ; on entendait par δίαυλος le double parcours de sa longueur.

3. — Τύμβου. Achille était enseveli au promontoire de Sigée ; mais les Grecs lui avaient élevé un monument en Thrace, et c'est sur ce monument que son ombre est censée ici leur être apparue. Selon d'autres traditions, cette apparition eut lieu sur le territoire même de la Troade.

4. — Εὐθύνοντας se rapporte à l'idée de στράτευμα : syntaxe tellement fréquente, qu'elle mérite à peine d'être relevée ici.

5. — Πολυξένην. Polyxène, fille de Priam et d'Hécube, cause innocente de la mort d'Achille, que Pâris avait tué dans le temple même où on l'avait attiré sous pretexte de l'unir à elle.

Page 8. — 1. Ἐκποδών. L'ombre de Polydore, n'étant là que pour faire prologue, s'éloigne à l'arrivée d'Hécube, quoique son intention, comme il est dit dans les vers précédents, soit précisément qu'Hécube découvre sa mort et l'ensevelisse ; mais la marche de l'action théâtrale ne voulait pas que la découverte se fît encore.

2. — Ὑπό, dans le sens de *de dessous*, est fort rare. Plaute (Aulul.

IV, 4, 1) a dit de même : « Foras, lumbrice , qui *sub* terrâ erepsisti modo! »

3. — Παῖδες. Les femmes troyennes qui ont suivi Hécube dans sa captivité.

Page 10. — 1. Χθών, la Terre, s.-ent. les enfers, séjour du *peuple* des songes, comme dit Homère; en ce sens elle est leur *mère*, comme, sous un rapport analogue , c'est souvent à la Nuit qu'on donne ce titre. — Le χθόνιοι du vers 76 est pris dans le même sens.

2. — Hélénus, fils de Priam et d'Hécube, est célébré comme devin dans Homère (Il. ζ, 76) et surtout dans Virgile (*Én.* III, 373 sqq.).— Cassandre, également fille de Priam et d'Hécube, avait reçu d'Apollon le don de prédire , mais avec la malheureuse condition de n'être jamais crue.

Page 14. — 1. Δοκοῦν, nominatif absolu.

2. — Βάκχης, *la Bacchante*, désigne ici Cassandre, qu'aimait Agamemnon.

3. — Θησείδα, Acamas et Démophon , fils de Thésée et de Phèdre, inconnus à Homère, mais chantés par les poëtes cycliques et par les tragiques.

4. — Κόπις, de κόπτω, désigne proprement un instrument coupant. Lucien l'applique également, ainsi que ses analogues ξίφος et πέλεκυς, à ces hommes à langue bien *affilée, trânchant* toutes les questions dans leur sens au moyen de leur éloquence.

Page 16. — 1. Πῶλος, *jeune cavale*, comme μόσχος, *jeune génisse*, s'emploie souvent chez les poëtes pour désigner une jeune victime.

2. — Χρυσοφόρου. C'était l'usage chez les anciens que les jeunes filles portassent beaucoup d'ornements d'or , témoin, Aristophane (Oiseaux, 671):

> Ὅσον δ' ἔχει τὸν χρυσὸν, ὥςπερ παρθένος.

Page 18. — 1. Ἐξέπταξας, *effrayer hors de...*, pour *faire par effroi sortir de...*, syntaxe très-énergique souvent employée par les Allemands et les Anglais : « *O she will sing the savageness out of a bear.* » (Shaksp. Othello IV, 1.)

2.— Σᾶς ψυχᾶς! Construction analogue en latin, mais rare : « O mihi, nuntii beati! » (Cat. IX, 5).— Fœderis heu taciti ! » (Prop. IV, 7, 23.)

Page 20. — 1. Παῖς ἅδε. Construction très-fréquente pour se désigner soi-même.

Page 24 — 1. Suivant Homère (Od. δ', 240-256), Ulysse ayant pénétré seul dans la ville de Troie , déguisé en mendiant , pour épier

les Troyens, ne fut reconnu que par Hélène. Soit pour les besoins de
la tragédie, soit d'après l'autorité de quelque poëte cyclique, Euripide suppose ici qu'Hélène avait mis Hécube dans la confidence.

2. — Ἐνθανεῖν.... χεῖρα. Châteaubriand (Itin. t. I, p. 153) a dit de
même : « Elle dégagea son *bras* avec beaucoup de répugnance et de
pudeur des lambeaux de la misère, et le laissa retomber *mourant*
sur la couverture. »

Page 28.— 1. Ἡ Τυνδαρίς. Hélène était fille de Léda et de Tyndare.

Page 30.— 1. Ὦ φίλον γένειον. C'était l'usage chez les anciens Grecs
de porter la main au menton de ceux qu'on cherchait à fléchir par des
supplications. Γένειον est ici pour ἄνερ, οὗ γενείου ἅπτομαι, comme
scelus en latin se prend souvent pour *sceleratus*. De là le masculin
ἐλθών au vers suivant.

2.— Ennius, cité par A. Gelle (N. Att. XI, 5), traduit ainsi ces vers :

> Hæc tu etsi perverse dices, facile Achivos flexeris ;
> Nam quum opulenti loquuntur pariter atque ignobiles,
> Eadem dicta eademque oratio æqua non æque valet.

Et Molière fait dire à Sosie (Amphitr. II, 1) :

> Tous les discours sont des sottises,
> Partant d'un homme sans éclat ;
> Ce seraient paroles exquises ,
> Si c'était un grand qui parlât.

3. — Ἃ δ' εἶπον... δοῦναι. Nous disons de même en français : « Je
vous dis de donner.... »

Page 32 —1. Ζῶντι μ﹍ καθ' ἡμέραν. Le ζῶντι est emphatique, et
s'oppose à τύμβον, comme ᾽ε καθ' ἡμέραν à διὰ μακροῦ : *tant que je
vis , de cette vie éphémère* vivant au jour le jour, sans certitude
d'un lendemain.

Page 36. — 1. Μή σου προσοίχω γενειάδος. V. la note du vers 284.

2. — Πέφευγας τὸν ἐμὸν Ἱκέσιον Δία peut s'entendre de deux manières, qui, au fond, donnent le même sens : ou bien, Tu as échappé
à mes supplications au nom de Jupiter, Dieu des suppliants , c'est-à-
dire, je ne te supplierai pas; ou bien, Tu as échappé à la vengeance
de Jupiter, dieu des suppliants, autant qu'il est en moi (*car je ne te
supplierai pas en son nom, et il n'aura pas à exaucer les vœux d'une
vengeance appelée par moi sur ta tête*).

Page 40. — 1. Μᾶλλον εὐτυχέστερος. Comparatif pléonastique. Cette
construction, très-fréquente chez les Grecs, est plus rare chez les

Latins; on la trouve pourtant même dans Tite-Live (IX, 7, 6) : « Tristior deinde ignominiosæ pacis magis quam periculi nuntius fuit. » On trouve même, ce qui est plus surprenant, *minus* avec le comparatif : « mĭnus admirabilior » (Florus, IV, 2, 47).

2. — Πάριν ὅς.... Suivant d'autres, c'est Apollon qui tua Achille. L'explication de cette différence d'opinion est dans ces vers d'Homère (Il. χ', 359 sq.) :

> Ἤματι τῷ, ὅτε κέν σε Πάρις καὶ Φοῖϐος Ἀπόλλων,
> Ἐσθλὸν ἐόντ', ὀλέσωσιν.....

desquels il résulte que la flèche de Pâris fut guidée par Apollon.

Page 42. — 1. Γαία, νεκρῷ τε.... Les mânes et la terre, au nom de Pluton, buvaient le sang des victimes.

2. — Ὁποῖα κισσὸς δρυὸς ὅπως τ. ἔ. Construction embarrassée, qui peut se résoudre de deux manières : ou bien (ὅρα) ὅπως ἕξομαι τῆσδε ὁποῖα κισσὸς (ἔχεται) δρυός — ou bien ἕξομαι τῆσδε ὁποῖα κισσός, et en même temps ἕξομαι τῆσδε ὅπως (i. e. ὥςπερ) δρυός, les deux comparaisons confondues en une.

Page 44. — 1. Πεντήκοντα. Suivant Homère (Il. ω', 495), sur les cinquante fils de Priam, dix-neuf seulement étaient nés d'Hécube.

Page 46. — 1. Χαῖρε..... χαίρουσιν..... Jeu de mot sur le sens de ce verbe, qui signifie simplement *adieu* dans l'usage ordinaire, et c'est ainsi que l'entend Polyxène; mais étymologiquement χαῖρε signifie *réjouis-toi*, comme l'interprète Hécube. Il se retrouve dans les Phéniciennes, v. 618.

2. — Θανούσης.... τὸ σόν. On construit de même en latin : *mea ipsius — nostra ipsorum*.

Page 48.— 1. Δωρίδος.... αἴας désigne le Péloponèse, que Sophocle (OEd. Col. 695) appelle τὰν μεγάλαν Δωρίδα νᾶσον Πέλοπος.

2. — Φθιάδος, la Phthiotide, partie de la Thessalie.

3. — Ἀπιδανόν. L'Apidanus, fleuve de Thessalie, descend du mont Bormius, longe Gomphi et Pharsale, et va se jeter dans le Pénée, au-dessus de Larisse, après s'être grossi des eaux de l'Énipée, du Mélas et du Phénix.

Page 50. — 1. Ἔνθα.... Délos, où naquit Apollon. Homère et Callimaque célèbrent le palmier, produit tout à coup pour honorer et aider Latone. Quant au laurier, nous ne trouvons nulle part les traces de cette tradition. Ovide, qui désigne deux arbres, fait du second un olivier (Métam. XIII, 634 sq.).

2 sqq. — Le sens de toute cette strophe équivaut à : « Serai-je es-

clave à Athènes, et y broderai-je le *peplum?* » Ce *peplum*, voile
consacré à Minerve, se portait processionnellement à la fête des
Panathénées. Les broderies représentaient les exploits de la
déesse contre les Titans, et elle-même y était quelquefois représentée
montée sur son char, d'où l'épithète καλλιδίφρου.

3. — Τιτάνων.... Les Titans proprement dits avaient fait la guerre
à Saturne, pour venger Titan leur père, détrôné par lui. Il s'agit ici
des Géants, fils monstrueux de la Terre, souvent confondus avec les
Titans, auxquels ils sont postérieurs.

Page 52. — 1. Claud. in Rufin. 1, 19.

> Sæpe mihi dubiam traxit sententia mentem
> Curarent Superi terras, an nullus inesset
> Rector, et incerto fluerent mortalia casu.

2. — Ὅμως δέ μοι.... Enn., cité par Nonius au mot *evenat*, a traduit ces vers :

> Senex sum; utinam mortem oppetam priusquam evenat
> Quod in pauperie meâ senex graviter gemam.

Page 54. — 1. Δοκοῦν, nomin. abs. — V. v. 117.

2. — Θανουμένους. Les tragiques emploient souvent le masculin en
parlant des femmes, surtout quand une femme parle d'elle seule au
pluriel, comme ici.

Page 56. — 1. Ἔρρει est pris ici activement, comme dans Théocrite
(V, 126) : Ῥείτω γὰ Συβαρῖτις ἐμὶν μέλι. Cette construction est fort rare.

Page 58. — 1. Βασιλίς se disait de toute femme issue du sang des
rois, qu'elle régnât ou non.

Page 60. — 1. Φύλλοις ἔβαλλον. C'était une coutume fort ancienne
d'honorer quelqu'un en jetant sur lui des fleurs, des couronnes, ou
même de simples feuillages.

Page 64. — 1. Ἔνεγκε.... ποντίας ἁλός. On sait qu'après les verbes
actifs, les Grecs mettaient souvent le nom partitif au génitif, comme
chez nous : manger *du* pain, apporter *de* l'eau ; ce qui s'explique
aisément par l'ellipse de μέρος.

Page 66. — 1. Νύμφην... ἀπάρθενον.... Polyxène, fiancée à Achille,
était en quelque sorte livrée à son époux par le sacrifice qui venait
de se consommer sur sa tombe.

2 sqq. — Les anciens, après avoir lavé leurs morts, les exposaient
sous leur vestibule, couronnés et couverts de vêtements précieux.
Hécube s'apprêtait à satisfaire à cet usage, quand la pensée de sa position, de son dénûment, lui revient à l'esprit ; de là ce πόθεν, et tou-

tes ces parenthèses, qui expriment son incertitude et son embarras.

3. — Σχήματα est pris ici dans le sens du *forma* des Latins ; il signifie *beautés, ornements.*

Page 68 — 1. Κυκλοῦνται. La plupart des interprètes latins donnent à cette forme moyenne une signification active, et traduisent : *Circumdant me.* Nous entendons par κυκλοῦνται *se succèdent* ou *s'enchaînent circulairement,* sans discontinuer. Si Euripide eût voulu dire *m'entourent,* il eût employé l'actif κυκλῶσι qui donne absolument la même quantité. Il a voulu, par le terme dont il se sert, désigner ce cercle fatal de maux dont l'accablante succession fait gémir les Troyennes captives.

2. — Συμφορά τ' ἀπ' ἄλλων. Des traducteurs entendent : *Et le malheur nous est venu par d'autres* (que *Pâris* dont il vient d'être question). Absurdité. Lisez le scholiaste : Ἀπ' ἄλλων (συμφορῶν δηλονότι) ϲϰ, comme dit Reiske : *calamitas ex aliis (calamitatibus).* Vous avez au reste la même tournure au v. 680 : ἕτερα δὲ κακὰ κυρεῖ ἀφ' ἑτέρων κακῶν. C'est ainsi qu'un auteur fournit lui-même sa propre explication.

— 3. Ἐκρίθη.... On sait que ce fut sur le mont Ida que Pâris, avant d'être reconnu par Hector et ses frères, faisait paître des troupeaux, qu'il fut choisi pour juge entre Junon, Minerve et Vénus, qu'il donna la pomme, prix de la beauté, à cette dernière déesse, et qu'il reçut d'elle la belle Hélène, dont l'enlèvement causa la guerre de Troie et la ruine de cette ville.

Page 70. — 1 sq. Images empruntées aux jeux de la Grèce.

Page 72. — 1. Νόμον βακχεῖον. Allusion aux cris et aux transports avec lesquels les Bacchantes célébraient les mystères de Bacchus.

Page 76. — 1. Depuis ce vers jusqu'au vers 736, Hécube, distraite par sa douleur, voit à peine Agamemnon ; elle ne songe pas à lui répondre ; elle se parle à elle seule. — En commençant par δύστηνε, qu'elle va s'appliquer à elle-même, Hécube avait d'abord en vue Polydore.

Page 78. — 1. Ce reproche d'Agamemnon à Hécube indique la position des personnages ; il fait présumer qu'au lieu de l'écouter, elle était tournée d'un autre côté, tout occupée à contempler le cadavre.

Page 80. — 1. Αἰῶνα.... De même Plaute (Asin. II, 2, 8) : « Ætatem velim servire, Libanum ut conveniam modo. »

Page 84. — 1. De même Trabéas (Cic. Tusc. IV, 31) : « Fortunam ipsam anteibo fortunis meis » ; et Plaute (Asin. II, 2, 1) :

> Ubi ego nunc Libanum requiram, aut familiarem filium,
> Uti ego illos lubentiores faciam quam Lubentia'st ?

Page 86 .— 1. Χὠ χείνων χρατῶν νόμος. Il s'agit de la loi du Destin,
de la loi de la nature, à laquelle les anciens assujettissaient leurs
dieux eux-mêmes, et dont Pindare a dit à peu près de même : Νόμος
ὁ πάντων βασιλεὺς θνατῶν τε καὶ ἀθανάτων.

2. — Lucien explique cette comparaison, quand il dit : « Si nous
examinons de tout près un tableau placé sous nos yeux mêmes, nous
n'y distinguons rien avec exactitude; mais si, nous étant écartés,
nous le contemplons à la distance convenable, aussitôt nous en aper-
cevons clairement les mérites et les défauts. »

Page 88. — 1. Πειθὼ.... τὴν τύραννον. Quintil. (XII, 18) a dit de
même : « *reginam* rerum orationem », ainsi que Cic. (De Orat.
II , 44).

Page. 90. — 1. Εἰ dans le sens d'εἴθε, comme, en latin, *si* dans
le sens d'*utinam* :

> Si nunc se nobis ille aureus arbore ramus
> Ostendat nemore in tanto....   (Virg. *Én.* VI, 186.)

2. — Suivant la fable, Dédale faisait des statues mouvantes et par-
lantes. Δαιδάλου ποίημα était devenu proverbial pour désigner tous
les chefs-d'œuvre de l'art.

3. — Πάρασχε, 2ᵉ pers. sing. imper. aor. 2 de παρέχω; forme d'ailleurs très-peu usitée.— On trouve de même κάτασχε dans l'Herc. fur
v. 1211.

4. — Οἱ νόμοι représente ces lois de la fatalité dont il a été question
au vers 784.

Page 96. — Αἰγύπτου τέχνα. Égyptus, roi d'Arabie et d'Égypte,
ayant marié ses cinquante fils aux cinquante filles de Danaüs, roi
d'Argos, on sait que, suivant la fable, elles égorgèrent toutes leurs
époux, à l'exception d'Hypermnestre qui épargna Lyncée.

2. — Λῆμνον. Les femmes de Lemnos, se croyant méprisées des
hommes qui habitaient leur île, les massacrèrent tous. La fable place
ce massacre au temps de l'expédition des Argonautes. Voy. le 2ᵉ livre
des Argonautiques d'Apollonius de Rhodes.

3. — Καὶ σὺ..... Ces mots s'adressent à une esclave.

Page 98. — 1. Ἦμος.... ὕπνος. Virg. Én. II, 277 :

> Tempus erat, quo prima quies....

2. — Virgile fait aussi périr Ilion par un jour de fête :

> Nos delubra deûm miseri, quibus ultimus esset
> Ille dies, festa velamus fronde per urbem.   (*Én.* II, 248.)

3. — Οὐκ ἔτι.... Les Grecs avaient fait semblant d'abandonner Troie. Voy. tout le commencement du 2e livre de l'Énéide.

Page 100. — 1. Χρυσέων ἐνόπτρων. On sait qu'avant la découverte du verre les miroirs étaient en métal. Ils étaient généralement arrondis, et, en ce sens, n'avaient nulle part de limites, ἀτέρμονες.

2. — Μονόπεπλος.... Δωρὶς ὡς κόρα. Les Lacédémoniennes ne portaient point la tunique, mais seulement le vêtement de dessus, appelé ἱμάτιον.

3. — Πόδα signifie *pied*, et désigne en même temps les cordages qui joignent le coin inférieur de la voile à la poupe. Euripide joue sur ce double sens.

4. — Διοσκόροιν. Castor et Pollux, fils de Jupiter et de Léda.

5. — Αἰνόπαριν. Hom. (Il. III, 39) a dit de même Δύσπαρι.

Page 106. — 1. Virg. *Én.* III, 341) ·

Ecqua tamen puero est amissæ cura parentis ?

Page 108. — 1. Ἔστω φιληθεὶς, ὡς.... Amère ironie, claire pour les spectateurs, tout en restant un mystère pour Polymestor, qui ne voit que le sens superficiel des paroles d'Hécube. Nous allons retrouver une idée du même genre, une ironie plus terrible encore, aux vers 1001 sq.

Page 112. — 1. Λέχριος dépeint bien la position du navire battu par les flots, lequel, avant de s'engloutir,

..... Avertit et undis
Dat latus.   (VIRG. *Én.* I, 104.)

Page 116. — 1. Βάκχαις Ἄδου. Nous dirions de même : « *Furies échappées de l'enfer.* » De plus, Βάκχαι, appliqué par Polymestor aux Troyennes qui viennent de massacrer ses enfants, fait allusion aux Bacchantes, qui déchirèrent Penthée et Orphée.

Page 118. — 1. Virg. *Én.* III, 13, appelle également la Thrace *Mavortia tellus.*

Page 120. — 1. Πορθμόν, l'Achéron.

2. — L'Écho, semblant sortir du rocher que frappe la voix, est, avec autant de justesse que de poésie, appelé ici l'enfant du rocher des montagnes.

Page 126. — 1. Κερκίδα. C'est ici l'instrument, pour l'étoffe qu'il sert à fabriquer. — Ἠδωνῆς. Les Édoniens, peuples de la Thrace, sont pris pour désigner la Thrace entière.

2. — Διπτύχου στολίσμ. Le manteau et la lance de Polymestor.

Page 128. — 1. Πόρπας. Les agrafes qui servaient à attacher les vê
tements.

2. — Αἱ δὲ.... πεφύκαμεν. Même construction en latin : « Maxima
pars vatum...· Decipimur specie recti. » (Hor. A. P. 25).

Page 130. — 1. Οὐκ ἐχρῆν ποτὲ.... Selon toute apparence, Euripide
frondait dans ces vers les sophistes de son temps, qui savaient,
comme dit Platon, λόγον ἥττονα κρείττονα ποιεῖν.

2. — Σαθρούς se dit proprement des vases qui rendent un son fêlé
sous le doigt qui les frappe pour les éprouver. On sent combien l'i-
mage est heureuse.

Page 138.—1. Cic. Tusc. III, 26 : « Hecubam autem putant propter
animi acerbitatem quamdam et rabiem fingi in canem esse conversam.»

2. — Ὁ Θρῃξὶ μάντις.... Διόνυσος. Hérodote et Macrobe parlent de
cet oracle.

Page 140. — 1. Κυνὸς.... σῆμα. Pomponius Méla (II, 2) : « Est in
Hellesponto et Cynosema, tumulus Hecubæ, sive ex figurâ canis, in
quam conversa traditur, sive ex fortunâ in quam deciderat, humili
nomine accepto. » Ovide (Met. VIII, 567 sqq.), après avoir raconté la
métamorphose d'Hécube en chienne, ajoute

.... Locus exstat et ex re
Nomen habet.

2. — Ἀπέπτυσα. Dans l'origine, on crachait, comme pour rejeter
de soi le présage funeste; par suite ce verbe devint une formule
d'exsécration. Eschyle a dit de même dans Prométhée (1105) :

Κοὐκ ἔστι νόσος
Τῆσδ' ἥντιν' ἀπέπτυσα μᾶλλον.

Ἀποπέμπομαι du vers 71 a le même sens et quelque analogie pour
l'image.

3. — Ἡ τοῦδ' ἄλοχος.... Clytemnestre, devenue l'amante d'Égisthe
pendant l'absence d'Agamemnon, fit périr ce dernier à son retour de
Troie, ainsi que Cassandre, sa rivale. C'est le sujet de l'Agamemnon
d'Eschyle.

4. — Πέλεκυν. Horace a fait allusion à ce genre de mort d'Agamemnon, quand il a dit :

.... At hunc liberta securi
Divisit medium, fortissima Tyndaridarum

27 593. — PARIS, IMPRIMERIE LAHURE

9, rue de Fleurus, 9

NOTICE

DE

LIVRES CLASSIQUES

A L'USAGE

1° DE L'ENSEIGNEMENT SECONDAIRE CLASSIQUE

(LYCÉES, COLLÈGES, SÉMINAIRES, INSTITUTIONS ET PENSIONS)

2° DE L'ENSEIGNEMENT SUPÉRIEUR

PARIS

LIBRAIRIE HACHETTE ET Cⁱᵉ

79, BOULEVARD SAINT-GERMAIN, 79

Novembre 1892

TABLES DES MATIÈRES

On adressera franco aux personnes qui en feront la demande :

Le catalogue des livres d'éducation et d'enseignement;

Le catalogue des livres de littérature générale et de connaissances utiles;

Le catalogue des livres reliés pour les distributions de prix;

Le catalogue des livres à l'usage des bibliothèques populaires;

Le catalogue des livres pour étrennes;

Le catalogue des livres espagnols;

Le catalogue des fournitures de classes;

Le catalogue du matériel nécessaire pour l'enseignement pratique des sciences.

1° PÉDAGOGIE

Bigot (Ch.), *Questions d'enseignement secondaire*. 1 vol. in-16 br.   3 fr. 50

Bréal (Michel), inspecteur général de l'instruction publique. *Quelques mots sur l'instruction publique en France*. 1 vol. in-16, broché.   3 fr. 50

— *Excursions pédagogiques* en Allemagne, en Belgique et en France. 1 vol. in-16, broché.   3 fr. 50

— *De l'enseignement des langues anciennes*. 1 vol. in-16, broché.   2 fr.

— *Réforme de l'orthographe française*. 1 vol. in-16, broché.   1 fr.

Compayré. *Histoire critique des doctrines de l'éducation en France depuis le XVIᵉ siècle*. 2 vol. in-16, brochés. 7 fr.

— *Etudes sur l'enseignement et sur l'éducation*. 1 vol. in-16, broché.   3 fr. 50

Ferneuil. *La réforme de l'enseignement en France*. 1 vol. in-16, br.   3 fr. 50

Fouillée (A.), ancien maître de conférences à l'École normale supérieure. *L'enseignement au point de vue national*. 1 vol. in-16, broché.   3 fr. 50

Gréard (O.), vice-recteur à l'Académie de Paris. *Education et instruction*. 3 vol. in-16, brochés :

— *Enseignement secondaire*. 2 vol.   7 fr.

— *Enseignement supérieur*. 1 vol. 3 fr. 50
   Chaque ouvrage se vend séparément.

Martin. *L'éducation du caractère*. 1 vol. in-16, broché.   3 fr. 50

Rochard (Dʳ Jules). *L'éducation de nos fils*. 1 vol in-16, broché.   3 fr. 50

— *L'éducation de nos filles*. 1 vol. in-16, broché.   3 fr. 50

2° PROGRAMMES ET MANUELS POUR DIVERS EXAMENS

Livret scolaire à l'usage de l'enseignement secondaire classique, in-4°, cartonné toile.   60 c.

Livret scolaire à l'usage de l'enseignement secondaire moderne, in-4°, cartonné toile.   60 c.
   Ces livrets existent soit pour les lycées et collèges, soit pour les établissements libres.

Mémento du baccalauréat de l'enseignement secondaire classique. Edition entièrement refondue et rédigée conformément au programme du 8 août 1890.

PREMIÈRE PARTIE

Littérature, comprenant : Conseils sur les épreuves écrites ; — Notices sur les auteurs et les ouvrages grecs, latins, français, allemands et anglais, indiqués pour l'explication orale ; — Notions de Rhétorique et de Littérature classique, par M. Albert Le Roy. 1 vol. petit in-16 cartonné.   5 fr.

Histoire et Géographie, comprenant : l'Histoire de l'Europe et de la France de 1610 à 1789 et la Géographie de la France (classe de Rhétorique), par MM. G. Ducoudray et Poux. 1 vol. petit in-16 cartonné.   3 fr. 50

Partie scientifique, comprenant : des notions d'Arithmétique (Troisième), d'Algèbre (Troisième et Seconde), de Géométrie (Quatrième, Troisième et Seconde) et de Cosmographie (Rhé-

torique), par MM. Bos et Barré. 1 vol. petit in-16 cartonné.   2 fr.

SECONDE PARTIE
PREMIÈRE SÉRIE

Philosophie, comprenant: Conseils sur la composition de philosophie, Histoire de la Philosophie, Auteurs de Philosophie, Histoire contemporaine 1789-1889, par MM. R. Thamin et G. Ducoudray, 1 vol. petit in-16, cartonné   5 fr.

Sciences, comprenant : Éléments de Physique, de Chimie et d'Histoire naturelle, par M. Banet-Rivet, professeur au lycée Charlemagne, 1 vol. petit in-16, cartonné.   2 fr.

DEUXIÈME SÉRIE

Mathématiques, comprenant : l'Arithmétique, l'Algèbre, la Géométrie, la Géométrie descriptive, la Trigonométrie et la Mécanique, par MM. Bos, Bezodis, Pichot et Mascart, agrégés de l'Université. 1 vol. petit in-16, cartonné,   5 fr.

Physique et Chimie, par M. Banet-Rivet, 1 vol. petit in-16, cart. 3 fr. 50

Histoire et Philosophie, comprenant l'Histoire contemporaine (1789 à 1889) des éléments de Philosophie scientifique et morale, par MM. G. Ducoudray et B. Worms. 1 vol. petit in-16, cartonné,   2 fr.

Mémento du baccalauréat ès let-tres. Edition conforme aux programmes de 1885. 4 vol. in-16, cartonnés.

> PREMIER EXAMEN, *partie littéraire.* 1 vol.   5 fr.
> PREMIER EXAMEN, *partie historique et géographique.* 1 volume.   5 fr.
> DEUXIÈME EXAMEN, *partie philosophi-que et historique.* 1 volume.   5 fr.
> DEUXIÈME EXAMEN, *partie scientifique.* 1 volume.   5 fr.

Plan d'études et programmes de l'enseignement secondaire classi-que dans les lycées et collèges. Brochure in-16.   1 fr. 25

Plan d'études et programmes de l'enseignement secondaire mo-derne, arrêtés le 15 juin 1891. Brochure in-16.   1 fr. 25

Plan d'études et programmes de l'enseignement secondaire des jeunes filles, arrêtés le 28 juillet 1882. Brochure in-16.   1 fr.

Programme des examens du bac-calauréat de l'enseignement se-condaire classique. In-16.   30 c.

Programme de l'examen du bacca-lauréat de l'enseignement secon-daire moderne (1891). In-16.   30 c.

Programme pour l'admission à l'Ecole polytechnique. In-16. 20 c.

Programme des conditions d'ad-mission à l'Ecole navale. Brochure in-16.   30 c.

3° ÉTUDE DE LA LANGUE FRANÇAISE

Albert (Paul), ancien professeur au Col-lège de France. *La poésie,* études sur les chefs-d'œuvre des poètes de tous les temps et de tous les pays. 1 vol. in-16, broché.   3 fr. 50
— *La prose,* études sur les chefs-d'œuvre des prosateurs de tous les temps et de tous les pays. 1 vol. in-16, br.   3 fr. 50
— *La littérature française,* des origines à la fin du XVIᵉ siècle. 1 vol. in-16, br. 3 fr.50
— *La littérature française au* XVIIᵉ siè-cle. 1 vol. in-16 broché.   3 fr. 50
— *La littérature française au* XVIIIᵉ siè-cle. 1 vol. in-16, broché.   7 fr.
— *La littérature française au* XIXᵉ siècle. 2 vol. in-16, brochés.   7 fr.
— *Variétés.* 1 vol. in-16, broché.   3 fr. 50

Barrau. *Méthode de composition et de style,* ou principe de l'art d'écrire en français, suivi d'un choix de modèles. 1 vol. in-16, cartonné.   2 fr. 75
— *Exercices de composition et de style,* ou sujets de descriptions, de narrations, de dialogues et de discours. 1 vol. in-16, broché.   2 fr.

Berthet (J.), professeur de rhétorique au Prytanée militaire : *La composition française à l'examen de Saint-Cyr.* 1 vol. in-16, broché.   2 fr.

Bigot. *Lectures choisies de français moderne.* 1 vol. in-16, cart. toile. 1 fr. 50

Brachet (Auguste), lauréat de l'Academie française. *Nouvelle grammaire fran-çaise,* fondée sur l'histoire de la langue. 1 vol. in-16. cartonné.   1 fr. 50

Brachet (suite). *Exercices sur la nou-velle grammaire française,* par M. Dus-souchet, agrégé de grammaire :
> *Livre de l'élève.* 1 v. in-16, cart. 1 fr. 50.
> *Livre du maître.* 1 v. in-16, cart. 2 fr.
— *Petite grammaire française.* 1 vol. in-16, cartonné.   80 c.
— *Exercices sur la petite grammaire fran-çaise,* par M. Dussouchet :
> *Livre de l'élève.* 1 vol. in-16, cart. 80 c.
> *Livre du maître.* 1 vol. in-16, cart. 1 fr.
> Voir Morceaux choisis des écrivains fran-çais du XVIᵉ siècle.

Brachet (A.) **et Dussouchet,** professeur au lycée Henri IV : *Cours de gram-maire française,* rédigé conformément au programme de 1885, à l'usage de l'en-seignement secondaire. 8 vol. in-16, car-tonnage toile :

Cours élémentaire.

Grammaire française à l'usage des clas-ses élémentaires, comprenant de nom-breux sujets d'exercices oraux et écrits. livre de l'élève. 1 vol.   1 fr. 20

Exercices complémentaires comprenant le corrigé des exercices du livre de l'élève, des questionnaires, une liste des homonymes, un lexique explicatif et des exercices complémentaires, avec corri-gés ; à l'usage des professeurs. 1 vol.
                                                        2 fr. 50

Cours moyen.

Grammaire française à l'usage des classes de 6ᵉ et de 5ᵉ. 1 vol.   1 fr. 20

Exercices sur le Cours moyen de grammaire française à l'usage des élèves.
1 vol.   1 fr.

Exercices complémentaires comprenant le corrigé des exercices du livre de l'élève et des exercices complémentaires avec corrigés; à l'usage des professeurs. 1 vol.   2 fr. 75

Cours supérieur.

Grammaire française à l'usage de la classe de Quatrième et des classes supérieures. 1 vol.   2 fr. 50

Exercices étymologiques. 1 vol.   1 fr.
Corrigé des Exercices étymologiques.
1 vol.   2 fr.

Cahen (A.), professeur de rhétorique au collège de Rollin : *Morceaux choisis des auteurs français*, prose et vers, publiés conformes au programme du 28 janvier 1890, à l'usage de l'enseignement secondaire classique, avec des notices et des notes, 8 vol. in-16, cartonnage toile :

  Classe de Huitième. 1 vol.   » »
  Classe de Septième. 1 vol.   » »
  Classe de Sixième. 1 vol.   2 fr. »
  Classe de Cinquième. 1 vol.   2 fr. 50
  Classe de Quatrième. 1 vol.   3 fr.
  Classes de Troisième, Seconde et Rhétorique. 2 vol. Prose, 1 vol.   4 fr.
  Poésie, 1 vol.   3 fr. 50

Chassang, ancien inspecteur général de l'instruction publique. *Modèles de composition française*, empruntés aux écrivains classiques, à l'usage des classes supérieures et des aspirants au baccalauréat. 1 vol. in-16, cart.   2 fr.

Classiques français. Nouvelle collection format petit in-16, publié avec des notices, des arguments analytiques et des notes, par les auteurs dont les noms sont indiqués entre parenthèses.
Ces éditions se recommandent par la pureté du texte, la concision des notes, la commodité du format, l'élégance et la solidité du cartonnage.

Boileau : L'art poétique (Geruzez).   40 c.
— Œuvres poétiques (Geruzez).   1 fr. 50
Bossuet : Sermons choisis (Rébelliau).
  Prix :   3 fr.
Buffon : Morceaux choisis (E. Dupré).
  Prix :   1 fr. 50
— Discours sur le style.   30 c.
Chanson de Roland. Extraits (G. Pâris).
  Prix :   1 fr. 50

Choix de lettres du XVII° *siècle* (Lanson).
  Prix :   2 fr. 50
Choix de lettres du XVIII° *siècle* (Lanson).
  Prix :   2 fr. 50
Corneille : Le Cid (Petit de Julleville).
  Prix :   1 fr.
— Cinna (Petit de Julleville).   1 fr.
— Horace (Petit de Julleville).   1 fr.
— Nicomède (Petit de Julleville).   1 fr.
— Le Menteur (Lavigne).   1 fr.
— Polyeucte (Petit de Julleville).   1 fr.
Extraits des chroniqueurs (Paris et Jeanroy).   2 fr. 50
Fénelon : Fables (A. Regnier).   75 c.
— Sermon pour la fête de l'Epiphanie (G. Merlet).   60 c.
— Télémaque (Chassang).   1 fr. 80
Florian : Fables (Geruzez).   75 c.
Joinville : Histoire de saint Louis (Natalis de Wailly).   2 fr.
La Bruyère : Caractères (G. Servois et Rébelliau).   2 fr. 50
La Fontaine : Fables (Thirion).   1 fr. 60
Lamartine : Morceaux choisis.   2 fr.
Molière : L'Avare (Lavigne).   1 fr.
— Le Misanthrope (Lavigne).   1 fr.
— Le Tartufe (Lavigne).   1 fr.
Pascal : Provinciales I, IV, XIII (Brunetière).   1 fr. 50
Racine : Andromaque (Lavigne).   75 c.
— Britannicus (Lanson).   1 fr.
— Esther (Lanson).   1 fr.
— Iphigénie (Lanson).   1 fr.
— Les plaideurs (Lavigne).   75 c.
— Mithridate (Lanson).   1 fr.
Rousseau : Extraits en prose (Brunel).
  Prix :   2 fr.
Sévigné : Lettres choisies (Ad. Regnier).
  Prix :   1 fr. 80
Théâtre classique (Ad. Regnier).   3 fr.
Voltaire : Charles XII (Waddington).
  Prix :   2 fr.
— Siècle de Louis XIV (Bourgeois).
  Prix :   2 fr. 75
— Extraits en prose (Brunel).   2 fr.
— Choix de lettres (Brunel).   2 fr. 25
D'autres volumes sont en préparation.

Classiques français, format in-16. Editions annotées par les auteurs dont les noms sont indiqués entre parenthèses.
Bossuet : Discours sur l'histoire universelle (Olleris).   2 fr. 50
— Oraisons funèbres (Aubert).   1 fr. 60
Corneille : Théâtre choisi (Geruzez).
  Prix :   2 fr. 50

Fénelon : Dialogues des morts (B. Jullien).   1 fr. 60
— Dialogues sur l'éloquence (Delzons). Prix :   80 c.
— Opuscules académiques.   80 c.

Massillon : Carême (Colincamp). 1 fr. 25

Montesquieu : Grandeur et décadence des Romains (C. Aubert).   1 fr. 25

Racine : Théâtre choisi (E. Geruzez). Prix :   2 fr. 50

Rousseau (J.-B.) : Œuvres lyriques (Geruzez).   1 fr. 50

Voltaire : Théâtre choisi (Geruzez). Prix :   2 fr. 50

Delon. *La grammaire française d'après l'histoire.* 1 volume in-16, cartonnage toile.   3 fr.

Demogeot, agrégé de la Faculté des lettres de Paris. *Histoire de la littérature française* depuis ses origines jusqu'à nos jours. 1 vol. in-16, broché.   4 fr.
— *Textes classiques de la littérature française,* extraits des grands écrivains français, avec notices, appréciations et notes; recueil servant de complément à l'*Histoire de la littérature française.* Nouvelle édition, revue et augmentée. 2 vol. in-16, cartonnés.   6 fr.
    I. *Moyen âge,* xvie et xviie *siècles.* 3 fr.
    II. xviiie et xixe *siècles.*   3 fr.

Filon (A.). *Éléments de rhétorique française.* 1 vol. in-16, cartonné.   2 fr. 50
— *Nouvelles narrations françaises,* avec des arguments, à l'usage des candidats au baccalauréat. In-16, broché.   3 fr. 50

Labbé, professeur au collège Rollin, *Morceaux choisis des classiques français* (prose et vers), 3 vol. in-16, cart. :
    Cours élémentaire. 1 vol.   1 fr.
    Cours moyen. 1 vol.   1 fr. 50
    Cours supérieur. 1 vol.   2 fr. 50

Lafaye. *Dictionnaire des synonymes de la langue française.* 4e édition, suivie d'un supplément. 1 vol. gr. in-8, broché. 23 fr.
Le cartonnage en percaline gaufrée se paye en sus 2 fr. 75 c.; la demi-reliure en chagrin, 4 fr. 50.

Lanson, professeur de rhétorique au lycée Charlemagne : *Conseils sur l'art d'écrire.* Principes de composition et de style à l'usage des élèves des lycées et collèges et des candidats au baccalauréat. 1 vol. in-16, cart. toile.   2 fr. 50

Lanson (suite). *Etudes pratiques de composition française,* sujets préparés et commentés pour servir de compléments aux *Conseils sur l'art d'écrire.* 1 vol. in-16, cartonnage toile.   2 fr.

Lehugeur (A.). *La chanson de Roland,* traduite en vers modernes, avec le texte ancien. 1 vol. in-16, broché.   3 fr. 50

Littré. *Dictionnaire de la langue française,* contenant la nomenclature la plus étendue, la prononciation et les difficultés grammaticales, la signification des mots avec de nombreux exemples et les synonymes, l'histoire des mots depuis les premiers temps de la langue française jusqu'au xvie siècle, et l'étymologie comparée et augmentée d'un *Supplément.* 5 vol. gr. in-4 à 3 colonnes, broché.   112 fr.

La reliure en demi-chagrin se paye en sus 24 fr.

Littré et Beaujean, ancien inspecteur de l'Académie de Paris. *Abrégé du Dictionnaire de la langue française de Littré,* contenant tous les mots qui se trouvent dans le dictionnaire de l'Académie française, plus un grand nombre de néologismes et de termes de science et d'art; 9e édit. entièrement refondue et conforme, pour l'orthographe, à la dernière édition du dictionnaire de l'Académie française. 1 vol. grand in-8, broché.   13 fr.
Cartonnage toile.   14 fr 50
Relié en demi-chagrin.   17 fr.

— *Petit dictionnaire universel,* ou Abrégé du dictionnaire de la langue française de Littré, avec une partie mythologique, historique, biographique et géographique, fondue alphabétiquement avec la partie française; 8e édition. 1 vol. grand in-16, cartonné.   2 fr. 50

Marais. *Recueil de compositions françaises.* Lettres, récits, discours, dissertations, sujets et développements, à l'usage des candidats au baccalauréat et à l'école de Saint-Cyr. 1 volume in-16, broché.   1 fr. 50

Merlet, ancien professeur de rhétorique au lycée Louis-le-Grand. *Études littéraires sur les classiques français des classes supérieures et du baccalauréat.* Nouvelle édition conforme aux programmes de 1885. 2 vol. in-16, brochés.   8 fr.
    I. Corneille. — Racine. — Molière, 1 vol.   4 fr.

II. Chanson de Roland. — Joinville. — Montaigne. — Pascal. — La Fontaine. — Boileau. — Montesquieu. — La Bruyère. — Bossuet. — Fénelon. — Voltaire. — Buffon. 1 vol.   4 fr.

— *Supplément aux études littéraires* de M. G. Merlet, comprenant Villehardouin, Froissart, Commines ; celles des XVII° et XVIII° siècles, Voltaire et Rousseau, par M. Lintilhac, professeur au lycée Louis-le-Grand. 1 vol. in-16, broché.   2 fr.

Méthode uniforme pour l'enseignement des langues, par M. E. Sommer.

Abrégé de grammaire française. 1 vol. in-16, cartonné.   75 c.

Exercices sur l'Abrégé de grammaire française. 1 vol. in-16, cart.   75 c.

Corrigé desdits exercices. In-16, br. 1 fr.

Cours complet de grammaire française, 1 vol. in-8, cartonné.   1 fr. 50

Exercices sur le Cours complet de grammaire française. In-8, cart.   1 fr. 50

Voir pages 18 et 23, pour les *langues latine et grecque.*

Morceaux choisis des grands écrivains français du seizième siècle, accompagnés d'une grammaire et d'un dictionnaire de la langue du XVI° siècle, par M. Aug. Brachet. 1 vol. in-16. 3 fr. 50

Pellissier, professeur à Sainte-Barbe. *Morceaux choisis des classiques français,* en prose et en vers. Recueils composés à l'usage des classes de grammaire et d'humanité. 6 vol. in-16, cartonnés :

Classe de Sixième, 1 vol.   1 fr.
Classe de Cinquième, 1 vol.   1 fr.
Classe de Quatrième, 1 vol.   1 fr.
Classe de Troisième, 1 vol.   2 fr.
Classe de Seconde, 1 vol.   2 fr.
Classe de Rhétorique, 1 vol.   2 fr.

— *Premiers principes de style et de composition.* (Abrégé de la rhétorique française.) 1 vol. in-16, cartonné.   1 fr. 50

— *Sujets et modèles de compositions françaises,* destinés à servir d'application aux premiers principes de style, à l'usage des classes élémentaires. 1 vol. in-16, cartonné.   1 fr. 50

— *Principes de rhétorique française.* 1 vol. in-16, cartonné.   2 fr. 50

— *Sujets et modèles de compositions françaises,* destinés à servir d'application aux principes de rhétorique, à l'usage des classes supérieures et des candidats au baccalauréat. 1 v. in-16, cart.   2 fr. 50

Pellissier (suite). *Les grandes leçons de l'antiquité classique.* (Tableau des origines de la civilisation gréco-romaine), avec extraits. 1 vol. in-16, broché.   4 fr.

— *Les grandes leçons de l'antiquité chrétienne.* (Tableau des origines de la civilisation moderne.) 1 v. in-16, broché. 5 fr.

Pressard, professeur au lycée Louis-le-Grand. *Lectures littéraires et morales,* à l'usage des classes élémentaires. 1 vol. petit in-16, cartonné.   1 fr. 25

Quicherat (L.). *Petit traité de versification française.* In-16, cartonné.   1 fr.

Quinet (Edgar). *Pages choisies,* à l'usage des lycées et collèges. 1 vol. in-16, cartonné.   2 fr.

Sommer. *Petit dictionnaire des rimes françaises.* In-18, cart.   1 fr. 80

— *Petit dictionnaire des synonymes français.* 1 vol in-18, cart.   1 fr. 80

— *Manuel de l'art épistolaire.* 2 vol. gr. in-18, brochés.   3 fr. 25

— *Manuel de style,* ou préceptes et exercices sur l'art de composer et d'écrire en français. 2 vol. gr. in-18, brochés.   3 fr.

Voir *Méthode uniforme pour l'enseignement des langues,* page 6, 18, 23.

Soulice (Th.). *Petit dictionnaire de la langue française.* In-18, cart.   1 fr. 50

Soulice et Sardou. *Petit dictionnaire raisonné des difficultés et exceptions de la langue française.* In-18, cart.   2 fr.

Tridon Péronneau. *Recueil de compositions françaises.* 1 vol. in-16, br. 2 fr.

— *Nouveau Recueil de compositions françaises.* 1 vol. in-16, br.   1 fr.

— *Questions de littérature et d'histoire.* 1 vol. in-16.   2 fr.

Vapereau, inspecteur général honoraire de l'instruction publique. *Esquisse d'histoire de la littérature française.* 2° édition. 1 vol. in-16, cart. toile.   1 fr. 50

— *Éléments d'histoire de la littérature française,* contenant : 1° une esquisse générale ; 2° une suite de notices sur les époques, les genres et les principaux écrivains, avec un choix d'extraits de leurs ouvrages. 3 vol. cartonnage toile.

Tome I°° : *Des origines au règne de Louis XIII.* 1 vol. in-16, cartonné. Prix :   3 fr. 50

Tome II : *Règnes de Louis XIII et de Louis XIV.* 1 vol.   3 fr. 50

Tome III (en préparation) :

4° HISTOIRE, CHRONOLOGIE, MYTHOLOGIE

Berthelot (A.), maître de conférences à l'Ecole des Hautes-Etudes. *Les grandes scènes de l'histoire grecque*, morceaux choisis des auteurs anciens et modernes. 1 vol. in-16 avec figures, cartonnage toile.   2 fr. 50

Bouillet. *Dictionnaire universel d'histoire et de géographie.* Edition entièrement refondue. 1 vol. gr. in-8, br. 21 fr. Le cartonnage se paye en sus 2 fr. 75.

Ducoudray agrégé d'histoire. *Histoire contemporaine, de 1789 à 1891*, à l'usage de la classe de Philosophie. 1 fort vol. in-16, avec cartes, cartonnage toile. 6 fr.
— *Histoire de la civilisation.* 1 fort vol. in-16, broché.   7 fr. 50

Duruy (V.), *Cours d'histoire*, nouvelle édition, refondue conformément aux programmes du 28 janvier 1890, sous la direction de M. E. Lavisse, professeur à la Faculté des lettres de Paris. 5 vol. in-16, avec gravures et cartes, cartonnage toile :
Classe de Cinquième : *Histoire grecque.* 1 vol.   3 fr. 50
Classe de Quatrième : *Histoire romaine.* 1 vol.   4 fr.
Classe de Troisième : *Histoire de l'Europe et de la France jusqu'en 1270.* 1 vol.   4 fr. 50
Classe de Seconde : *Histoire de l'Europe et de la France, de 1270 à 1610.* 1 vol.   5 fr.
Classe de Rhétorique : *Histoire de l'Europe et de la France, de 1610 à 1789.* 1 vol.   5 fr.
— *Histoire ancienne des peuples de l'Orient*, classe de Sixième. 1 vol. in-16, cartonné :   3 fr. 50
— *Petit cours d'histoire universelle.* Nouvelle édition avec des cartes et des gravures. Format in-16, cartonné :
Petite histoire ancienne.   1 fr.
Petite histoire grecque.   1 fr.
Petite histoire romaine.   1 fr.
Petite histoire du moyen âge.   1 fr.
Petite histoire moderne.   1 fr.
Petite histoire de France.   1 fr.
Petite histoire générale.   1 fr.
-- *Petite histoire sainte.* In-18, cart. 80 c.

Duruy (suite). *Histoire des Grecs*, depuis les temps les plus reculés jusqu'à la réduction de la Grèce en province romaine. 2 vol. in-8, brochés.   12 fr.
— *Histoire des Romains*, depuis les temps les plus reculés jusqu'à Dioclétien. 7 vol. in-8, brochés.   52 fr. 50

Duruy (G.), professeur au lycée Henri IV. *Biographies d'hommes célèbres*, rédigées conformément aux programmes de 1885, à l'usage de la classe Préparatoire. 1 vol. in-16, avec gravures, cart.   1 fr.
— *Histoire sommaire de la France, depuis l'origine jusqu'à la mort de Louis XI*, conforme au programme de 1890, pour la classe de Huitième. 1 vol. in-16, avec cartes et gravures, cartonné.   1 fr.
— *Histoire sommaire de la France, depuis la mort de Louis XI jusqu'à 1815*, conforme au programme de 1890, pour la classe de Septième. 1 vol. in-16, avec cartes et gravures, cart.   1 fr. 50
    Les deux parties réunies en un seul vol. cartonné.   2 fr. 50

Fustel de Coulanges. *La cité antique*, 1 vol. in-16, broché.   3 fr. 50

Gasquet, professeur à la Faculté des lettres de Clermont-Ferrand. *Précis des institutions politiques et sociales de l'ancienne France.* 2 vol. in-16, br. 8 fr.

Geruzez. *Petit cours de mythologie*; nouv. édit. avec 48 grav. In-16, cartonné.   1 fr. 25

Histoire universelle, publiée par une société de professeurs et de savants, sous la direction de M. V. Duruy. Format in-16, broché :
La terre et l'homme, par M. Maury.   6 fr.
Chronologie universelle, par M. Dreyss. 2 vol.   12 fr.
Histoire générale, par M. Duruy.   4 fr.
Histoire sainte d'après la Bible, par le même.   3 fr.
Histoire ancienne des peuples de l'Orient par M. Maspero.   6 fr.
Histoire grecque, par M. Duruy.   4 fr.
Histoire romaine, par le même.   4 fr.
Histoire du moyen âge, par le même. 4 fr.

Histoire des temps modernes, de 1453 jusqu'à 1789, par le même. 4 fr.

Histoire de France, par le même. 2 volumes. 8 fr.

Histoire d'Angleterre, par M. Fleury. 4 fr.

Histoire d'Italie, par M. Zeller. 5 fr.

Histoire de Russie, par M. Rambaud. 6 fr.

Histoire de l'Autriche-Hongrie, par M. Louis Léger. 5 fr.

Histoire de l'empire Ottoman, par M. de la Jonquière. 6 fr.

Histoire de la littérature grecque, par M. Pierron. 4 fr.

Histoire de la littérature romaine, par le même. 4 fr.

Histoire de la littérature française, par M. Demogeot. 4 fr.

Histoire des littératures étrangères, par le même. 2 vol. 8 fr.

Histoire de la littérature anglaise, par M. Augustin Filon. 6 fr.

Histoire de la littérature italienne, par M. Etienne. 4 fr.

Histoire de la physique et de la chimie, par M. Hoefer. 4 fr.

Histoire de la botanique, de la minéralogie et de la géologie, par le même. 4 fr.

Histoire de la zoologie, par le même. 4 fr.

Histoire de l'astronomie, par le même. 4 fr.

Histoire des mathématiques, par le même. 4 fr.

Dictionnaire historique des institutions, mœurs et coutumes de la France, par M. Chéruel. 2 vol. 12 fr.

Joran, professeur d'histoire au collège Stanislas. *Programme développé d'histoire des temps modernes et d'histoire littéraire*, à l'usage des candidats à l'école spéciale milit. de St-Cyr. 1 v. in-16, br. 4 fr. 50

Jullian (C.), professeur à la Faculté des lettres de Bordeaux. *Gallia*. Tableau sommaire de la Gaule sous la domination romaine. 1 vol. in-16, cart. toile. 3 fr.

Lalanne (Ludovic). *Dictionnaire historique de la France*. 1 vol. gr. in-8, br. 21 fr. Le cartonnage se paye en sus 2 fr. 75.

La Ville de Mirmont (H. de), maître de conférences à la Faculté des lettres de Bordeaux. *Mythologie élémentaire des Grecs et des Romains*, précédée d'un précis des mythologies orientales. 1 vol.

in-16 avec 45 figures d'après l'antique, cartonnage toile. 1 fr. 50

Lectures historiques, édigées conformément au programme du 28 janvier 1890 à l'usage des lycées et collèges. 6 vol. in-16 avec gravures, cart. toile.

Histoire ancienne (Egypte, Assyrie), à l'usage de la classe de Sixième, par M. G. Maspero, membre de l'Institut, 1 vol. 5 fr.

Histoire grecque (Vie privée et vie publique des Grecs), à l'usage de la classe de Cinquième, par M. P. Guiraud, maître de conférences à l'Ecole normale supérieure. 1 vol. 5 fr.

Histoire romaine (Vie privée et vie publique des Romains), à l'usage de la classe de Quatrième, par le même, 1 vol. 5 fr.

Histoire du moyen âge, à l'usage de la classe de Troisième, par M. Ch.-V. Langlois, maître de conférences à la Faculté des lettres de Paris. 1 vol. 5 fr.

Histoire du moyen âge et des temps modernes à l'usage de la classe de Seconde, par M. Mariéjol, professeur à la Faculté des lettres de Rennes. 1 vol. 5 fr.

Histoire des temps modernes à l'usage de la classe de Rhétorique, par M. Lacour-Gayet, professeur au lycée Saint-Louis. 1 vol. 5 fr.

Lehugeur (Paul). *Sommaires d'histoire romaine*. 1 vol. in-16, cart. toile. 1 fr. 50

Luchaire, professeur à la Faculté des lettres de Paris. *Manuel des Institutions françaises* (Période des Capétiens directs). 1 vol. in-8, broché. 15 fr.

Maspero, membre de l'Institut. *Histoire de l'Orient* (Egypte, Chaldéens et Assyriens, les Israélites et les Phéniciens, les Mèdes et les Perses), ouvrage rédigé conformément au programme du 28 janvier 1890, pour la classe de Sixième. 1 vol. in-16, illust. de 48 gr. et de 6 cart. en couleurs, cart. toile. 2 fr. 50

Van den Berg. *Petite histoire ancienne des peuples de l'Orient*. 1 vol. petit in-16, avec cartes et gravures, cart. 3 fr. 50

— *Petite histoire des Grecs*, 1 vol. petit in-16, avec 19 cartes et 85 gravures. cartonnage toile. 4 fr. 50

5° GÉOGRAPHIE

Atlas manuel de géographie moderne, composé de 54 cartes imprimées en couleur. 1 vol. in-folio, relié.   32 fr.

Cortambert. *Atlas :*

Atlas (petit) de géographie ancienne (16 cartes). Gr. in-8, cart.   2 fr. 50

Atlas (petit) de géographie du moyen âge (15 cartes). Gr. in-8 cart.   2 fr. 50

Atlas (petit) de géographie moderne (20 cartes). Gr. in-8, cart.   3 fr. 50

Atlas (petit) de géographie ancienne et moderne (40 cartes). Gr. in-8.   7 fr. 50

Atlas (petit) de géographie ancienne, du moyen âge et moderne (56 cartes). Gr. in-8, cart.   9 fr.

Atlas de géographie moderne (66 cartes in-4), relié en percaline.   12 fr.

Atlas (nouvel) de géographie ancienne, du moyen âge et moderne (100 cartes in-4), relié en percaline.   16 fr.

— *Nouveau Cours complet de géographie*, contenant les matières indiquées par les programmes de 1890, à l'usage des lycées et des collèges. 7 vol. in-16, cart., avec gravures dans le texte, et accompagnés d'atlas in-8 :

Géographie élémentaire des cinq parties du monde (classe de Huitième). 1 volume.   80 c.

Atlas correspondant (23 cartes). 1 volume.   3 fr. 50

Géographie élémentaire de la France (classe de Septième). 1 vol.   1 fr. 20

Atlas correspondant (14 cartes). 1 volume.   2 fr. 50

Géographie générale du monde et du bassin de la Méditerranée (classe de Sixième). 1 vol.   1 fr. 50

Atlas correspondant (33 cartes). 1 volume.   5 fr.

Géographie de la France (classe de Cinquième). 1 vol.   1 fr. 50

Atlas correspondant (41 cartes). 1 volume.   3 fr. 50

Géographie générale et géographie du continent américain (classe de Quatrième). 1 vol.   2 fr. 50

Atlas pour la classe de Quatrième (30 cartes). 1 vol.   5 fr.

Géographie de l'Afrique, de l'Asie et de l'Océanie (classe de Troisième). 1 vol.   » »

Atlas pour la classe de Troisième (32 cartes). 1 vol.   5 fr.

Géographie de l'Europe (classe de Seconde). 1 vol.   3 fr.

Atlas correspondant (22 cartes). 1 vol. Prix.   3 fr. 50

Géographie de la France (classe de Rhétorique). 1 vol.   3 fr.

Atlas correspondant (18 cartes). 1 vol. Prix.   3 fr. 50

— *Cours de géographie*, comprenant la description physique et politique, et la géographie historique des diverses contrées du globe. 1 vol. in-16, cart.   4 fr. 25

— *Petit cours de géographie moderne.* 1 vol. in-16, cartonné.   1 fr. 50

Joanne (P.) *Géographies départementales de la France et de l'Algérie.* 87 v. in-16, cart.

La description de chaque département accompagnée d'une carte et de gravures, et suivie d'un dictionnaire alphabétique des communes, se vend séparément. 1 fr.

Le département de la Seine.   1 fr. 50

L'Algérie, par M. Fillias.   1 fr. 50

Meissas et **Michelot**. *Atlas et cartes.*

PETITS ATLAS FORMAT IN-8°

A. *Atlas élémentaire de géographie moderne* (8 cartes écrites).   2 fr. 50

B. *Le même*, avec 8 cartes muettes (16 cartes), cartonné.   3 fr. 50

C. *Atlas universel de géographie moderne* (17 cartes écrites), cart.   5 fr.

D. *Le même*, avec 8 cartes muettes (25 cartes), cartonné.   6 fr.

E. *Atlas de géographie ancienne et moderne* (36 cartes écrites), cart.   9 fr.

F. *Le même*, avec 8 cartes muettes (44 cartes), cartonné.   10 fr.

G. *Atlas universel de géographie ancienne, du moyen âge et moderne et de géographie sacrée* (54 cartes écrites), cartonné. 14 fr.

H. *Le même*, avec 8 cartes muettes (62 cartes), cartonné. 15 fr.

Atlas de géographie ancienne (19 cartes écrites), cartonné. 5 fr.

Atlas de géographie du moyen âge (10 cartes écrites), cart. 3 fr. 50

Atlas de géographie sacrée (8 cartes écrites), cartonné. 2 fr.

Chacune des cartes écrites séparément. 35 c.

GRANDS ATLAS FORMAT IN-FOLIO.

A. *Atlas élémentaire* (8 cartes écrites). 6 fr.

B. *Le même*, avec 8 cartes muettes (16 cartes), cartonné. 11 fr. 50

C. *Atlas universel* (12 cartes écrites), cartonné. 10 fr. 50

D. *Le même*, avec 9 cartes muettes (20 cartes), cartonné. 15 fr.

E. *Atlas universel* (19 cartes écrites). 15 fr.
Chaque carte séparément. 1 fr.

GRANDES CARTES MURALES.

Chaque carte murale est accompagnée d'un questionnaire qui est donné gratuitement aux acquéreurs de la carte à laquelle il se réfère. Chaque questionnaire se vend en outre séparément 50 c.

Les cartes en 16 feuilles ont 1 m. 80 de hauteur sur 2 m. 30 de largeur. Celles en 20 feuilles ont 1 m. 80 de hauteur sur 2 m. 80 de largeur.

Le collage sur toile, avec gorge et rouleau, se paye en sus : 1° pour les cartes en 16 feuilles, 12 fr.; 2° pour les cartes en 20 feuilles, 14 fr.

Géographie ancienne.

Empire romain écrit. 16 feuilles. 10 fr.

Géographie moderne.

Afrique écrite. 16 feuilles. 10 fr.

Amériques septentrionale et méridionale écrites. 20 feuilles. 12 fr.

Asie écrite. 16 feuilles. 10 fr.

Europe écrite. 16 feuilles. 9 fr.

France, Belgique et Suisse écrites. 16 feuilles. 9 fr.

Mappemonde écrite. 20 feuilles. 12 fr.

Mappemonde muette. 20 feuilles. 10 fr.

— *Nouvelles grandes cartes murales* indiquant le relief du terrain, tirées en couleur sur 12 feuilles jésus mesurant 2 mètres de haut sur 2 mètres 10 de large.

Le collage sur toile, avec gorge et rouleau, se paye en sus. 12 fr.

Europe écrite. 15 fr.

France muette ou *écrite.* 15 fr.

Il existe aussi une collection de *petites cartes murales*, dont le détail se trouve dans la Notice des livres élémentaires.

— *Géographie ancienne.* In-16. 2 fr. 50

— *Petite géographie ancienne.* In-18. 1 fr.

— *Géographie sacrée.* In-18, cart. 1 fr. 25

Reclus (Onésime). *Géographie :* la terre à vol d'oiseau. 2 vol. in-16, broché. 10 fr.

— *France, Algérie et colonies*, 1 vol. in-16, broché. 5 fr. 50

Schrader et **Gallouédec**, professeur d'histoire au lycée d'Orléans. *Nouveau cours de géographie* rédigé conformément aux programmes de 1890 pour l'Enseignement secondaire classique. 7 vol. in-16, avec gravures, cartes.

Classe de Cinquième. 1 vol. 3 fr.
Classe de Troisième. 1 vol. 3 fr. 50
Les autres volumes sont en préparation.

Schrader et **Prudent**. *Grandes cartes murales.* Ces cartes sont imprimées en couleur et mesurent 1 mètre 60 sur 1 mètre 90. En vente :

Amérique du Sud écrite; — France politique écrite; — France Physique.
Chaque carte en feuilles, 9 fr.; collée sur toile avec œillets, 15 fr.; collée sur toile avec gorge et rouleau, 16 fr.

Schrader, Prudent et **Anthoine**
Atlas de géographie moderne, 64 cartes in-f° imprimées en couleurs et accompagnées d'un texte géographique, statistique et ethnographique, et d'un grand nombre de cartes de détail, figures, diagrammes, etc., relié. 25 fr.

— *Atlas à l'usage de l'enseignement secondaire classique.* Extraits de l'Atlas de géographie in-folio :

Classe de Quatrième (16 cartes). 7 fr.
Classe de Troisième (19 cartes). 7 fr. 50
Classe de Seconde (18 cartes). 7 fr. 50
Classe de Rhétorique (11 cartes). 6 fr.

— *Atlas de poche*, contenant 51 cartes en couleur, in-8, cart. toile. 3 fr. 50

6° PHILOSOPHIE, DROIT, ÉCONOMIE POLITIQUE

AUTEURS FRANÇAIS

Condillac. *Traité des sensations*, livre I. Nouvelle édition, annotée par M. Charpentier, professeur de philosophie au lycée Louis-le-Grand. Petit in-16, br. 1 fr. 50

Descartes : *Discours de la méthode; première méditation.* Nouvelle édition classique, annotée par M. Charpentier. 1 vol. petit in-16, cart. 1 fr. 50

— *Les principes de la philosophie*, livre I. Nouvelle édition, annotée par le même auteur. 1 vol. petit in-16, br. 1 fr. 50

Leibniz : *Extraits de la Théodicée*, publiés et annotés par M. P. Janet, de l'Institut. 1 vol. petit in-16, cart. 2 fr. 50

— *Nouveaux essais sur l'entendement humain*, avant-propos et livre I, publié d'après les meilleurs manuscrits, avec des notes, par M. P. Lachelier, maître de conférences à la Faculté des lettres de Caen. 1 vol. petit in-16, cart. 1 fr. 75

— *La monadologie*, publiée d'après les manuscrits de la bibliothèque de Hanovre, avec notes, par le même. Pct. in-16 c. 1 fr.

Malebranche : *De la recherche de la vérité*, livre II, annoté par M. R. Thamin, maître de conférences à la Faculté des lettres de Lyon. Petit in-16, cart. 1 fr. 50

Pascal : *Opuscules philosophiques* publiés par M. Adam, chargé du cours de philosophie à la Faculté des lettres de Dijon. 1 vol. petit in-16, cart. 1 fr. 50

AUTEURS LATINS

Cicéron : *De natura Deorum*, livre II. Texte latin, annoté par M. Thiaucourt, maître de conférences à la Faculté des lettres de Nancy. 1 vol. petit in-16, cartonné. 1 fr. 50

Le même ouvrage, traduction française, de J.-V. Le Clerc, sans le texte latin. 1 vol. petit in-16, broché. 1 fr.

— *De officiis*, libri tres. Texte latin, annoté par M. H. Marchand. 1 v. in-16, cart. 1 fr.

Le même ouvrage, traduction française, par M. Sommer, sans le texte latin, 1 vol. in-16, broché. 1 fr. 50

Lucrèce : *De natura rerum*, livre V. Texte latin, annoté par MM. Benoist et Lantoine. 1 vol. petit in-16, cart. 90 c.

— *De la nature*, traduction française, par M. Patin. 1 vol. in-16, broché. 3 fr. 50

Sénèque : *Lettres à Lucilius* (les seize premières). Texte latin, annoté par M. Aubé, ancien professeur de philosophie au lycée Condorcet. 1 vol. petit in-16, cartonné. 75 c.

Le même ouvrage, traduction française par M. Baillard, sans le texte. 1 vol. in-16, broché. 1 fr.

— *Œuvres complètes*, traduites en français, avec des notes, par M. J. Baillard. 2 vol. in-16, brochés. 7 fr.

AUTEURS GRECS

Aristote : *Morale à Nicomaque*, livre X. Texte grec, annoté par M. Hannequin, professeur au lycée de Lyon. 1 vol. in-16, cartonné. 1 fr. 50

Le même ouvrage, traduction française de Fr. Thurot, avec une introduction et des notes, par Ch. Thurot. 1 vol in-16, broché. 75 c.

Épictète : *Manuel.* Texte grec, publié avec des notes et un vocabulaire, par M. Thurot. 1 vol. petit in-16, cart. 1 fr.

Le même ouvrage, traduction française, par M. Fr. Thurot, sans le texte grec. 1 vol. petit in-16, broché. 1 fr.

Platon : *République*, 6ᵉ livre. Texte grec, annoté par M. Aubé, ancien professeur de philosophie au lycée Condorcet. 1 vol. petit in-16, cartonné. 1 fr. 50

Le même ouvrage, traduction française, par M. Aubé. 1 v. in-16, br. 1 fr. 50

— *République*, 7ᵉ livre. Texte grec, annoté par M. Aubé. Petit in-16, cart. 1 fr. 50

Le même ouvrage, traduction française, par M. Aubé. 1 vol. p. in-16, br. 1 fr. 50

— *République*, 8ᵉ livre. Texte grec, précédé d'une notice sur la vie et les ouvrages de Platon, d'une introduction comprenant : 1° Objet de la République de Platon; 2° Analyse des dix livres de la République ; 3° Étude sur le huitième livre de la République, et accompagnée de notes par M. Aubé. Petit in-16, cart. 1 fr. 50

Le même ouvrage, traduction française, par M. Aubé. 1 vol. petit in-16, br. 1 fr.

Xénophon : *Mémorables*, livre I. Texte grec, annoté par M. Lebègue, maître de conférences à l'École des Hautes Études. 1 vol. petit in-16, cartonné. 1 fr.

— *Entretiens mémorables de Socrate*, traduction française par M. Sommer, sans le texte. 1 vol. petit in-16, broché. 1 fr. 75

OUVRAGES DIVERS

Adam, professeur à la Faculté des lettres de Dijon. *Etude sur les principaux philosophes.* 1 vol. in-16, broché. 4 fr.

Bouillier, membre de l'Institut. *Du plaisir et de la douleur.* 1 vol. in-16. 3 fr. 50

— *La vraie conscience.* 1 v. in-16, br. 3 f. 50

— *Etudes familières de psychologie et de morale.* 2 vol. in-16, brochés. 7 fr.
Chaque volume se vend séparément.

— *Questions de morale pratique.* 1 vol. in-16, broché. 3 fr. 50

Caro, ancien professeur à la Faculté des lettres de Paris. *L'idée de Dieu et ses nouveaux critiques.* 1 vol. in-16, broché. 3 fr. 50

— *Le matérialisme et la science.* 1 volume in-16, broché. 3 fr. 50

— *Etudes morales sur le temps présent.* 2 vol. in-16, brochés. 7 fr.

— *Le pessimisme au* xixe *siècle.* 1 vol. in-16, broché. 3 fr. 50

— *La philosophie de Gœthe.* In-16. 3 fr. 50

— *Problèmes de morale sociale.* 1 vol. in-16, broché. 3 fr. 50

— *Philosophie et philosophes.* 1 volume in-16. 3 fr. 50

Carrau, ancien maître de conférences à la Faculté des lettres de Paris. *Etude sur la théorie de l'évolution.* In-16, br. 3 fr. 50

Fouillée, maître de conférences à l'Ecole normale supérieure. *L'idée moderne du droit en Allemagne, en Angleterre et en France.* 1 vol. in-16, broché. 3 fr. 50

— *La science sociale contemporaine.* 1 vol. in-16, broché. 3 fr. 50

— *La philosophie de Platon.* 4 volumes in-16. 14 fr.

Franck, membre de l'Institut. *Dictionnaire des sciences philosophiques.* 1 fort vol. grand in-8, broché. 35 fr.
Le cartonnage se paye en sus 2 fr. 75.

— *Essais de critique philosophique.* 1 vol. in-16, broché. 3 fr. 50

— *La Kabbale,* 1 vol. in-8 br. 7 fr. 50

Jacques, Jules Simon et Saisset. *Manuel de philosophie.* 1 vol. in-8. 8 fr.

Joly, professeur à la Faculté des lettres de Paris. *Psychologie comparée : l'homme et l'animal.* 1 vol. in-16, br. 3 fr. 50

— *Psychologie des grands hommes.* 1 vol. in-16, broché. 3 fr. 50

Jouffroy (Th.). *Cours de droit naturel.* 2 vol. in-16, brochés. 7 fr.

— *Mélanges philosophiques.* 1 volume in-16, broché. 3 fr. 50

— *Nouveaux mélanges philosophiques.* 1 volume in-16, broché. 3 fr. 50

Jourdain (C.). *Notions de philosophie,* comprenant des *notions d'économie politique.* 18e édition, refondue. 1 vol. in-16, broché. 5 fr.

Le Roy (Albert). *Sujets et développements de compositions françaises* (dissertations philosophiques) données à la Sorbonne, de 1866 à 1883. In-8, br. 5 fr.

Rabier (E.), professeur de philosophie au lycée Charlemagne, membre du Conseil supérieur de l'instruction publique. *Leçons de philosophie.* Nouveau cours, contenant les matières indiquées par les programmes de 1885. 3 vol. in-8, br :
Tome 1er. *Psychologie.* In-8. 7 fr. 50
Ouvrage couronné par l'Institut.
Tome II. *Logique.* 1 vol. 5 fr.
Tome III. *Morale et Métaphysique.* » »

Ravaisson. *La philosophie en France au* xixe *siècle.* 1 vol. in-8, broché. 7 fr. 50

Simon (Jules). *La religion naturelle.* 1 vol. in-16, broché. 3 fr. 50

— *Le devoir.* 1 vol. in-16, br. 3 fr. 50

— *La liberté civile.* 1 vol. in-16. 3 fr. 50

— *La liberté politique.* In-16. 3 fr. 50

— *La liberté de conscience.* In-16. 3 fr. 50

— *L'école.* 1 vol. in-16, br. 3 fr. 50

— *L'ouvrière.* 1 vol. in-16, br. 3 fr. 50

Taine. *Les philosophes classiques du* xixe *siècle en France.* In-16, br. 3 fr. 50

— *De l'intelligence.* 2 vol. in-16, br. 7 fr.

Tridon-Péronneau. *Recueil de dissertations philosophiques.* 1 v. in-16, br. 4 fr.

Vacherot (E.), membre de l'Institut. *Le nouveau spiritualisme.* 1 v. in-8. 7 fr. 50

Worms (R.), agrégé de philosophie : *Précis de philosophie,* rédigé conformément aux programmes officiels pour la classe de philosophie, d'après les *Leçons de philosophie* de M. Rabier, 1 vol. in-16, br. 4 fr.

— *Eléments de philosophie scientifique et de philosophie morale,* à l'usage des candidats aux Baccalauréats de Mathématique et de l'Enseignement moderne, 1 vol. in-16, br. 1 fr. 50

— *La morale de Spinoza.* 1 v. in-16. 3 f. 50
Ouvrage couronné par l'Institut.

Zeller. *La philosophie des Grecs,* traduite de l'allemand, par M. E. Boutroux, maître de conférences à l'Ecole normale supérieure et par ses collaborateurs :
Tomes I et II. *La philosophie des Grecs avant Socrate,* par M. Boutroux. 2 vol. in-8, brochés. 20 fr.
Tome III. *Socrate et les socratiques,* par M. Belot. 1 vol. in-8, br. 10 fr.

7° SCIENCES ET ARTS

§ 1. *Arithmétique et applications diverses.*

Bertrand (Joseph). *Traité d'arithmétique.* 1 vol. in-8, broché.   4 fr.

Cirodde (P.-L.). *Leçons d'arithmétique.* 1 vol. in-8, broché.   4 fr.

Degranges (Edmond). *Arithmétique commerciale et pratique.* In-8, broché.   5 fr.

— *La tenue des livres.* In-8, broché.   5 fr.

Dupuis. *Tables de logarithmes* à sept décimales, d'après Callet, Véga, Bremiker, etc. 1 vol. grand in-8, cart.   10 fr.

— *Tables de logarithmes* à cinq décimales, d'après de Lalande. 1 vol. grand in-18, cartonnage toile.   2 fr. 50

— *Tables de logarithmes* à quatre décimales. 1 vol. petit in-16, cartonné.   75 c.

Hoefer. *Histoire des mathématiques.* 1 v. in-16, broché.   4 fr.

Maire. *Arithmétique*, suivie des éléments du système métrique et du tracé des figures les plus simples de la géométrie plane. 2 vol. in-16, cartonnés :

Classes Préparatoire et de Huitième. 1 vol.   1 fr.

Classe de Septième. 1 vol.   1 fr. 50

Pichot, censeur honoraire du lycée Condorcet. *Arithmétique*, rédigée conformément aux programmes de 1890 pour les classes de Septième, Sixième et Cinquième. In-16, cart.   2 fr. 50

— *Arithmétique élémentaire*, conforme aux programmes de 1890, à l'usage des classes de Troisième et Rhétorique. 1 vol. in-16, cart.   2 fr.

— *Éléments d'arithmétique* à l'usage de la classe de mathématiques élémentaires. 1 vol. in-8, broché.   3 fr.

Sonnet. *Problèmes et exercices d'arithmétique et d'algèbre.* 2 vol. in-8, br. 5 fr.

— *Dictionnaire des mathématiques appliquées.* 1 vol. grand in-8, broché.   30 fr.

Le cartonnage se paye en sus 2 fr. 75.

Tombeck. *Traité d'arithmétique.* 1 vol. in-8, broché.   4 fr.

§ 2. *Géométrie; Arpentage; Dessin.*

Bos, anc. insp. d'Académie. *Géométrie élémentaire*, conforme aux programmes de 1890, à l'usage des classes de Quatrième, Troisième et de Seconde. 1 vol. in-16, cart.   2 fr.

Bos et Rebière. *Éléments de géométrie*, à l'usage de la classe de mathématiques élémentaires. 1 vol. in-8, broché.   7 fr.

Bougueret, professeur de dessin au lycée Saint-Louis. *Cours de dessin et notions de géométrie*, à l'usage des classes élémentaires de dessin. 50 planches in-4. Prix :   7 fr. 50

On vend séparément :

Dessin et géométrie des figures planes. 23 planches.   3 fr. 50

Dessin et géométrie des solides, 12 planches.   1 fr. 75

Constructions géométriques et lavis. 15 planches.   2 fr. 25

Briot et Vacquant. *Arpentage, levé des plans, nivellement.* 1 vol. in-16, avec des figures et des planches, broché.   3 fr.

— *Éléments de géométrie :*

1° *Théorie.* In-8, avec figures.   5 fr.

2° *Application.* In-8, avec fig.   3 fr. 50

Sonnet. *Géométrie théorique et pratique.* 2 vol. in-8, texte et planches, br.   6 fr.

Tombeck. *Traité de géométrie élémentaire.* 1 vol. in-8, broché.   5 fr.

— *Précis de levé des plans, d'arpentage et de nivellement.* In-8, broché.   1 fr. 50

§ 3. *Algèbre; Géométrie analytique; Géométrie descriptive; Trigonométrie.*

Bertrand (Joseph), membre de l'Institut. *Traité d'algèbre :*

1re *partie*, à l'usage des classes de Mathématiques élémentaires. In-8.   5 fr.

2° *partie*, à l'usage des classes de Mathématiques spéciales. 1 vol. in-8, br. 5 fr.

Bos. *Éléments d'algèbre*, à l'usage de la classe de Mathématiques élémentaires et des candidats au baccalauréat. 1 vol. in-8, broché.   7 fr.

Briot et Vacquant. *Éléments de géométrie descriptive*, à l'usage des classes de Mathématiques élémentaires et des candidats au baccalauréat. 1 vol. in-8, avec figures, broché. 3 fr. 50

Dessenon. *Éléments de géométrie analytique*, à l'usage des candidats aux écoles du gouvernement et des élèves de première année de la classe de Mathématiques spéciales. 1 vol. in-8, avec figures, broché. 7 fr. 50

Kiæs. *Traité élémentaire de géométrie descriptive :*

1° *partie*, à l'usage des classes de Mathématiques élémentaires et des candidats au baccalauréat. 1 vol. in-8 de texte et 1 vol. in-8 de planches. 7 fr.

2° *partie*, à l'usage des classes de Mathématiques spéciales et des candidats aux Écoles normale supérieure, polytechnique et centrale. 1 vol. in-8 de texte et 1 vol. in-8 de planches, brochés. 10 fr.

Launay, professeur au lycée Saint-Louis. *Éléments d'algèbre*, conformes aux programmes de 1890, à l'usage des classes de Seconde et de Rhétorique. 1 vol. in-16, avec figures, cartonnage toile. 3 fr.

Pichot. *Algèbre élémentaire*, contenant les matières des programmes de 1890, à l'usage des classes de Seconde et de Rhétorique. 1 vol. in-16, cart. 2 fr.

— *Éléments de trigonométrie rectiligne*, à l'usage de la classe de Mathématiques élémentaires 1 vol. in-8, broché. 3 fr. 50

Pichot et de Batz de Trenquelléon. *Géométrie descriptive*, à l'usage des candidats au baccalauréat. 1 vol. in-8, avec figures, broché. 1 fr. 50

— *Complément de géométrie descriptive*, à l'usage des candidats à Saint-Cyr. 1 vol. in-8, avec figures, broché. 3 fr. 50

Sonnet. *Premiers éléments de calcul infinitésimal.* 1 vol. in 8, broché. 6 fr.

Sonnet et Frontera. *Éléments de géométrie analytique*, rédigés conformément au dernier programme d'admission à l'Ecole normale supérieure. In-8, br. 8 fr.

Tombeck. *Traité élémentaire d'algèbre*, à l'usage des classes de Mathématiques élémentaires. 1 vol. in-8, broché. 4 fr.

— *Cours de trigonométrie rectiligne.* 1 vol. in-8, broché. 2 fr. 50

— *Traité élémentaire de géométrie descriptive.* 1 vol. in-8, broché. 2 fr. 50

§ 4. *Mécanique.*

Collignon, inspecteur de l'École des ponts et chaussées. *Traité de mécanique.* 5 vol. in-8, avec figures, brochés. 37 fr. 50

1° partie, *Cinématique.* 1 vol. 7 fr. 50
2° partie, *Statique.* 1 vol. 7 fr. 50
3° partie, *Dynamique.* Liv. I à IV. 7 fr. 50
4° partie, *Dynamique.* Livres V à VII, 1 volume. 7 fr. 50
5° partie, *Compléments.* 1 vol. 7 fr. 50

Mascart, professeur au Collège de France. *Éléments de mécanique*, rédigés conformément au programme de l'enseignement scientifique dans les lycées. In-8, broché. 3 fr.

Mondiet et Thabourin : *Cours élémentaire de mécanique*, avec des énoncés et des problèmes, à l'usage de la classe de Mathématiques élémentaires. 3 vol. in-8, avec figures, brochés :

Tome I. *Principes ;* 3° édition en 2 fascicules :
1° fascicule. *Statique.* 1 vol. 2 fr. 50
2° fascicule. *Cinématique.* 1 v. 2 fr. 50
Tome II. *Mécanismes.* 1 vol. 3 fr.
Tome III. *Moteurs.* 1 vol. 6 fr.

— *Problèmes élémentaires de mécanique.* 1 vol. in-8, broché. 5 fr.

Pichot et de Batz de Trenquelléon. *Éléments de mécanique*, à l'usage de la classe de Mathématiques élémentaires. 1 vol. in-8, avec figures, broché. 3 fr. 50

Tombeck. *Notions de mécanique*, à l'usage des élèves des lycées. 1 vol. in-8. 2 fr.

§ 5. *Cosmographie.*

Guillemin (Am.). *Éléments de Cosmographie*, conformes au programme de 1890, à l'usage de la classe de Rhétorique. In-16, avec fig., cartonnage toile. 3 fr.

Pichot. *Traité élémentaire de cosmographie*, à l'usage de la classe de Mathématiques élémentaires. 1 vol. in-8, avec 207 figures et 2 planches, broché. 6 fr.

— *Cosmographie élémentaire*, contenant les matières du programme de 1890, à l'usage de la classe de Rhétorique. 1 vol. in-16, avec 147 fig., cart. toile. 2 fr. 50

Tombeck. *Cours de cosmographie.* 1 vol. in-8, avec figures, broché. 3 fr. 50

§ 6. *Physique; Chimie.*

Angot, ancien professeur de physique au lycée Condorcet. *Éléments de physique,* contenant les matières indiquées par les programmes de 1890, à l'usage des classes de Troisième et Philosophie. 1 vol. in-16 avec 447 figures, cartonné   5 fr.
— *Traité de physique élémentaire,* à l'usage des classes de mathématiques élémentaires et des candidats à l'École polytechnique. 1 vol. in-8, broché.   8 fr.
Cartonnage toile.   9 fr.

Ganot. *Traité élémentaire de physique;* 20° édit., refondue et complétée par M. Maneuvrier, agrégé des sciences physiques, 1 fort vol. in-16, avec 1147 fig., br.   8 fr.
Cartonnage toile   8 fr. 50
— *Cours de physique purement expérimental et sans mathématiques;* 9° édition, complètement refondue et rédigée à nouveau, par M. Maneuvrier. 1 vol. in-16, avec 569 fig., broché.   6 fr.
Cartonnage toile.   6 fr. 50

Gay, professeur de physique au lycée Louis-le-Grand ; *Lectures scientifiques* (physique, chimie), rédigées conformément aux programmes du 28 janvier 1890. 1 fort vol. in-16, avec figures, broché.   4 fr. 50
Cartonnage toile.   5 fr.

Gossin, proviseur du lycée de Lyon. *Cours de physique,* conforme aux programmes de 1890, à l'usage des classes de Troisième et Philosophie, 1 vol. in-16, avec figures, cart.   4 fr.

Joly, maître de conférences à la Faculté des sciences de Paris. *Éléments de chimie,* conformes aux programmes de 1890, à l'usage des classes de Philosophie. 1 vol. in-16, avec fig., cartonnage toile.   3 fr.

Payen. *Précis de chimie industrielle;* 6° édition, revue et mise au courant par M. Vincent. 2 vol. in-8 de texte et 1 vol. de planches, brochés.   32 fr.

§ 7. *Histoire naturelle.*

Gervais. *Éléments de zoologie,* comprenant l'anatomie, la physiologie, la classification et l'histoire naturelle des animaux; 4° édit. 1 v. in-8, avec 604 figures et 3 planches, broché.   9 fr.
— *Cours élémentaire d'histoire naturelle, zoologie,* contenant les matières des programmes de 1850, à l'usage de la classe de Sixième. 1 vol. in-16, avec figures, cartonné.   3 fr.

Mangin, professeur au lycée Louis-le-Grand. *Cours élémentaire de botanique,* conforme au programme de 1890, à l'usage de la classe de Cinquième. 1 vol. in-16, avec 446 fig., cartonnage toile.   3 fr. 50
— *Anatomie et physiologie végétales,* conformes au programme de 1890, à l'usage de la classe de Philosophie. 1 vol. in-16, avec fig., cart. toile.   5 fr.
— *Éléments d'hygiène,* rédigés conformément aux programmes de 1890 et de 1891, à l'usage de la classe de Rhétorique. 1 vol. in-16 avec gravures, cartonnage toile. 3 fr.

Perrier, professeur au Muséum d'histoire naturelle de Paris. *Éléments de zoologie,* conforme au programme de 1890, à l'usage de la classe de Sixième. 1 volume in-16, avec 328 fig., cart. toile.   3 fr.

— *Anatomie et physiologie animales,* contenant les matières indiquées par le programme de 1890, à l'usage de la classe de Philosophie. 1 vol. in-8 avec 328 figures, broché.   8 fr.

Seignette, professeur au lycée Condorcet. — *Cours élémentaire de géologie,* conforme au programme de 1890, à l'usage de la classe de Cinquième. 1 vol. in-16, avec figures, cartonnage toile.   2 fr. 50

8° ÉTUDE DE LA LANGUE LATINE

Asselin, professeur au collège Rollin. *Choix de dissertations françaises et latines, de vers et de thèmes grecs,* à l'usage des candidats à la licence ès lettres : sujets et développements. 1 vol. in-8. 5 fr.
— *Compositions françaises et latines,* à l'usage des lycées, des collèges. 1 vol in-8, broché.   6 fr

Auteurs latins (les) **expliqués d'après une méthode nouvelle par deux traductions françaises**, l'une littérale et *juxtalinéaire*, présentant le mot à mot français en regard des mots latins correspondants ; l'autre correcte et précédée du texte latin ; par une société de professeurs et de latinistes. Format in-16, broché :
Cette collection comprend les principaux auteurs qu'on explique dans les classes.

César : Guerre des Gaules, 2 vol.   9 fr.
   Chaque volume se vend séparément.
— Guerre civile, livre I.   2 fr. 25
Cicéron : Brutus.   4 fr.
— Catilinaires (les quatre).   2 fr.
— Des lois, livre I.   1 fr. 50
— Des devoirs.   6 fr.
— Dialogue sur l'amitié.   1 fr. 25
— Dialogue sur la vieillesse.   1 fr. 25
— Discours pour la loi Manilia.   1 fr. 50
— Discours pour Ligarius.   75 c.
— Discours pour Marcellus.   75 c.
— Discours sur les statues.   3 fr.
— Discours sur les supplices.   3 fr.
— Seconde philippique.   2 fr.
— Plaidoyer pour Archias.   90 c.
— Plaidoyer pour Milon.   1 fr. 50
— Plaidoyer pour Murena.   2 fr. 50
— Songe de Scipion.   50 c.
Cornelius Nepos.   5 fr.
Heuzet : Histoires choisies des écrivains profanes, 2 vol.   6 fr.
   Chaque volume séparément.   3 fr.
Horace : Art poétique.
— Épîtres.   2 fr.
— Odes et Épodes. 2 vol.   4 fr. 50
   Les livres I et II des Odes.   2 fr.
   Les livres III et IV des Odes et les Épodes.   2 fr. 50
— Satires.   2 fr.
Justin : Histoires philippiques. 2 v. 12 fr.
   Chaque volume séparément.   6 fr.
Lhomond : Abrégé de l'histoire sainte. 3 fr.
— Sur les hommes illustres de la ville de Rome.   4 fr. 50
Lucrèce : Morceaux choisis de M. Poyard. Prix.   3 fr. 50
Ovide : Choix des métamorphoses.   6 fr.
Phèdre : Fables.   2 fr.
Plaute : L'Aululaire.   1 fr. 75
Quinte-Curce : Histoire d'Alexandre le Grand, 2 vol.   12 fr.
   Chaque volume se vend séparément   6 fr.
Salluste : Catilina.   1 fr. 50
— Jugurtha.   3 fr. 50
Sénèque : De la vie heureuse.   1 fr. 50

Tacite : Annales, 4 vol.   18 fr.
   Chaque volume se vend séparément.
— Germanie (la).   1 fr.
— Histoires. Livres I et II.   5 fr.
— Vie d'Agricola.   1 fr. 50
Térence : Adelphes.   2 fr.
— Andrienne.   2 fr. 50
Tite-Live. Livres XXI et XXII.   5 fr.
— Livres XXIII, XXIV et XXV. 7 fr. 50
Virgile : Bucoliques (les).   1 fr.
— Géorgiques (les).   2 fr.
— Enéide : 4 volumes.   16 fr.
   Chaque volume séparément.   4 fr.
   Chaque livre séparément.   1 fr. 50

Bloume. *Une première année de latin;* 8ᵉ édition. 1 vol. in-16, cartonné.   2 fr.

Bouché-Leclercq : *Manuel des institutions romaines.* 1 volume grand in-8, broché.   15 fr.

Bréal, professeur de grammaire comparée au Collège de France, et **Person** (Léonce), ancien professeur au lycée Condorcet. *Grammaire latine élémentaire,* 1 v. in-16, cartonnage toile.   2 fr.
— *Grammaire latine*, cours élémentaire et moyen. 1 volume in-16, cartonnage toile. Prix.   2 fr. 50
— *Exercices.* Voyez *Pressard.*

Bréal et Bailly, professeur au lycée d'Orléans. *Leçons de mots ;* les mots latins groupés d'après le sens et l'étymologie :
   Cours élémentaire, à l'usage de la classe de Sixième. In-16 cart.   1 fr. 25
   Exercices sur le Cours élémentaire. Voyez *Person.*
   Cours intermédiaire, à l'usage des classes de Cinquième et de Quatrième. 1 vol. in-16, cartonné.   2 fr. 50
   Cours supérieur. Dictionnaire étymologique latin. 1 vol. in-8, cart.   7 fr. 50

Chassang, ancien inspecteur général de l'instruction publique. *Modèles de composition latine*, avec des arguments, des notes et des préceptes sur chaque genre de composition. 1 vol. in-16, cart.   2 fr.

Châtelain, chargé de conférences à la Faculté des lettres de Paris. *Lexique latin-français*, rédigé conformément au décret du 19 juin 1880, à l'usage des candidats au baccalauréat ; nouvelle édition. 1 vol. in-16, cart.   6 fr.
   Reconnu conforme à la note officielle du 29 janvier 1881.

Classiques latins; nouvelle collection, format petit in-16, publiée avec des notices, des arguments analytiques et des notes en français.

Ces éditions se recommandent par la pureté du texte, la concision des notes, la commodité du format, l'élégance et la solidité du cartonnage.

César : Commentaires (Benoist et Dosson). 1 vol.   2 fr. 50

Cicéron : Extraits des discours (F. Ragon).   2 fr. 50
— Extraits des ouvrages de rhétorique, (V. Cucheval, professeur de rhétorique au lycée Condorcet.)   2 fr.
— Choix de lettres (V. Cucheval).   2 fr.
— De amicitia (E. Charles, recteur). 75 c.
— De finibus bonorum et malorum, libri I et II (E. Charles, recteur).   1 fr. 50
— De legibus, livre I (Lucien Lévy, professeur au lycée d'Amiens).   75 c.
— De natura Deorum (Thiaucourt). 1 fr. 50
— De re publica (E. Charles).   1 fr. 50
— De signis (E. Thomas, prof. à la Faculté des lettres de Douai.   1 fr. 50
— De suppliciis (E. Thomas).   1 fr. 50
— De senectute (E. Charles).   75 c.
— In M. Antonium oratio philippica secunda (Gantrelle).   1 fr.
— In Catilinam orationes quatuor (Noël, professeur au lycée de Versailles). 75 c.
— Orator (C. Aubert).   1 fr.
— Pro Archia poeta (E. Thomas).   60 c.
— Pro lege Manilia (Noël).   60 c.
— Pro Ligario (Noël).   30 c.
— Pro Marcello (Noël).   30 c.
— Pro Milone (Noël).   75 c.
— Pro Murena (Noël).   75 c.
— Somnium Scipionis (V. Cucheval). 30 c.

Cornelius Nepos (Monginot, professeur au lycée Condorcet.   90 c.
Élégiaques romains (Waltz).   1 fr. 80
Epitome historiæ græcæ (Julien Girard). Prix.   1 fr. 50
Heuzet : Selectæ e profanis scriptoribus historiæ. Édition simplifiée (Lecomte). Prix.   1 fr. 80
Horace : De arte poetica (M. Albert). 60 c.
Jouvency : Appendix de diis et heroibus (Edeline).   70 c.
Lhomond : De viris illustribus urbis Romæ (L. Duval).   1 fr. 50
— Epitomæ historiæ sacræ (Pressard, professeur au lycée Louis-le-Grand). 75 c.

Lucrèce : De natura rerum, livre V (Benoist et Lantoine).   90 c.
— Morceaux choisis (Poyard, professeur au lycée Henri IV).   1 fr. 50 c.
Ovide : Morceaux choisis des métamorphoses (Armengaud).   1 fr. 80
Pères de l'Église latine : Morceaux choisis (Nourrisson).   2 fr. 25
Phèdre : Fables (Talbert).   80 c.
Plaute : L'aululaire (Benoist).   80 c.
— Morceaux choisis (Benoist).   2 fr.
Pline le Jeune : Choix de lettres (Waltz, prof. à l'Ecole sup. d'Alger).   1 fr. 80
Quinte-Curce (Dosson).   2 fr. 25
Quintilien : De institutione oratoria (Dosson).   1 fr. 80
Salluste (Lallier).   1 fr. 80
Sénèque : De vita beata (Delaunay). 75 c.
— Lettres à Lucilius, I à XVI (Aubé). 75 c.
Tacite : Annales (Jacob).   2 fr. 50
— Hist., livres I et II (Gœlzer).   1 fr. 80
— Histoires (Gœlzer).   1 fr. 80
— Vie d'Agricola (Jacob).   75 c.
Térence : Adelphes (Psichari).   80 c.
Tite-Live (Riemann et Benoist).
  Livres XXI et XXII. 1 vol.   2 fr.
  Livres XXIII, XXIV et XXV. 1 vol. 2 fr. 50
  Livres XXVI à XXX. 1 vol.   3 fr. »
— Narrations (Riemann et Uri). 1 fr. 80
Virgile (Benoist).   2 fr. 25

Classiques latins, formats in-16. Editions publiées avec des notes en français, par les auteurs dont les noms sont indiqués entre parenthèses.

Cicero : De officiis (H. Marchand). 1 fr.
— De oratore (Bétolaud).   1 fr 50
— Tusculanarum quæstionum libri V (Jourdain).   1 fr. 50
Horatius : Opera (Sommer).   2 fr.
Justinus : Historiæ philippicæ (Pessonneaux).   1 fr. 50
Lucain : La Pharsale (Naudet).   2 fr.
Narrationes selectæ e scriptoribus latinis (Chassang).   2 fr. 25
Pline l'Ancien : Morceaux extraits de l'Histoire naturelle (Chassang). 1 fr. 50
— Panégyrique de Trajan (Bétolaud). 75 c.
Sénèque : Choix de lettres morales à Lucilius (Sommer).   1 fr. 25
Voir ci-dessus *Classiques latins* (nouvelle collection, format petit in-16).

Comte (Ch.), professeur agrégé au lycée Hoche. *Exercices latins à l'usage des commençants*. Recueil de versions et de thèmes écrits ou oraux sur l'Abrégé de Grammaire latine de M. L. Havet, avec un vocabulaire. 1 vol. in-16, cartonnage toile.   2 fr. 50

Éditions à l'usage des professeurs. Textes latins publiés d'après les travaux les plus récents de la philologie, avec des commentaires critiques et explicatifs, des introductions et des notices. Format grand in-8, broché. En vente :

Cicéron : Discours pour le poète Archias, par M. Émile Thomas, professeur à la Faculté des lettres de Lille. 1 vol. 2 fr. 50
— De suppliciis, par le même. 1 vol. 4 fr.
— De signis, par le même, 1 vol. 4 fr.
— Divinatio in Q. Cæcilium, par le même, 1 vol. 2 fr. 50
— Brutus, par M. J. Martha, maître de conférences à l'École normale supérieure. 1 vol. 6 fr.
Cornelius Nepos, par M. Monginot, professeur au lycée Condorcet. 1 vol. 2 fr. 50
Horace : L'Art poétique, par M. M. Albert, prof. au collège Rollin, 1 v. 2 fr. 50
Lucrèce : De la nature des choses, liv. V, par MM. Benoist, et Lantoine. 1 vol. 4 fr.
Salluste : Guerre de Jugurtha, par M. Lallier, ancien professeur à la Faculté des lettres de Paris. 1 vol. 4 fr.
— Catilina, par M. Anthoine. 1 vol. 6 fr.
Tacite : Annales, par M. Jacob, professeur à Louis-le-Grand. 2 vol. 15 fr.
— Dialogue des orateurs, par M. Gœlzer, maître de conférences à la Faculté des lettres de Paris. 1 vol. 4 fr.
Virgile, par M. Benoist. 3 vol. :
Bucoliques et Géorgiques. 1 vol. 7 fr. 50
Énéide ; 3ᵉ tirage. 2 vol. 15 fr.
Chaque volume séparément 7 fr. 50
Gow (Dʳ J.) principal du collège de Nottingham, et **S. Reinach** : *Minerva*, introduction à l'étude des classiques scolaires grecs et latins. Ouvrage adapté aux besoins des écoles françaises. 2ᵉ édit. 1 vol. in-16, cartonnage toile. 3 fr.
Guérard et Molliard, directeurs des études au collège Sainte-Barbe. *Petit dictionnaire latin-français*. 1 vol. in-16 cartonnage toile. 4 fr.
Havet (L.), prof. de philologie latine au Collège de France. *Abrégé de grammaire latine*, à l'usage des classes de grammaire. 1 vol. in-16, cart. toile. 1 fr. 50
— *Exercices*. Voyez Comte.
Le Roy. *Sujets et développements de compositions latines*. In-8, br. 3 fr. 50
— *Sujets et développements de compositions* données dans les Facultés de 1860 à 1873, ou proposées comme exercices préparatoires pour les examens de la licence ès lettres, avec des observations de M. Dübner. 2ᵉ édition. 1 vol. in-8, br. 4 fr.

Lhomond. *Éléments de la grammaire latine*. 1 vol. in-16, cartonné. 80 c.
Marais. *Recueil de versions latines* dictées dans les Facultés, depuis 1874 jusqu'en 1881, pour l'examen du baccalauréat ès sciences ; *textes et traductions*. 2 vol. in-8, Brochés. 6 fr.
Chaque volume séparément. 3 fr.
Merlet. *Études littéraires sur les grands classiques latins*, avec des extraits empruntés aux meilleures traductions. 1 vol. in-16, broché. 4 fr.
Méthode uniforme pour l'enseignement des langues, par E. Sommer.
Abrégé de grammaire latine. In-16, cartonné 1 fr. 25
Questionnaire sur l'Abrégé de grammaire latine. In-16, cartonné. 50 c.
Exercices sur l'Abrégé de grammaire latine. 1 vol. in-16, cartonné. 1 fr. 25
Corrigé desdits exercices. In-16. 1 fr. 50
Cours de versions latines extrait du recueil de Jacobs. 1ʳᵉ partie. 1 vol. in-16, cartonné. 1 fr.
Corrigé. 1 vol. in-16, broché. 1 fr. 25
Cours de versions latines. 2ᵉ partie. 1 vol. in-16, cartonné. 1 fr.
Corrigé. 1 vol. in-16, broché. 1 fr. 25
Cours de thèmes latins. In-16. 1 fr. 50
Cours complet de grammaire latine. 1 vol. in-8, cartonné. 2 fr. 50
Exercices sur le Cours complet de grammaire latine. In-8, cartonné. 2 fr. 50
Voir pages 7 et 23 pour les *langues française* et *grecque*.
Noël. *Dictionnaire français-latin* ; nouvelle édition revue par M. Pessonneaux, professeur au lycée Henri IV. 1 vol. grand in-8, cartonné toile. 8 fr.
— *Dictionnaire latin-français* ; nouvelle édition revue par M. Pessonneaux, professeur au lycée Henri IV. 1 vol. grand in-8, cartonnage toile. 8 fr.
— *Gradus ad Parnassum*, nouv. édit., revue par M. de Parnajon, profes. au lycée Henri IV. 1 vol. gr. in-8, cart. toile. 8 fr.
Patin. *Études sur la poésie latine*. 2 vol. in-16, brochés. 7 fr.
Person (Léonce), ancien professeur au lycée Condorcet : *Exercices de traduction et d'application* (thèmes et versions) sur les mots latins de MM. Bréal et Bailly. Cours élémentaire. 1 vol. in-16, cart. 1 fr.
Pierron. *Histoire de la littérature romaine*. 1 vol. in-16, broché. 4 fr.
Pressard, professeur au lycée Louis-le-Grand : *Premières leçons de latin*. 1 vol. in-16, cartonné. 2 fr. 50

Pressard (suite). *Exercices latins*, thèmes, versions, questionnaires et exercices oraux sur la Grammaire latine élémentaire de MM. Bréal et Person. 2 vol.

1re partie : Exercices sur les déclinaisons, les conjugaisons et les mots invariables. Thèmes et versions sur les éléments de la syntaxe, avec des listes de mots. 1 vol. in-16 cartonnage toile.   2 fr. 50

2e partie : Exercices sur la syntaxe et exercices généraux avec un vocabulaire. 1 vol. in-16, cartonnage toile.   2 fr. 50

Quicherat (L.). *Dictionnaire français-latin.* Nouvelle édition refondue par M. Chatelain. Grand in-8, cartonnage toile.   9 fr. 50

— *Thesaurus poeticus linguæ latinæ.* 1 vol. grand in-8, carton. toile.   8 fr. 50

— *Nouvelle prosodie latine.* 1 vol. in-16, cartonné.   1 fr.

— *Traité de versification latine.* 1 vol in-16 cartonné.   3 fr.

Quicherat et **Daveluy.** *Dictionnaire latin-français.* Nouvelle édition entièrement refondue par M. Chatelain. Grand in-8, cartonnage toile.   9 fr. 50

Sommer. *Lexique français-latin*, à l'usage des classes élémentaires, extrait du dictionnaire français-latin de M. Quicherat ; nouvelle édition revue et complétée par M. Chatelain. 1 vol. in-8 cartonné.   3 fr. 75

— *Lexique latin-français*, à l'usage des classes élémentaires, extrait du Dictionnaire latin-français de MM. Quicherat et

Daveluy ; nouvelle édition revue et complétée par M. Chatelain. 1 vol. in-8, cartonnage toile.   3 fr. 75

Voir *Méthode uniforme pour l'enseignement des langues*, pages 6 et 25.

Thurot et **Chatelain.** *Prosodie latine.* 1 vol. in-16, cart.   1 fr. 25

Traductions françaises des chefs-d'œuvre de la littérature latine, sans le texte latin, à 3 fr. 50 le volume format in-16 :

Le nom des traducteurs est indiqué entre parenthèses.

Horace (Jules Janin), 1 vol.

Juvénal et Perse (E. Despois), 1 vol.

Lucrèce (Patin), 1 vol.

Plaute (E. Sommer), 2 vol.

Sénèque (J. Baillard), 2 vol.

Tacite (J.-L. Burnouf), 1 vol.

Tite-Live (Gaucher), 4 vol.

Virgile (Cabaret-Dupaty), 1 vol.

Tridon-Péronneau. *Cours de Versions latines*, 125 textes précédés de notices sur les auteurs, disposés dans un ordre méthodique et accompagné de notes grammaticales, historiques et littéraires, à l'usage des candidats au baccalauréat. Textes latins. 1 vol. in-16, broché. 2 fr.

Le même ouvrage. Traduction française. 1 vol. in-16, broché.   1 fr. 50

Uri (J.). *Recueil de versions latines*, dictées à la Sorbonne pour les examens du baccalauréat ès lettres de 1883 à 1887. 2 vol. in-16 ; *textes et traductions*, br. 3 fr.

9° ÉTUDE DE LA LANGUE GRECQUE ANCIENNE

Alexandre (C.). *Dictionnaire grec-français*, suivi d'un *Vocabulaire grec-français des noms propres de la langue grecque*, par A. Pillon. 1 vol. grand in-8, cartonnage toile.   15 fr.

— *Abrégé du dictionnaire grec-français*, par le même auteur. 1 vol. grand in-8, cartonnage toile.   7 fr. 50

Alexandre, Planche et **Defauconpret.** *Dictionnaire français-grec.* 1 vol. in-8, cartonnage toile.   15 fr.

Auteurs grecs (les) **expliqués d'après une méthode nouvelle, par deux traductions françaises,** l'une littérale et *juxtalinéaire*, présentant le mot à mot français en regard des mots grecs correspondants, l'autre correcte et précédée du texte grec, avec des sommaires et des notes en français, par une société de professeurs et d'hellénistes. Format in-16.

Cette collection comprend les principaux auteurs qu'on explique dans les classes.

Aristophane : Plutus.   2 fr. 25

— Morceaux choisis de M. Poyard. 6 fr.

Aristote : Morale à Nicomaque, livre viii. 1 vol.   1 fr. 50

— Morale à Nicomaque, liv. x.   1 fr. 50

— Poétique.   2 fr. 50

Babrius : Fables.   4 fr.

Basile (S.) : De la lecture des auteurs profanes.   1 fr. 25

— Contre les usuriers.   75 c.

— Observe-toi toi-même.   90 c.

Chrysostome (S. Jean) : Homélie en faveur d'Eutrope.   60 c.

— Homélie sur le retour de l'évêque Flavien.   1 fr.

Démosthène : Discours contre la loi de Leptine.   3 fr. 50

— Discours pour Ctésiphon ou sur la couronne.   3 fr. 50

— Harangue sur les prévarications de l'ambassade.   6 fr.

— Les trois Olynthiennes. 1 fr. 50
— Les quatre Philippiques. 2 fr.
Denys d'Halicarnasse : Première lettre à Ammée. 1 fr. 25
Eschine : Discours contre Ctésiphon. 4 fr.
Eschyle : Prométhée enchaîné. 3 fr.
— Sept (les) contre Thèbes. 1 fr. 50
— Morceaux choisis de M. Weil. 5 fr.
Ésope : Fables choisies. 1 fr. 25
Euripide : Alceste. 2 fr.
— Electre. 3 fr.
— Hécube. 2 fr.
— Hippolyte. 3 fr. 50
— Iphigénie à Aulis. 3 fr.
Grégoire de Nazianze (S.) : Éloge funèbre de Césaire. 1 fr. 25
— Homélie sur les Machabées. 90 c.
Grégoire de Nysse (S.) : Contre les usuriers. 75 c.
— Eloge funèbre de saint Mélèce. 75 c.
Hérodote : Morceaux choisis. 7 fr. 50
Homère : Iliade. 6 volumes. 20 fr.
Chaque volume séparément. 3 fr. 50
Chaque chant séparément. 1 fr.
— Odyssée. 6 vol. 24 fr.
Chaque volume séparément. 4 fr.
Les chants 1, 2, 6, 11 et 12 se vendent séparément, chacun 1 fr.
Isocrate : Archidamus. 1 fr. 30
— Conseils à Démonique. 75 c.
— Eloge d'Evagoras. 1 fr.
— Panégyrique d'Athènes. 2 fr. 50
Luc (S.) : Evangile. 3 fr.
Lucien : Dialogues des morts. 2 fr. 25
— Le songe, ou le coq. 1 fr. 50
— De la manière d'écrire l'histoire. 2 fr.
Pères grecs (choix de discours tirés des). Prix : 7 fr. 50
Pindare : Isthmiques (les). 2 fr. 50
— Néméennes (les). 3 fr.
— Olympiques (les). 3 fr. 50
— Pythiques (les). 3 fr. 50
Platon : Alcibiade (le 1er). 2 fr. 50
— Apologie de Socrate. 2 fr.
— Criton. 1 fr. 25
— Gorgias. 6 fr.
— Phédon. 5 fr.
— République, livre VI. 2 fr. 50
— République, livre VIII. 2 fr. 50
Plutarque : De la lecture des poètes. 3 fr.
— Sur l'éducation des enfants. 2 fr.
— Vie d'Alexandre. 3 fr.
— Vie d'Aristide. 2 fr.
— Vie de César. 2 fr.
— Vie de Cicéron. 3 fr.
— Vie de Démosthène. 2 fr. 50
— Vie de Marius. 3 fr.
— Vie de Pompée. 5 fr.

— Vie de Solon. 3 fr.
— Vie de Sylla. 3 fr.
— Vie de Thémistocle. 2 fr.
Sophocle : Ajax. 2 fr. 50
— Antigone. 2 fr. 25
— Electre. 3 fr.
— Œdipe à Colone. 2 fr.
— Œdipe roi. 1 fr. 50
— Philoctète. 2 fr. 50
— Trachiniennes (les). 2 fr. 50
Théocrite : Œuvres complètes. 7 fr. 50
Thucydide : Guerre du Péloponèse :
Livre I. 6 fr.
Livre II. 5 fr.
Morceaux choisis de M. Croiset. 5 fr.
Xénophon : Anabase (les 7 liv.), 2 v. 12 fr.
Chaque livre séparément. 2 fr.
— Apologie de Socrate. 60 c.
— Cyropédie, livre I. 1 fr. 25
— — livre II. 1 fr. 25
— Economique. 3 fr. 50
— Entretiens mémorables de Socrate (les quatre livres) 7 fr. 50
— Extraits des Mémorables. 2 fr. 50
— Extraits de la Cyropédie. 1 fr. 25
— Morceaux choisis de M. de Parnajon Prix : 7 fr. 50
Bréal, professeur de grammaire comparée au Collège de France, et **Bailly**, professeur au lycée d'Orléans : *Leçons de mots* : les mots grecs groupés d'après le sens et l'étymologie. 1 vol. in-16, cart. 1 fr. 50
Voy. *Person* : Exerc. de trad. et d'applic.
Classiques grecs, nouvelle collection, format petit in-16, publiée avec des notices, des arguments analytiques et des notes en français.
Ces éditions se recommandent par la pureté du texte, la concision des notes, la commodité du format, l'élégance et la solidité du cartonnage.
Aristophane : Morceaux choisis (Poyard, professeur au lycée Henri IV). 2 fr.
Aristote : Morale à Nicomaque, livre VIII (Lucien Lévy, professeur au lycée d'Amiens). 1 fr.
— Morale à Nicomaque, livre X (Hannequin, professeur au lycée de Lyon). Prix : 1 fr. 50
— Poétique (Egger, membre de l'Institut) 1 fr.
Babrius : Fables (Desrousseaux). 1 fr. 50
Démosthène : Discours de la couronne (Weil, membre de l'Institut). 1 fr. 25
— Les trois Olynthiennes (Weil). 60 c.
— Les quatre Philippiques (Weil). 1 fr.
— Sept Philippiques (H. Weil). 1 fr. 50
Denys d'Halicarnasse : Première lettre à Ammée (Weil). 60 c.

Élien : Morceaux (J. Lemaire). 1 fr. 10
Épictète : Manuel (Thurot). 1 fr.
Eschyle : Morceaux choisis (Weil). 1 fr. 60
— Les Perses (Weil). 1 fr.
— Prométhée enchaîné (Weil). 1 fr.
Euripide : Théâtre (Weil). Alceste ; —
Électre ; — Hécube ; — Hippolyte ; —
Iphigénie à Aulis ; — Iphigénie en
Tauride. Chaque tragédie. 1 fr.
— Morceaux choisis (Weil). 2 fr.
Hérodote : Morceaux choisis (Tournier,
maître de conférences à l'École nor-
male). 1 vol. 2 fr.
Homère : Iliade (A. Pierron). 3 fr. 50
Les chants 1, 2, 6, 9, 10, 18, 22 et 24 se ven-
dent séparément. chacun. 25 c.
— Odyssée (A. Pierron). Les chants I, II,
VI, XI, XXII et XXIII. 2 fr. 50
Chaque chant séparément. 25 c.
Lucien : De la manière d'écrire l'histoire
(Lehugeur). 75 c.
— Dialogues des morts (Tournier et Des-
rousseaux). 1 fr. 50
— Morceaux choisis (Talbot). 2 fr.
— Le songe ou le coq (Desrousseaux).
Prix : 1 fr.
Platon : République, livre VI (Aubé, anc.
profes. au lycée Condorcet). 1 fr. 50
— République, livre VII (Aubé). 1 fr. 50
— République, livre VIII (Aubé). 1 fr. 50
— Criton (Ch. Waddington). 50 c.
— Morceaux choisis (Poyard) 2 fr.
Plutarque : Vie de Cicéron (Graux). 1 fr. 50
— Vie de Démosthène (Graux). 1 fr.
— Vie de Périclès (Jacob). 1 fr. 50
— Morceaux choisis des biographies
(Talbot). 2 vol. :
1° Les Grecs. 1 vol. 2 fr.
2° Les Romains. 1 vol. 2 fr.
— Morceaux choisis des œuvres morales
(V. Bétolaud). 1 vol. 2 fr.
Sophocle : Théâtre (Tournier). Ajax ; —
Antigone ; — Électre ; — Œdipe à Co-
lone ; — Œdipe roi ; — Philoctète ; — les
Trachiniennes. Chaque tragédie. 1 fr.
Le même théâtre, sans notes. 2 fr.
Sophocle : Morceaux choisis (Tournier).
Prix : 2 fr.
Thucydide : Morceaux choisis (A. Croi-
set, maître de conférences à la Faculté
des lettres de Paris). 2 fr.
Xénophon : Morceaux choisis (de Parna-
jon, prof. au lycée Henri IV). 2 fr.
— Économique (Graux et Jacob). 1 fr. 50
— Extraits de la Cyropédie (Petitjean).
Prix : 1 fr. 50
— Ext. des Mémorables (Jacob). 1 fr. 50
— Mémorables, livre I (Lebègue). 1 fr.

Classiques grecs, format in-16. Édi-
tions publiées avec des notes en français.
Aristophane : Plutus (Ducasau). 1 fr.
Babrius : Fables (Th. Fix). 60 c.
Basile (S.) : Discours sur la lecture des
auteurs profanes (Sommer). 50 c.
— Homélie sur le précepte : Observe-toi
toi-même (Sommer). 30 c.
Chrysostome (S. Jean) : Discours sur le
retour de l'évêque Flavien (Sommer).
40 c.
— Homélie en faveur d'Eutrope (Som-
mer). 30 c.
Démosthène : Discours contre la loi de
Leptine (Stiévenart). 90 c.
Eschyle : Sept contre Thèbes (les) (Ma-
terne). 1 fr.
Ésope : Fables choisies (Sommer). 1 fr.
Grégoire (S.) de *Nazianze* : Homélie sur
les Machabées (Sommer). 40 c.
Hérodote : Livre I (Sommer). 3 fr. 50
Homère : Odyssée (Sommer). 3 fr. 50
Les chants 1, 2, 6, 11, 12, 22 et 23 se ven-
dent séparément, chacun. 25 c.
Isocrate : Archidamus (Leprévost). 50 c.
— Éloge d'Évagoras (Sommer). 50 c.
— Panégyrique d'Athènes (Sommer). 80 c.
Lucien. Nigrinus (C. Leprévost). 40 c.
— Songe (le) ou le Coq (de Sinner). 50 c.
Pères grecs : Choix de discours (Som-
mer). 1 fr. 75
Pindare : Isthmiques (les) (Fix et Som-
mer). 60 c.
— Néméennes (les) (id.). 90 c.
— Olympiques (les) (id.). 1 fr. 50
— Pythiques (les) (id.). 1 fr. 50
Platon : Alcibiade (le premier). 65 c.
— Alcibiade (le second) (Mahlin). 50 c.
— Apologie de Socrate (Talbot). 60 c.
— Georgias (Sommer). 1 fr. 50
— Phédon (Sommer). 60 c.
Plutarque : De la lecture des poètes
(Ch. Aubert). 75 c.
— De l'éducat. des enfants (C. Bailly). 60 c.
Plutarque : Vie d'Alexandre (Bétolaud).
Prix : 1 fr.
— Vie d'Aristide (Talbot). 1 fr.
— Vie de César (Materne). 1 fr.
— Vie de Pompée (Druon). 1 fr.
— Vie de Solon (Deltour). 1 fr.
— Vie de Thémistocle (Sommer). 1 fr.
Théocrite : Idylles choisies (L. Renier).
Prix : 1 fr. 25
Thucydide : Guerre du Péloponèse :
Livre I (Legouëz). 1 fr. 60
Livre II (Sommer). 1 fr. 60

Xénophon : Anabase, les sept livres (de Parnajon). 3 fr.
Chaque livre séparément. 75 c.
— Cyropédie, livre I (Huret). 75 c.
— Cyropédie, livre II (Huret). 75 c.
— Entretiens mémorables de Socrate (Sommer). 2 fr.
Voir ci-dessus *Classiques grecs* (nouvelle collection. format petit in-16).

Croiset (A.) et **Petitjean**, professeur au lycée Buffon. *Premières leçons de grammaire grecque*, rédigées conformément au programme de la classe de Cinquième. 1 vol. in-16, cart. toile. 1 fr. 50
— *Grammaire grecque* à l'usage des classes de grammaire et de lettres. 1 vol. in-16, cart. toile. 3 fr.
— *Exercices d'application*, voir *Petitjean* et *Glachant.*

Denys d'Halicarnasse. *Jugement sur Lysias*, texte et traduction française publiés avec un commentaire critique et explicatif par MM. Desrousseaux, maître de conférences à la Faculté des lettres de Lille, et Egger, professeur agrégé au collège Stanislas. 1 vol. in-8, broché. 4 fr.

Dübner. *Lexique français-grec*, à l'usage des classes élémentaires. 1 vol. in-8, cartonnage toile. 6 fr.
— *Lhomond grec*, ou premiers éléments de la grammaire grecque. 1 volume in-8, cartonné. 1 fr. 50
— *Exercices* ou versions et thèmes sur les premiers éléments de la grammaire grecque, précédés d'un traité élémentaire d'accentuation. 1 vol. in-8, cart. 2 fr.
— *Corrigé des Exercices.* In-8, br. 1 fr.

Éditions à l'usage des professeurs.
Textes grecs, publiés d'après les travaux les plus récents de la philologie, avec des commentaires critiques et explicatifs et des notices. Format gr. in-8, br. En vente :
Démosthène : Les harangues, par M. H. Weil, membre de l'Institut; 2e édition. 1 vol. 8 fr.
— Les plaidoyers politiques, par M. H. Weil. 2 vol. 16 fr.
Euripide : Sept tragédies, par M. H. Weil; 2e édition. 1 vol. 12 fr.
Homère : L'Iliade, par M. A. Pierron; 3e édit. 2 vol. 16 fr.
— L'Odyssée, par M. A. Pierron; 2e édit. 2 vol. 16 fr.
Sophocle : Tragédies, par M. Tournier, maître de conférences à l'École normale supérieure. 2e édit. 1 vol. 12 fr.
Thucydide : Guerre du Péloponèse. Livres I et II, par M. Alfred Croiset, pro-

fesseur à la Faculté des lettres de Paris. 1 vol. 8 fr.

Merlet : *Études littéraires sur les grands classiques grecs*, avec des extraits empruntés aux meilleures traductions. 1 vol. in-16, broché. 4 fr.

Méthode uniforme pour l'enseignement des langues, par E. Sommer :
Abrégé de la grammaire grecque. In-16, cartonné. 1 fr. 50
Questionnaire sur l'Abrégé de grammaire grecque. 1 vol. in-16, cartonné. 90 c.
Exercices sur l'Abrégé de grammaire grecque. 1 vol. in-16, cart. 1 fr. 50
Corrigé desdits exercices. In-16. 2 fr.
Cours de versions grecques, extraites du Recueil de Jacobs. 1re partie. 1 vol. in-16, cartonné. 1 fr.
Corrigé. 1 vol. in-16, broché. 1 fr. 25
Cours de versions grecques. 2e partie. 1 vol. in-16, cartonné. 1 fr.
Corrigé. 1 vol. in-16, broché. 1 fr. 25
Cours de thèmes grecs. In-16. 1 fr. 50
Corrigé des thèmes grecs. In-16. 2 fr.
Cours complet de grammaire grecque. 1 vol. in-8, cartonné. 3 fr.
Exercices sur le Cours complet de grammaire grecque. In-8, cart. 3 fr.
Corrigé desdits. In-8, br. 3 fr. 50
V. p. 7 et 19 pour les *langues française et latine.*

Ozaneaux. *Nouveau dictionnaire français-grec.* 1 vol. in-8, cart. toile. 15 fr.

Patin. *Études sur les tragiques grecs*, ou examen critique d'Eschyle, de Sophocle et d'Euripide, 4 vol. in-16, br. 14 fr.

Pères grecs. *Choix de discours*, texte grec annoté par M. Sommer. 1 vol. in-16, cartonné. 3 fr. 75

Person (Léonce), ancien professeur au lycée Condorcet : *Exercices de traduction et d'application* sur les mots grecs, de MM. Bréal et Bailly, groupés d'après la forme et le sens. 1 vol. in-16, cart. 1 fr. 50. Voyez *Bréal* et *Person.*

Petitjean, professeur au lycée Buffon, et V. Glachant, professeur au lycée Lakanal. *Exercices d'application* sur les Premières leçons de grammaire grecque de MM. Croiset et Petitjean. 1 vol. in-16, cartonné toile. 2 fr.
— *Exercices* sur la Grammaire grecque de MM. Croiset et Petitjean. 1 vol. in-16, cart. toile. » »
Voir *Croiset* et *Petitjean.*

Pierron. *Histoire de la littérature grecque.* 1 vol. in-16, broché. 4 fr.

Planche. *Dictionnaire grec-français*, refondu entièrement par Vendel-Heyl et

A. Pillon. Nouvelle édition augmentée d'un vocabulaire des noms propres, par A. Pillon. 1 vol. grand in-8, cart.   5 fr.

Quicherat(L.). *Chrestomathie* ou premiers exercices de traduction grecque, avec un lexique. Grand in-18, cart.   1 fr. 25

— *Traduction française* des exercices. Grand in-18, broché.   1 fr. 25

Sommer, *Lexique grec-français*, à l'usage des classes élément. 1 vol. in-8, cart.   6 fr.
Voir *Méthode uniforme pour l'enseignement des langues*, pages 6, 18 et 25.

Tournier, maître de conférences à l'Ecole normale. *Clef du vocabulaire grec*. 1 vol. in-16, cartonné.   2 fr. 50

Tournier et Riemann, maîtres de conférences à l'Ecole normale supérieure. *Premiers éléments de grammaire grecque*. 1 vol. in-8, cartonné.   1 fr. 50

Traductions françaises des chefs-d'œuvre de la littérature grecque sans le texte grec, à 3 fr. 50 le volume format in-16.
    Le nom des traducteurs est indiqué entre parenthèses.
    Anthologie grecque, 2 vol.
    Aristophane (C. Poyarn), 1 vol.
    Diodore de Sicile (F. Hoefer), 4 vol.
    Eschyle (Ad. Bouillet), 1 vol.
    Euripide (Hinstin). 2 vol.
    Hérodote (P. Giguet), 1 vol.
    Homère (P. Giguet), 1 vol.
    Lucien (E. Talbot), 2 vol.
    Plutarque. Vies des hommes illustres (E. Talbot), 4 vol.
    — *Œuvres morales* (Bétolaud) 5 vol.
    Sophocle (Bellaguet), 1 vol.
    Strabon (A. Tardieu), 4 vol.
    Thucydide (E. Bétant), 1 vol.
    Xénophon (E. Talbot), 2 vol.

10° ÉTUDE DES LANGUES VIVANTES
1° LANGUE ALLEMANDE

Auerbach. *Choix de récits villageois de la Forêt-Noire*. Texte allemand, publié et annoté par M. B. Lévy, ancien inspecteur général de l'instruction publique; 1 vol. petit in-16, cartonné.   2 fr. 50
Le même ouvrage, traduction française, par M. Lang, sans le texte. 1 vol. petit in-16, broché.   3 fr. 50

Bacharach. *Grammaire allemande*, à l'usage des classes supérieures. In-16. 3 f.75
— *Grammaire abrégée de la langue allemande*. 1 vol. in-16, cart.   1 fr. 80
— *Cours de thèmes allemands*, accompagnés de vocabulaires. In-16. cart.   3 fr. 25

Benedix. *Le procès*, comédie. Texte allemand, annoté par M. Lange, chargé de conférences à la Faculté des lettres de Paris. Petit in-16, cart.   60 c.
Le même ouvrage, traduction française de Mme Boullenot avec le texte. 1 vol. in-16, broché.   75 c.
Le même ouvrage, traduction *juxtalinéaire*, par M. Lang. in-16 br. 1 fr. 50
— *L'entêtement*. Texte allemand, annoté par M. Lange. Petit in-16, cart.   60 c.
Le même ouvrage, traduction française par M. Lang. 1 vol. in-16, broché.   75 c.
Le même ouvrage, traduct. *juxtalinéaire*, par M. Lang. 1 vol. in-16, br.   1 fr. 50
— *Scènes choisies du Théâtre de famille*, texte allemand, publié avec une introduction, des notices et des notes, par M. Feuillié, professeur au lycée Janson de Sailly. 1 vol. petit in-16, cart.   1 fr. 50
— *Le même ouvrage*, traduction française par M. Feuillié. 1 vol. pet. in-16, br. 1 f. 50

Bossert et Beck. *Le premier livre d'allemand*, règles, listes de mots et exercices. 3e édit. 1 vol. in-16, ill., cart. toile. 1 fr. 20
Le deuxième livre d'allemand. 1 vol. in-16 cart. toile.   2 fr. »
— *Grammaire élémentaire de la langue allemande*; 6e édition revue et complétée. 1 vol. in-16, cartonnage toile.   1 fr. 50
— *Exercices sur la grammaire élémentaire de la langue allemande*, en 2 parties. 2 vol. in-16, cartonnage toile :
    1re partie. 4e édit. 1 vol.   1 fr. 50
    2e partie. 5e édit. 1 vol.   1 fr. 50
— *Les mots allemands groupés d'après le sens*. 6e éd. 1 vol. in-16, cart. toile. 1 fr. 50
— *Exercices sur les mots allemands groupés d'après le sens*. 1 v. in-16, cart. 1 fr. 50
— *Lectures classiques allemandes*, à l'usage de l'enseignement secondaire, 3 vol. in-16 avec grav. cart. toile.
Lectures enfantines. 1 vol.   1 fr.
Morceaux choisis à l'usage des classes élémentaires. 1 vol.   1 fr. 50

Braeunig et Dax. *Exercices pratiques de langue allemande*, format in-16, cart.
    Classe Préparatoire. 1 vol.   1 fr. 50
    Classe de Huitième. 1 vol.   1 fr. 50
    Classe de Septième. 1 vol.   1 fr. 50
    Classes de Grammaire. 1 vol.   1 fr. 70

Campe. *Le jeune Robinson.* Texte allemand, 1 vol. in-16, cartonné. 1 fr. 50

Chamisso. *Pierre Schlemihl.* Texte allemand, annoté par M. Koell, professeur au lycée Louis-le-Grand. Petit in-16. 1 fr.
Le même ouvrage, traduction française. 1 vol. petit in-16, broché. 1 fr.

Chasles et Eguemann, *Les mots et les genres de la langue allemande.* 1 vol. in-8 cartonné, 2 fr. 50
Voir Eguemann

Choix de fables et de contes en allemand, recueillis et publiés avec une introduction, des notices et des notes, par M. Mathis, professeur au lycée de Toulouse. 1 vol. petit in-16, cartonné.
Prix : 1 fr. 50

Contes et morceaux choisis de Schmid, Krummacher, Liebeskind, Lichtwer, Hebel, Herder et Campe. Texte allemand, annoté par M. Scherdlin, professeur au lycée Charlemagne. Petit in-16, cart. 1 fr. 50

Contes populaires tirés de Grimm, Musæus, Andersen et des *Feuilles de palmier* **par Herder et Liebeskind.** Texte allemand, annoté par M. Scherdlin. 1 vol. petit in-16, cart. 2 fr. 50

Desfeuilles. *Abrégé de grammaire allemande.* In-16, cartonné. 2 fr. 50
— *Exercices* sur l'Abrégé de grammaire allemande. In-16, cartonné. 2 fr. 50
— *Corrigé* des exercices. In-16, br. 2 fr.

Eguemann. *Le premier livre des mots, des racines et des genres en allemand,* 1 vol. in-18, cartonné. 75 c.
Voir *Chasles et Eguemann.*

Eichhoff. *Morceaux choisis* en prose et en vers des classiques allemands. 3 vol. in-16, cart. :
1er vol. : Cours de Troisième. 1 fr. 50
IIe vol. : Cours de Seconde. 2 fr. 50
IIIe vol. : Cours de Rhétorique. 3 fr.

Gœthe. *Gœtz de Berlichingen.* Texte allemand, annoté par M. Lichtenberger, professeur à la Faculté des lettres de Paris ; à l'usage des professeurs. 1 vol. grand in-8, broché. 10 fr.
— *Campagne de France.* Texte allemand, annoté par M. Lévy. 1 vol. petit in-16, cartonné. 1 fr. 50
Le même ouvrage, traduction française, par M. Porchat, sans le texte. 1 vol. petit in-16, broché. 2 fr.
— *Faust,* 1re partie. Texte allemand, annoté par M. Büchner, professeur à la Faculté des lettres de Caen. In-16, cart. 2 fr.
Le même ouvrage, traduction française,

par M. Porchat, sans le texte allemand. 1 vol. petit in-16, broché. 2 fr.
— *Hermann et Dorothée.* Texte allemand annoté, par M. Lévy. In-16, cart. 1 fr.
Le même ouvrage, traduction française, par M. Lévy, avec le texte allemand et des notes. 1 vol. in-16. 1 fr. 50
Le même ouvrage, traduction *juxtalinéaire,* par M. Lévy. In-16. 3 fr. 50
— *Iphigénie en Tauride.* Texte allemand, annoté par M. Lévy. Petit in-16, cart. 1 50
Le même ouvrage, traduction française, par M. Lévy, avec le texte allemand et des notes. 1 vol. in-16, broché. 2 fr.
Le même ouvrage, traduction *juxtalinéaire,* par M. Lang. In-16. 3 r. 50
— *Le Tasse,* Texte allemand, annoté par M. Lévy. Petit in-16, cart. 1 fr. 80
Le même ouvrage, traduction française par M. Porchat, sans le texte allemand. 1 vol. in-16, broché. 2 fr.
Le même ouvrage, traduction *juxtalinéaire,* par M. Lang. In-16. 3 fr. 50
— *Morceaux choisis.* Texte allemand, annoté, par M. Lévy. Petit in-16, cart. 3 fr.

Gœthe et Schiller : *Poésies lyriques,* texte allemand publié avec une notice littéraire et des notes par M. H. Lichtenberger, maître de conférences à la Faculté des lettres de Nancy. 1 vol. petit in-16, cartonné.

Hauff. *Lichtenstein,* parties I et II. Texte allemand publié et annoté par M. Muller, professeur au collège Rollin. 1 vol. petit in-16, cartonné. 2 fr. 50
— *Lichtenstein,* traduction française par M. de Suckau. 1 vol. in-16, br. 1 fr. 25

Hebel : *Contes choisis,* texte allemand, publié avec une introduction, une notice, des notes, par M. Feuillié, professeur au lycée Janson de Sailly. 1 vol. petit in-16, cartonné. 1 fr. 50
Le même ouvrage, traduction française par M. Feuillié. 1 vol. petit in-16, br. »
Voir *Contes et morceaux choisis.*

Heinhold. *Petit dictionnaire français-allemand et allemand-français.* 1 vol. in-16, cartonnage toile. 4 fr.

Herder. *Idées sur la philosophie de l'histoire de l'humanité.* Texte allemand ; édition complète. In-16, cart. 4 fr. 50

Hoffmann : *Le tonnelier de Nuremberg* (Meister Martin). Texte allemand, annoté par M. Baüer. Petit in-16, cart. 2 fr.
Le même ouvrage, traduction française par M. Malvoisin. 1 vol. petit in-16, broché. 1 fr. 50

Kleist : *Michaël Kohlhaas.* Texte allemand, annoté par M. Koch. 1 vol. petit in-16, cartonné. 1 fr.
Le même ouvrage, traduit en français par Mᵐᵉ Ida Becker, avec le texte allemand. 1 vol. petit in-16, br. 2 fr. 50
Le même ouvrage, traduction juxtalinéaire par Mᵐᵉ Ida Becker. 1 vol. in-16, broché. 4 fr.

Koch, professeur au lycée Saint-Louis : *Cours primaire d'allemand.* 1 vol. in-16, cartonné. 2 fr.
— *La classe en allemand,* nouveaux dialogues. Petit in-16, cartonné. 1 fr. 25
— *Lexique français-allemand,* rédigé conformément au décret du 19 juin 1880, à l'usage des candidats au baccalauréat. 1 vol. in-16, cartonné toile. 4 fr.
Reconnu conforme à la note officielle du 29 janvier 1891.
— *Lexique allemand-français,* contenant un grand nombre de termes nouveaux et l'indication de la nouvelle orthographe allemande. 1 vol. in-16, cart. toile. 6 fr.

Kotzebuë. *La petite ville allemande,* suivie d'extraits de *Misanthropie et Repentir,* et de l'*Epigramme.* Texte allemand, annoté par M. Bailly. 1 vol. petit in-16, cartonné. 1 fr. 50
Le même ouvrage, traduction française par M. Desfeuilles, avec le texte allemand. 1 vol. in-16, broché. 2 fr.
Le même ouvrage, trad. juxtalinéaire par M. Desfeuilles. 1 vol. in-16. br. 3 fr. 50

Krummacher. *Paraboles.* Texte allemand. In-16, cartonné. 1 fr. 50
Le même ouvrage, trad. française, par M. l'abbé Bautain. In-16, br. 1 fr. 50

Lectures géographiques. Textes extraits des écrivains allemands, par M. Kuhff, avec exercices et cartes. In-16, cart. 3 fr.

Le Roy. *Recueil de versions allemandes.* Textes et traductions. 2 vol. in-16. 2 fr.

Lessing. *Fables,* annotées par M. Boutteville. 1 vol. in-16, cartonné. 1 fr.
Le même ouvrage, trad. *juxtalinéaire,* par M. Boutteville. In-16, br. 1 fr. 50
— *Dramaturgie de Hambourg.* Extraits annotés par M. Cottler. 1 vol. petit in-16, cartonné. 1 fr. 50
Le même ouvrage, traduction française, par M. Desfeuilles, avec le texte en regard. 1 vol. in-16, broché. 3 fr.
Le même ouvrage, traduction *juxtalinéaire,* par M. Desfeuilles. 1 vol. in-16, broché. 7 fr. 50
— *Lettres sur la littérature moderne et lettres archéologiques.* Extraits annotés

par M. Cottler. 1 vol. petit in-16, cart. 2 fr.
— *Laocoon.* Texte allemand, annoté par M. Lévy. 1 vol. petit in-16, cart. 2 fr.
Le même ouvrage, trad. fr. par M. Courtin, sans le texte 1 vol. in-16, br. 2 fr.
— *Minna de Barnheim.* Texte allemand, par M. Lévy. Petit in-16, cart. 1 fr. 50
Le même ouvrage, traduction française par M. Lang. 1 vol. petit in-16, br. 1 fr.

Lévy (B.), ancien inspecteur général de l'Instruction publique : *Exercices de conversation allemande.* 3 vol in-16, cart. :
I. *Exercices sur les parties du discours,* à l'usage des cours élémentaires. 1 volume. 1 fr. 25
Traduction française, par M. Hildt. 1 vol. in-16, broché. 1 fr. 50
II. *Sujets de conversation,* à l'usage des cours moyens. 1 vol. 1 fr. 75
Traduction française, par M. Schmitt. 1 vol. in-16, broché. 2 fr.
III. *Sujets de conversation,* à l'usage des cours supérieurs. 1 vol. 3 fr.
Traduction française, par M. Schmitt. 1 vol. in-16, broché. 3 fr. 50
— *Recueil de lettres allemandes,* avec notes en français. 1 vol. in-16, cartonné. 2 fr.
Le même ouvrage, reproduit en écritures autographiques. 1 vol. in-8, cart. 3 fr.

Niebuhr. *Histoires tirées des temps héroïques de la Grèce.* Texte allemand, annoté, par M. Koch. 1 vol. petit in-16, cartonné. 1 fr. 50
Le même ouvrage, traduction française, par Mᵐᵉ Koch, avec le texte allemand. 1 vol. in-16, broché. 1 fr. 75
Le même ouvrage, traduction *juxtalinéaire,* par Mᵐᵉ Koch. 1 vol. in-16. 2 fr.

Riquiez, professeur agrégé d'allemand au lycée Henri IV. *Manuel de grammaire allemande.* Resumé des principales difficultés grammaticales enseignées par des exemples. 1 vol. in-16, cartonné 1 fr. 50
— *Cours de thèmes allemands.* 1 vol. in-16, cartonné. 1 fr. 50

Scherdlin. professeur au lycée Charlemagne. *Cours de thèmes allemands,* à l'usage des candidats au baccalauréat et à l'École Saint-Cyr. In-16. 3 fr.
— *Traduction allemande du Cours de thèmes.* In-16, cartonné. 3 fr. 50
— *Cours élémentaire de thèmes allemands* rédigé conformément aux programmes de 1892, à l'usage des classes de 9ᵉ, 8ᵉ et 7ᵉ avec des éléments de grammaire et un lexique. 1 vol. in-16, cart. 2 fr.

Scherdlin (suite). *Lectures enfantines*, à l'usage des classes Préparatoires. In-16, cartonné. 1 fr. 25

— *Morceaux choisis d'auteurs allemands*, en prose et en vers, publiés avec des notes et un vocabulaire ; in-16, cart. :

Classe de Huitième. 1 vol. 75 c.
Classe de Septième. 1 vol. 75 c.
Classe de Sixième. 1 vol. 1 fr.
Classe de Cinquième. 1 vol. 1 fr.
Classe de Quatrième. 1 vol. 1 fr.
Classe de Troisième. 1 vol. 1 fr. 50
Classe de Seconde. 1 vol. 1 fr. 50
Classe de Rhétorique (en préparation.)

Schiller. *Histoire de la guerre de Trente ans.* Texte allemand annoté par MM. Schmidt et Leclaire. 1 vol. petit in-16, cartonné. 2 fr. 50

Le même ouvrage, traduction française de M. Ad. Regnier, sans le texte allemand. 1 vol. petit in-16. br. 3 fr. 50

— *Histoire de la révolte qui détacha les Pays-Bas de la domination espagnole.* Texte allemand, annoté par M. Lange. 1 vol. petit in-16, cart. 2 fr. 50

Le même ouvrage, traduction française, par M. Ad. Regnier, sans le texte. 1 vol. in-16, broché. 3 fr.

— *Jeanne d'Arc.* Texte allemand annoté par M. Bailly, maître de conférences à la Faculté des lettres de Lille. 1 vol. petit in-16, cart. 2 fr. 50

Le même ouvrage, traduction française, par M. Ad. Regnier, sans le texte, 1 v. petit in-16, br. 2 fr.

— *Guillaume Tell*, drame. Texte allemand, annoté par **M. Th. Fix.** 1 vol. in-16, cartonné. 1 fr. 50

Le même ouvrage, traduction française avec le texte en regard, par M. Fix 1 vol., in-16, broché. 2 fr. 50

Le même ouvrage, traduction *juxtali-néaire*, par M. Fix. 1 v. in-16, br. 5 fr.

— *La fiancée de Messine.* Texte allemand, publié avec des notes par M. Scherdlin. 1 vol. petit in-16, cartonné. 1 fr. 50

Le même ouvrage, traduction française par M. Ad. Regnier, avec le texte. 1 vol. in-16, broché. 2 fr.

Le même ouvrage, traduction *juxtali-néaire*, par M. Schnaufer. 1 vol. in-16, broché. 3 fr. 50

— *Marie Stuart*, tragédie. Texte allemand, annoté par M. Fix. In-16, cart. 1 fr. 50

Le même ouvrage, traduction française avec le texte en regard, par M. Fix. 1 vol. in-16, broché. 4 fr.

Le même ouvrage, traduction *juxtali-néaire*, par M. Fix. 1 v. in-16, br. 6 fr.

— *Morceaux choisis*, publiés et annotés par M. Lévy. Petit in-16, cartonné. 3 fr.

— *Wallenstein.* Texte allemand, annoté par M. Cottler. Petit in-16, cart. 2 fr. 50

Le même ouvrage, traduction française, par M. Ad. Regnier, sans le texte. 1 vol. petit in-16, broché. 3 fr.

Schiller et Gœthe. *Extraits de leur correspondance.* Texte allemand, annoté par M. B. Lévy. Petit in-16, cart. 3 fr.

Le même ouvrage, trad. franç., par M. B. Lévy. 1 vol. petit in-16, br. 3 fr. 50

— *Poésies lyriques*, texte allemand publié et annoté par M. Lichtenberger, maître de conférences à la Faculté des lettres de Nancy. 1 vol. petit in-16, cart. 2 fr. 50

Schmid. *Les œufs de Pâques.* Texte allemand, annoté par M. Scherdlin. 1 vol. petit in-16, cart. 1 fr. 25

— *Cent petits contes.* Texte allemand, annoté par M. Scherdlin, 1 vol. petit in-16, cartonné. 1 fr. 50

Le même ouvrage, traduction française, par M. Scherdlin, avec le texte. 1 vol. in-16, br. 2 fr.

Le même ouvrage, traduction *juxtali-néaire*, par M. Scherdlin. 1 vol. in-16, broché. 3 fr. 50

Suckau. *Dictionnaire allemand-français et français-allemand*, complètement refondu et remanié par M. Th. Fix. 1 fort vol. grand in-8, cartonnage toile. 15 fr.

Le *Dictionnaire allemand-français* et le *Dictionnaire français-allemand* se vendent chacun séparément, cart. toile. 8 fr.

2° LANGUE ANGLAISE

Aikin et Barbauld : *Soirées au logis* (Evenings at home). Extraits publiés avec des notices et des notes, par M. Tronchet, professeur au lycée de Lyon. 1 vol. petit in-16, cartonné. 1 fr. 50

Baume (P.). *Correspondance générale anglaise et française.* 1 vol. in-16, cartonnage toile. 3 fr. 50

Battier et Legrand, agrégés de l'Université. *Lexique français-anglais*, rédigé conformément au décret du 19 juin 1880, à l'usage des candidats au baccalauréat. 1 vol. in-16, cart. toile. 4 fr.

Reconnu conforme à la note officielle du 29 janvier 1881.

Beljame (A.), chargé de cours à la Faculté des lettres de Paris. *Première année d'anglais.* 12° édit. 1 vol. in-16. 1 fr.

Beljame (suite). *Deuxième année d'anglais*, 6ᵉ édit. 1 vol. in-16.   1 fr. 25
— *First english reader*, à l'usage de la classe Préparatoire. 6ᵉ édit., 1 vol. in-16, cart. toile.   1 fr.
— *Second english reader*. Classe de Huitième. 3ᵉ éd., 1 v. in-16, cart. toile. 1 fr. 25
— *Third english reader*. Classe de Septième. 3ᵉ édit., 1 vol. in-16, cartonnage toile,   1 fr. 50
— *Exercices oraux de langue anglaise*. 1 vol. in-16, cartonné.   1 fr. 50
— *Cours pratique de prononciation anglaise*. 1 vol. in-8, cartonné.   2 fr.
Bossert et Beljame. *Les mots anglais groupés d'après le sens*, 3ᵉ édit. 1 vol. in-16, cartonnage toile.   1 fr. 50
V. Soult.

Byron. *Childe Harold*. Texte anglais, annoté par M. Emile Chasles, inspecteur général de l'instruction publique. 1 vol. petit in-16, cartonné.   2 fr.
Le même ouvrage, traduction de M. Bellet, avec le texte. In-16, broché.   3 fr.
Le même ouvrage, traduction *juxtalinéaire*, par M. Bellet. 1 vol. in-16, 6 fr.
Chacun des trois premiers chants. 1 fr. 50
Le quatrième chant.   2 fr. 50

Choix de contes anglais publié et annoté par M. Beaujeu, professeur au lycée Condorcet. 1 vol. petit in-16, cart. 1 fr. 50
Le même ouvrage, traduction française. 1 vol. petit in-16, br.   1 fr. 50

Cook (le capitaine). *Voyages*. Texte anglais. Extraits annotés par M. Angellier. 1 vol. petit in-16, cartonné.   2 fr.

Corner (Miss). *Histoire d'Angleterre*. Texte anglais ; édition complète. In-16, cartonnage toile.   3 fr. 50
— *Abrégé de l'Histoire d'Angleterre*. Texte anglais. In-18, cartonnage toile.   2 fr.
— *Histoire de la Grèce*. Texte anglais : édition complète. In-16, cart. toile. 3 fr. 50
— *Abrégé de l'Histoire de la Grèce*. Texte anglais. In-18, cartonnage toile.   2 fr.
— *Histoire de Rome*. Texte anglais ; édition complète. In-16, cart. toile. 3 fr. 50
— *Abrégé de l'Histoire de Rome*. Texte anglais. In-18, cartonnage toile.   2 fr.

Dickens. *Histoire d'Angleterre*. Texte anglais. In-16, cart. toile.   2 fr. 50
— *David Copperfield*. Texte anglais. In-16, cartonnage toile.   3 fr.
— *Nicolas Nickleby*. Texte anglais. In-16, cartonnage toile.   3 fr.
— *Un conte de Noël* (A. Christmas carol's). Texte anglais, publié et annoté par

M. Fiévet, professeur au lycée Henri IV. 1 vol. petit in-16, cart.   1 fr. 50
Edgeworth (Miss). *Contes choisis*, annotés par M. Motheré, professeur au lycée Charlemagne. 1 vol. petit in-16, cart. 2 fr.
— *Forester*. Texte anglais, annoté par M. A. Beljame, Petit in-16.   1 fr. 50
Le même ouvrage, traduction française de M. Beljame. In-16, broché.   1 fr. 50
— *Old Poz*, texte annoté par M. A. Beljame. 1 vol. petit in-16 carré.   40 c.
Eichhoff. *Morceaux choisis* en prose et en vers des classiques anglais. 3 vol. in-16, cartonnés :
1ᵉʳ vol. : Cours de Troisième.   1 fr. 50
2ᵉ vol. : Cours de Seconde.   2 fr. 50
3ᵉ vol. : Cours de Rhétorique.   3 fr.
Éliot (G.). *Silas Marner*. Texte anglais, annoté par M. Malfroy, professeur au lycée Michelet. Petit in-16, cart. 2 fr. 50
Le même ouvrage, trad. française. 1 vol. in-16.   1 fr. 25
Filon (Augustin). *Histoire de la littérature anglaise*. 1 vol. in-16, br.   6 fr.
Fleming. *Abrégé de grammaire anglaise*. 1 vol. in-16, cartonné.   1 fr. 25
— *Exercices*. In-16, cart.   1 fr. 25
— *Corrigé* desdits. In-16, br.   1 fr. 50
— *Cours complet de grammaire anglaise*. In-8, cartonné.   3 fr.
— *Exercices* par M. Aug. Beljame. In-8. 3 fr.
Foe (Daniel de). *Vie et aventures de Robinson Crusoé*. Texte anglais, annoté par M. A. Beljame. Petit in-16.   1 fr. 50
Franklin (B.) : *Autobiographie*. Texte anglais, annoté par M. Fiévet, professeur au lycée Henri IV. 1 volume petit in-16, cartonné.   1 fr.
Le même ouvrage, traduction française par M. Laboulaye. 1 vol. petit in-16, broché.   1 fr. 50
Goldsmith. *Le vicaire de Wakefield*. Texte anglais, annoté par M. A. Beljame. 1 vol. petit in-16, cartonné.   1 fr.
— *Le voyageur; le village abandonné*. Texte anglais, annoté par M. Motheré. 1 vol. petit in-16, cartonné.   75 c.
Le même ouvrage, traduction française de M. Legrand, avec le texte. 1 vol. in-16, broché.   75 c.
Le même ouvrage, traduction juxtalinéaire, par M. Legrand. In-16. 1 fr.
— *Essais choisis*. Texte anglais, annoté par M. Mac-Enery. Petit in-16, cart. 1 fr.
Gousseau et Koch. *La classe en anglais*. Nouveaux dialogues. Petit in-16, cartonne.   1 fr.

Gray. *Choix de poésies.* Texte anglais, annoté par M. Legouis, maître de conférences à la Faculté des lettres de Lyon. 1 vol. petit in-16, cartonné. 　1 fr. 50

Hughes. *Les trois jours de classe de Tom Brown.* Texte anglais. In-16, cart. 2 fr. 50

Irving (Washington). *Le livre d'esquisses* (The sketch book). Extraits publiés par M. Fiévet, professeur au lycée Henri IV. 1 vol. petit in-16, cartonné. 　1 fr. 50

— *La vie et les voyages de Christophe Colomb.* Texte anglais, édition abrégée par M. E. Chasles, inspecteur général. 1 vol. petit in-16, cartonné. 　2 fr.

Korts (G.) : *Commercial terms.* Vocabulaire anglais-français et français-anglais. 1 vol. in-16, cartonnage toile. 　2 fr.

Le Roy. *Recueil de versions anglaises.* Textes et traductions. 2 volumes in-16, brochés. 　2 fr.

Macaulay. *Morceaux choisis des Essais.* Texte anglais, annoté par M. A. Beljame. 1 vol. petit in-16, cart. 　2 fr. 50
Le même ouvrage, traduction française de M. Aug. Beljame. In-16, br. 　4 fr. 50

— *Morceaux choisis de l'histoire d'Angleterre.* Texte anglais, annoté par M. Battier, ancien professeur au lycée Saint-Louis. 1 vol. petit in-16, cart. 　2 fr. 50

Mac Enery, professeur au lycée Condorcet. *L'anglais mis à la portée de tout le monde.* 1 vol. in-16, cartonné. 　2 fr.

Meadmore, professeur agrégé au lycée d'Amiens : *Les idiotismes et les proverbes de la conversation anglaise,* groupés d'après le plan des mots anglais de MM. Bossert et Beljame. 1 vol. in-16, cartonnage toile. 　1 fr. 50

Milton. *Paradis perdu,* livres ı et ıı. Texte anglais, annoté par M. A. Beljame. 1 vol. petit in-16, cartonné. 　90 c.
Le même ouvrage, traduction *juxtalinéaire,* par M. Legrand. In-16. 2 fr. 50

Morel, professeur au lycée Louis-le-Grand. *Cours de thèmes anglais,* à l'usage des classes supérieures et des candidats au baccalauréat. 1 vol. in-16, cartonné. Prix. 　2 fr. 50

Passy. *Premiers éléments de langue anglaise.* 1 vol. in-16, broché. 　1 fr. 25

Pope. *Essai sur la critique.* Texte anglais annoté par M. Motheré. Petit in-16. 75 c.
Le même ouvrage, traduction française, par M. Motheré, avec le texte. In-16. 1 fr.
Le même ouvrage, traduction *juxtalinéaire,* par M. Motheré. In-16. 　1 fr. 50

Ragon. *Correspondance commerciale française et anglaise.* 1 vol. in-16, cartonné toile. 　5 fr.

Shakespeare. *Coriolan.* Texte anglais, annoté par M. Fleming. 1 vol. in-16, cartonné. 　2 fr.
Le même ouvrage, trad. française, avec le texte, par M. Fleming. 1 vol. in-16, broché. 　4 fr.
Le même ouvrage, traduction *juxtalinéaire.* 1 vol. in-16, broché. 　6 fr.

— *Jules César.* Texte anglais, annoté par M. Fleming. Petit in-16, cart. 　1 fr. 25
Le même ouvrage, traduction par M. Montégut, avec le texte. In-16. 　1 fr. 50
Le même ouvrage traduction *juxtalinéaire,* par M. Legrand. In-16 2 fr. 50

— *Henri VIII.* Texte anglais, annoté par M. Morel. Petit in-16, cart. 　1 fr. 25
Le même ouvrage, traduction française par M. Montégut. In-16, br. 　1 fr. 50
Le même ouvrage, traduction *juxtalinéaire,* par M. Morel. In-16, br. 　3 fr.

— *Macbeth,* Texte anglais, annoté par M. O'Sullivan. 1 vol. in-18, cart. 1 fr.
Le même ouvrage, traduction française de M. Montégut, avec le texte. 1 vol. in-16, broché. 　1 fr. 50
Le même ouvrage, traduction *juxtalinéaire,* par M. Angellier. 1 vol. in-16, broché. 　2 fr. 50

— *Othello.* Texte anglais, annoté par M. Morel. 1 vol. in-16, cart. 　1 fr. 80
Le même ouvrage, traduction française par M. Montégut, avec le texte. 1 vol. in-16, broché. 　1 fr. 50
Le même ouvrage, traduction *juxtalinéaire,* par M. Legrand, 1 vol. in-16 3 fr.

— *Richard III.* Texte anglais. In-18. 1 fr.
Le même ouvrage, traduction française par M. Bellet. In-18, broché. 　2 fr.
Le même ouvrage, traduction *juxtalinéaire,* par M. Bellet. In-16, br. 　4 fr.

Soult (Mᵐᵉ).*Exercices sur les mots anglais groupés d'après le sens* de MM. Bossert et Beljame. 2ᵉ édition. 1 vol. in-16, cartonnage toile. 　1 fr. 50

Stuart Mill. *La Liberté.* Texte anglais. 1 vol. in-16, cartonné. 　1 fr. 60

Tennyson. *Poèmes choisis,* contenant la *Grand'mère* (Tennyson for the young and for recitation). Texte anglais. 1 vol. in-16, cartonné. 　2 fr.

— *Enoch Arden.* Texte anglais, annoté par M. Al. Beljame. 1 vol. petit in-16, cartonné. 　1 fr.
Le même ouvrage, traduction française par le même. 1 vol, in-18, br. 　50 c.

Walter Scott. *Extraits des contes d'un grand-père.* Texte anglais, annoté par M. Talandier. Petit in-16, cart.   1 fr. 50
— *Morceaux choisis* annotés par M. Battier. 1 vol. petit in-16, cartonné.   3 fr.

— *Les puritains d'Écosse* (Old mortality). Texte anglais, in-16, cartonné.   2 fr.
— *L'antiquaire.* Texte anglais. In-1°, c. 2 fr.
— *Rob Roy.* Texte anglais. In-16, c.   2 fr.
— *Ivanhoé.* Texte anglais. In-16, c.   2 fr.

3° LANGUE ITALIENNE

Dante. *L'Enfer,* 1ᵉʳ chant. Texte italien, annoté par M. Melzi. Petit in-16.   75 c.
Le même ouvrage, traduction *juxtali-néaire.* 1 vol. in-16, broché.   1 fr.
— *La Divine Comédie,* trad. française de P.-A. Florentino. 1 vol. in-16. 3 fr. 50
Dialogues français-italiens, précédés d'un abrégé de grammaire française et d'un abrégé de grammaire italienne. 1 vol. in-32, cartonné.   3 fr.
Étienne, ancien recteur d'Académie : *Histoire de la littérature italienne,* depuis ses origines jusqu'à nos jours ; 2ᵉ édition. 1 vol. in-16, broché.   4 fr.
     Ouvrage couronné par l'Académie française
Machiavel. *Discours sur la première décade de Tite-Live.* Texte italien, réduit à l'usage des classes, et précédé d'une introduction en français, par M. de Tréverret, professeur à la Faculté des lettres de Bordeaux. 1 vol. in-16, br.   2 fr. 50

Manzoni. *Les fiancés.* Texte italien, précédé d'une introduction en français, par M. de Tréverret. 1 vol. in-16.   2 fr. 50
— *Le même ouvrage,* traduction française par M. Martinelli. 2 vol. in-16, brochés.   2 fr. 50
Morceaux choisis en prose et en vers des classiques italiens, publié par M. Louis Ferri. 1 vol. petit in-16, cartonné.   2 fr.
Paoli. *Abrégé de grammaire italienne.* 1 vol. in-16, cartonné.   1 fr. 25
Rapelli. *Exercices sur l'abrégé de la grammaire italienne.* In-16.   1 fr. 25
— *Corrigé des exercices.* In-16.   1 fr. 50
Tasse. *La Jérusalem délivrée.* Texte italien, expurgé à l'usage des classes, et précédé d'une introduction en français, par M. de Tréverret. 1 vol. in-16.   2 fr. 50

4° LANGUE ESPAGNOLE

Bustamante (Corona). *Diccionario francés-español.* 1 vol. in-8, relié.   17 fr.
Calderon de la Barca. *Le magicien prodigieux.* Texte espagnol, publié par M. Magnabal. 1 vol. petit in-16, cartonné.   1 fr. 50
Cervantès. *Le captif,* texte espagnol extrait de don Quichotte, publié avec des notes par M. J. Merson. In-16, cart.   1 fr.
Le même ouvrage, traduction française, avec le texte en regard, par M. J. Merson. In-16 broché.   2 fr.
Le même ouvrage, traduction *juxtali-néaire,* par M. J. Merson. In-16. 3 fr.
Dialogues français-espagnols, précédés d'un abrégé de grammaire française et d'un abrégé de grammaire espagnole. 1 vol. in-32, cartonné.   3 fr.

Hernandez. *Abrégé de grammaire espagnole.* 1 vol. in-16, cartonné.   1 fr. 25
— *Exercices.* in-16, cartonné.   1 fr. 25
— *Cours complet de grammaire espagnole.* 1 vol. in-8, cartonné.   3 fr. 50
Mendoza (Hurtado de). *Morceaux choisis de la guerre de Grenade.* Texte espagnol, publié et annoté par M. Magnabal. 1 vol. petit in-16, cartonné.   90 c.
Morceaux choisis en prose et en vers des classiques espagnols, publiés par MM. Hernandez et Le Roy. 1 vol. in-16, cartonné.   2 fr.
Solis (Antonio de). *Morceaux choisis de la conquête du Mexique.* Texte espagnol, publié par M. Magnabal. 1 vol. petit in-16, cartonné.   1 fr. 80

ARISTOPHANE : Plutus . . .	2 fr. 25	**ISOCRATE** : Archidamus.	1 fr. 50
Morceaux choisis de . . . Bayard.	6 fr.	— Conseils à Démonique.	75 c.
ARISTOTE : Morale à Nicomaque,		— Éloge d'Évagoras.	1 fr.
livre VIII.	1 fr. 50	— Panégyrique d'Athènes. . . .	2 fr. 50
Morale à Nicomaque, livre X.	1 fr. 50	**LUC** (Saint) : Évangile.	3 fr.
Poétique.	2 fr. 50	**LUCIEN** : Dialogue des morts.	2 fr. 25
BABRIUS : Fables.	4 fr.	— Le Songe ou le Coq. . . .	1 fr. 50
BASILE (Saint) : De la lecture des		— De la manière d'écrire l'histoire.	2 fr.
auteurs profanes.	1 fr. 25	**PÈRES GRECS** : Discours. . .	7 fr. 50
— Contre les usuriers.	75 c.	**PINDARE** : Isthmiques (les)	2 fr. 50
— Observe-toi toi-même. . . .	90 c.	— Néméennes (les).	3 fr.
CHRYSOSTOME (S. JEAN) : Homé-		— Olympiques (les).	3 fr. 50
lie en faveur d'Eutrope. . .	60 c.	— Pythiques (les).	3 fr. 50
Homélie sur l'évêque Flavien.	1 fr.	**PLATON** : Alcibiade (le 1ᵉʳ). .	2 fr. 50
DÉMOSTHÈNE : Discours contre la		— Apologie de Socrate.	2 fr.
loi de Leptine.	3 fr. 50	— Criton	1 fr. 25
Discours sur la couronne. .	3 fr. 50	— Gorgias	6 fr.
Harangue sur les prévarications de		— Phédon.	5 fr.
l'ambassade.	6 fr.	— République, livre VI. . . .	2 fr. 50
Les trois Olynthiennes. . . .	1 fr. 50	— République, livre VIII. . . .	2 fr. 50
Les quatre Philippiques. . . .	2 fr.	**PLUTARQUE** : Lect. des poètes.	3 50
1ʳᵉ Philippique séparément.	60 c.	— Sur l'éducation des enfants.	2 fr.
DENYS D'HALICARNASSE : Pre-		— Vie d'Alexandre.	3 fr.
mière lettre à Ammée. . .	1 fr. 25	— Vie d'Aristide.	2 fr.
ESCHINE : Disc. contre Ctésiphon.	4 fr.	— Vie de César.	2 fr.
ESCHYLE : Prométhée enchaîné.	3 fr.	— Vie de Cicéron.	3 fr.
Les Sept contre Thèbes. . .	1 fr. 50	— Vie de Démosthène. . . .	2 fr. 50
Morceaux choisis de M. Weil.	5 fr.	— Vie de Marius.	3 fr.
ÉSOPE : Fables choisies. .	1 fr. 25	— Vie de Pompée	5 fr.
EURIPIDE : Alceste.	2 fr.	— Vie de Solon.	3 fr.
Électre.	3 fr.	— Vie de Sylla.	3 fr.
Hécube.	2 fr.	— Vie de Thémistocle. . . .	2 fr.
Hippolyte.	3 fr. 50	**SOPHOCLE** : Ajax.	2 fr. 50
Iphigénie à Aulis.	3 fr.	— Antigone.	2 fr. 25
GRÉGOIRE DE NAZIANZE (Saint) :		— Électre.	3 fr.
Éloge funèbre de Césaire. .	1 fr. 25	— Œdipe à Colone.	2 fr.
Homélie sur les Machabées.	90 c.	— Œdipe roi.	1 fr. 50
GRÉGOIRE DE NYSSE (Saint) :		— Philoctète.	2 fr. 50
Contre les usuriers.	75 c.	— Trachiniennes (les). . . .	2 fr. 50
Éloge funèbre de Saint Mélèce.	75 c.	**THÉOCRITE** : Œuvres. . . .	7 fr. 50
HÉRODOTE : Morceaux choisis.	7 fr. 50	**THUCYDIDE** : Guerre du Péloponèse,	
HOMÈRE : Iliade, 6 volumes.	20 fr.	livre I.	6 fr.
Chants I à IV. 1 vol. . . .	3 fr. 50	— Guerre du Péloponèse, liv. II.	5 fr.
Chants V à VIII. 1 vol. . . .	3 fr. 50	— Morceaux choisis de M. Croiset.	5 fr.
Chants IX à XII. 1 vol. . . .	3 fr. 50	**XÉNOPHON** : Les sept livres de l'Ana-	
Chants XIII à XVI. 1 vol. . . .	3 fr. 50	base.	12 fr.
Chants XVII à XX. 1 vol. . . .	3 fr. 50	Chaque livre séparément. . .	2 fr.
Chants XXI à XXIV. 1 vol. . . .	3 fr. 50	— Apologie de Socrate. . . .	60 c.
Chaque chant séparément. . .	1 fr.	— Cyropédie, livre I. . . .	1 fr. 25
Odyssée, 6 vol.	24 fr.	— livre II. . . .	1 fr. 25
Chants I à IV. 1 vol. . . .	4 fr.	— Économique, chapitres I à XI.	2 fr.
Chants V à VIII. 1 vol. . . .	4 fr.	— Entretiens mémorables de Socrate	
Chants IX à XII. 1 vol. . . .	4 fr.	(les quatre livres). . . .	7 fr. 50
Chants XIII à XVI. 1 vol. . . .	4 fr.	Chaque livre séparément. . .	2 fr.
Chants XVII à XX. 1 vol. . . .	4 fr.	— Extraits des Mémorables de	
Chants XXI à XXIV. 1 vol. . . .	4 fr.	Socrate.	2 fr. 50
Les chants I, II, VI, XI, XXII et		— Morceaux choisis de M. de	
XXIII séparément. Chacun.	1 fr.	Parnajon.	7 fr. 50

www.ingramcontent.com/pod-product-compliance
Lightning Source LLC
Chambersburg PA
CBHW051832020726
47502CB00005B/1744